Eisige Rache

Im Nordosten von Frankreich in einem alten elsässischen Bauernhaus entstehen die spannenden Krimis der gebürtigen Saarländerin Elke Schwab. In der Nähe zur saarländischen Grenze schreibt und lebt sie zusammen mit Lebensgefährte samt Pferden, Esel und Katzen. Sie wurde 1964 in Saarbrücken geboren und ist im Saarland aufgewachsen. Nach dem Gymnasium in Saarlouis arbeitete sie über zwanzig Jahre im Saarländischen Sozialministerium, Abteilung Altenpolitik. Schon als Kind schrieb sie über Abenteuer, als Jugendliche natürlich über Romanzen. Später entschied sie sich für Kriminalromane. Vor elf Jahren brachte sie ihr erstes Buch auf den Markt. Seitdem sind elf Krimis und drei Kurzgeschichten von ihr veröffentlicht worden. Ihre Krimis sind Polizeiromane in bester »Whodunit«-Tradition.

Bisher erschienen:

- Blutige Seilfahrt im Warndt – Conte Verlag, 2012
- Mörderisches Puzzle – Solibro Verlag, 2011
- Galgentod auf dem Teufelsberg – Conte Verlag, 2011
- Das Skelett vom Bliesgau – Conte Verlag, 2010
- Hetzjagd am Grünen See – Conte Verlag, 2009
- Kullmanns letzter Fall – Conte Verlag, 2008
- Tod am Litermont – Conte Verlag, 2008
- Angstfalle – Gmeiner Verlag, 2006
- Grosseinsatz – Gmeiner Verlag, 2005

Elke Schwab

EISIGE RACHE

Ein Baccus-Borg-Krimi

SOLIBRO Verlag Münster

SUBKUTAN

THRILLER DIE UNTER DIE HAUT GEHEN

1. Sprado, Hans-Hermann:
   Risse im Ruhm.
   Münster: Solibro Verlag 1. Aufl. 2005
   ISBN 978-3-932927-26-5
   eISBN 978-3-932927-67-6 (E-Book)

2. Sprado, Hans-Hermann:
   Tod auf der Fashion Week
   Münster: Solibro Verlag 1. Aufl. 2007
   ISBN 978-3-932927-39-3
   eISBN 978-3-932927-68-3 (E-Book)

3. Elke Schwab:
   Mörderisches Puzzle
   Münster: Solibro Verlag 1. Aufl. 2011
   ISBN 978-3-932927-37-9
   eISBN 978-3-932927-64-5 (E-Book)

4. Elke Schwab:
   Eisige Rache
   Münster: Solibro Verlag 1. Aufl. 2013
   ISBN 978-3-932927-54-6 (TB)
   eISBN 978-3-932927-72-0 (E-Book)

ISBN 978-3-932927-54-6
1. Auflage 2013 / Originalausgabe

Umschlaggestaltung:
Nils. A. Werner, www.nils-a-werner.de
Coverfoto: *Marcel Drechsler / photocase.com*
Foto des Autors: *Alida Scharf, Köln*
Druck und Bindung: *CPI – Ebner & Spiegel, Ulm*
Printed in Germany

Die Waffe im Anschlag, die Straße im Visier – die Jagd konnte beginnen.

Er wusste genau, dass sein Opfer hier entlangkommen musste. Nichts hatte er dem Zufall überlassen.

Für ihn war es wichtig, dass es genau hier passierte. Hier hatte seine Hölle begonnen – hier würde er sein Opfer in die Hölle schicken.

Die Straße wand sich vor seinen Augen, bis sie zwischen den Bäumen aus seinem Blickfeld verschwand. Dieses kurze Stück musste reichen.

Das war genau der Streckenabschnitt, der sich wie ein Stigma in sein Hirn eingebrannt hatte. Genau diese verhängnisvolle Kurve sollte heute für sein erstes Opfer zum Verhängnis werden. Es sollte symbolisch sein. Jedoch nur für ihn. Denn sein Opfer würde keine Gelegenheit mehr bekommen, zu verstehen.

Sein Versteck war perfekt.

Er konnte alles sehen, ohne gesehen zu werden.

Als die ersten Schneeflocken vom Himmel fielen, glaubte er an ein Zeichen. Bei diesen Wetterbedingungen würde sich außer ihm und seinem Opfer niemand auf die Straße wagen.

Besser hätte er den Zeitpunkt nicht wählen können.

Lange hatte er darauf hingearbeitet und viel Zeit in seine Vorbereitungen gesteckt. Schließlich musste er Gewissheit haben.

Er hielt die Fäden in der Hand.

Sogar der Schnee fügte sich in seinen Plan. Der würde hinterher alle Spuren zudecken.

Ein Wink des Himmels. Er lachte.

Schon sah er den Wagen kommen.

Er war bereit.

1

Schnee, so weit das Auge blickte. Alles schimmerte in reinstem Weiß. Die Bäume senkten ihre Äste unter der weißen Last tief über die Straße. Schneeflocken wirbelten durch die Luft. Die Sicht durch die Windschutzscheibe des Toyotas verschwamm, alles verwischte sich mit dem Weiß des Schnees. Die Straße wand sich wie ein weißes Band und verschmolz zu einer Einheit mit der weißen Wüste.

»Mann! So was habe ich seit Kindertagen nicht mehr gesehen«, gestand Kriminalkommissar Theo Borg, der das Lenkrad verkrampft umklammert hielt und seinen Wagen vorsichtig über die zugeschneite Landstraße steuerte.

Lukas Baccus, sein Kollege und Freund, stimmte ihm von der Beifahrerseite aus zu: »Nur doof, dass uns der Schnee ausgerechnet dann überrascht, wenn wir uns mitten in der Pampa befinden.«

»Hätte ich das geahnt, hätte ich den Besuch bei meiner Tante abgesagt.«

»Bis vor ein paar Tagen habe ich gar nicht gewusst, dass du eine Tante hast«, gestand Lukas.

»Sie ist meine einzige Verwandte.«

Lukas stutzte. »Was ist mit deinen Eltern?«

»Wie? Du weißt das nicht?«, fragte Theo erstaunt zurück. »Jetzt hängen wir schon ewig zusammen rum.«

»Vielleicht hast du es ja mal erzählt.« Lukas zuckte mit den Schultern. »Aber ehrlich gesagt, kann ich mich nicht daran erinnern, dass wir jemals über unsre Familien gesprochen hätten.«

»Naja! Ist ja nicht wirklich das, woran man denken will. Sie sind tot! Bei einem Autounfall ums Leben gekommen.«

»Das tut mir leid.«

«Der Unfall ist an einem verschneiten Tag wie heute passiert«, murmelte Theo. »Deshalb fühle ich mich gerade nicht sonderlich wohl.«

»Nur locker bleiben.«

»Was ist eigentlich mit deinen Eltern?«

»Meine Mutter lebt munter und fröhlich in einer kleinen Wohnung in Saarbrücken und nervt die ganze Nachbarschaft«, antwortete Lukas. »Dort fahre ich höchst selten hin, weil sie überall herumerzählt, ich sei der Polizeipräsident vom Saarland.«

Theo lachte.

»Ja! Sie trägt gern dick auf, als wäre ihr Sohn etwas Besonderes. Das kommt vielleicht daher, dass ich ohne Vater aufgewachsen bin.«

»Was ist mit deinem Vater?«

»Den kenne ich nur von Fotos. Der hat sich aus dem Staub gemacht, als es hieß, *Klein Lukas* ist im Anmarsch.«

»Der wusste wohl warum.«

Die beiden Männer lachten.

»Warum wolltest du deine Tante ausgerechnet heute besuchen?«

»Du warst doch dabei«, konterte Theo genervt. »Sie wollte mich für Weihnachten einladen, weil sie Angst hat, es könnte ihr letztes Weihnachten sein.«

»Zerbrechlich wirkt die alte Dame aber nicht.«

Theo stimmte zu.

»Und warum sollte ich dabei sein?«, bohrte Lukas weiter. »Heute wollte ich eigentlich vor der Glotze hängen und mir ein bisschen Sport reinziehen.«

»Ich hatte Angst, der Besuch bei Tante Katharina könnte todlangweilig werden. Du solltest mich aus den Fängen der Alten retten.«

»Langweilig war Katharina auf keinen Fall!« Lukas lachte bei der Erinnerung an die alte Dame. »Und wie eine Klette hat sie sich auch nicht benommen. Eigentlich hat mir deine Tante richtig gut gefallen.«

»Dann kannst du sie ja wieder besuchen«, schlug Theo vor.

»Das mache ich auch. Ich glaube, sie hat Gefallen an mir gefunden.«

Theo brummte nur, statt darauf zu antworten.

Beide schauten durch die Scheiben hinaus und bewunderten das unendliche Weiß. Im Autoradio liefen die Nachrichten. Das Hauptthema des Tages waren die überfallartigen Schneefälle, die kein Wetterdienst vorhergesagt hatte.

»Seit Kachelmann im Knast hockt, gibt es keinen vernünftigen Wetterbericht mehr«, knurrte Theo.

Mit einem Seufzer gestand Lukas: »Ich finde den Schnee irgendwie schön. Ich kenne ihn ja nur als braunen Matsch im Straßengraben.«

»Du bist wohl noch nie aus Saarbrücken rausgekommen«, resümierte Theo.

»Nein!«

»Dann wurde es ja mal Zeit.« Theo griente.

»Wer weiß, vielleicht komme ich ja schon bald wieder in diese gottverlassene Gegend«, feixte Lukas. »Zu Weihnachten habe ich zufällig noch nichts vor.«

Der Corolla geriet ins Rutschen. Mit hektischen Bewegungen versuchte Theo gegenzulenken, womit er alles nur noch schlimmer machte. Das Auto schlingerte haarscharf an der Leitplanke entlang, bevor es auf die gegenüberliegende Straßenseite rutschte und dort den Abgrund ganz knapp verpasste. Nach einigen Sekunden gelang es Theo, den Wagen wieder in Fahrtrichtung zu steuern, die sich hinter der Kurve in einer kerzengeraden Strecke durch unendliches Weiß offenbarte.

»Verdammt!«, fluchte Lukas. »Erschreck mich doch nicht so!«

Zitternd gab Theo Gas und tuckerte weiter.

»Hast du keine Winterreifen drauf?«

»Nein!«

»Das ist doch jetzt Pflicht«, meinte Lukas.

»Willst du mich anzeigen?«

»Ich denke drüber nach.«

»Blödmann!«

Plötzlich fiel ein Schuss.

Ein Pfeifen folgte, darauf ein Zischen und ein Klirren. Kalte

Luft, vermischt mit Schnee, drang ins Innere des Wagens. Vor Schreck verriss Theo das Lenkrad.

Ein weiterer Schuss peitschte, ebenfalls begleitet von einem Pfeifen und Knallen, das sich anhörte, als sei wieder etwas im Auto getroffen worden. Dann folgte eine erdbebenartige Erschütterung.

Theo und Lukas wurden durchgeschüttelt. Fest hingen sie in den Gurten, die ihnen die Luft abschnürten. Dann rutschte das Heck des Autos von der Straße rückwärts in den Graben, bis es mit einem dumpfen Aufprall zum Liegen kam. Die Front des Toyotas ragte in die Höhe.

Lukas und Theo schauten sich mit bleichen Gesichtern an. Sie waren beide unverletzt.

Wieder peitschte ein Schuss. Beide duckten sich so weit hinunter, wie es in dem engen Cockpit möglich war. Sie lösten ihre Anschnallgurte, um sich besser bewegen zu können.

»Ist das eine Treibjagd?«, fragte Lukas mit gepresster Stimme.

»Klar! Die haben meinen blauen Toyota mit einem Wildschwein verwechselt«, knurrte Theo wütend.

Sie bewegten sich nicht. Wieder knallte es.

»Der ging weit an uns vorbei«, stellte Lukas fest.

»Was willst du damit sagen?«

»Dass der Schütze vielleicht gar nicht uns gemeint hat.«

»Der erste Schuss ging aber sehr zielgenau in mein Auto.« Nach einer kurzen Pause fügte Theo an: »Und der zweite auch!«

Lukas reagierte nicht darauf, sondern reckte sich nach oben und sah sich um, soweit das von seinem Platz aus möglich war. »Wir sind aus einer Kurve gekommen. Es könnte doch sein, dass der Schütze tatsächlich ein Wildschwein im Visier hatte und aus Versehen deinen Wagen getroffen hat.«

»Und warum hört er nicht auf, wenn er merkt, dass er etwas anderes getroffen hat?«

»Keine Ahnung«, gab Lukas zu. »Aber es kann doch niemand wissen, dass wir hier in dieser gottverlassenen Gegend sind.«

Theo schaute verdutzt zu seinem Kollegen und nickte. »Du

hast recht. Meine Tante lebt allein. Ihre einzigen Kontakte sind die Leute aus der Nachbarschaft. Ich glaube nicht, dass jemand von den Alten ein Motiv hätte, mich zu erschießen.«

»Da siehst du mal wieder: Wir sind nicht das Ziel.«

Theo richtete sich ebenfalls auf, setzte sich auf den Fahrersitz zurück und zog sein Handy aus der Hosentasche. Mit flinken Fingern begann er zu wählen.

»Ich rufe die Kollegen der Bereitschaft an«, sagte er und hielt das Gerät an sein Ohr. Doch so schnell, wie der Hoffnungsschimmer aufgekeimt war, erlosch er auch wieder.

»Kein Netz! Versuch du es mal mit deinem! Vielleicht hast du mehr Glück.«

Lukas zuckte mit den Schultern und gab zerknirscht zu: »Ich habe meins zuhause gelassen. Dort hängt es am Akkuladegerät.«

»Gutes Timing!«

Beide Männer verharrten in Stille. Wind pfiff und trieb Schneeflocken durch die zerborstenen Scheiben. Auf den Sitzen des Wagens verwandelten sie sich ruckzuck in eiskaltes Wasser. Auf dem Boden bildeten sich Pfützen.

Theos Blick wanderte von der Beifahrerscheibe zu den nassen Stellen im Wagen, die immer größer und größer wurden. Im Autoradio wurden die Ergebnisse der Fußballbundesliga bekanntgegeben. Die Stimme des Moderators klang so hektisch und aufgeregt, dass Theo das Gerät ausschaltete.

»Es ist schon lange kein Schuss mehr gefallen«, sagte Theo. »Ob der überhaupt noch da ist?«

Sie schauten sich an.

»Hast du deine Dienstwaffe dabei?«, fragte Lukas.

»Nein! Eine siebenundachtzigjährige Tante in Buweiler besuche ich selten bewaffnet bis an die Zähne.«

»Du hast ja recht«, wehrte sich Lukas schnell. »Ich habe meine auch zuhause gelassen.«

Wieder versanken beide in Schweigen. Lukas schaute sich nach allen Seiten um.

»Mist!«, fluchte er. »Den Rückweg zu deiner Tante können

wir vergessen. Da würden wir die idealen Zielscheiben abgeben, weil dort alles auf einer Anhöhe liegt.«

Theo schaute in die Richtung, in die Lukas zeigte, und fand bestätigt, was seinen Kollegen beschäftigte.

»Bleibt uns nur, in den Wald zu laufen, wo wir Deckung finden können, bis die Gefahr vorüber ist.« Theo schaute auf die andere Seite.

»Siehst du: Hier ist ein Graben, der reicht bis zu dem Waldstück«, erklärte Lukas.

»Du meinst, dass wir geduckt bis zum Wald laufen können, wo wir zwischen den Bäumen Sichtschutz haben?«

»Richtig!«

»Glaubst du ernsthaft, man sieht uns nicht? Im Schnee fallen wir mit unseren dunklen Klamotten doch sofort auf.«

»Eben nicht! Die Böschung schützt uns. Das ist unsere einzige Chance«, beharrte Lukas. »Hier im Auto bleibe ich jedenfalls nicht.«

Lukas stieß die Seitentür auf. Schneemassen hatten sich davorgeschoben, weshalb er sie nur einen Spalt breit öffnen konnte. Mühsam schoben sich die beiden Männer hindurch. In geduckter Haltung liefen sie auf den Wald zu. Wieder peitschte ein Schuss. Beide ließen sich auf den Boden fallen.

»Das war aber knapp vorbei!«, stieß Lukas aus.

Eine Weile geschah nichts, bis Theo sich erhob und schimpfte: »Wir haben die Wahl: Tod durch Erfrieren oder Erschießen. Und erfrieren will ich auf keinen Fall.«

»So schnell erfrieren wir schon nicht«, widersprach Lukas.

»Ach was! Ich friere mir jetzt schon alles ab.«

Zwischen den Bäumen angekommen, stellten sie fest, dass dort die Sicht ungetrübt war. Nur vereinzelte Flocken gelangten zwischen den Baumkronen hindurch. Die Äste, die Sträucher und der Boden wirkten hell erleuchtet durch den Schnee. Alles sah sauber und unberührt aus. Sie liefen tiefer in den Wald hinein. Der zugedeckte Waldboden erwies sich als tückisch. Äste verbargen sich unter dem Schnee. Theo und Lukas gerieten häufig ins Stolpern, bis Theo sein Tempo verlangsamte und meinte: »Ich muss aufpassen, dass ich mir nicht den Hals breche.«

Die Dämmerung brach herein. Durch den Schnee blieb die Sicht zwischen den Bäumen gut genug, um alles überschauen zu können. Ständig knirschte es unter ihren Füßen. Kleine Äste unter dem Schnee knackten laut.

»Wo laufen wir eigentlich hin?«, fragte Lukas.

»Keine Ahnung. Ich kenne mich hier nicht aus.«

»Es ist deine Verwandtschaft, die hier lebt. Warum kennst du dich nicht aus?«

»Weil es mir bisher gelungen ist, um jeden Wald einen großen Bogen zu machen.«

»Klingt nicht gut«, schimpfte Lukas. »Der Wald ist die einzige Chance, die wir haben.«

Wieder hörten sie einen Schuss.

»Von wegen Chance«, jammerte Theo, der schon fast keine Luft mehr bekam. Er blieb stehen, stützte seine Hände auf seine Knie und schnaufte. »Der Typ verfolgt uns!«

Lukas stellte sich hinter einen Baumstamm und schaute sich suchend um.

*

Er hatte Mühe, sein Lachen zu unterdrücken.

Akribisch genau hatte er alles geplant – hatte alle Möglichkeiten und Chancen genau errechnet, um am Ende festzustellen, dass sich im entscheidenden Moment eine Eigendynamik entwickelte, die ihm zum Vorteil gereichte.

Wie von Zauberhand geschah alles vor seinen Augen.

Was vor wenigen Stunden noch als ein mühseliges und ernüchterndes Ringen mit sich selbst begonnen hatte, entwickelte sich zunehmend zu einer Art Selbstläufer. Das Schicksal ächzte unter seiner Last und wand sich mit jeder Stunde, die ungenutzt verstrich. Plötzlich schien es so, als bestünde die Welt nur noch aus Gleichgesinnten. Allerdings täuschte dies, denn viel mehr als blinde, unkoordinierte Wut schien sich kaum auszubreiten.

Deshalb behielt er weiterhin entschlossen die Fäden in den Händen. Alle spielten nach seinen Regeln. Ein Gedanke, der ein Hochgefühl in ihm auslöste, wie er es schon lange nicht mehr erfahren hatte.

So war er nicht einfach nur ein Rächer.

Nein! Er war Gott!

Für ihn war die Zeit gekommen, seine Macht auszuspielen.

Nichts und niemand konnte ihn mehr aufhalten.

Er verließ seinen Standort. Der Schneefall wurde immer stärker. Er konnte sich frei bewegen, ohne selbst gesehen zu werden. Er schaute durch sein Zielfernrohr.

Haargenau sah er ihn – den Rothaarigen.

Da stand er!

Wie eine Zielscheibe.

Wie dumm konnte man sein, sich in dieser Situation so unvorsichtig zu verhalten?

Er legte an.

*

»Wo steckt der bloß?«, murmelte Lukas. »Wenn er uns sehen kann, müssen wir ihn doch auch sehen.«

Theo beobachtete seinen Freund und meinte dazu: »Wenn du noch lange die perfekte Zielscheibe abgibst, kassierst du höchstens ein Loch zwischen den Augen.«

»Quatsch. Ich sehe niemanden. Also ist er nicht hier.«

»Bis jetzt hat er bewiesen, dass er uns besser sieht als wir ihn«, hielt Theo dagegen. »Komm da weg!«

Ein Schuss peitschte. Lukas riss die Augen weit auf.

Theo stieß einen Schrei aus. Flecken landeten genau in Lukas' Gesicht. Er fiel nach hinten und landete der Länge nach im Schnee.

»Lukas! Was ist los?«, brüllte Theo, stürzte auf seinen Freund zu und rüttelte an ihm. Ein weiterer Schuss fiel. Theo warf sich auf Lukas und deckte ihn mit seinem Körper zu, als plötzlich ein »Scheiße! Bist du schwer!« unter ihm ertönte.

»Mann, du bist ja unverletzt«, stellte Theo erleichtert fest.

»Ja! Der Typ hat den Baum getroffen – nicht mich.«

»Und was sind das für Spritzer in deinem Gesicht?«

»Baumrinde!«

Theo stöhnte leise, zog Lukas auf die Beine und trieb ihn weiter in den Wald hinein.

»Die verdammte Baumrinde klebt in meinem Gesicht wie festgefroren«, murrte Lukas, während er über jede Unebenheit unter der Schneeschicht stolperte.

»Besser Baumrinde als eine Kugel«, entgegnete Theo, dessen Puls von diesem Schreck immer noch raste.

Sie liefen ziellos weiter. Die Stille, die sie umgab, wurde immer bedrückender. Nur ihre Schritte im Schnee und ihr lautes Keuchen waren zu hören. Sonst nichts.

»Ich glaube, wir haben ihn abgehängt«, schnaufte Lukas, ohne sein Tempo zu verringern.

Plötzlich hoben sich große, dunkle Konturen zwischen den Bäumen und Sträuchern ab. Sie hielten an und starrten darauf.

»Was ist das?«

»Keine Ahnung!«

Neugierig näherten sie sich der mysteriösen Erscheinung, bis sie erkannten, dass sie vor einem Gebäude standen. Verdutzt ließen die beiden ihre Blicke über das hölzerne Gebilde wandern.

Tatsächlich! Vor ihnen auf einer kleinen Lichtung stand eine kleine Blockhütte. Die Seitenwände bestanden aus übereinandergesetzten massiven Holzstämmen. Das Dach war mit einer dicken Schneeschicht bedeckt. Rechts und links befanden sich je ein kleines Viereck und in der Mitte ein großes. Sie setzten sich durch dunkleres Braun von den rötlich schimmernden Stämmen der Seitenwände ab.

»Sind das Klappläden?«, fragte Theo.

»Sieht so aus.«

»Aber ...« Theo wunderte sich. »Die sind ja von außen verriegelt.«

Bei genauem Hinsehen erkannten sie, dass vor den Klappläden lange, dicke Holzbohlen an Eisenstreben festgespannt waren, womit man die Läden geschlossen hielt. Die Tür in der Mitte war auf dieselbe Weise verriegelt.

»Den Riegel kann man nur öffnen, wenn man vor der Hütte steht«, erkannte Lukas.

»Dann können wir sichergehen, dass niemand drin ist.«

Theo trat auf die Tür zu, hob das schwere Eichenbrett an und legte es zur Seite. Die Tür war aus mehreren Schichten mit Holzlatten zusammengezimmert und mit einer Klinke auf der linken Seite ausgestattet. Alles an diesem Gebäude wirkte stabil. Vorsichtig drückte er den Griff herunter. Leise schwang sie nach innen auf.

Lukas stellte sich neben Theo. Neugierig versuchten sie, im Inneren der Hütte etwas zu erkennen. Aber es war zu dunkel.

»Hältst du es für eine gute Idee, dort hineinzugehen?«, fragte Lukas.

Theo schaute sich die Gegend genau an und meinte zögerlich: »Nach meiner Einschätzung schießt nur einer durch die Gegend. Wir könnten uns hier verbarrikadieren und auf ihn warten. Zu zweit schaffen wir es, ihn zu überlisten. Und durch diese Wände geht bestimmt keine Kugel durch.«

»Die Idee ist nicht schlecht. Aber wie willst du dich bei dieser Bauweise verbarrikadieren?«, gab Lukas zu bedenken.

»Es wird etwas drinnen sein, was wir dafür nehmen können.«

»Ich denke, dass wir das vergessen und lieber weiterlaufen sollten«, wandte Lukas ein.

»Der jagt uns bis in die Pfalz.«

»Vorher kommt noch Braunshausen«, korrigierte Lukas. »Und dort ...«

»Ja was? Dort lassen wir den Heckenschützen dann auf die Häuser schießen«, konterte Theo. »Wenn wir Braunshausen überhaupt finden. Ich weiß gar nicht, wo wir hier genau sind.«

Ratlos verharrten sie vor dem Eingang zur Blockhütte.

Ein Schuss knallte in die Stille.

»Okay! Du hast recht«, gab Lukas nach. »Wir machen es so, wie du gesagt hast. Sollte eine ganze Armee da draußen sein, haben wir uns halt verspekuliert.«

»Hört sich das für dich wie eine Armee an?«, fragte Theo gereizt.

»Nein!«

»Also!«

Sie betraten die Hütte und schauten sich in dem spärlichen Licht um, das durch die geöffnete Tür hineindrang. Die Einrichtung war spartanisch, sie beschränkte sich auf einen massiven Holztisch mit einfachen und unbequem aussehenden Stühlen in der Mitte des Raums.

»Damit können wir die Tür von innen versperren«, meinte Theo.

Plötzlich verschwand auch das schwache Licht. Ein leises Knacken schallte durch die Dunkelheit.

Beide Kommissare warfen sich instinktiv auf den Boden und warteten. Nichts geschah. Leise murmelte Lukas nach einer Weile: »Ich glaube, die Tür ist zugefallen.«

»Von allein?«

»Ich will es hoffen.«

Lukas zog eine Taschenlampe aus seiner Jackentasche und hielt den Lichtstrahl direkt auf die Tür. Sie hatte sich tatsächlich von allein in Bewegung gesetzt und war ins Schloss zurückgefallen. Ansonsten wirkte der Raum unverändert. Geräusche waren keine zu hören, weder draußen noch drinnen.

»Wir sehen Gespenster«, murrte Lukas. »Sonst ist wirklich nichts passiert.«

Er erhob sich und ließ den Schein der Taschenlampe weiter durch den Raum wandern. Direkt hinter der Tür stand ein Sofa an die Wand gelehnt. Auf der gegenüberliegenden Seite erkannten sie einen Kamin mit Holzscheiten, die fein säuberlich dort gestapelt waren.

»Welcher Idiot pflegt seine Hütte mit so viel Liebe und sperrt sie nicht ab?«, fragte Theo fassungslos, als er sah, wie aufgeräumt und sauber alles wirkte.

Eine Tür auf der linken Seite weckte seine Aufmerksamkeit. »Was sich dahinter wohl verbirgt?« Mit zögerlichen Schritten ging er auf die Tür zu, drückte den Griff herunter und ließ sie aufspringen. Lukas folgte ihm und leuchtete mit der Taschenlampe hinein.

Vor ihnen lag ein Raum, in dem sich Holzbretter, Werkzeuge, Sägen, Nägel und Eimer stapelten.

»Sieht so aus, als sei das Ding noch nicht fertig.«

Sie kehrten zurück und verharrten eine Weile in der Dunkelheit.

»Es ist schon lange kein Schuss mehr gefallen«, stellte Lukas fest.

Theo steuerte die Tür an und öffnete sie einen Spalt. Inzwischen war es dunkel geworden. Lediglich der Schnee spendete so viel Helligkeit, dass man alles erkennen konnte, was im näheren Umkreis der Hütte lag. Aber dort war nichts.

»Ich denke, wir sollten zu meiner Tante zurück. Den Weg schaffen wir zu Fuß. Und von dort rufen wir die Kollegen und den Abschleppdienst.«

»Okay! Wollen wir?«

Ein Schuss peitschte durch die Dunkelheit. Blitzartig ließen sich beide auf den Boden fallen.

»Scheiße! Der ist immer noch da!«, fluchte Theo.

Die Tür fiel zu. Sie rutschten zu der Seite, auf der das Sofa stand, zerrten daran, um es vor die Tür zu schieben, doch es ließ sich keinen Millimeter bewegen. Frustriert setzten sie sich drauf.

»Wir sitzen hier fest«, murrte Theo und rieb sich verzweifelt übers Gesicht, »und können uns noch nicht mal richtig schützen. Hoffentlich war meine Entscheidung, hier reinzugehen, richtig!«

»Nicht verzagen! Wir finden eine Lösung!« Lukas leuchtete die hintere Wand ab. Er stand vom Sofa auf und folgte dem Lichtkegel, den er durch das Zimmer wandern ließ. Der Tisch war groß, bestand aus massivem Holz und wirkte von Hand gearbeitet. Die Ecken waren unregelmäßig und Splitter bildeten sich an den Kanten.

Auf der Tischplatte lag etwas.

»Hier ist ein Zettel«, rief Lukas.

Theo erhob sich ebenfalls und schaute sich den Zettel an. In dem dürftigen Licht begann er laut vorzulesen: »Der Verein ‚*Wanderfreunde Wadern Wandert e. V.*' bittet alle Vereinsmitglieder um Verständnis, dass die Hütte nicht planmäßig fertiggestellt werden konnte. Gerne dürft ihr zu Hammer und Meißel greifen und uns bei der Arbeit unterstützen, wenn euer Weg an unserem neuen Treffpunkt vorbeiführt. Im Nebenzimmer halten wir alle Werkzeuge für euch bereit. Und bedenkt: *Ein Dieb stiehlt sich selten reich.* Hier ist nichts Wertvolles zu holen.«

»Das ist ja eine interessante Philosophie«, staunte Lukas. »Aber, wie es aussieht, funktioniert sie. Denn die Hütte ist noch keinem Vandalismus zum Opfer gefallen.«

»Wären uns nicht gerade die Kugeln um die Ohren geflogen, würde ich sagen, hier ist die Welt noch in Ordnung«, bemerkte Theo nachdenklich.

»Also, nehmen wir den Tisch, um die Tür zu verbarrikadieren«, schlug Lukas vor.

Gemeinsam packten sie das schwere Teil und wollten es verschieben. Doch auch dieses Möbelstück ließ sich keinen Millimeter bewegen.

»Der ist am Boden festgeschraubt«, stellte Theo frustriert fest. »Ganz so blauäugig sind die Wanderfreunde aus Wadern anscheinend doch nicht.«

»Dann stelle ich einen Stuhl unter die Klinke«, schlug Lukas vor.

»Toll!«

»Es hält ihn zumindest für einige Sekunden auf.«

»Schon okay«, gab Theo nach. »Besser als nichts.«

»Am besten ist es, wenn wir uns jetzt ganz ruhig verhalten«, sagte Lukas. »Dann hören wir rechtzeitig, wenn er sich anschleicht.«

»Jetzt hat der Schnee einen Vorteil«, stellte Theo fest. »Da kann keiner geräuschlos drüber gehen.«

Sie ließen sich auf dem Sofa nieder und lauschten.

»Erinnerst du dich noch daran, wie unser religiöser Fanatiker Dieter Marx einen Drogendealer genau hier in Wadern im Hochwald-Gymnasium hopsgenommen hat?«, fragte Lukas nach einer Weile.

»Klar! Aber was hat das hiermit zu tun?«

»Der Typ hat bis jetzt nicht verraten, wer seine Kontaktleute sind.«

»Und du meinst, dass der Kontaktmann deshalb in Waderns Wäldern Amok läuft, oder was?« Theo rümpfte die Nase. »Stimmt! War Schwachsinn, was ich da gerade losgelassen habe.«

Abermals erfüllte Stille die kleine Hütte. Die Anspannung ließ die beiden Männer hellwach auf dem Sofa verharren. Sie wagten sich kaum zu atmen.

Ein leises Geräusch ertönte. Theo und Lukas spitzten die Ohren. Deutlich hörten sie, wie das Rascheln sich näherte. Stumm gaben sie sich Zeichen, wer sich auf welche Seite der Eingangstür postieren sollte, und warteten. Doch dann entfernte sich das Geräusch wieder von der Hütte.

»Ich glaube, das war ein Reh oder was sonst noch in den Wäldern hier lebt«, flüsterte Theo.

»Ja! Unsere Nerven gehen mit uns durch.«

»Ich werde mich jetzt mit etwas bewaffnen«, bemerkte Theo, nahm einen der Stühle und brach ein Bein ab. »Damit kann ich dem Schützen vielleicht die Waffe aus den Händen schlagen.«

Lukas schaute zunächst skeptisch drein, doch dann beschloss er, sich ebenfalls einen Holzknüppel zuzulegen.

Wieder trat Stille ein – eine lange, endlose, lähmende Stille. Beide hingen ihren Gedanken nach, bis Theo leise fragte: »Wie lange arbeiten wir eigentlich schon zusammen?«

Lukas erschrak, als hätte er seinen Kollegen vergessen.

»Schon zehn Jahre«, antwortete er, als sich sein Puls wieder normalisiert hatte.

»Lange Zeit, was?«

»Aber auch eine gute.«

»Stimmt!« Theo atmete tief durch. »Warum hast du dich eigentlich für einen Job bei der Polizei entschieden?«

»Komische Frage.« Lukas lachte. »Ich weiß es nicht so genau. Ich glaube, weil ich früher bei unseren Räuber-und-Gendarm-Spielen immer gewonnen habe. Da dachte ich mir, so ein Gewinner gehört zur Polizei, damit mal einer dort für Recht und Ordnung sorgt.«

»Du bist ganz schön eingebildet«, kommentierte Theo.

»Ich war früher wirklich ein bisschen selbstverliebt«, gab Lukas zu. »Aber das war nicht der wahre Grund, Bulle zu werden.«

»Sondern?«

»Ich wollte für Gerechtigkeit sorgen.« Lukas lachte verächtlich über seine eigene Antwort und ergänzte: »Weiß selber, wie dämlich das klingt.«

»Ich war genauso dämlich«, gab Theo zu. »Oder glaubst du, ich hätte schon vor Dienstantritt den Durchblick gehabt?«

Sie lauschten auf Geräusche vor der Hütte, konnten aber nichts hören. Also sprach Theo weiter: »Mein Impuls, zur Polizei zu gehen und die Welt zu verbessern, entstand, als in meiner Schule ein Mädchen vergewaltigt wurde und die Polizei den Täter nicht fassen konnte.«

»Ja! So was zermürbt«, stimmte Lukas zu. »Was ist aus dem Mädchen geworden?«

»Sie hat sich das Leben genommen.«

»Oh!«

»Aber das ist noch nicht alles. Sie hat sich die Pulsadern aufgeschnitten und wurde von ihren Eltern gefunden, bevor sie tot war. Dadurch passierte es, dass das Gehirn nicht mehr richtig mit Sauerstoff versorgt war. Ihr Körper hat noch gelebt, aber das Gehirn war tot.«

»Klingt wirklich schrecklich.«

»War es auch. Und stell dir vor, der Kerl, der das alles verschuldet hat, wurde nie gefasst.« Theos Stimme wurde lauter. »Dadurch entstand in mir der Wunsch, alles besser zu machen. Aber so einfach ist das nicht. Wenn wir einen Verbrecher schnappen, ist der Fall ja noch lange nicht abgeschlossen.«

»Nein! Wir fangen nur die Bösen. Die Anwälte hauen sie dann wieder frei. Wirklich ändern können wir nichts.«

»Ja! Von meiner anfänglichen Euphorie ist auch nicht mehr viel geblieben«, meinte Theo resigniert. »Und jetzt sitzen wir zwei Superbullen hier und sind plötzlich von Jägern zu Gejagten geworden. Und warum? Weil irgend so ein kranker Typ da draußen rumballert – einer von denen, die wir eigentlich hinter Gitter bringen sollten.«

»Vielleicht haben wir das ja schon mal getan und ein guter Anwalt hat ihn aus dem Knast geholt, womit er einen echten Menschenfreund auf die Welt losgelassen hat. Den Rest der Geschichte erfährt die Nachwelt dann morgen aus der Zeitung.«

»Scheiße, Lukas! Ich habe schon Angst genug«, grollte Theo.

»Und jetzt will er sich an uns für die Festnahme rächen«, machte Lukas unbeirrt weiter.

Plötzlich hielt er inne und zischte erschrocken: »Pssst! Da war doch was!«

Ein leises Heulen ertönte.

»Gibt es hier Wölfe?«, fragte Lukas.

»Nein!«

Das Heulen kam näher, begleitet von Stampfen und Schlurfen.

»Da kommt jemand«, flüsterte Lukas.

»Ich wieder links und du rechts. Alles klar?«, sagte Theo leise und huschte an seinen Platz.

»Klar! Ich stelle mich dieses Mal auf die Sessellehne«, bestätigte Lukas. »Dann kann ich über die Tür rübersehen und dem Kerl eins von oben über den Schädel braten.«

Theo nickte. Mit ihren Holzknüppeln in den Händen fühlten sie sich zu allem bereit.

Ein Röcheln, begleitet von schleifenden Geräuschen, näherte sich. Schon polterten Schritte über die Holzplatten direkt am Eingangsbereich der Hütte. Fast im gleichen Augenblick schepperte es an der Tür.

Theo und Lukas verhielten sich ganz still. Berstend krachte die Tür auf. Der Stuhl flog ins Innere des Raums. Mit einem Schwall Kälte drang auch etwas Licht in die Hütte und erhellte einen schmalen Streifen auf dem Boden. An der schwach erleuchteten Stelle erkannten sie die Silhouette eines Menschen.

Beide hoben ihre Knüppel an. Im nächsten Atemzug peitschte ein Schuss durch die Dunkelheit. Der Schatten stolperte herein. Ein Blutschwall spritzte aus der Brust des Fremden. Dann ging er zu Boden.

Lukas und Theo starrten auf den Mann, der mit dem Gesicht nach unten gelandet war. Die Blutlache unter ihm wurde immer größer. Sie regten sich nicht vom Fleck, weil sie wussten, dass da draußen noch jemand war.

Es dauerte nicht lange, da hörten sie wieder Schritte. Schwer, stampfend und gleichmäßig. Erneut wappneten sie sich mit ihren Knüppeln. Die Schritte kamen näher und näher und näher. Dann donnerten sie über den hölzernen Eingangsbereich. Wieder bildete sich die Silhouette eines Mannes in dem schwachen Licht, das durch den Türrahmen fiel. Deutlich erkannten sie die Langwaffe, die er von sich gestreckt hielt. Dicht vor der Tür blieb der Schatten stehen.

Alles verharrte reglos. Lukas und Theo wagten kaum zu atmen. Die Zeit schien stillzustehen. Langsam und lautlos setzte sich plötzlich die Tür in Bewegung.

Erschrocken schauten sich Lukas und Theo an.

Dann fiel sie krachend ins Schloss.

2

Hauptkommissar Wendalinus Allensbacher war der Erste, der am Montagmorgen im Büro der Kriminalpolizeiinspektion eintraf. Verwundert schaute sich der Dienststellenleiter um. Alle Schreibtische waren gähnend leer. So etwas hatte er noch nicht erlebt. Normalerweise waren seine Mitarbeiter schon lange vor ihm da. Er schrieb diesen Ausnahmezustand den Schneemassen zu, die am Wochenende vom Himmel gefallen waren und immer noch fielen. Die Meteorologen hatten einen Jahrhundertwinter vorausgesagt, was niemand hatte glauben wollen. Doch jetzt sah alles danach aus.

Er nahm das Tuch von dem großen Vogelkäfig, der die beiden Kanarienvögel Peter und Paul beherbergte. Sofort erschallte munteres Gezwitscher. Diese beiden kleinen, gelben Schnabeltiere hatten die Herzen sämtlicher Mitarbeiter im Haus im Sturm erobert. Niemand wollte sie mehr missen. Sogar das Putzpersonal hatte sich bereiterklärt, an den Wochenenden für Peter und Paul zu sorgen.

Allensbachers anfängliche Proteste waren inzwischen ebenfalls einer Zuneigung gewichen, die er jedoch keinesfalls vor seinen Mitarbeitern zugeben wollte. Er schaute sich um, fühlte sich unbeobachtet und gab den beiden zu futtern. Dann stellte er sich ans Fenster, das einen Ausblick über die Parkplätze bis hin zur stark befahrenen Mainzer Straße gewährte. Seinen Augen bot sich ein endloses Weiß, wie er es noch nie in Saarbrücken gesehen hatte. Auto reihte sich an Auto, auf der stark befahrenen Straße ging es nur im Schritttempo voran. Selbst die Straßenbahnen konnten nicht in normalem Tempo fahren. Auch sämtliche Geräusche klangen gedämpft.

Ein Blick zum Himmel verriet Allensbacher, dass so schnell keine Wetteränderung eintreten würde. Oben schimmerte es dunkelgrau, vermischt mit weißen Schleiern der herabfallenden Flocken, sodass der Tag nicht richtig hell werden wollte.

Die Lichter auf den Straßen blieben eingeschaltet, ebenso die Weihnachtsbeleuchtungen an vereinzelten Fenstern, die er bisher noch gar nicht wahrgenommen hatte.

Der Dienststellenleiter beschloss, an seinem Schreibtisch nachzusehen, was sich dort an Arbeit bereits angehäuft hatte. Wann war der Zeitpunkt günstiger als jetzt, um alte Fälle aufzuarbeiten? Es war niemand da, der seine Ruhe hätte stören können.

Kaum hatte er den Gedanken zu Ende gedacht, ging die Tür zum Großraumbüro auf und seine Sekretärin Josefa Kleinert trat ein. Allensbacher musste bei dem Anblick der kleinen Frau lächeln. Sie war wirklich durch nichts aufzuhalten, egal, was passierte, sie kam zur Arbeit. Immer.

»Guten Morgen Chef«, rief sie ihm über die vielen Tische und Stühle hinweg entgegen. »Wo sind die denn alle?«

»Ich vermute, im Schnee steckengeblieben«, antwortete Allensbacher.

»Das kommt davon, wenn man bei solchen Wetterbedingungen mit dem Auto fahren will«, schimpfte die kleine Frau. »Ich fahre mit der Bahn. Das ist das sicherste Verkehrsmittel.«

Allensbacher schüttelte lächelnd den Kopf und sah ihr nach, wie sie ihr Büro ansteuerte. Dabei fiel sein Blick in die hintere Ecke des großen Raumes. Dort stand ein Tannenbaum – vollständig geschmückt, sogar mit Lichterkette. »Welcher Narr hat diesen Weihnachtsbaum aufgestellt?«, fragte er ungehalten.

»Das war ich«, ertönte eine leise, weibliche Stimme.

Erschrocken drehte sich Allensbacher um und sah jetzt erst die Kriminalkommissarin Monika Blech in der Tür stehen. Er hatte sie nicht kommen gehört. Ihr sonst so blasses Gesicht glühte rot. Ihre braunen Haare standen wie elektrisiert vom Kopf ab. »Ich dachte mir, eine kleine nette Abwechslung kann nicht schaden. Vor allem bei einer Arbeit, die zum großen Teil mit Mord und Totschlag zu tun hat!«

»Sie sollten sich zuerst umsehen, bevor Sie mit Beleidigungen um sich werfen«, tadelte Josefa Kleinert ihren Chef von der anderen Seite des großen Büros aus und setzte dabei einen strengen Blick auf.

»Sie haben vollkommen recht«, lenkte Allensbacher hastig ein und schenkte Monika sein freundlichstes Lächeln. »Da Weihnachten vor der Tür steht, schadet es der Motivation meiner Leute bestimmt nicht, einen Weihnachtsbaum aufzustellen.«

Monika stapfte zu ihrem Schreibtisch.

»Wie ist es Ihnen eigentlich gelungen herzukommen, während die anderen Kollegen offensichtlich noch im Verkehrschaos feststecken?«, fragte Allensbacher nach.

»Da ich nicht so weit weg wohne, bin ich zu Fuß gegangen«, erklärte Monika.

Der Chef nickte: »Das war eine gute Idee.«

»Ich habe bei Lukas angerufen, um ihn zu fragen, ob er mit dem Auto fährt. Sein Weg hätte ja an meiner Wohnung vorbeigeführt. Aber ich habe ihn nicht erreicht«, ergänzte Monika. »Deshalb dachte ich, er sei schon hier.«

»Sieht nicht so aus.«

Mit schweren Schritten setzte Allensbacher den Weg zu seinem Büro fort, als sich erneut die Tür öffnete. Er drehte sich um und erschrak, als er Andrea Peperding hereinkommen sah. Sie trug ihre Haare so kurz geschoren, dass die Kopfhaut durchschimmerte – ein grotesker Anblick. Hinzu kam ihre Garderobe, die sie in letzter Zeit von schlampig auf provokant geändert hatte. Anstelle der viel zu weiten Pullover trug sie jetzt schwarze oder olivgrüne Hemden und Jeanshosen, die übersät waren mit Nieten, metallenen Stickern und Ketten, als wollte sie so ihren Protest gegen den unausgesprochenen Dresscode im Büro ausdrücken. Dabei sollte doch gerade sie froh sein, dass sie wieder in dieser Abteilung arbeiten durfte. Die Beamtin hatte sich strafbar gemacht, indem sie Ermittlungsergebnisse an eine Zeugin ausgeplaudert hatte, ein Fall, der sogar vor Gericht hätte verhandelt werden können. Doch Kriminalrat Ehrling hatte Andrea vor einem Prozess bewahrt und ihr somit eine Chance eingeräumt, die nicht selbstverständlich war. Umso mehr ärgerte sich Allensbacher über Andreas Auftreten.

»Scheißwetter«, maulte sie zur Begrüßung. »Die ganze Stadt ist so still, weil dieses beschissene weiße Zeug alles zudeckt.«

Dem Dienststellenleiter schenkte sie keine Beachtung. Allensbacher konnte nicht ausmachen, ob sie ihn bewusst oder unbewusst übersehen hatte. »Guten Morgen Frau Peperding«, rief er zum Gruß.

Andreas erschrockene Reaktion gab ihm die Antwort auf seine Frage: Sie hatte ihn tatsächlich nicht gesehen, was bei seiner Körpergröße von einsfünfundachtzig und seinem Gewicht von hundertzwanzig Kilogramm schon an ein Wunder grenzte. Die Stimme, die er nun vernahm und die immer lauter wurde, lenkte ihn von dem Gedanken ab.

»Schon Jesaja verkündete: *Wären eure Sünden auch rot wie Scharlach, nun sind sie weiß wie Schnee!*« Dieter Marx' Kundgebung schallte laut durch das leere Großraumbüro. Seine Augen leuchteten, seine Haare standen wirr vom Kopf ab. Alles an ihm erweckte den Eindruck, als wäre er der Einzige, der sich über die Schneemassen freute.

»Dir hat man ins Gehirn geschissen«, gab Andrea giftig zurück.

Marx gab ihr jedoch keine Gelegenheit, sich weiter so unflätig zu äußern, sondern merkte nur an: »Der Herr ist meines Lebens Kraft; vor wem sollte mir grauen – außer vor dir? Unser Kriminalrat hätte besser daran getan, dich für deine Sünden büßen zu lassen.«

Böse schaute Andrea auf. So hatte sie Marx noch nie reden gehört. Sie wollte gerade etwas entgegnen, als Allensbacher vor sie trat und sagte: »Es reicht jetzt. Sie haben eine klare Anweisung bekommen, sich nicht mehr mit den Kollegen zu streiten. Und ich hoffe, Ihnen ist klar, wie wichtig es für Sie sein kann, sich daran zu halten.«

Andrea atmete tief durch und nickte. Die Stille, die daraufhin eintrat, wurde durch das nächste Türenschlagen unterbrochen. Alle schauten neugierig auf, um zu sehen, wer es außer ihnen noch durch das Schneetreiben geschafft hatte. Zu ihrem Erstaunen traten Kriminalrat Hugo Ehrling und Staatsanwalt Helmut Renske gemeinsam ins Großraumbüro. Ehrling trug einen dunklen Anzug, der ihn noch größer und eleganter erscheinen ließ. Renske wirkte an diesem Morgen in seinem hellgrauen Dreiteiler verändert. Es waren seine Schuhe, die nicht zur Garderobe passen wollten, denn es waren braune, robuste Halbstiefel mit Profilsohlen. Außerdem hing seine seidene Krawatte schief. Hastig richtete er sie. Auf die fragenden Blicke meinte er: »Ich habe mein Auto im Ostviertel der Stadt abgestellt. Den Rest bin ich teils mit der Straßenbahn und teils zu Fuß hierhergekommen, sonst würde ich bei Einbruch der Dunkelheit wohl immer noch am Ostbahnhof im Stau stecken.«

Ehrling nickte und fügte hinzu: »Sie können einen Polizeiwagen nehmen und mit Blaulicht Ihren Weg zur Staatsanwaltschaft fortsetzen, wenn Sie einen wichtigen Termin haben.«

»Zufällig habe ich heute keinen Termin. Trotzdem danke!«

Der oberste Chef schaute sich um und fragte: »Wo sind Baccus und Borg?«

Allensbacher wies Monika an, bei Lukas zuhause anzurufen. Aber dort meldete er sich nicht.

»Dann versuchen Sie es auf seinem Handy!«

Monika gehorchte, empfing aber nur die Mailbox.

»Vielleicht ist er bei Theo! Die beiden hängen doch ständig zusammen«, rätselte Marx. Auf die erstaunten Blicke seiner Kollegen fügte er an: »Wir wissen, dass Gott bei denen, die ihn lieben, alles zum Guten führen wird.«

»Amen!«, konterte Andrea und wählte Theos Nummer. Aber auch bei Theo meldete sich niemand. »Theo wohnt mitten in der Stadt«, sagte sie. »Das Einzige, was die beiden dort von der Arbeit fernhalten könnte, wäre ein Besäufnis. Und das wäre ja nicht zum ersten Mal.«

»Mäßigen Sie sich«, rief Ehrling streng.

Andrea nickte und meinte kleinlaut: »Es meldet sich niemand.«

»Sie versuchen weiterhin, die beiden zu erreichen! Außerdem erkundigen Sie sich nach Staumeldungen, für den Fall, dass die beiden irgendwo steckengeblieben sind.«

»Ich rufe auf meiner Dienststelle an und gebe durch, wo man mich finden kann«, funkte Renske dazwischen und begab sich an einen der Schreibtische, die immer noch unbesetzt waren.

Plötzlich trat Josefa Kleinert aus Allensbachers Zimmer in das Großraumbüro und sagte: »Gerade kam eine Meldung herein, dass ein Wagen mit Einschusslöchern an der Landstraße L329 in der Nähe von Wadern gefunden wurde.«

»Was für ein Wagen?«, fragte Allensbacher.

Alle horchten auf.

»Mehr weiß ich nicht. Aber ich habe mein Telefon auf einen Apparat in diesem Büro umgeleitet, damit alle weiteren Informationen direkt bei Ihnen landen«, erklärte die kleine Frau, bevor sie wieder in ihr Zimmer zurückkehrte.

»Wadern? Das ist ganz schön weit weg«, stellte Monika fest.

Allensbacher schaltete den großen Flatscreen an der kurzen Seite des Büroraums ein und tippte auf einige Tasten, bis eine Landkarte zum Vorschein kam. Darauf konnten sie den nördlichen Teil des Saarlandes und die Stadt Wadern erkennen.

»Hier irgendwo ist der Wagen gefunden worden«, erklärte Allensbacher und geriet ins Schnaufen. »Wir sollten abwarten, bis wir erfahren, was dort los ist. Vielleicht ist es ja nur ein Jagdunfall, der von den Kollegen vor Ort geklärt werden kann.«

Wenige Minuten später klingelte das Telefon auf Monikas Schreibtisch. Hastig stellte die Kommissarin den Apparat auf laut, damit alle mithören konnten, was der Kollege der Verkehrspolizei zu berichten hatte: »Der Wagen ist ein blauer Toyota Corolla.«

Das klang nicht gut! Alle wussten, wer so ein Auto fuhr.

»Inzwischen wissen wir auch, wer der Halter des Fahrzeugs ist.«

»Wer?«, stießen alle gleichzeitig aus.

»Kriminalkommissar Theo Borg.«

Erschrocken schauten sich die Kollegen an, als ein »Es tut

mir leid« über das Telefon durch das Großraumbüro schallte.

»Welche Spuren haben Sie in dem Wagen gefunden?«, fragte Ehrling.

»Ein Projektil steckt in der Innenverkleidung der Beifahrertür, ein weiteres in der Kopfstütze des Beifahrersitzes. Beide Seitenscheiben sind zerstört«, antwortete die körperlose Stimme durch den Lautsprecher.

»Blutspuren im Wagen?«, fragte Ehrling.

»Bis jetzt nicht.«

»Was heißt *bis jetzt*?«

»Das können wir nicht mit Sicherheit sagen, weil es seit dem späten Sonntagnachmittag immer wieder neue Schneefälle gibt, die durch die offene Scheibe bis ins Wageninnere getrieben werden. Vor dem Wagen ist der Schnee an manchen Stellen so hoch angehäuft, dass es außerdem unmöglich ist, Fußspuren zu erkennen«, sprach der Verkehrspolizist weiter.

»Wir werden die Kollegen der Bereitschaftspolizei vor Ort bestellen, damit sie das Gebiet absuchen«, bestimmte Ehrling. »Können Hunde unter diesen Bedingungen eine Fährte aufnehmen?«

»Ich weiß es nicht. Ich werde aber den Hundeführer danach fragen.«

»Tun Sie das!«

Das Gespräch war beendet.

»Meine Güte! Was ist da bloß passiert?«, fragte Monika erschrocken.

»Im Hochwald-Gymnasium in Wadern ist uns vor Kurzem ein Kleindealer ins Netz gegangen«, berichtete Marx. »Leider haben wir bis jetzt nicht aus ihm herausbekommen, wo er den Stoff herhatte.«

»Sie meinen, dass unsere Männer dort in einen Drogenkrieg hineingeraten sind?«, fragte Ehrling ungläubig.

»Der Herr gab mir die Eingebung«, erklärte Marx hastig. »Welchen Grund sollte es sonst geben, gerade in dieser Gegend auf Autos zu schießen?«

»Stimmt! Das dürfen wir nicht außer Acht lassen«, gab der Kriminalrat zu. »Wir müssen uns beeilen.«

»Ich schlage vor, wir ordern einen Hubschrauber, damit der das ganze Gebiet von oben absucht«, meldete sich der Staatsanwalt zu Wort.

»Ich werde das veranlassen«, sagte Ehrling. »Wir haben außerdem in unserem Fuhrpark Geländewagen für solche Straßenverhältnisse. Herr Marx, Sie fahren zusammen mit den Kolleginnen zur Fundstelle und halten uns über jeden Schritt und jedes Detail auf dem Laufenden.«

»Ich werde die drei begleiten«, stellte Staatsanwalt Renske klar.

Im Eilschritt verließen sie das Büro.

*

Vor ihren Augen erstreckte sich Weiß, Weiß und wieder Weiß. Das ganze Saarland schien im Schnee zu versinken. Die Räumfahrzeuge schafften es nicht, die Straßen von den weißen Massen zu befreien, weil es unablässig weiterschneite. Die Landstraße zeichnete sich lediglich durch geringfügige Höhenunterschiede an den Seiten vom Acker ab. Die Bäume sahen aus, als bestünden sie aus Zucker. Weiße Tannenbäume vermittelten das Gefühl, durch ein Postkartenidyll zu fahren. Hinzu kam die Einsamkeit – kein anderes Auto weit und breit.

Andrea Peperding hatte das Steuer übernommen, weil ihr diese Verhältnisse angeblich nichts ausmachten. Doch seit sie die Autobahn verlassen hatten und über die L329 fuhren, wurde ihr Fahrstil immer unsicherer. Im Schritttempo zuckelten sie durch die weiße Wüste.

»Noch nie in meinem Leben habe ich das Saarland so verschneit gesehen«, gestand Helmut Renske, der auf dem Beifahrersitz saß und mit großen Augen alles um sich herum bestaunte.

»Was haben Lukas und Theo in dieser gottverlassenen Gegend getan?«, fragte Monika ängstlich.

»Das werden wir herausfinden, sollten wir nicht vorher im Graben landen«, antwortete Renske.

»Weil der Gottlose Übermut treibt, muss der Elende leiden«, ertönte es aus dem Fond des Wagens.

»Herr Marx«, schnitt Renskes helle Stimme durch das Auto. »Wenn Sie nicht augenblicklich damit aufhören, Ihre biblischen Sprüche abzusondern, werfe ich Sie eigenhändig aus dem Auto. Dann können Sie zusehen, wie Sie nach Hause kommen.«

Augenblicklich herrschte Stille, selbst Dieter Marx wagte nicht mehr, etwas zu entgegnen.

Leise knirschten die Reifen des Mitsubishi Pajero auf dem Schnee. Der Dieselmotor knatterte gleichmäßig. Nach einer Weile tauchten Fahrspuren auf.

»Wir sind auf dem richtigen Weg«, stellte Andrea erleichtert fest.

Es dauerte nicht mehr lange, bis sie auf eine kleine Ansammlung von Autos inmitten der Schneewüste stießen. Hinter den Wagen standen die Kollegen der Bereitschaftspolizei, ein Beamter der Hundestaffel und mehrere Verkehrspolizisten. Sie schauten ihnen erwartungsvoll entgegen.

Rasch zog sich Renske eine helle Wollmütze auf seinen kurzgeschorenen Kopf, wodurch die Augenbrauen und sein Henriquatre-Bart dunkel hervorstachen. Er stieg aus und vernahm ein Rotorengeräusch am Himmel. Als er versuchte hochzuschauen, fing er sich jedoch nur Schneeflocken ein, die direkt in seinen Augen landeten. Außer einem grauen Himmel hatte er nichts erkennen können.

»Was haben wir?«, fragte er und übersah beflissen die erstaunten Gesichter. Niemand hatte damit gerechnet, den Staatsanwalt persönlich anzutreffen.

»Der Hund hat den Geruch der beiden Männer aufnehmen können, weil es Bereiche im Wagen gibt, die noch nicht mit Schnee zugedeckt wurden«, erklärte der Hundeführer. »Er zieht in diese Richtung.« Er zeigte auf den Wald, durch den sie gerade gekommen waren.

»Worauf warten Sie noch?«

Sofort marschierte der Beamte mit seinem Hund los.

Karl Groß von der Bereitschaftspolizei tauchte plötzlich in voller Länge hinter dem Auto auf, sodass alle Kollegen um ihn herum plötzlich klein wirkten. Laut rief er: »Staatsanwalt Renske kommt uns zu Hilfe. Womit haben wir das verdient?«

»Karl der Große«, entgegnete Renske mit einem Grinsen. »Wie könnte ich einen Mann von Ihrer Größe hilflos in der Schneewüste zurücklassen?«

»Sie sprechen vermutlich von meiner Körpergröße.« Der Uniformierte lachte.

»Haben Sie schon eine Spur von unseren beiden Vermissten?«, erkundigte sich Renske.

»Leider nicht«, bekannte der Hüne. »Dafür haben wir ein Projektil in der Innenverkleidung der Beifahrertür gefunden.«

»Wissen wir schon.«

»Ein weiteres in der Kopfstütze ...«

»Das hat man uns am Telefon auch schon gesagt.«

»Okay! Dann gibt es noch ein drittes Projektil, das vermutlich durch die Beifahrerscheibe geflogen und unterhalb des Autos im Schnee steckengeblieben ist.«

»Das klingt aber nach einer ganzen Menge an Projektilen«, bemerkte Monika.

»Stimmt!« Karl nickte. »Insgesamt drei.« Er drehte und wendete das kleine Stück zwischen seinen behandschuhten Fingern und spekulierte: »Sieht wie Jagdmunition aus.«

»Wollen Sie damit sagen, dass ein Jäger auf die beiden Kollegen geschossen hat?«, fragte Renske.

»Ich habe nur eine Vermutung ausgesprochen«, entgegnete Karl. »Ich bin kein Fachmann für Projektile. Da muss die Ballistik ran.«

»Darf ich mal sehen?«, fragte Monika.

Alle starrten erstaunt auf die kleine, dick vermummte Frau mit dem bleichen, runden Gesicht. Doch niemand widersprach ihr. Karl reichte ihr die Patrone. Gespannt warteten sie, was die junge Kommissarin sagen würde – ob ein fachlicher Hinweis käme oder ob sich ihr Interesse rein als Zeitverschwendung erweisen würde.

Monika schnappte erschrocken nach Luft und rief: »Das sieht für mich nach einer 8 x 57 IS *Infanterie Stark* aus.«

Erstauntes Gemurmel entstand.

»Erklären Sie das bitte genauer«, forderte Renske sie auf.

»Wie Karl schon gesagt hat, könnte es sich um Jagdmunition handeln. Diese Projektile werden aber nur für die Jagd auf Großwild eingesetzt, zum Beispiel auf Rotwild.«

»Was ist daran so besonders?«

»Ich wüsste nicht, dass es im Saarland Rotwild gibt.«

»Bist du jetzt auch noch unter die Jäger gegangen?«, fragte Andrea schnippisch.

»Weib, schweig!«, donnerte Marx' Stimme dazwischen.

Andrea erschrak so heftig, dass sie tatsächlich schwieg.

»Dieses Projektil lassen wir in unserer Ballistik untersuchen. Die können uns ganz genau sagen, was wir vor uns haben«, bestimmte Renske. »Für uns ist es jetzt viel wichtiger herauszufinden, ob es Blutspuren gibt oder irgendetwas, was uns über das Schicksal unserer beiden Kommissare Auskunft geben kann.«

»Wenn es die gäbe, wären sie vom neuen Schnee verdeckt«, erwiderte einer der Uniformierten.

»Konnten Sie das Auto in der Zwischenzeit nicht abdecken?« Damit traf Renske genau ins Nervenzentrum der Umstehenden, denn daran hatte niemand bislang gedacht. »Dann tun Sie das jetzt, bis das Team der Spurensicherung hier eintrifft.« Renske klang ungehalten. »Wo stecken die überhaupt? Wir brauchen die dringend, damit sie die Schneeschicht im Auto abtragen und nachschauen, was sich darunter verbirgt.«

»Die sind noch unterwegs.«

»Welchen Weg haben die denn genommen? Über Moskau?«

Schweigen war die Antwort. Alle starrten auf den Staatsanwalt.

Das Bellen des Hundes durchbrach die Stille und lenkte

Renske von seiner ohnmächtigen Wut ab. Alle Augen schwenkten in die Richtung, in der der Hundeführer stand und ihnen hektisch zuwinkte.

»Das sieht nach einem Hinweis aus«, meinte Renske etwas leiser.

Sofort setzten sich alle in Bewegung, um nachzusehen, was den Hundeführer in eine solche Erregung versetzt hatte.

»Wir können von Glück reden, wenn wir hier nicht schneeblind werden«, murrte Renske, dessen Schnaufen immer lauter wurde.

Als sie den Hundeführer erreichten, zeigte der ihnen ein Stück Stoff, das sich am Baum verfangen hatte und so unter einem Ast hing, dass es nicht vom Schnee zugedeckt worden war. Karl nahm es mit einer Pinzette auf und steckte es in eine durchsichtige Tüte. Es war dunkelgrün. Der Stoff schien aus einem Loden zu bestehen.

»Weder Lukas noch Theo haben Lodenmäntel, soweit mir bekannt ist«, stellte Renske enttäuscht fest. »Was hat der Hund da bloß erschnüffelt?«

»Keine Ahnung.« Der Hundeführer wirkte zerknirscht. »Es besteht doch die Möglichkeit, dass einer der beiden den Stoff gestreift hat und so sein Geruch daran gekommen ist.«

»Alles ist möglich. Und da wir schon so weit sind, suchen wir weiter«, brummte Renske missmutig. »Der Wald ist vom Hubschrauber aus nicht zu überblicken, weshalb auch keine Meldung von oben eingeht. Aber wir können wohl davon ausgehen, dass die beiden hierher geflüchtet sind, wenn tatsächlich jemand auf sie geschossen hat.«

Monika schlang die Arme um ihren Körper und murmelte: »Meine Güte! Das sind ja Zustände wie im Krieg.«

Renske schaute der jungen Kommissarin ins Gesicht und meinte: »Wir werden schon herausfinden, was hier geschehen ist. Solange wir von den beiden nichts finden, ist das...«

»... Sie meinen, keine Leichen...?«, fiel ihm Monika ins Wort.

»Genau! Solange besteht die Hoffnung, dass sie sich hier irgendwo vor dem Schützen in Sicherheit gebracht haben.«

Das Geräusch eines Motors ließ sie aufhorchen. Im Zeitlupentempo kroch ein Auto die Straße entlang. Es war der Multivan der Spurensicherung. Am Waldrand hielt der Wagen an. Ein in Daunenjacke, Schal und Mütze gehüllter junger Mann stieg aus und stellte sich als Markus Schaller, der neue Teamchef der Abteilung, vor. Seine Wangen leuchteten rot und seine dunkelbraunen Augen funkelten spitzbübisch, als er fragte: »Was haben wir?«

»Nur einen Stofffetzen, von dem wir nicht wissen, zu wem er gehört«, antwortete Karl und überreichte das eingetütete Stück. »Aber dort, wo das Auto steht, ist der eigentliche Tatort ... oder Fundort, wie auch immer wir das nennen wollen...«

»Okay! Wir machen uns an die Arbeit.«

»Ich schlage vor, dass einer von euch uns begleitet«, rief Karl. »Es könnte sein, dass wir auf weitere Spuren stoßen.«

»Karl nennt man nicht umsonst *den Großen*«, bemerkte Renske lachend. »Auf diese geniale Idee wäre ich jetzt nicht gekommen.« Und an Markus gewandt fügte er hinzu: »Und Sie melden uns bitte sofort, wenn Sie irgendetwas gefunden haben.«

Markus salutierte, als sei er beim Militär, grinste frech und fragte: »Seit wann erklärt mir der Staatsanwalt, wie ich meine Arbeit mache?«

Renske schaute verwundert auf und bemerkte ein schalkhaftes Grinsen im Gesicht des jungen Mannes, das ihn sofort erheiterte. »Seit wann sind Sie der Teamchef der Spusi?«

»Seit Anfang des Monats – seit der Alte gegangen ist.«

»Deshalb kenne ich Sie noch nicht.« Renske nickte. »Ich bitte Sie, auf Blutspuren im Schnee zu achten, die uns etwas über die Verfassung der beiden Kommissare sagen können.«

»Aye aye, Sir!«, spottete Markus, stieg in den Multivan und fuhr los.

Kopfschüttelnd folgte Renske den Polizeibeamten tiefer in den Wald hinein. Eine Weile war nur das Knirschen des Schnees unter ihren Füßen zu hören, begleitet vom Rascheln der dicken, wattierten Winterjacken. Dann begann der Hund wieder aufgeregt zu hecheln und zu schnüffeln. Er hatte eine Stelle unter einer hervorstehenden Baumwurzel gefunden, die von den Schneemassen verschont geblieben war. Lediglich eine dünne weiße Schicht bedeckte dort die Erde. Es war unübersehbar, was den Hund erregte: Blut.

Dunkelrot stach es von dem weißen Untergrund ab. Wenige Punkte, die aussahen, als seien sie direkt bei der Landung auf dem kalten Boden gefroren.

»Es wird immer abenteuerlicher«, stellte Karl fest, dessen Gesicht inzwischen kalkweiß geworden war. »Was ist hier bloß passiert?«

»Wir sind hier, um das herauszufinden«, schnaufte Renske. Er beobachtete, wie der Mitarbeiter der Spurensicherung die gefrorenen Blutspuren fotografierte, abmaß und dann eintütete, sodass sie im Labor untersucht werden konnten. Die Suche ging weiter.

»Als Kind konnte ich mich geschickt vor den Pfadfindern drücken«, schimpfte Renske. »Wer hätte gedacht, dass ich in meinem Alter noch damit anfangen muss.«

»Hier ist ein Projektil in den Baum eingeschlagen«, rief der Mitarbeiter der Spurensicherung. Mit präzisen Schnitten schälte er die Rinde vom Baum und entnahm das kleine Teil, während ihm alle dabei zuschauten.

»Gibt es Besonderheiten?«, fragte Renske. »Blut oder Gewebe zum Beispiel?«

»Auf den ersten Blick nicht.« Der Mann tütete den Fund ein.

Schwerfällig stapften sie weiter durch den hohen Schnee. Gelegentlich begann der Hund zu bellen, jedoch ohne große Begeisterung, was darauf schließen ließ, dass er keine neue Spur aufgenommen hatte. Wind vermischt mit Schneeflocken trieb beißend kalt in ihre Gesichter, die sie in ihren Jackenkragen vergruben. Tiefe Furchen zogen sie durch die weiße Masse. Äste knackten unter den Füßen der Beamten, die sie nicht sehen konnten, weil der Schnee alles verdeckte.

Das Stolpern des Vordermannes war für Renske die beste Warnung, nicht ebenfalls auf diese Stelle zu treten, sodass es ihm gelang, einigermaßen sicher zwischen den Bäumen hindurchzugehen.

Nichts vor ihnen verriet ihnen, wo sie waren. Der Schnee ließ alles einheitlich aussehen. Sogar die Bäume hatten plötzlich alle die gleiche Form und Farbe. Weiß strahlten ihre Äste, die sich unter der Schneelast herabsenkten. Gelegentliche Windstöße ließen den Schnee wie eine Staubwolke aufwirbeln, die sich gleichmäßig auf den Köpfen und Schultern der Polizeibeamten verteilte. Die graue Wolkendecke über ihnen war so dicht, dass es aussah, als wollte sich der Tag bereits zum Ende neigen. Aber das konnte doch nicht sein.

»Wie spät ist es?«, fragte Renske verunsichert.

»Viertel vor zwei«, sagte Dieter Marx, der direkt vor dem Staatsanwalt durch den Schnee stapfte. Also keine Dämmerung – einfach nur ein düsterer Himmel, der jegliches Tageslicht verschluckte.

Plötzlich verschwand Marx spurlos. Das Einzige, was der Staatsanwalt mitbekam, war ein unflätiges »Scheiße«, das aus den weißen Tiefen hervorklang.

»Das klingt jetzt aber nicht nach *Kommt Übermut, kommt auch Schande, doch bei den Bescheidenen ist die Weisheit zuhause*«, kommentierte Renske und musste ein Lachen unterdrücken.

»Wer den Nächsten verächtlich macht, ist ohne Verstand, doch ein kluger Mensch schweigt«, murmelte Marx.

»Das habe ich verstanden«, rief Renske. »Auch das war eine Salomonische Weisheit.«

Verunsichert klopfte Marx den Schnee von seiner Hose ab. Er war über eine niedrige Mauer gestolpert, die der Schnee so verdeckte, dass er sie nicht gesehen hatte. Neugierig starrten alle darauf. Sie bestand aus alten, unbehauenen Steinen, an denen eine dünne Schneeschicht hängengeblieben war – bis auf eine Stelle, die dunkel hervorstach.

»Damit bin ich nicht in Berührung gekommen«, stellte Marx

hastig klar.

»Dann haben wir hier eine Spur«, rief Renske. »Lassen Sie den Hund mal riechen!«

Das Tier schnüffelte aufgeregt, was dem Hundeführer die Bestätigung gab, dass an dieser Stelle eine Berührung mit einem der beiden Gesuchten stattgefunden hatte.

»Hier sind Fasern eines Stoffes«, rief der Kollege der Spurensicherung. »Die nehme ich mit zur Untersuchung.«

»Könnte es sein, dass jemand über den Stein gestolpert ist?«, fragte Renske.

»Möglich!«

»Wir sind auf dem richtige Weg, Leute«, rief der Staatsanwalt. »Also los! Nicht schlappmachen!«

Wie aus dem Nichts tauchte plötzlich vor ihren Augen eine Blockhütte auf, vom Schnee fast völlig zugedeckt. Die Seitenwände bestanden aus rötlichen Holzstämmen. Rechts und links konnten sie geschlossene Klappläden erkennen. Und in der Mitte eine Tür.

*

Endlich!

Das hatte ja wirklich lange gedauert, bis die Polizei mit Suchhund, Hubschrauber und ihrem gesamten Equipment es geschafft hatte, die Hütte zu finden.

Er hielt sich in sicherem Abstand auf, um alles genau beobachten zu können. Am liebsten wäre er aus seinem Versteck gekrochen, um ihnen den Weg zu zeigen. Die Langsamkeit der Beamten war eigentlich keine Überraschung. Doch diesmal zerrte sie an seinen Nerven. Die Tatsache, dass eine ganze Nacht lang nichts passiert war, niemand das Fernbleiben des Opfers bemerkt hatte, amüsierte ihn einerseits.

Das war gut so! Alles wiederholte sich im Leben. Fand zu sich selbst. Die Gerechtigkeit siegte.

Doch die übermäßige Vorsicht, die diese Truppe an den Tag legte, machte ihn nervös. Welcher Hinweis war in Saarbrücken eingegangen, der ein derart großes Aufgebot zu erklären vermochte? Auch diese Frage beschäftigte ihn.

Er beobachtete, wie sie alles akribisch absicherten.

Lachhaft.

Mit ihren Sicherheitsmaßnahmen zogen sie alles noch mehr in die Länge.

Endlich rissen sie die Tür auf.

Er starrte gebannt durch das Fernglas auf das Geschehen. Es gelang ihm, auf die große Entfernung einen Blick ins Innere der Hütte zu werfen. Was er dort sah, erfüllte ihn mit großer Genugtuung.

Der erste Teil seines Plans war aufgegangen.

Plötzlich geriet alles in großen Aufruhr.

Immer noch standen die Polizisten vor der Hütte, doch irgendetwas Merkwürdiges geschah dort, das sich seinen Blicken entzog.

Dann kam die Enthüllung!

Er konnte es nicht glauben. Was für eine Ironie?

Er hatte genug gesehen. Lachend zog er von dannen.

*

»Niemand bewegt sich«, flüsterte Karl, der mit weit aufgerissenen Augen auf das Holzgebilde starrte.

»Was machen wir jetzt?«, fragte Andrea.

»Wir müssen uns absichern. Der Schütze könnte sich in der Hütte verschanzt haben«, antwortete Renske.

»Unmöglich«, widersprach Karl, der sich der Hütte genähert hatte. »Wenn Sie genau hinsehen, erkennen Sie, dass die Fensterläden und die Tür von außen verriegelt sind.«

»Von außen?«

Sie traten näher an die Hütte heran. Nun sahen alle bestätigt, was Karl gesagt hatte: An allen Seiten waren Klappläden angebracht, die mit Eisenhaltern und einer Holzbohle an der Außenseite verschlossen waren. Der Rundgang ergab, dass nur eine einzige Tür in die Hütte führte, die auf die gleiche Weise verriegelt war.

»Wie soll ich das verstehen? Ist das eine Falle?« Renske trat wieder einige Schritte zurück. »Es gibt einen Kamin, aber der raucht nicht. Bei der Kälte würde sich doch jeder normale Mensch ein Feuer machen.«

»Wir haben die Hütte von allen Seiten umstellt«, erklärte Karl. »Sollte sich jemand darin befinden, kann er uns nicht entkommen.«

»Sollte sich der Schütze in der Hütte verschanzen, könnte es Tote geben«, hielt Renske dagegen. »Niemand von Ihnen trägt eine schusssichere Weste.«

Plötzlich begann der Hund hektisch zu schnüffeln.

»Holen Sie den Hund da weg!«, befahl Karl.

Doch der Hundeführer schaffte es kaum noch, den großen Schäferhund vom Eingang wegzuziehen. Wie wild wedelte der Vierbeiner mit dem Schwanz.

»Ihre Kollegen müssen in der Hütte sein«, stellte der Hundeführer daraufhin fest, dem es nur unter größter Anstrengung gelang, das Tier wegzuziehen.

Als der Eingang frei war, konnten es alle sehen: Blut!

Es lag dicht vor der Tür und schimmerte bedrohlich auf dem weißen Untergrund. Der Hund hatte den größten Teil davon bereits verwischt, trotzdem war allen klar, dass hier eine große Menge an Blut vergossen worden war.

»Das sieht nicht gut aus«, stammelte Monika entsetzt.

»Wir müssen rein«, beschloss Karl. »Die beiden könnten verletzt dort eingesperrt sein und brauchen womöglich ärztliche Hilfe.«

»Dann mal los!«, gab der Staatsanwalt grünes Licht.

Einige Sekunden verstrichen, die allen Anwesenden wie quälend lange Minuten vorkamen. Karl gab seinen Kollegen das Zeichen, die Hütte zu öffnen. Auf einen Schlag wurden sämtliche Riegel entfernt und die Tür aufgerissen.

Der Blick der Beamten fiel sofort auf den Mann, der bäuchlings nur wenige Meter von der Tür entfernt lag. Die rötlichen Haare waren das erste, was sie wahrnahmen. Er regte sich nicht. Eine Blutlache hatte sich unter ihm gebildet und großflächig ausgebreitet.

Der Mann war tot.
Wie erstarrt hafteten die Blicke auf ihm.
»Wer ist das?«, fragte Renske.
»Keine Ahnung«, stieß Karl aus.
»Lukas oder Theo?«
»Theo auf keinen Fall. Der hat schwarze Haare.«
»Lukas?«
»Ich kann ihn nicht erkennen.«

3

»Endlich!«, ertönte es aus dem Innern der Hütte.

»Das hat ja lange gedauert!«

»Ich hab mir fast den Arsch abgefroren!«

»Yep!«

Verdutzt schauten sich Staatsanwalt Renske und die Polizeibeamten an, die immer noch schockstarr vor der Eingangstür zur kleinen Blockhütte verharrten. Die Stimmen kamen ihnen bekannt vor.

»Träume ich jetzt?«, fragte Renske.

»Halleluja! Danket dem Herrn, denn er ist freundlich, und seine Güte währet ewiglich«, jubelte Marx mit leuchtenden Augen. »Unsere beiden Freunde sind gerettet.«

»Ich gehe allein rein, damit wir nicht unnötig viele Spuren verwischen«, bestimmte Renske und lief in die Hütte.

Tatsächlich! Lukas Baccus und Theo Borg saßen auf einem Sofa, das direkt hinter der Eingangstür stand. Beide sahen kreidebleich aus. Ihre Gesichter waren eingefallen, ihre Lippen blau angelaufen. Aber ihre Augen funkelten, als ihr Blick auf den Staatsanwalt fiel.

»Ich dachte schon, ich müsste hier verhungern«, murrte Theo.

»Oder wir müssten uns gegenseitig auffressen«, ergänzte Lukas.

»Ihr seid okay«, stellte Renske erleichtert fest, trat auf die beiden zu und klopfte ihnen auf die Schultern. »Was habt ihr nur hier gemacht? In dieser Einöde? Bei diesem Schnee?«

»Wir waren bei meiner Tante zu Besuch, haben dort in heimeliger Atmosphäre leckeren Kuchen gegessen und wurden auf dem Heimweg beschossen«, antwortete Theo. »Also ein ganz gewöhnlicher Sonntagnachmittag.«

Renske lachte, und die beiden Befreiten stimmten heiser ein.

»Und wer ist der Tote?«, rief Renske alle Beteiligten wieder in die Wirklichkeit zurück.

Der Mann sah jung aus. Sein Haar stand wirr vom Kopf ab. Ein Piercing steckte im linken Nasenflügel. Seine Jacke war grün, ein Merkmal, das Renske sofort zur Kenntnis nahm. Als er sich den Stoff genauer besah, erkannte er, dass es Loden war.

»Dieser Mann hat Spuren am Waldrand hinterlassen«, sagte er. »Er muss den Weg gekommen sein, den wir auch eingeschlagen haben.«

»Wir werden wohl die Spurensicherung hierher bestellen müssen«, meinte Lukas. »Oder bist du jetzt unter die Spürhunde gegangen?«

»Du wirst es nicht glauben, aber die Kollegen sind schon vor Ort und haben uns bis hierher begleitet. Wir haben also nicht alles gnadenlos zertrampelt, um die Ermittlungen aussichtslos zu behindern«, erwiderte der Staatsanwalt säuerlich.

»Okay! Entschuldigung! Ich war wohl zu voreilig«, lenkte Lukas ein. »Ich fühle mich einfach nur total durchgefroren und halb verhungert. Das trägt nicht gerade zu guter Laune bei.«

»Yep«, murmelte Theo bestätigend.

»Ihr beide fahrt jetzt sofort nach Hause und wärmt euch auf, damit ihr morgen wieder einsatzbereit seid«, befahl Renske.

»Ich fühle mich nicht krank«, hielt Lukas dagegen. »Eine heiße Dusche und ein warmes Essen, dann kann's sofort weitergehen.«

»Yep«, bestätigte Theo abermals.

»Kannst du eigentlich noch was anderes sagen als *Yep*?«, giftete Lukas genervt.

»Nein! Mir ist der Mund halb zugefroren. Trotzdem will ich mich nicht ausruhen, sondern wir müssen den Kerl so schnell wie möglich kriegen. Wer weiß, was der sonst noch anstellt. Außerdem lass ich mich nicht gern wie einen Hasen jagen...«

»Das nenne ich mal eine gute Arbeitseinstellung«, feixte Renske. »Aber leider sehe ich ein Problem darin, euch so schnell wie möglich nach Saarbrücken zu befördern.«

Theo und Lukas schauten den kräftigen Mann, der in Mantel und Schal noch imposanter wirkte, erstaunt an: »Das da wäre?«

»Die Straßen sind immer noch zugeschneit und vereist. Wir sind kaum hierher durchgekommen.«

»Dann fahren wir zu meiner Tante. Sie wohnt gerade mal um die Ecke«, schlug Theo vor

»Gute Idee, altes Haus! Deine Gehirnzellen sind anscheinend wieder aufgetaut«, bemerkte Lukas lachend.

»Wird sich die Dame darüber freuen, wenn wir sie zu dritt überfallen?«, fragte Renske zweifelnd.

»Das weiß ich nicht.« Theo zuckte mit den Schultern. »Lassen wir es drauf ankommen.«

Der Mitarbeiter der Spurensicherung trat auf die drei Männer zu und sagte: »Ich habe Markus Schaller gerade per Funk Bescheid gegeben, dass wir eine Leiche gefunden haben. Er und die Kollegen kommen sofort her, um Spuren zu sichern. Es wäre das Beste, wenn Sie jetzt das Feld räumen.«

»Klare Worte«, stimmte Renske zu. »Aber das hatten wir ohnehin gerade vor.«

*

Die Landstraße war fast vollständig vom Schnee geräumt. Die Markierungen stachen deutlich vom dunklen Asphalt ab.

Renske stieg über den Schneeberg, der sich am Straßenrand gebildet hatte, und marschierte, gefolgt von den Polizeibeamten, zu seinem Dienstfahrzeug, das an der Unfallstelle abgestellt worden war. Nur noch einzelne Schneeflocken verirrten sich auf den Boden. Der Himmel schimmerte grau und sah nach weiteren Schneefällen aus.

Einige Autos fuhren gemächlich an ihnen vorbei. Wegen der Ansammlung von Polizeiwagen verlangsamten sie ihr Schneckentempo noch zusätzlich, obwohl es inzwischen nichts mehr zu sehen gab.

»Wo ist mein Auto?«, fragte Theo erschrocken, als er sah, dass sein Corolla nicht mehr im Graben lag.

»Den haben unsere Techniker in die Werkstatt transportieren

lassen«, antwortete ein Kollege der Bereitschaft. »Sie wollen den Wagen gründlich untersuchen.«

»Scheiße«, murmelte Theo. »Ich kann mir denken, wie der hinterher aussieht.«

»Wir nehmen jetzt den Dienstwagen und fahren zu deiner Tante.« Mit dieser Anweisung lenkte Renske den Polizisten von seinem Auto ab.

Sie stiegen ein und fuhren in gemäßigtem Tempo genau den Weg zurück, auf dem Lukas und Theo zur Unfallstelle gelangt waren. Mit bedrückten Gesichtern schauten sich die beiden die Umgebung an. Das Weiß blendete in ihren Augen. Wohin sie auch schauten, alles leuchtete hell.

In die Stille hinein, die sich im Wagen ausgebreitet hatte, meinte der Staatsanwalt: »Genau auf dieser Straße ist vor einem Jahr ein schwerer Unfall passiert.«

»Unfälle passieren«, meinte Lukas. Theo stieß nur ein unwilliges Grummeln aus.

»Es fällt mir nur deshalb ein, weil es jetzt genau ein Jahr her sein dürfte«, fügte Renske erklärend an.

»War an dem Unfall etwas Besonderes?«

»Ja! Das Auto wurde – wie in eurem Fall – erst einen Tag später gefunden. Für die Insassin kam wohl jede Hilfe zu spät.«

»Tot?«

»Nein! In ein Wachkoma gefallen.«

»Klingt nicht gut!« Theo schüttelte sich.

»Nein! Die Frau war noch sehr jung.«

»War?«

Renske zuckte mit den Schultern und meinte: »Ich weiß nicht, ob sie wieder genesen ist. Ich habe den Fall nicht weiter verfolgt.«

»Und woher weißt du davon?«

»Wie es bei Unfällen üblich ist, wird immer die Schuldfrage geklärt, womit in diesem Fall der zuständige Richter des Amtsgerichts in Merzig beauftragt wurde. Er hat mir davon berichtet.«

Direkt hinter der Kurve trafen sie auf eine weitere Ansammlung von Autos und Menschen.

»Was ist da los?«, fragte Lukas.

»Das werden wir gleich wissen«, antwortete Renske, der das Steuer übernommen hatte. »Wir fragen.«

Langsam rollten sie auf die kleine Gruppe zu. Da erst erkannten sie Polizeikollegen, einige Mitarbeiter der Spurensicherung und mehrere Schaulustige, die ihre Autos achtlos am Straßenrand abgestellt hatten. Die Seitenscheibe surrte nach unten, kalte Luft drang ins Wageninnere.

»Was ist hier los?«, fragte Renske.

Markus Schaller trat vor, salutierte mit einem frechen Grinsen und antwortete: »Wir haben einen weiteren Wagen gefunden, einen funkelnagelneuen, dunkelblauen Mazda 6. Vermutlich ist er ebenfalls gestern von der Straße abgekommen und die kleine Böschung runtergerutscht. Das Auto war total zugeschneit.«

»Und wer hat ihn entdeckt?«

»Die Personalien des Zeugen werden gerade aufgenommen.« Der Teamchef der Spurensicherung zeigte auf einen Mann, der in einem angeregten Gespräch mit einem Polizeibeamten war.

»Gibt es Besonderheiten an dem Auto – so was wie Einschusslöcher?«

»Bis jetzt haben wir nichts dergleichen gefunden.«

»Okay! Dann sorgen Sie dafür, dass die Autos der Gaffer vom Straßenrand verschwinden«, befahl Renske. »Sonst verursachen diese Deppen noch weitere Unfälle, die wir nicht gebrauchen können.«

»Aye aye, Sir!« Markus drehte sich grinsend um und widmete sich wieder dem Auto.

Renske ließ die Seitenscheibe nach oben fahren und knurrte: »Das scheint ja eine sehr unfallgefährdete Straße zu ein.«

Die Fahrt zu Theos Tante ging weiter. Schon der erste Ort, den sie erreichten, war Buweiler. Häuser drängten sich an der Hauptstraße. Nach nur wenigen Metern gelangten sie an eine Kreuzung.

»Wohin?«, fragte Renske.

»Rechts, dann gleich links«, antwortete Theo.

»Ist ja das reinste Labyrinth hier«, murrte Renske, als er in den schmalen Weg einbog, der nach der nächsten Abbiegung noch schmaler wurde und steil bergauf führte.

Es war eine Sackgasse, wie der Staatsanwalt schnell erkannte. Nur zwei Häuser standen dort. An dem großen Betonklotz auf der rechten Seite fuhren sie vorbei und stießen auf ein Tor, an dem die Straße endete. Dahinter zeigte sich ihnen ein uraltes, malerisches Gebäude, das noch die Originalform eines lothringischen Bauernhauses aufwies. Der lange Zugangsweg zum Haus war ordentlich freigefegt und sogar mit Streusalz passierbar gemacht worden. Hecken, Sträucher und Bäume rahmten das Anwesen ein. Der Schnee hüllte alles in sauberes, verträumtes Weiß. Zu ihrer Linken erkannten sie lediglich die Dächer der Häuser, die direkt an der tiefer gelegenen Hauptstraße standen. Die Autos, die dort fuhren, konnten sie hören, jedoch durch die dichte Vegetation hindurch nicht sehen. Zur Rechten erhob sich ein mit Sträuchern zugewachsener Hügel, auf dem ein altes, gemauertes Gartenhaus thronte.

»Hier wohnt deine Tante?«, fragte Renske erstaunt und stieß einen Pfiff der Bewunderung aus.

Theo bejahte.

»Abgeschiedener und idyllischer geht es nicht mehr.« Renskes Augen wurden immer größer.

Doch Lukas beschäftigte eine andere Frage: »Wie schafft es eine siebenundachtzigjährige Frau, so viel Schnee wegzuschippen?«

»Ich vermute mal, dass sie einen Helfer hatte«, rätselte Theo. »Otto Stehle wohnt in dem Haus, das wir gerade passiert haben.«

»Wie alt ist dieser Otto?«

Theo erkannte, dass seine Erklärung gerade bröckelte und gab zu: »Stimmt! Er ist auch nicht viel jünger. Wir werden meine Tante einfach fragen, dann erfahren wir es.«

Sie fuhren durch das Tor, stellten den silbernen Mitsubishi

vor dem Haus ab und stiegen aus. Am Fenster zur Straße wurde die Gardine bewegt.

Theo grinste und meinte: »Obwohl das nicht mein Auto ist, hat Katharina schon gesehen, wer im Anmarsch ist.«

Im gleichen Augenblick wurde die Haustür geöffnet.

»Was ist passiert?«, rief die kleine, rundliche Frau mit lauter Stimme. »Seid ihr angeschossen worden?«

Renske, Theo und Lukas standen wie erstarrt vor der alten Frau. Sie hatte mit ihrer Frage direkt ins Mark getroffen.

»Wie kommst du darauf?«, fragte Theo fast stotternd vor Schreck.

»Ich habe gestern Nachmittag Schüsse gehört«, antwortete Katharina. »Otto meinte, das seien sicher Jäger. Deshalb habe ich mir keine weiteren Gedanken gemacht. Aber wenn ich euch beide jetzt so sehe: zerzaust, immer noch dieselben Sachen an wie gestern und verschmutzt dazu...«

»Dürfen wir reinkommen?«, fragte Renske.

»Wer sind Sie denn?«

»Oh, stimmt ja!« Renske fasste sich an den Kopf. »Gestatten: Staatsanwalt Helmut Renske.«

»Oje! Auch noch ein Staatsanwalt. Da muss ja was Schreckliches passiert sein.«

Die drei Männer traten auf die Eingangstür zu, während Lukas in Theos Richtung murmelte: »Das Muttchen ist ganz schön auf Trab. Bei der müssen wir uns vorsehen.«

Nacheinander betraten sie einen engen Flur, der mit aufdringlicher Blümchentapete verziert war.

Katharina begrüßte ihren Neffen mit einer herzlichen Umarmung. Dabei stellte sie fest: »Meine Güte! Du fühlst dich eiskalt an. Hast du die Nacht im Freien verbracht?«

»Wenn du so weitermachst, Tantchen, stellen wir dich bei der Polizei als Ermittlerin ein«, antwortete Theo.

»Du willst mich auf den Arm nehmen.«

»Oh nein! Ich werde mich hüten. Aber du erkennst mehr als manche Leute in unserer Abteilung.«

»Also bist du heute Nacht wirklich nicht zuhause gewesen!« Katharina hielt sich erschrocken beide Hände vor das Gesicht. »Jetzt kommt mal alle in die gute Stube und dann erzählt ihr mir, was passiert ist.«

Theo ging voraus in die Küche, wo ihn ein leckerer Duft von Gebäck empfing. Sofort spürte er großen Hunger. Lukas erging es genauso. Er musste sich beherrschen, die Plätzchen nicht gleich aus dem Ofen zu nehmen und warm zu vertilgen.

Als Renske den beiden folgte, schien der kleine Raum aus den Nähten zu platzen. Ein kleiner Tisch mit geblümtem Wachstuch füllte die Ecke neben der Tür aus. Die Küchenzeile bestand aus massivem Kirschbaumholz. Der Ofen war ein alter Gasherd, ein Anblick, der Renske in Staunen versetzte. Durch das im Laufe der Jahre stumpf gewordene Glas konnte er im Innern des Backofens undeutlich Gebäckstücke erkennen.

»Das wird Weihnachtsgebäck«, erklärte Katharina auf seinen prüfenden Blick hin. »Das ist für euch nicht das Richtige. Zum Glück habe ich noch etwas vom Mittagessen übrig. Rinderrouladen mit Rotkohl und Kartoffelbrei.«

»Dafür würde ich einen Mord begehen«, gestand Theo.

»Ich auch!«

»Und ich erst«, schloss sich Renske an.

»Und Sie wollen ein Staatsanwalt sein?« Mit dieser Frage stellte sich Katharina vor den großen Mann und schaute ihn provozierend an. »Ich dachte immer, Staatsanwälte sorgen für Recht und Ordnung.«

»Wenn ich Hunger habe, kann ich für nichts garantieren«, antwortete Renske lächelnd.

»Sie sehen aber nicht so aus, als hätten Sie mal ein Essen versäumt.«

Lukas und Theo prusteten laut los. Renske starrte die kleine, rundliche Frau einen Augenblick verdutzt an, doch dann stimmte er in das Lachen ein.

Die drei Männer setzten sich auf die hölzerne Eckbank und schauten der Gastgeberin bei ihrer Arbeit zu.

Katharina öffnete einen der alten Hängeschränke, aus dem sie Teller entnahm. Dann griff sie hinter einen Vorhang, der ebenfalls aus geblümtem Wachspapier bestand, und zog mehrere Töpfe heraus. Sie entzündete auf verschiedenen Kochfeldern Gasflämmchen und stellte die Töpfe darauf. Es dauerte nicht lange, schon wurde der Geruch nach Gebäck von kernigem Fleischgeruch überdeckt.

»Wer hat für dich den Schnee vor dem Haus weggekehrt?«, fragte Theo und überhörte beflissen das laute Knurren seines Magens.

»Nachbarskinder.«

»Kinder?«, fragten die drei Männer wie aus einem Mund. »Seit wann fegen Kinder Schnee weg?«

Katharina lachte schelmisch und fügte an: »Für mich sind es immer noch Kinder, obwohl sie inzwischen erwachsen sind. Als sie Kinder waren, habe ich sie immer in meinem Garten spielen lassen. Darüber konnte ich vergessen, dass ich selbst keine habe. Als Gegenleistung helfen sie mir, wo sie können. Das hat sich bis heute nicht geändert, obwohl manche von ihnen schon weggezogen sind. Aber kaum kommen sie nach Buweiler zurück, besuchen sie mich und fragen, ob ich ihre Hilfe brauche.«

»So ein Dorfleben hat auch seine guten Seiten«, resümierte Renske. Er stellte sich an ein kleines Küchenfenster, dessen Scheibe mit Sprossen in noch kleinere Vierecke aufgeteilt war. Die Gardine bestand aus Rüschen, sodass der Blick durch das Fenster nur undeutlich war. Er schob den Stoff vorsichtig zur Seite. Von diesem Fenster aus fiel sein Blick auf das alte Gartenhaus, das auf dem Hügel stand. Auch dort war ein Weg freigeschaufelt worden, der direkt darauf zuführte.

»Gehört das Häuschen zu Ihrem Grundstück?«, fragte er.

»Ja! Aber das ist schon uralt. Die Einzigen, die daran immer ihren Spaß hatten, waren die Kinder aus der Nachbarschaft«, erklärte Katharina.

»Und was machen sie heute dort? Wohl kaum noch spielen.«

»Ich weiß es nicht. Aber deshalb sind Sie bestimmt nicht

hier«, stellte Katharina klar. »Was ist nun gestern passiert?«

Renske ließ sich wieder auf der hölzernen Eckbank nieder, die unter seinem Gewicht ächzte. Aber eine Antwort gab er nicht.

»Wenn der Staatsanwalt persönlich nach Buweiler kommt, muss ja wohl was besonders Schlimmes passiert sein«, beharrte Katharina auf ihrer Frage.

Immer noch Schweigen.

»Wenn ihr mich an der Nase herumführen wollt, dann gibt es keine Rouladen mit Rotkohl.«

»Das nennt man Erpressung.« Renske grinste.

Katharina stemmte beide Hände in die Hüften und setzte einen strengen Blick auf.

Theo gab schließlich nach und antwortete: »Es stimmt, dass gestern geschossen wurde.«

»Auf euch?«

»Das ist schwer zu glauben«, meinte Lukas. »Denn wer wusste schon, dass wir den Weg genau um diese Zeit fahren würden?«

Katharina nickte bedächtig und fragte weiter: »Aber ihr habt es nicht bis nach Hause geschafft. Warum?«

»Mein Auto wurde getroffen und wir sind im Graben gelandet«, sagte Theo.

»Wo?«

»Gerade mal zwei Kilometer von hier entfernt.«

»Warum seid ihr nicht zu mir zurückgekommen?«

Theo und Lukas schauten sich an. Sie wussten beide nicht, wie viel sie der alten Frau berichten durften, ohne sie unnötig zu erschrecken.

»Sagt nur, ihr seid nicht auf diesen Gedanken gekommen?«

»Doch!«

»Nein!«

»Ja, was nun?«

»Wir sind auf eine Hütte gestoßen und haben uns dort verkrochen«, kam es schnell von Theo.

»Du meinst die Hütte der Waderner Wanderfreunde?«

»Genau die.«

Plötzlich klingelte es an der Tür.

»Das wird mein Nachbar Otto sein«, erklärte Katharina und eilte zur Tür.

Lukas, Theo und Renske hörten, wie sie einen Mann mit den Worten »Das hat aber lang gedauert« begrüßte. Die drei amüsierten sich darüber.

»Was ist passiert, Katharina? Ich habe das fremde Auto gesehen und mir Sorgen gemacht.«

»Beeilt hast du dich ja nicht gerade«, tadelte Katharina. Die Stimmen näherten sich der Küche.

»Du weißt doch, dass mein Enkel bei mir zu Besuch ist«, rechtfertigte sich die Männerstimme.

Endlich gelangten sie in die Küche. Der Nachbar erwies sich als kräftiger Mann mit einem rundlichen Gesicht, das von weißen Haaren eingerahmt wurde.

»Ich bin Otto Stehle und wohne direkt gegenüber«, stellte er sich vor.

»Er war es, der mir weismachen wollte, dass gestern hier eine Jagd stattgefunden hat«, klärte Katharina auf.

»Was war es denn sonst?«, fragte Otto verdutzt.

»Da siehst du es mal wieder«, gab Katharina streitsüchtig zurück. »Du glaubst immer, mit deinem Jägerlatein alles zu wissen.«

»Aber meine Liebe, es ist doch die Zeit der Treibjagden. Und gerade hier bei uns im nördlichen Saarland ist das immer der Höhepunkt des Jahres«, wehrte sich Otto.

»Was hat das mit dem nördlichen Saarland zu tun?«, fragte der Staatsanwalt interessiert.

»Das Rotwildvorkommen konzentriert sich ausschließlich auf den Norden des Saarlandes«, erklärte Otto. »Aber leider handelt es sich dabei um Wechselwild, weshalb selten eine solche Jagd in unserer Gegend geplant und durchgeführt werden kann. Da kommt es schon mal vor, dass sich Jäger kurzfristig zusammenschließen, wenn solches Wild beobachtet worden ist.«

»Was ist Rotwild?«, fragte Renske weiter. »Rehe?«

»Nein! Das Reh gehört zum Rehwild. Rotwild sind die Hirsche.« Otto setzte sich neben den Staatsanwalt. »Dann gibt es noch das Damwild, das Schalenwild und das Schwarzwild.«

»Interessant«, bemerkte Renske. »Leider habe ich von der Jagd überhaupt keine Ahnung.«

»Hauptsache, Sie kennen sich mit Recht und Gesetz aus«, kam es vom Küchenherd, wo Katharina stand und in den Töpfen rührte.

»Ich will es hoffen.« Renske lachte. Aber dann wurde er wieder ernst und fügte hinzu: »Heißt das, dass Sie beide gestern hier zusammen waren, als die Schüsse gefallen sind?«

Otto und Katharina sahen sich erstaunt an, bevor Otto antwortete: »Nein! Ich war zuhause, weil Katharina Besuch hatte und ich nicht stören wollte. Erst als ich sah, dass der Toyota weg war, bin ich rübergegangen, um mir erzählen zu lassen, wie es war. Aber Katharina war sehr aufgeregt, weil sie die vielen Schüsse gehört hatte. Deshalb haben wir uns fast ausschließlich über die Jagd unterhalten.«

»Unterhalten ist gut«, murrte Katharina. »Gestritten haben wir uns, weil ich von Anfang an nicht glauben konnte, dass das eine Treibjagd war.«

»Lukas und Theo sind gestern Abend nicht in eine Treibjagd hineingeraten, das steht schon mal fest«, meinte Renske.

»Das heißt, dass ein Verbrechen geschehen ist?« Ottos Gesicht erblasste.

»Ja! Aber Sie verstehen hoffentlich, dass wir Ihnen keine näheren Auskünfte geben dürfen, weil wir uns mitten in polizeilichen Ermittlungen befinden«, erklärte Renske.

Katharina servierte ihren Gästen das Essen. Nur Otto bekam nichts. Ihn bedachte sie mit dem Kommentar: »Wer zu spät kommt, den bestraft das Leben.«

»Danke, meine Liebe. Aber ich habe schon gegessen. Ich sagte doch, dass mein Enkel aus Zweibrücken zu Besuch bei mir ist.«

»Sag nur, du hast für deinen Enkel gekocht?«, argwöhnte Katharina.

»Ja! Es ist schön, dass sich die jungen Leute noch an uns erinnern. Seit Arno im Krieg war, hat er erkannt, wie wertvoll ein Großvater sein kann. Wir können jetzt Erfahrungen austauschen.«

»In welchem Krieg war Ihr Enkel?«, fragte Renske, während er sich große Portionen Gemüse auf seinen Teller häufte.

»Er war bis vor Kurzem in Afghanistan stationiert. Die Zeit hat ihn sehr geprägt, er hat sich verändert.«

»Hoffentlich zu seinem Vorteil«, funkte Katharina dazwischen. »Denn früher war er immer der Schlimmste unter den Bengeln.«

»Natürlich zu seinem Vorteil«, verteidigte Otto seinen Enkel. Sein Gesicht und seine Halbglatze liefen rot an. »Immerhin war er es, der dir die Einfahrt freigekehrt hat.«

»In welcher Funktion war Ihr Enkel in Afghanistan?«, fragte Renske weiter.

»Er war als Verbindungsoffizier für die Kontakte zwischen den verschiedenen Truppen tätig.« Ottos Brust schwoll vor Stolz sichtlich an.

Plötzlich klingelte Renskes Handy. Alle verstummten und starrten auf den Staatsanwalt. Nur mürrisch unterbrach dieser sein Essen und meldete sich an dem kleinen Mobiltelefon. Nach einigen »Mhm« und »Ah« legte er auf und flüsterte Lukas zu: »Wir wissen jetzt, wer der Tote ist.«

*

»Unser Toter ist siebenundzwanzig Jahre alt und Hartz-IV-Empfänger«, berichtete Allensbacher, nachdem der Staatsanwalt zusammen mit Lukas Baccus und Theo Borg das Großraumbüro der Kriminalpolizeiinspektion in Saarbrücken betreten hatte.

»Welches Motiv gibt es, einen Hartz-IV-Empfänger zu jagen und zu töten?«

Doch auf die Frage des Kriminalrates achtete niemand mehr. Die Freude, Lukas und Theo wohlbehalten zu sehen, war zu groß.

»Mensch, Sie müssen uns aber erzählen, wie Sie diesem Kugelhagel entkommen sind«, rief Josefa Kleinert.

»Alles zu seiner Zeit«, bremste Allensbacher seine Sekretärin. »Die beiden müssen sich erst einmal von dem Schock erholen.«

»Oh, das haben wir schon«, grinste Theo und rieb sich seinen Bauch. »So gut habe ich schon lange nicht mehr gegessen.«

»Welches Restaurant hat bei einer solchen Schneekatastrophe geöffnet?«, fragte Allensbacher überrascht.

»Das Fünf-Sterne-Restaurant Katharina Borg«, antwortete Renske. Auf die erstaunten Gesichter fügte er lachend an: »Das ist Theos Tante und sie kocht wirklich wunderbar.«

»Heißt das, dass Sie einsatzbereit sind?«, versicherte sich Kriminalrat Ehrling, was Lukas und Theo bejahten.

»Okay! Der Tote heißt Oskar Lohse und kommt aus Wadern-Buweiler«, berichtete Monika. »Ist das der Ort, in dem deine Tante lebt?«

Theo nickte.

»Kennst du den Mann zufällig?«

»Nein! Ich war gestern das erste Mal seit Jahren wieder bei meiner Tante.«

»Dann können wir mit Sicherheit davon ausgehen, dass die Schüsse nicht Ihnen, sondern Oskar Lohse gegolten haben«, resümierte Ehrling. »Der Wagen, der im Abstand von einem halben Kilometer im Graben gefunden wurde, gehörte dem Opfer. Sie müssten ihn auf dem Heimweg gestern Nachmittag passiert haben. Ist Ihnen nichts aufgefallen?«

»Nein!«, gestand Theo. »Aber die Sicht war so schlecht, dass wir Mühe hatten, die Straße zu erkennen.«

Ehrling nickte und sprach weiter: »Vermutlich ist er aus demselben Grund im Graben gelandet wie Sie. Weil auf ihn geschossen wurde.«

»Wir haben vorher keinen Schuss gehört«, wandte Theo ein.

Lukas ergänzte zögerlich: »Vielleicht lief auch das Radio zu laut. Wir haben uns noch darüber unterhalten, dass der Wetterbericht voll daneben ist.«

»Also können wir nur darauf hoffen, dass wir den Schützen schnell fassen und der uns ein umfassendes Geständnis ablegt«, murrte Andrea. »Nur so bekommen wir den genauen Tatablauf heraus.«

»Es wäre auch interessant zu erfahren, warum der Schütze munter weitergeschossen hat.« Lukas spürte, wie sich ihm bei der Erinnerung immer noch die Nackenhaare sträubten.

»Vielleicht, weil er hinter seinem Opfer hergejagt ist. Ihr beide seid ihm einfach nur zufällig in die Schusslinie geraten«, spekulierte Andrea.

»Oder er hat sich einen Spaß daraus gemacht, Leute in der Abgeschiedenheit zu jagen«, murrte Theo.

»Mit dem Ziel, einen umzulegen, bevor er aufhört«, fügte Lukas verdrossen an. »Ganz egal, wer dran glauben muss.«

»Wenn Sie sich diesen Ermittlungen nicht gewachsen fühlen, sagen Sie mir Bescheid, dann teile ich Ihnen einen anderen Fall zu«, schaltete sich sofort der Kriminalrat in das Gespräch ein. »Es ist nur verständlich, dass man ein solches Erlebnis nicht so einfach wegsteckt.«

»Nein! Keine Sorge! Uns geht es gut«, versicherte Lukas hastig.

»Gut! Dann weise ich Sie an, einen detaillierten Bericht über die genauen Abläufe zu schreiben – und wenn möglich mit Zeitangaben«, befahl Ehrling.

Lukas und Theo nickten.

An Dieter Marx gewandt fragte der Kriminalrat: »Welche Drogen wurden bei dem Dealer gefunden, den Sie am Hochwald-Gymnasium festgenommen haben?«

»Amphetamine«, antwortete Dieter.

Ehrling pfiff durch die Zähne und meinte: »Schauen Sie nach, ob es eine Verbindung zwischen Oskar Lohse und unserem Drogendealer gibt. Das Alter der beiden Männer passt, und in der Gegend ist die Wahrscheinlichkeit groß, dass jeder jeden kennt.«

Marx eilte mit seinem Auftrag davon.

»Sie setzen sich mit der Ballistik in Verbindung«, wies der oberste Chef nun die Kollegin Monika Blech an. »Sie kennen sich mit Waffen aus. Finden Sie heraus, um welches Modell es sich handelt, ob diese Waffe schon mal in eine Schießerei verwickelt war…, das Übliche eben.«

»Geht klar!« Monika verließ ebenfalls das Großraumbüro.

Andrea stand da wie angewurzelt. Auch sie wartete auf eine Anweisung. Aber der Kriminalrat stürmte ohne ein weiteres Wort aus dem Raum.

»Scheiße!«, fluchte sie. »Und was mache ich?«

Allensbacher wandte sich ihr zu und sagte: »Sie werden die Kollegin Blech in die Ballistik begleiten.«

Als Andrea sich flink in Bewegung setzte, um Monika noch einzuholen, rief er ihr nach: »Ich verlasse mich auf Sie! Ich dulde nämlich keine Alleingänge, weil wir es hier mit einem gefährlichen Täter zu tun haben.«

»Sie können sich auf mich verlassen.«

Allensbacher wusste nicht, ob sie ihn hochnehmen wollte oder es ernst meinte, aber zu einer Nachfrage blieb ihm keine Zeit mehr.

*

Es war stockdunkel, als Lukas Baccus und Theo Borg das Büro betraten. Der Weihnachtsbaum stand in der Ecke und leuchtete einsam vor sich hin, wodurch er eine traurige Stimmung vermittelte.

»Sind wir die Ersten?«, fragte Lukas und schaute auf die Uhr. Es war halb acht Uhr morgens.

Theo setzte sich an seinen Schreibtisch und zog die Decke von dem großen Vogelkäfig herunter. Augenblicklich setzte das fröhliche Trällern von Peter und Paul ein. Nachdem er ihre Futter- und Wasserrationen geprüft hatte, fuhr er seinen Computer hoch und sagte: »Wir müssen diesen verdammten Bericht fertigbekommen.«

»Warum machst du so einen Stress?«

»Weil der oberste Boss persönlich die Anweisung gegeben hat, deshalb.«

Während Theo an seinem Rechner arbeitete, durchsuchte Lukas seinen Rucksack. Dabei wurde er immer hektischer, bis Theo innehielt und fragte: »Was machst du denn da?«

»Ich suche den Schlüssel zu meinem Schreibtisch.«

»In diesem riesigen Rucksack?« Theo schüttelte den Kopf. »Was hast du da alles drin?«

»Ein paar warme Klamotten für den Fall, dass wir wieder irgendwo eingeschneit werden.«

»Du bist paranoid. Was uns am Sonntag passiert ist, kommt so schnell bestimmt nicht wieder vor.«

»Woher willst du das wissen?«, hielt Lukas dagegen. »Solange wir diesen Wahnsinnigen nicht geschnappt haben, schleicht er durch die Wälder und ballert um sich. Denk nur an den Sniper in den USA! Wie viele Menschen hat der erschossen?«

»Zehn tödlich«, antwortete Theo. »Einige haben es überlebt.«

»Also! Wer sagt uns, dass wir es hier nicht ebenfalls mit einem eiskalten Heckenschützen zu tun haben?«

»Ich glaube, dass ich deine Ansichten besser nicht in den Bericht schreibe«, murrte Theo. »Sonst schafft uns Ehrling ohne jede Vorwarnung in die Geschlossene.«

»Blödmann!«

»Selber!«

»Fällt dir nicht mehr ein?«, grummelte Lukas.

»Nein! Das erspart mir einfach unnötig viele Worte.«

Plötzlich stieß Lukas einen lauten Schrei aus.

Theo schaute auf und starrte seinen Freund an, der ihm mit leuchtenden Augen den erhobenen Arm samt Schlüssel entgegenstreckte.

»Da ist er! So ein Rucksack verliert nichts.«

»Na großartig«, erwiderte Theo mürrisch. «Dann kannst du ja endlich mit deiner Arbeit anfangen.«

Die Tür ging auf und Andrea polterte herein. »Wie, ihr schon hier?«, lautete die Begrüßung. »Hofft wohl auf das Bundesverdienstkreuz, was?«

»Das kriegst du schon, weil jeder, der mit dir zu tun hat, ein echtes Kreuz zu tragen hat«, konterte Lukas.

»Arschloch!«

»Danke, gleichfalls.«

»Euer Morgenritual ist hoffentlich beendet«, funkte Theo wütend dazwischen. »So was kann sich doch kein Mensch in aller Frühe anhören.«

»Dann geh doch raus«, murrte Andrea.

Lukas grinste Theo an und fragte: »Weißt du jetzt, was ich mit dem Kreuz meinte, das jeder tragen muss, der mit Andrea zu tun hat?«

»Das habe ich schon vorher verstanden.«

Der nächste Kollege, der das Büro betrat, war Dieter Marx. Theo stöhnte und murmelte: »Jetzt noch eine Bibelandacht und ich fange auch an, hier wild herumzuballern.«

»Ein Sniper im Saarland reicht«, gab Lukas zurück.

»Was murmelt ihr hinter vorgehaltener Hand?«, fragte Marx.

Theo und Lukas schauten den großen Mann nur schweigend an, der daraufhin schwadronierte: »Schon Maleachi sagte: Euch aber, die ihr meinen Namen fürchtet, soll die Sonne der Gerechtigkeit aufgehen und ihre Flügel sollen Bekehrung bringen.«

»Amen!«

»Ich habe keine Verbindung zwischen dem erschossenen Mann und dem Drogendealer finden können, den wir am Hochwald-Gymnasium hochgenommen haben«, kam Marx zum Glück gleich auf den dienstlichen Teil zu sprechen, was alle mit Erleichterung zur Kenntnis nahmen.

»Dann such mal weiter«, meinte Theo griesgrämig. »Wer sucht, der findet.«

»Im Hause der Gottlosen ist der Fluch des Herrn! Aber das Haus der Gerechten wird gesegnet.«

»Yep!«

Lukas lachte laut auf.

»Haben Sie den Bericht fertiggeschrieben?« Diese Frage klang bedrohlich streng. Allensbacher war an den Tisch der Polizeibeamten herangetreten, ohne dass es jemand von ihnen bemerkt hatte.

Erstaunt schaute Theo auf und fragte verdutzt: »Wo kommen Sie denn her?«

»Sie werden es nicht glauben, aber ich bin den üblichen Weg hierhergekommen: Vom Parkplatz zum Fahrstuhl und dann durch die Tür ins Büro«, antwortete Allensbacher mürrisch. »Nun ist Ihre Frage beantwortet, meine dafür noch lange nicht. Also: Ist der Bericht fertig?«

»Noch nicht ganz.«

»Dann beeilen Sie sich!«

Theo ärgerte sich maßlos über den dicken, schwitzenden Dienststellenleiter, weshalb er seinen Blick abwendete.

»Haben Sie heute schon die Zeitung gelesen?«, fragte Allensbacher und schwenkte das Blatt geräuschvoll durch die Luft.

»Nein! Wir haben zu viel zu tun, weshalb wir keine Zeitung lesen können.«

Verärgert über diesen Kommentar brummte Allensbacher: »Dann bringen Sie gefälligst Ergebnisse, damit uns die Journalisten nicht schon wieder zuvorkommen.« Nun steuerte Allensbacher den Schreibtisch von Andrea an. »Sie waren gestern in der Ballistik. Welches Ergebnis haben die Kollegen ermittelt?«

»Die Frage kann Ihnen nur Monika beantworten«, wich Andrea aus. »Die haben gestern so viel Fachchinesisch geredet, dass ich kein Wort verstanden habe.«

»Als Kriminalkommissarin sollten Sie aber mit den Grundbegriffen aus der Ballistik vertraut sein.«

Die Spitze des Dienststellenleiters saß. Andrea erwiderte nichts, sondern schaltete mürrisch den Rechner ein.

Allensbacher schaute sich noch einmal im Büro um, bevor er ohne ein weiteres Wort in sein Büro verschwand.

»Endlich kann ich in Ruhe die Werkstatt anrufen und nachfragen, was dort mit meinem Auto veranstaltet worden ist«, murmelte Theo, nahm den Hörer und begann zu wählen.

Lukas wartete das Gespräch ab. Als Theo ohne eine Erklärung auflegte, fragte er ungeduldig: »Was ist? Warum sagst du nichts?«

»Ach! Die Idioten behaupten doch tatsächlich, mein Auto wäre alt und ich sollte froh sein, dass mir die Kiste nicht unter dem Hintern weggerostet ist.«

»So schlimm?«, hakte Lukas nach und unterdrückte ein Grinsen. »Und ich habe mich tatsächlich in dieses Auto reingesetzt.«

»Halt die Klappe!«

»Vermutlich war unsere Autofahrt das gefährlichste Erlebnis am vergangenen Sonntag«, provozierte Lukas ihn weiter.

»Du sollst ruhig sein!« Theo kochte innerlich.

»Oder der Sniper hat im Auftrag des Verkehrsministeriums Jagd auf alte Rostlauben gemacht – nach dem Motto: *Unsere Straßen sollen schöner werden.*«

Schon kam ihm ein Taschenrechner entgegengeflogen, den Lukas lachend auffing.

»Schön, Sie beide wieder so ausgelassen zu sehen«, hörten Lukas und Theo plötzlich Hugo Ehrlings Stimme dicht hinter ihnen. Der Kriminalrat stellte sich an den Schreibtisch der beiden Beamten und fragte: »Wo ist Ihr Bericht?«

Bedrücktes Schweigen herrschte, bis Theo zugab: »Ich schreibe noch daran, weil uns die Fakten erst nach und nach einfallen.«

»Lassen Sie sich Zeit.«

Die beiden tauschten erstaunte Blicke und musterten den Vorgesetzten argwöhnisch. Doch dessen Mimik verriet nicht den geringsten Groll über ihr Versäumnis.

»Sobald der Bericht fertig ist, suchen Sie alle Informationen über das Opfer Oskar Lohse zusammen. Vielleicht finden wir den Schützen über ihn.«

»Geht klar!« Theo nickte erleichtert.

Der Kriminalrat wollte Allensbachers Büro ansteuern, als Monika hereingepoltert kam. Neugierig drehte er sich um.

»Tschuldigung«, presste sie erschrocken heraus, als sie Ehrling zwischen den Schreibtischen stehen sah. »Aber mein Wecker ging nicht. Ich habe verpennt.«

Ehrling nickte wortlos und setzte seinen Weg fort.

»So ein Mist«, murmelte sie. »Komme ich einmal zu spät, bekommt es der oberste Boss gleich mit.«

»Du hast dich ja entschuldigt«, beruhigte Theo seine Kollegin. »Ich glaube nicht, dass Ehrling dir daraus einen Strick drehen wird. Ich habe gerade eine Seite von ihm kennengelernt, die ihn total fair und kollegial gezeigt hat. Unsere ständige Panik vor diesem Mann ist vermutlich unbegründet.«

»Dein Wort in Ehrlings Ohr«, meinte Monika und ließ sich an ihrem Schreibtisch nieder. Darauf breitete sie einige Unterlagen aus, die sie zu lesen begann.

Es dauerte nicht lange, da kamen der Dienststellenleiter und der Kriminalrat gemeinsam auf ihren Schreibtisch zu.

»Was haben Sie in der Ballistik erfahren?«, fragte Ehrling.

»Sehr aufschlussreiche Dinge«, meinte Monika mit vor Aufregung gerötetem Gesicht. »Zum Beispiel haben die Projektile das Kaliber 7,92 x 57.«

»Konnte das einer Waffe zugeordnet werden, die schon in unserem Register steht?«

»Ich hatte noch keine Zeit, danach zu suchen.«

»Dann tun Sie das jetzt! Aber sicherlich gibt es noch mehr als das Kaliber«, drängte Ehrling.

Monika las aus dem Bericht vor: »Das Kaliber 7,92 x 57 wird als Jagdmunition verwendet, vor allem bei der Jagd auf Rotwild.«

»Und wie wir erfahren haben, gibt es Rotwild nur im nördlichen Saarland«, warf Lukas ein.

»Wenn überhaupt«, hielt Theo dagegen. »Laut Otto Stehle sind dort die Hirsche höchstens Wechselwild – oder wie er das genannt hat. Also Wild, das nur durch das Saarland zieht, um seinen Standort zu wechseln.«

»Ich erwarte hier keine Wildanalyse, sondern einen ballistischen Bericht«, stellte Ehrling klar.

Monika atmete tief durch und las weiter vor: »Diese speziellen Projektile, die wir hier gefunden haben, sind schon sehr alt.«

»Woran erkennt man das?«, fragte der Amtsleiter überrascht. »Sind sie verrostet?«

»Genau das! Es wurden geringe Spuren von Rost daran gefunden. Hier haben wir es außerdem mit einer Infanterie Stark zu tun.«

»Was bedeutet das?«

»Infanterie Stark wurde als Nachfolger des etwas größeren Rundkopfgeschosses für den Karabiner 98 eingeführt, weil es beim Nachladen von Rundkopfgeschossen häufig zu Problemen kam. Die Patrone blieb im Geschosslauf hängen und explodierte. In unserem Fall ist das Material der Patrone interessant. Es handelt sich nämlich um ein Tombak-Geschoss, in dünnes Blei gebettet, das im Zweiten Weltkrieg hergestellt wurde, um das Geschoss leichter zu machen und den Bleianteil zu verringern. Die Hülsen, die wir dazu gefunden haben, bestehen aus Stahl. Erst gegen Ende des Krieges kamen vermehrt die kostengünstigeren Stahlhülsen zum Einsatz.«

»Was heißt das für uns?«, drängte Ehrling weiter.

»Dass wir es hier mit einer Standard-Gewehrpatrone für *Gewehr 43* mit der Bezeichnung G43 oder *Karabiner 43* mit der Bezeichnung K43 des deutschen Militärs aus dem Zweiten Weltkrieg zu tun haben.«

4

»Wir haben den Bericht der Spurensicherung über die Lage innerhalb der Blockhütte«, sagte Kriminalrat Ehrling. An Theo und Lukas gewandt sprach er weiter: »Um die genauen Abläufe rekonstruieren zu können, brauchen wir jetzt Ihre Angaben.«

Theo las vor, was er bis zu diesem Zeitpunkt bereits in seinem PC notiert hatte.

»Was ist passiert, als Oskar Lohse hinzukam?«, fragte Ehrling, als Theos Vortrag beendet war.

»Hinzukommen trifft es nicht so genau«, meinte Lukas und grinste freudlos. »Vor der Tür heulte jemand auf, wie ein verwundetes Tier.«

Die Kollegen rissen erschrocken ihre Augen auf.

»Wir wussten nicht, was das zu bedeuten hat, haben uns sicherheitshalber rechts und links von der Tür postiert – für den Notfall.«

»Gute Reaktion«, lobte Ehrling.

»Die Tür flog auf«, berichtete Lukas weiter. »Fast gleichzeitig fiel ein Schuss. Ein Mann stolperte mit einem Blutschwall herein und ging vor unseren Augen zu Boden.«

Ehrling nickte, schaute auf das Blatt Papier in seiner Hand und sagte: »Das deckt sich mit dem Laborbericht. Ein Projektil hat in der gegenüberliegenden Holzwand gesteckt. Es ist bei den anderen in der Ballistik.«

Lukas fröstelte bei der Erinnerung daran.

»Was haben Sie dann gemacht?«, drängte der Amtsleiter weiter.

»Wir haben ganz entsetzt auf den Mann gestarrt, den wir in dem schwachen Lichtschein durch den Schnee nur schemenhaft erkennen konnten. Was wir aber deutlich sehen konnten, war die Blutlache unter ihm, die immer größer wurde.«

»Und der Schütze?«

»Der stand draußen vor der Tür.«

»Wollte der nicht nachsehen, ob sein Opfer auch tot ist?«

»Er machte einige Schritte auf die Hütte zu, trampelte geräuschvoll über die Holzpaneele direkt am Eingang, so nah war er schon. Doch da fiel die Tür von ganz allein zu«, antwortete Theo.

»Von ganz allein?«, hakte Ehrling nach.

»Ja! Wir waren total überrascht«, gab Theo zu. »Als die Tür zugefallen war, haben wir abgewartet. Denn aufreißen wollten wir sie nicht ...«

Ehrling nickte. »Verständlich. Damit wären Sie dem Schützen direkt vor die Flinte gelaufen.«

»Eben. Also warteten wir ab. Es dauerte nicht lange, da hörten wir, dass der Schütze die Tür mit dem Holzbrett von außen verriegelte. Wir haben noch einige Zeit gewartet, bis wir uns ganz sicher waren, dass er weg ist. Dann haben wir versucht, die Tür einzutreten oder eines der Fenster zu öffnen. Aber wir hatten keine Chance. Diese Dinger sind zu stabil und so konstruiert, dass man von innen nicht dran kommt.«

»Warum hat der Schütze nicht in der Hütte nachgesehen?«, fragte Ehrling. »Er muss doch gemerkt haben, dass noch jemand dort ist.«

»Woran?«

»Am Feuer im Kamin. Oder haben Sie das nicht entfacht?«

»Doch! Aber erst später! Solange wir Schüsse gehört haben, wollten wir nichts tun, was die Aufmerksamkeit auf uns lenkt.«

Ehrling stutzte.

»Ich denke, der Typ hat euch in die Hütte gejagt«, warf Andrea ein.

Lukas zuckte die Schultern und wiederholte, was er schon häufiger vermutet hatte: »Eigentlich konnte niemand wissen, dass wir genau dort in dieser Einöde sind. Vielleicht hat der Schütze einen anderen jagen wollen und nicht erkannt, wen er gerade im Visier hat.«

»Das ist ein Aspekt, den wir beachten sollten. Das sagt uns etwas über den Schützen aus«, wandte Ehrling mit nachdenklicher Miene ein.

»Und was?«, fragte Lukas.

»Dass er nicht gut vorbereitet war.«

»Jedenfalls würde ich sagen, dass er diese Hütte genau kennt.«

»Warum? Was ist an der Hütte so besonders?«, fragte Ehrling.

»Die Tür fällt immer von allein zu. Das muss er gewusst haben, sonst wäre er misstrauisch geworden«, antwortete Lukas.

Theo murrte: »Das war wohl unser Glück. Sonst würden wir jetzt ebenfalls unseren Gerichtsmediziner Dr. Stemm beehren.«

»Damit kommen wir auch schon auf das nächste Thema«, erkannte Hugo Ehrling. »Wissen wir, ob diese Kugel die einzige war, die Oskar Lohse getroffen hat?«

»Uns haben keine Kugeln getroffen, aber es sind uns einige um die Ohren geflogen«, meinte Lukas. Er rieb sich durch das Gesicht, als könnte er die Baumrinde immer noch spüren.

»Das Labor untersucht die Blutflecken, die im Wald gefunden wurden«, warf Dieter Marx ein. »Wenn der Herr gnädig ist, wird er uns schon bald eine DNA-Analyse zuschicken, die uns bestätigt, dass das Blut vom Opfer stammt.«

Ehrling nickte mit einem nervösen Gesichtsausdruck.

»Und wer von Ihnen war in der Gerichtsmedizin, um die Autopsie zu begleiten?«

Schweigen war die Antwort.

Verärgert schaute der Amtsleiter in die Runde und sagte dann zu Monika: »Das werden Sie zusammen mit Frau Peperding übernehmen.«

»Warum wir?«, protestierte Andrea leise. »Ich stehe nicht so auf zerfetzte Leichen.«

»Wollen Sie mein Amt übernehmen und die Aufgaben delegieren?«, fragte Ehrling, der jedes Wort verstanden hatte. Sofort entschuldigte sich Andrea.

»Außerdem sehen wir zu, dass wir mehr über das Opfer herausfinden, weil wir vermutlich nur so auf das Motiv stoßen können«, fuhr der Kriminalrat fort. »Was wissen wir denn bereits über Oskar Lohse?«

»Leider nicht viel«, antwortete Lukas. »Er ist nicht vorbestraft. Er hat Koch gelernt, ist aber kurz nach seiner Ausbildung arbeitslos geworden. Dann hat er eine Weile bei einem Pizzaservice gearbeitet. Aber der hat ihn bald wieder entlassen.«

»In welche Schule ist er gegangen?«

»In die Erweiterte Realschule in Wadern.«

»Gibt es eine Verbindung zum Hochwald-Gymnasium, wo der Drogendealer festgenommen wurde?«

»Bis jetzt nicht!«, antwortete Dieter Marx.

An Lukas und Theo gewandt befahl Ehrling: »Sie fahren nach Wadern-Buweiler. Vor Ort werden Sie mehr über das Opfer erfahren, weil Sie persönliche Kontakte dort haben.«

*

»Haben heute mal die Damen das Vergnügen, mich bei meiner Arbeit bewundern zu dürfen?«, donnerte die Stimme des Gerichtsmediziners durch den gekachelten Raum. Sein Lachen klang einsam, weil weder Andrea noch Monika einstimmen mochten. Aber das störte den großen, massigen Mann nicht. Seine gute Laune war unerschütterlich, was angesichts seiner Tätigkeit schon an ein Wunder grenzte. Dr. Eberhard Stemm liebte seinen Beruf und zeigte das allen deutlicher, als sie es wissen wollten.

»Oder«, grübelte der Arzt, während er seinen grünen Kittel und seine Kopfhaube überzog, bevor er mit der Arbeit beginnen konnte, »wollen unsere beiden Helden Baccus und Borg nicht wissen, wie sie aussehen würden, wenn sie nicht schnell genug in Deckung gegangen wären?«

Nun lachte Dr. Stemm so laut, dass es den beiden Polizeibeamtinnen in den Ohren schmerzte. Andrea grinste schief, während Monikas Gesicht immer blasser wurde.

»Ja, ja! Laufen können die Jungs!«, schwadronierte Dr. Stemm weiter, während sie auf den Stahltisch zugingen, auf dem Oskar Lohses Leiche lag. »Den Weg vom Seziertisch zum Klo legen sie in Bestzeit zurück.«

Nun musste Andrea laut lachen. Monika rammte ihr in die Seite.

»Die Übung hat ihnen wohl das Leben gerettet.«

Das Laken wurde abgenommen und vor ihnen lag ein nackter Männerkörper mit einer großen Wunde im Brustbereich.

»Was Sie hier sehen, ist die Austrittswunde, bei der das Projektil den Knochen zersplittert hat, weshalb diese Wunde wesentlich größer ist als die Eintrittswunde«, erklärte Dr. Stemm. Voll Entsetzen sahen sie ein tief klaffendes Loch mitten in der Brust des Toten, mit sternförmig nach außen gesprengten Hautfetzen und Knochensplittern, die durch die Haut ragten.

»Ich würde sagen, dass die Größe und Form der Austrittswunde für einen Durchschuss aus großer Entfernung spricht. Die Spitze des Geschosses bekam eine derart hohe Geschwindigkeit, dass sich das Geschoss beim Aufprall auf wundersame Weise so veränderte, dass es eine Pilzform oder Tassenform annahm oder sogar in viele Stücke auseinander ging und deshalb diesen furchtbaren Schaden anrichten konnte«, führte Dr. Stemm seine Erklärungen weiter aus. »Die Bewegungsrichtung der Kugel ist in diesem Fall leicht zu bestimmen.«

Der Pathologe hob die Leiche an und steckte einen Stab von hinten durch das Loch, bis er vorne herauslugte. Damit demonstrierte er, dass die Kugel in einer geraden Bahn von hinten nach vorne den Mann durchdrungen hatte.

Monikas Gesicht wurde bei dieser Darbietung bereits grün.

»Also können Sie davon ausgehen, dass Opfer und Täter etwa gleich groß waren.«

»Wie groß war Oskar Lohse?«, fragte Monika, um sich abzulenken. Dabei schluckte sie schwer.

»Einen Meter fünfundachtzig, also schon recht groß«, antwortete Stemm, bevor er seinen fachlichen Vortrag fortsetzte: »Beim Verlauf des Projektils sind die Brustwirbel eins bis sieben, eben die dazugehörigen sternalen Rippenpaare, durchschlagen. Wie wir wissen, liegt genau dort das Herz, das ebenfalls durchschlagen wurde, was sofort tödlich für das Opfer war.«

»Woher wissen Sie, welche Rippen zerschlagen wurden?«, fragte Andrea. »Sie haben den Mann doch noch gar nicht geöffnet.«

»Ich habe Röntgenbilder angefertigt«, antwortete der Mediziner mit einem süffisanten Grinsen. »Die hängen dort an der Wand. Sie können sich gern selbst von dem Ergebnis überzeugen, während ich jetzt Ihrem Wunsch nachkomme und die Leiche öffne.«

»Ich kann keine Röntgenbilder lesen«, murrte Andrea.

»Dann dürfen Sie mir zuschauen. Ich werde jeden Handgriff erläutern, weil das zum Diktat gehört.« Dr. Stemm stieß wieder ein donnerndes Lachen aus. »Aber vorher erkläre ich Ihnen noch einige Befunde, die sich nach der äußerlichen Untersuchung ergeben haben.«

Beide Frauen schauten auf die Knie des Toten und sahen dort Hautabschürfungen und Blutergüsse.

»Anhand der Einblutungen an den Wundrändern und durch die Verfärbung des Hämatoms können wir mit Bestimmtheit sagen, dass sich das Opfer diese Verletzung zu Lebzeiten zugezogen hat. Es wäre also möglich, dass Lohse bei der Flucht gestürzt ist.«

Die Polizeibeamtinnen nickten.

Nun zeigte der Arzt auf zwei Verletzungen am Bein. Die hintere Wunde sah wie ein kleines Loch aus, die vordere klaffte wie ein ovaler Trichter mit zerfetzten Hauträndern und Rötungen im näheren Bereich der Verletzung.

Wieder nahm Dr. Stemm seinen Stab und schob ihn von hinten nach vorne durch diese Wunde. »Hier sehen wir das Einschussloch, dort die Austrittswunde, ein Schuss, den das Opfer überlebt hat, weil diese beginnende Entzündung ein Zeichen von Vitalfunktion ist«, erklärte er während seiner Vorführung und wies auf den geröteten Wundrand.

»Ist diese Schusswunde durch dasselbe Projektil entstanden wie die tödliche Wunde?«, fragte Monika.

»Das kann ich nur anhand der Eintrittswunde ungefähr bestimmen«, meinte der Gerichtsmediziner. »Nach meinen Messungen ist dieser Durchschuss am Oberschenkel ebenfalls mit einem großen Projektil entstanden.«

»Warum ist diese Wunde viel kleiner als die Austrittswunde in der Brust?«, wollte Andrea wissen.

»Weil hier keine Knochen durchschlagen wurden.«

»Können wir von einem Schützen ausgehen?«, hakte Monika ein.

»Das kann ich Ihnen nicht beantworten.«

Monika nickte und fragte weiter: »Konnte Oskar Lohse mit dieser Verletzung noch laufen?«

»Wenn man in Todesangst ist, läuft man auch noch mit solchen Verletzungen«, erwiderte Dr. Stemm. »Der Schütze hat mehrere Versuche gebraucht, bis er den tödlichen Schuss abgeben konnte.« Dabei zeigte er auf einen Streifschuss am linken Oberarm. »Und jetzt kommen wir zum delikaten Teil: Ich schneide den Toten auf.«

Monika zog es vor, sich währenddessen die Röntgenbilder anzusehen. Das Ausmaß der Zerstörung konnte sie auch ohne den Anblick der aufgeschnittenen Leiche erkennen. Es war erschreckend, welche Durchschlagskraft ein solches Projektil hatte. Sie schüttelte entsetzt den Kopf, während sie den Gerichtsmediziner im Hintergrund sprechen hörte.

»Warum bist du überhaupt mitgekommen?« Die Frage ihrer Kollegin schallte plötzlich unfreundlich an ihr Ohr. »Zum Bildchen gucken?«

Erschrocken drehte sich Monika um und antwortete mit leiser Stimme: »Ich verstehe jedes Wort, das hier gesprochen wird. Also mach dir mal keine Sorgen, der Chef könnte dich hinterher nach dem Ergebnis fragen. Ich werde mich um den Bericht kümmern.«

Dr. Stemm schaute kurz zu den beiden Frauen und sagte: »Bitte keine Stutenbissigkeit in meinen heiligen Räumen!« Darauf stieß er sein gewohntes Lachen aus und ergänzte: »Warum schickt der Kriminalrat immer seine Leute zur Obduktion, wenn sie am Ende doch nur kotzen oder sonstigen Unfug treiben, nur nicht meiner Arbeit beiwohnen?« Als keine Antwort kam, gab er sie selbst: »Weil er nicht weiß, was sich hier abspielt.«

»Können Sie uns etwas für den Chef mit auf den Weg geben?«, fragte Monika, um diesen zynischen Monolog zu beenden.

»Auf jeden Fall! Was Sie ihm sagen können, ist Folgendes: Oskar Lohse wurde zweimal angeschossen, was der Durchschuss an seinem Oberschenkel und der Streifschuss am Oberarm zeigen. Außerdem hat er sich auf der Flucht an Händen und Knien Schürfwunden und Hämatome zugezogen. Aber es gibt keine Verletzungen, die auf einen Kampf Mann gegen Mann hindeuten.«

*

Wieder erstreckte sich vor ihren Augen eine unendliche weiße Weite. Lediglich die Straße war geräumt, wodurch sie sich wie ein dunkles Band durch die Schneelandschaft hindurchschlängelte.

»Dass wir in so kurzer Zeit gleich dreimal diesen Weg fahren müssen, hätte ich mir nicht träumen lassen«, meinte Lukas, der das Steuer übernommen hatte.

»Tante Katharina freut sich schon. Ich habe sie angerufen und unseren Besuch angekündigt«, meinte Theo.

Lukas grinste und fragte: »Kocht sie was für uns?«

»Könnte sein«, gab Theo geheimnisvoll lächelnd zurück.

»Wenn das so ist, macht mir die Fahrt nach Buweiler gleich sehr viel mehr Spaß.«

Sie passierten die Stelle, an der sie vor zwei Tagen in den Graben gerutscht waren und ihr Höllentrip begonnen hatte. Lukas nahm den Fuß vom Gas, langsam rollten sie daran vorbei. Hinter der Kurve gelangten sie an den Ort, an dem das Opfer mit seinem Wagen in den Graben gerutscht war.

Je näher sie dem Dorf kamen, umso dunkler wurden die angehäuften Schneeberge am Straßenrand. Nach und nach wandelten sie sich von Weiß in Gelb bis hin zu einem hässlichen Braun, umgeben von Pfützen.

»Wo fangen wir an?«, fragte Lukas. »Direkt bei der Familie des Opfers? Oder statten wir deiner Tante zuerst einen Besuch ab?«

»Ich würde sagen, wir gehen erst mal zur Familie des Opfers«, antwortete Theo. »Denn du darfst Katharinas Mitteilungsbedürfnis nicht unterschätzen. Es könnte nämlich sonst passieren, dass die betroffene Familie schon vor unserem Besuch erfährt, dass wir auf dem Weg zu ihr sind.«

»Alles klar.«

Lukas fuhr einige Meter durch die Hauptverkehrsstraße, bis er in eine schmale Seitengasse einbog. Das Haus der Familie Lohse fanden sie sofort, es war ein riesiger, grüner Bau mit mehreren angebauten Scheunen. Auf dem großflächigen Vorplatz stand eine kleine Menschenmenge und diskutierte.

»Da hat die Dorfpost auch ohne unsere Vorsichtsmaßnahmen funktioniert«, stellte Theo fest.

Sie parkten den Wagen und stiegen aus.

»Aha! Die Polizei tut auch schon was«, ertönte es abfällig. »Wurde auch Zeit! Oder sind wir jetzt Freiwild?«

»Und was tun Sie hier?«, fragte Lukas und wollte auf die Gruppe zugehen. Plötzlich wurde es laut, einige schimpften mit geballten Fäusten, andere gingen fort. Theo gelang es, Lukas noch rechtzeitig aufzuhalten, indem er ihn am Arm festhielt und leise mahnte: »Mach keinen Fehler! Sonst bist du hier morgen das Thema Nummer eins und Oskar Lohse ist vergessen.«

Erstaunt schaute Lukas seinen Kollegen an und fragte: »Was soll das heißen?«

»Du bist hier in einem kleinen Dorf. Da herrschen andere Gesetze als in der Stadt. Hier kennt jeder jeden, Fremde sind so was wie Außerirdische. Da kannst du nicht erwarten, dass sie vor Respekt den Hut ziehen und dir alles sagen, was du hören willst.«

»Ach! Und warum bin ich hier? Doch wohl, um an Informationen ranzukommen.«

»Zuerst müssen wir das Vertrauen der Leute gewinnen. Nur dann erreichen wir etwas. Einfach drauflos poltern nützt gar nichts.«

»Wär ich nur in Saarbrücken geblieben«, murrte Lukas.

»Zu spät! Jetzt haben wir einen Fall mitten auf dem Land. Und den klären wir auch auf.«

»So wie du diese Menschen beschreibst, kann es verdammt lange dauern, bis wir hier überhaupt etwas erfahren.«

Theo zuckte mit den Schultern und murmelte: »Vielleicht hilft es uns, dass ich der Neffe von Katharina bin.«

Lukas nickte, während sie auf die Eingangstür zu Oskar Lohses Elternhaus zugingen. Klingeln mussten sie nicht, denn ihre Ankunft war bereits bemerkt worden. Eine Frau mit leichenblassem Gesicht und verweinten Augen ließ die Kommissare eintreten.

Eisige Kälte und stickige Luft schlugen ihnen entgegen. Ein Blick ins Wohnzimmer verriet die Ursache für den Qualm. Dort saß ein Mann vor dem Fernseher und rauchte. Auf dem niedrigen Tisch standen leere Bierflaschen.

Die Frau führte Lukas und Theo in die Küche und bot ihnen Kaffee an. Doch die beiden lehnten ab. Der Gesamteindruck riet ihnen, in diesem Haus besser nichts anzunehmen. Sie setzten sich an den Küchentisch, auf dem sich noch das Geschirr vom Vortag stapelte, schoben dabei ihre Stühle weit von dem Tisch weg und warteten, bis die Frau Teller und Tassen zur Seite gestellt hatte.

»Haben Sie Oskars Mörder gefasst?«, fragte sie.

Theo antwortete mit belegter Stimme: »Nein. Wir ermitteln noch. Deshalb sind wir hier.«

Das Gesicht der Frau fiel noch mehr ein. Mit trüben Augen schaute sie Theo an und fragte resigniert: »Was wollen Sie von mir wissen? Ich kann Ihnen bestimmt nicht helfen.«

»Wir wollen von Ihnen wissen, wohin ihr Sohn am Sonntag

gefahren ist.«

Eine Weile verging, bis Frau Lohse antwortete: »Am Sonntag ist er zu seinem Freund Nils Amann gefahren. Er wollte mit ihm den Weihnachtsmarkt in Wadern besuchen.«

Lukas schrieb sich den Namen auf, während Theo weiterfragte: »Lebt dieser Freund hier in Buweiler?«

»Ja. In der Löstertalstraße. Nicht weit von hier.«

»Und Ihr Sohn wollte ganz sicher nach Wadern?«

Frau Lohse nickte.

»Hat Ihr Sohn Feinde hier im Dorf?«

»So ein Blödsinn!« Die Mutter des Ermordeten lachte freudlos auf. »Welche Feinde sollte ein arbeitsloser junger Mann schon haben?«

Lukas und Theo schwiegen betreten. Die Geräusche aus dem Fernseher drangen bis in die Küche. Eine Sportsendung wurde übertragen, was an der Geräuschkulisse deutlich zu erkennen war. Vor dem Haus fuhr ein Auto vorbei. Die Stimmen der Menschen, die sich dort versammelten, wurden lauter.

»Was wollen diese vielen Leute vor Ihrer Tür?«, fragte Lukas mit einem Blick aus dem Fenster.

Die Frau spielte nervös mit ihren langen, dünnen Fingern an einem Taschentuch, während sie antwortete: »Sie wollen wohl etwas in Erfahrung bringen. Vermutlich denken sie, dass mein Sohn selbst schuld ist.«

»Warum sollten sie so etwas denken?«

»Weil Oskar nicht gearbeitet hat und trotzdem nichts entbehren musste.« Plötzlich erwachte sie zu neuem Leben und funkelte Lukas böse an. »Oskar hatte ein schickes Auto, ein Motorrad und immer genug Geld, um auszugehen oder in Urlaub zu fahren. Aber das gefiel hier einigen nicht. Die Alten denken noch sehr traditionell, so nach dem Motto, dass man sich alles im Leben selbst erarbeiten muss.«

»Und dann sagen Sie, Ihr Sohn hätte keine Feinde gehabt?«, hakte Theo nach.

Frau Lohse reagierte gereizt auf diese Feststellung: »Schauen Sie sich diese Männer doch mal an! Die sind schon im Greisenalter. Die laufen nicht mehr durch den Wald und erschießen junge Leute.« Theo runzelte die Stirn, als die Frau anfügte: »Außerdem würde der eigene Opa wohl nicht auf seinen Enkel schießen. Der Ärmste liegt seitdem krank im Bett. Das hat ihn arg mitgenommen.«

»Wer sind denn diese Leute?«

»Der älteste von ihnen heißt Gerhard Dinz, der ist schon über neunzig und denkt gar nicht daran zu sterben, während mein Sohn schon mit siebenundzwanzig getötet wird.« Frau Lohse brach in Tränen aus. Es dauerte eine Weile, bis sie weitersprechen konnte: »Gerhard Dinz ist immer mit Otto Stehle, Ernst Genser und meinem Schwiegervater Alois zusammen. Wo der eine ist, sind auch die anderen. Sie schwadronieren über den Zerfall unserer Gesellschaft. Und immer, wenn mein Schwiegervater nach Hause kommt, müssen wir uns seine Schimpftiraden anhören. Deshalb weiß ich so genau, was in diesen Alten vorgeht.«

»Otto Stehle«, widerholte Lukas und schaute nun etwas genauer aus dem Fenster. Tatsächlich. Unter diesen Menschen befand sich auch der hilfsbereite Nachbar von Theos Tante.

»Damit wissen wir also, wer nicht als Täter in Frage kommt«, sagte Theo leicht gereizt. »Können Sie uns denn sagen, mit wem Ihr Sohn in letzter Zeit Kontakt hatte? Hatte er außer Nils Amann noch andere Freunde im Dorf?«

»Natürlich!«, empörte sich Frau Lohse. »Schon von Kindheit an war er immer mit Volker, Philipp, Arno und Nils zusammen. Die Jungs sind zusammen aufgewachsen und in die gleiche Schule gegangen.«

»Leben diese Männer noch in Buweiler?«

Frau Lohse überlegte eine Weile, bis sie sagte: »Arno Stehle wohnt in Zweibrücken.«

Theo erinnerte sich an den Namen: »Zurzeit ist er hier, wie wir von Otto Stehle wissen.«

»Keine Ahnung«, räumte Frau Lohse ein. »Ich weiß nur, dass

Volker und Philipp das Dorf nie verlassen haben.«

»Wie heißen die Männer mit vollem Namen?«

»Volker Dinz und Philipp Genser.«

»Genser? Dinz?«, hakte Theo nach. »Hatten Sie diese Namen nicht gerade noch erwähnt?«

»Doch! Ernst Genser ist Philipps Großvater. Und Gerhard Dinz der von Volker. Hier ist es noch so, dass mehrere Generationen zusammenleben.«

»Sind die beiden Männer jetzt zuhause anzutreffen?«

»Nur Volker! Der arbeitet schon lange nichts mehr.«

»War Ihr Sohn zufällig in einem Schützenverein?«, fragte Lukas.

»Nein! Warum?«

»War nur so eine Idee! Jemand aus dem Schützenverein käme an eine Waffe heran.

»Oskar hatte etwas gegen Waffen. Als er bei der Bundeswehr war, hatte er richtig darunter gelitten.«

»Er hätte den Wehrdienst verweigern können.«

»Die Alternative, eine soziale Arbeit zu machen, gefiel ihm auch nicht. Sein Traum war schon immer, Koch zu werden. Bei der Bundeswehr hatte er gehofft, in der Küche arbeiten zu dürfen. Aber das hat nicht geklappt. Ständig musste er ins Manöver. Er war heilfroh, als diese Zeit vorbei war.«

»Seit wann war Oskar arbeitslos?«

»Seit zwei Jahren! Er hat zwischendurch mal bei einem Pizzaservice gearbeitet, aber dort wurde er letztes Jahr direkt nach Weihnachten entlassen. Danach hat er für kurze Zeit an einer Imbissbude ausgeholfen. Aber das war nichts für ihn.«

»Und woher hatte er das Geld für ein eigenes Motorrad, ein schickes Auto oder um in Urlaub zu fahren?«

Der Blick der Frau wirkte sofort verunsichert, als sie sagte: »Er hat immer irgendeinen Job gemacht. Er war ja unermüdlich auf der Suche nach Arbeit.«

»Irgendeinen Job?«, wiederholte Theo stutzig. »Geht das auch genauer?«

»Nein! Er hat uns nicht alles erzählt.«

Lukas und Theo verabschiedeten sich und traten hinaus in die kalte Luft. Eine Weile blieben sie vor dem Dienstwagen stehen und sogen die frische Luft gierig ein, nachdem sie lange den Mief im Haus der Lohses hatten aushalten müssen. Schließlich bemerkte Theo: »Diese Jobs, die Oskar Lohse angeblich gemacht hat, geben mir zu denken. Marx sollte eingeschaltet werden. Vielleicht hat die Geschichte ja tatsächlich mit Drogen zu tun.« Er schaute sich um und fügte hinzu: »Schnee im Schnee! Wär doch mal was Neues!«

»Willst du die Bibel auswendig lernen?«, fragte Lukas murrend bei der Erinnerung an den gottesfürchtigen Kollegen. »Ich bin eher der Meinung, dass wir uns Otto Stehle genauer anschauen sollten.«

»Warum?«

»Uns versucht er auf die falsche Spur zu bringen, von wegen Treibjagd. Seine Kumpel hetzt er munter gegen uns auf. Und als Jäger ist er auch in seinem Alter noch fähig, wahllos durch die Gegend zu ballern. Genau das war es doch, was wir am Sonntag erlebt haben.«

Theo stimmte zu: »Wir müssen uns außerdem die Freunde von Oskar Lohse vornehmen. Und nicht zu vergessen der Typ, den er angeblich kurz vor seinem Tod besucht hat, weil er ihn zum Weihnachtsmarkt nach Wadern mitnehmen wollte. Wie hieß der noch mal?«

Lukas schaute auf seinen Notizblock: »Nils Amann.«

»Genau!« Theo nickte. »Also, wen nehmen wir uns jetzt zuerst vor: Volker Dinz, Nils Amann oder Otto Stehle?«

»Alle! Und zwar in genau der Reihenfolge«, schlug Lukas vor. »Anschließend fahren wir zu deiner Tante und lassen uns mit einem guten Essen verwöhnen.«

»Du bist ja ein Gourmet!«

*

Daniel Bauer warf seine langen blonden Haare zurück in den Nacken und hielt den Blick gezielt auf die kleine Gruppe von Menschen gerichtet, die sich vor dem Haus des Opfers versammelt hatte. Er ahnte, dass er nichts erreichen würde, wenn er diese stoischen Alten mit Fragen bombardierte. In einem Dorf wurde jeder Fremde grundsätzlich mit Ablehnung behandelt. Soviel wusste er schon – auch wenn er selbst bisher keine Erfahrungen dieser Art hatte machen müssen. Aber er war vorbereitet und entschied sich für eine geschicktere Strategie: Er hielt sich in der Nähe der Alten auf und versuchte, ihre Gespräche aufzuschnappen.

Unsichtbar machen – das war ohnehin seine Stärke.

Dieser Mord hatte alle Erwartungen übertroffen. Ein junger Mann wurde gejagt und erschossen wie ein wildes Tier. Hinzu kam, dass diese Grausamkeit in einer einsamen Gegend stattgefunden hatte, in der allein schon der Gedanke an Kriminalität so weit entfernt war wie der Mond.

Daniel grinste bei der Vorstellung daran, welche Möglichkeiten sich ihm plötzlich boten. Als Neuzugang der saarländischen Tageszeitung konnte er hier seine Fähigkeiten beweisen. Und die würde er nicht ungenutzt lassen. Sein erster Bericht war schon ein guter Einstand gewesen. Der Chefredakteur war voll des Lobes für Daniel gewesen und hatte ihm daraufhin den Auftrag gegeben, sich an diese Sache dranzuhängen. Das konnte er haben.

Daniel lauschte. Die alten Männer sprachen tatsächlich über das Opfer.

»Wer tut so was?«

»Weißt du, Alter! Wer mit dem Feuer spielt ...«

»Willst du etwa sagen, dass Oskar es nicht anders verdient hat?«

»Der Junge hatte immer Geld. Vom ehrlichen Arbeiten hatte er das bestimmt nicht«, plärrte ein Weißhaariger mit gerötetem Gesicht.

Daniel grinste – erinnerte er sich doch zu genau an die Drogenaffäre im nördlichen Saarland.

»Sag das mal Alois. Der sah heute Morgen aus, als hätte die Kugel ihn getroffen und nicht seinen Enkel«, murmelte ein kleiner Mann, der pausenlos an einer Pfeife zog, deren Qualm bis in Daniels Nase stieg. Der Gestank war kaum auszuhalten.

»Seit ich gehört habe, dass es Oskar erwischt hat, glaube ich, die alten Sünden holen uns wieder ein«, brüllte einer der Männer, der offensichtlich schwerhörig war.

»Blödsinn!«, wehrte der Weißhaarige ab. »Welche Sünden?«

»Ach, tu doch nicht so. Schau dir den Alois an. Der erholt sich nicht mehr von dem Schreck.«

»Und deshalb bringt einer seinen Enkel um?«

»Warte nur ab. Alois ist nicht der Einzige, der einen Enkel hat, der noch hier lebt.«

Die Männer wandten sich ab und gingen auseinander. Sie hatten den Reporter gar nicht bemerkt, so sehr waren sie in ihr Gespräch vertieft gewesen.

Das fing ja richtig gut an. Daniel rieb sich die Hände. Jetzt musste er nur noch herausfinden, von welchen Sünden die alten Männer gesprochen hatten. Er ahnte, dass es um etwas ging, das wohl schon lange zurücklag. Aber in einem Dorf blieb die Zeit bekanntlich stehen. Und für einen Zeitungsaufreißer war ein bestimmtes Thema sogar in hundert Jahren noch aktuell. Sein Studium an der Uni in Dortmund war nicht umsonst gewesen. Auch die Jahre Berufserfahrung beim Hörfunk, beim Fernsehen und bei der Öffentlichkeitsarbeit nicht. Bei der größten saarländischen Tageszeitung war er nur eingestellt worden, weil er erstklassige Referenzen hatte vorweisen können. Das und sein überzeugender Auftritt beim Vorstellungsgespräch hatten ihm alle Türen geöffnet. Jetzt konnte er beweisen, dass diese Qualifikationen nicht nur auf dem Papier standen.

Er klingelte am Haus des Opfers, um dessen Eltern aufzusuchen, doch niemand öffnete ihm.

Vielleicht war das ein Vorteil, so konnte er weiterhin anonym bleiben. Vermutlich brachte ihm das am Ende noch bessere Informationen ein.

Plötzlich trat ihm ein Mann mit Blumen im Arm entgegen. Dunkle Haare standen wirr von seinem Kopf ab, sein Kinn war unrasiert, seine Augen wirkten glasig, als habe er Alkohol getrunken. Er starrte auf Daniel und kaute dabei unentwegt an einem Kaugummi. Der Journalist versuchte, sein Gegenüber einzuschätzen, bevor er etwas Falsches sagte. Die Blumen wirkten in den Armen des Fremden deplatziert, so als habe er vergessen, dass er sie mit sich trug.

Es dauerte nicht lange, schon sprach der Mann ihn an: »Willst du auch zu Oskars Mutter?«

Daniel überlegte nicht lange, sondern spielte das Spiel mit, indem er die Frage bejahte.

»Bist du ein Freund von ihm?«

»Ja!«

»Woher kennt ihr euch?«, fragte der ungepflegt wirkende Mann einfach weiter und kaute nun noch hektischer. »Ich habe dich noch nie bei Oskar gesehen.«

»Wir kennen uns durch unsere gemeinsame Zeit bei der Bundeswehr«, riet Daniel blind darauf los und hoffte, dass er keinen Schnitzer beging.

»Naja! Von der Zeit hat Oskar nie viel erzählt. Aber schön, dass du hier bist. Du weißt ja, was passiert ist?«

Daniel überlegte kurz, bis er sich zu einer Antwort entschied: »Nein! Was denn?«

»Stell dir mal vor: Am Sonntag ist Oskar erschossen worden. Gejagt wie ein Hund und dann niedergestreckt.«

»Nein!« Daniel tat erschrocken.

»Doch!« Der Kaugummi kauende Mann nickte heftig mit dem Kopf, um das Gesagte zu untermauern. »Aber so was kann auch nur einem Weichei wie Oskar passieren!«

»Warum sagst du, er sei ein Weichei gewesen?«, entgegnete Daniel mit gespielter Empörung, was seinem Gegenüber einen neuen Redeschwall entlockte: »Oskar wollte nie zum Bund. Er wollte lieber Koch werden. Stell dir das mal vor! Ein Mann gehört an die Waffe und nicht an den Herd.«

Jetzt musste Daniel gut aufpassen, was er sagte, damit der Redefluss dieses Typen nicht versiegte: »Wie heißt du eigentlich? Vielleicht hat Oskar ja mal von dir gesprochen.«

»Oh, klar! Entschuldige. Ich heiße Volker Dinz! Bestimmt hat er von mir gesprochen. Wir hingen früher viel zusammen rum. Aber da haben wir uns auch oft gestritten, weil er keine Kriegsspiele spielen wollte. Auch das neue Paintball – ich weiß nicht, ob du das Spiel kennst – wollte er nicht mitspielen. Dabei hatte er Erfahrung an der Waffe.«

»Ich kenne das Spiel«, gab Daniel zu. »Aber gespielt habe ich es auch noch nie ..., keine Zeit ..., weißt ja, wie das ist.«

»Das hätte Oskar besser mal mitgemacht. Aber nein, er lässt sich lieber jagen und abknallen.«

»Hast du eine Vorstellung, wer das getan hat?«

Volker überlegte eine Weile, ehe er antwortete: »Nein! Leider nicht. Aber ich kriege das raus.«

»Und wie?«

»Indem ich mich umhöre.« Volker grinste breit, wobei er gelbe, ungepflegte Zähne zeigte. »Ich weiß schon, wen ich hier fragen muss.«

Er schaute nach rechts, dann nach links, als wollte er sich absichern, dass niemand zuhörte, und trat einen Schritt auf Daniel zu.

»Unser Dorfbulle – Uwe Görndt heißt er -, der hält mich immer auf dem Laufenden«, flüsterte er.

Daniels rechtes Auge begann zu zucken. Volker schaute überrascht auf und fragte: »Kennst du Uwe etwa auch?«

»Nein, warum?«

»Nur so!« Volker kaute immer hektischer. »Uwe ist voll okay! Du weißt, was ich meine!«

Daniel ahnte es. Aber wenn er von Volker erfahren wollte, was die Leute aus dem Dorf so über den Mord an Oskar Lohse ausplauderten, musste er das Spiel mitspielen. Auch wenn es ihm schwerfiel.

»Und dieser Uwe weiß, was passiert ist?«, fragte er.

»Das weiß ich erst, wenn ich mit ihm gesprochen habe. Aber das muss ich alleine machen. Wenn ich einen Fremden mitbringe, wird Uwe misstrauisch.«

Daniel tat verständnisvoll, wobei er ein Grinsen unterdrücken musste. Wie weltfremd musste man sein, um diesen Nonsens zu glauben. Trotzdem wollte er mit diesem Mann in Verbindung bleiben. Er musste aufpassen, dass seine Rolle als Reporter nicht herauskam. Denn dieser Volker wirkte auf Daniel wie der Dorftrottel, der zuerst redete und dann nachdachte. Genau das, was er brauchte.

Seine Gedanken wurden durch Volkers laute Stimme unterbrochen: »Wenn du ein Freund von Oskar bist, dann können wir in Kontakt bleiben. Sobald ich weiß, wer ihn umgelegt hat, sage ich dir Bescheid.«

Daniel nickte zustimmend, beschloss jedoch, diese Angelegenheit selbst in die Hand zu nehmen. Trotzdem schrieb er seinen Namen und Handynummer auf. Seine Visitenkarte ließ er lieber mal in der Jackentasche stecken.

*

»Hoffentlich haben wir hier mehr Glück«, murrte Lukas und blies sich in die Hände, die vor Kälte schon schmerzten. »Ich will nämlich endlich in ein warmes Haus reingelassen werden, damit ich in diesem Kaff nicht erfriere.«

Theo hüpfte von einem Bein auf das andere und meinte: »Ich hatte den Eindruck, dass bei Volker Dinz jemand im Haus war. Eine Gardine hat gewackelt.«

»Ich habe nichts bemerkt«, gab Lukas zu, während sie auf das Fachwerkhaus in der Löstertalstraße zugingen, das seine besten Jahre schon lange hinter sich hatte. Putz bröckelte von der Fassade, und zwischen freigelegten Backsteinen ragte Flechtwerk heraus, das wie vergammeltes Stroh aussah. Die Haustür war verwittert. Ebenso die Fensterrahmen. Das überraschte die Kommissare, wussten sie doch, dass der Soldat Nils Amann schon seit Monaten in diesem Haus lebte und sich von den Strapazen seines Afghanistan-Einsatzes erholte.

Kaum hatten sie auf den Klingelknopf gedrückt, wurde die Tür schon schwungvoll aufgerissen. Vor ihnen stand eine große, hagere Frau mit grauen, lockigen Haaren und einem dicken Wollschal um den Hals. Ansonsten wirkte ihre Kleidung sommerlich. Sie trug einen geblümten Rock und dazu eine gestreifte Bluse.

Lukas und Theo verschlug es die Sprache. Sie starrten die Frau an, die daraufhin einen Schrei ausstieß, der die Kommissare zurückweichen ließ. Laut rief sie: »Norbert! Da bist du ja endlich! Jetzt habe ich aber nichts gekocht! Was machen wir da? Komm erst mal rein, dann schauen wir, was im Kühlschrank ist.« Sie packte Lukas am Arm und zerrte ihn ins Haus. Theo ließ sie dabei völlig außer Acht.

»Ich heiße nicht Norbert«, stammelte Lukas erschrocken. »Ich heiße Lukas Baccus und komme von der Kriminalpolizei.«

»Setz dich, zieh dich aus, mache es dir bequem«, überging die Gastgeberin einfach Lukas' Worte. Theo hatte Mühe, ein Lachen zu unterdrücken.

Die alte Frau ging mit schnellen Schritten zum Herd. »Ich koche uns eine Suppe! Das ist das Beste bei diesem Wetter.«

»Ich bin nicht Norbert, sondern Lukas Baccus. Und das ist mein Kollege Theo Borg. Wir wollen mit Ihrem Enkel Nils sprechen.«

»Ach Josef! Entschuldige, dass ich dich nicht erkannt habe.« Mit großen Augen starrte die Frau auf Theo, der sich bereits auf ein Ausweichmanöver vorbereitete. Eine stürmische Begrüßung, wie sie Lukas über sich hatte ergehen lassen müssen, wollte er nicht erleben.

»Oma!«, brüllte plötzlich eine Männerstimme aus der oberen Etage. »Was machst du denn wieder? Treibst du den Besuch an den Rand des Wahnsinns?«

Besser hätte es die Stimme nicht ausdrücken können, dachten Lukas und Theo. Mit den Augen suchten sie den dunklen, engen Flur ab, bis sich endlich die Gestalt eines jungen Mannes herausschälte. Seine Haare schimmerten rot, sein langes Gesicht leuchtete mit der Haarfarbe um die Wette, in seinen grünen Augen sprühte der Schalk.

»Sie müssen Nils Amann sein«, kombinierte Lukas sofort.

»Der bin ich! Und Sie sind von der Polizei«, meinte der junge Mann und setzte sich an den Tisch. »Sie müssen meiner Oma verzeihen, aber sie ist nicht mehr so ganz ...«

Lukas und Theo nickten verständnisvoll.

»Und Sie haben die gleiche Haarfarbe wie ich«, meinte Nils an Lukas gewandt und amüsierte sich köstlich. »Vermutlich hat mein Opa so ähnlich ausgesehen. Deshalb die Verwechslung.«

»Was ist mit Ihrem Opa?«

»Er ist im Krieg gefallen.«

»Oh!« Damit war das Thema beendet.

Erst jetzt bekamen Lukas und Theo Gelegenheit, sich in dem Haus umzusehen. So vergammelt es von außen aussah, so ordentlich wirkte es innen. Alte Möbel hatten bereits ihren Glanz verloren. Eine Kommode stand schief, weil ein Stützbein fehlte. Doch die Unregelmäßigkeit und das Verblichene verliehen diesem Arrangement eine altertümliche und rustikale Atmosphäre.

Während die alte Dame am Herd hantierte, begann Lukas mit seinen Fragen: »Sie wissen wohl, warum wir hier sind?«

Nils nickte.

»Wo waren Sie, als die Schüsse gefallen sind?«

»Ich war hier.«

»Kann das jemand bezeugen?«

Wieder lachte Nils und meinte: »Meine Oma!«

Lukas konnte nicht in das Lachen einstimmen. Die grünen Augen seines Gegenübers wirkten glasig, als habe er Alkohol getrunken. »Das ist kein Alibi«, brummte er dazu nur.

»Ich weiß.« Nils nickte. »Aber ich habe auch kein Motiv. Oskar ist ein Freund. Wir kennen uns schon seit ewigen Zeiten. Warum sollte ich ihn töten?«

»Warum sollte überhaupt jemand Oskar Lohse töten?«

»Das frage ich mich auch«, gab Nils zu.

»Frau Lohse sagte uns, dass Oskar mit Ihnen auf den Weihnachtsmarkt nach Wadern fahren wollte«, bemerkte Lukas.

Nils schüttelte den Kopf, dass seine dünnen Haare hin und her flogen und sagte: »Hier war niemand!«

*

Er erkannte den Rothaarigen sofort.

Der hatte am Sonntag wie eine Zielscheibe an dem Baum gestanden.

Nicht zu fassen: Das war ein Bulle.

Und nicht nur das: Das war der Bulle, der jetzt genau in diesem Fall ermittelte.

Sein Herz schlug höher.

Freude keimte in ihm auf.

Er liebte die Herausforderung. Hier fand er genau das, was er suchte.

Neue Marionetten für sein Spiel!

Ein Spiel, in dem es nur Verlierer geben würde.

Es war ein grausames Spiel – und doch musste es bis zum bitteren Ende gespielt werden.

Die Bullen waren sich der Rolle, die sie darin übernahmen, gar nicht bewusst, denn nur er hielt die Fäden in der Hand.

Er liebte die Macht, andere zu lenken und zu beeinflussen, ohne dass sie sich dessen bewusst waren.

*

Der Duft, der Lukas und Theo einhüllte, als sie Katharinas Haus betraten, entschädigte sie sogleich für den absonderlichen Aufenthalt bei Nils Amann. Lukas warf zuallererst in jeden Topf einen Blick, bis Katharina ihm auf die Finger klopfte.

»Einer Köchin schaut man nicht über die Schulter – und schon gar nicht in die Töpfe«, murrte die kleine, rundliche Frau und warf einen besonders bösen Blick nach oben. Dabei hatte sie Mühe, Lukas in die Augen zu schauen, weil der Kommissar sie um zwei Köpfe überragte. Aber das konnte Katharina nicht erschüttern. In einer Hand hielt sie den Kochlöffel, die andere stemmte sie kampflustig in ihre Hüfte.

Lukas entfernte sich schnell vom Ofen, ließ sich am Küchentisch nieder und sagte: »Trotzdem weiß ich, was es gibt.«

Theo schaute ihn fragend an, worauf Lukas grinsend anfügte: »Dir sage ich es nicht. Du musst es schon selbst herausfinden.«

»Ich bin doch nicht lebensmüde.«

Die Männer lachten.

Während Katharina geschäftig in ihren Töpfen rührte, würzte, abschmeckte und weitere Zutaten hineingab, sagte sie: »Dass ihr im Dorf seid, habe ich schon gewusst, lange bevor ihr zu mir gekommen seid. So was entgeht in Buweiler keinem.«

»Wir müssen mehr über Oskar Lohse erfahren«, erklärte Theo. »Deshalb sind wir hier.«

»Die Leute im Dorf werden euch bestimmt nicht helfen, weil sie euch nicht kennen.«

»Du könntest doch sagen, wer ich bin«, schlug Theo vor. »Oder will hier keiner, dass dieser Wahnsinnige hinter Gitter kommt?«

»Natürlich wollen wir das«, entgegnete Katharina und begann den Tisch zu decken. »Deshalb solltet ihr mit Uwe Görndt sprechen.«

»Wer ist das?«

»Unser Dorfpolizist.«

»Wie bitte? Buweiler hat einen eigenen Polizisten?«

»Nein! Er arbeitet bei der Polizeiwache in Wadern. Weil er hier wohnt, kümmert er sich auch immer um alles, was hier passiert.«

»Klingt nach *Wachtmeister Studer*«, kommentierte Theo mürrisch. Auf Lukas' verständnislosen Blick hin erklärte er: »In einem Dorf ist es wie überall auf dem Land, jeder kennt jeden, entweder durch Verwandtschaft oder Bekanntschaft. Passiert dann mal ein Mord, weiß jeder irgendwas. Aber alle schweigen oder sagen nur die halbe Wahrheit. Dann kommt *Wachtmeister Studer*, der Einzige, der alle durchschaut, weil er genau so wie diese Leute ist, und klärt den Fall im Handumdrehen auf.«

Katharina lachte. »Genau so ist es. Nur dass unser Wachtmeister *Uwe* heißt. Ihn kenne ich schon, seit er auf der Welt ist …« Katharinas Blick wanderte in die Vergangenheit zurück. Mit einem Seufzen meinte sie: »Der gute alte Heinz Görndt.«

»Wer ist das?«

»Uwes Großvater.«

»Was ist mit ihm?«

Katharina antwortete nicht, sondern rührte gedankenversunken in ihren Töpfen.

Verwundert schauten sich Lukas und Theo an, drängten die alte Dame aber nicht, weiter über das Thema zu sprechen. Also fragte Theo: »Wo ist dein Nachbar?«

»Er wird gleich kommen«, antwortete sie.

»Und sein Enkel? Mit Arno müssen wir auch sprechen.«

»Arno ist heute Morgen weggefahren und noch nicht zurückgekommen.«

»Woher weißt du das?«

»Weil sein Auto nicht auf seinem Platz steht.«

»Was für ein Auto fährt er denn?«, fragte Theo.

»Einen roten Renault Mégane!«

Schmunzelnd über Katharinas Kenntnis der genauen Automarke betrat Theo das benachbarte Wohnzimmer, dessen Fenster eine gute Sicht über Katharinas Grundstück bis hin zum Eingangstor ermöglichte. Tatsächlich hatte man von dort einen guten Blick auf Ottos Haus. Die einzige Möglichkeit, dort ein Auto abzustellen, war von seinem Standort aus deutlich zu erkennen. Dort parkte lediglich ein silberner Audi. Er ahnte, dass dieses Arrangement für die beiden alten Leute nicht günstiger hätte sein können. Zwei alte Seelen hatten in diesem kleinen, unscheinbaren Dorf eine ganze Straße für sich. Theo schmunzelte. Kaum hatte er den Gedanken zu Ende gedacht, sah er auch schon einen Mann vor das Haus treten. Otto Stehle. Zielstrebig steuerte er Katharinas Heim an. Bevor er klingeln konnte, hatte Theo ihm schon geöffnet.

»Jetzt werde ich schon von der Kriminalpolizei eingelassen!«

Sein rundes Gesicht war gerötet von der Kälte, seine Augen funkelten und seine Gesichtszüge wirkten konzentriert. »Das ist hoffentlich kein böses Omen!«

»Auf keinen Fall«, erklärte Theo. »Ich habe meiner Tante einfach nur den Weg zur Tür abgenommen.«

Zusammen ließen sie sich am gedeckten Tisch in der Küche nieder und warteten darauf, dass Katharina ihnen servierte.

»Mit welcher Waffe gehen Sie denn so auf die Jagd?«, erkundigte sich Lukas beiläufig.

Otto begann aufzuzählen: »Also, ich habe eine Repetierbüchse Sauer 90 Stutzen mit Kaliber 6,5 x 57, eine Bockbüchsflinte, Kaliber 12/76 mit Einstecklauf 5,6 x 52R, eine Blaser BBF 95, einen Revolver .357 Magnum und eine Pistole mit Kaliber 7,65. Die sind alle in meiner Waffenbesitzkarte eingetragen. Nicht eingetragene Waffen habe ich nicht, weil ich meine Jagdlizenz nicht riskieren will. Und auf die Jagd nehme ich immer nur die Waffe mit, die gerade erforderlich ist.«

Lukas kannte keine dieser Waffen, aber er war sich sicher, dass das Kaliber, das sie im Wald und in der Hütte gefunden hatten, nicht mit aufgezählt worden war.

»Und am Sonntag – als die Schüsse fielen – war ich mit meinem Enkel zusammen«, sprach Otto unaufgefordert weiter.

»Also, Otto könnt ihr von eurer Liste der Verdächtigen streichen«, bekräftigte Katharina in einem Tonfall, der Lukas und Theo staunen ließ. »Ich rate euch, mit dem Dorfpolizisten zu sprechen. Wenn jemand hier im Dorf etwas weiß, dann geht er zu Uwe. Bestimmt hat der schon interessante Informationen.«

»Wenn es so wäre und er sich nicht auf unserer Dienststelle in Saarbrücken gemeldet hat, bekommt *Wachtmeister Uwe* ernste Probleme«, meinte Theo und schluckte seinen Ärger herunter.

»Ach was!« Katharina winkte ab. »Sein Büro ist in Wadern. Nach dem Essen fahrt ihr dorthin und sprecht mit ihm. Das ist viel einfacher und es kommt mehr dabei heraus.«

Lukas und Theo schauten die energische Frau an und erkannten eine Ernsthaftigkeit in ihrem Gesicht, die keinen Wiederspruch duldete. In der Zwischenzeit war das duftende Essen in Schüsseln und Schalen auf dem Tisch gelandet.

»Wie gut kennst du Nils Amann?«, fragte Theo seine Tante.

»Das ist der Enkel meiner besten Freundin.«

»Beste Freundin?«, fragten Lukas und Theo erschrocken.

»Diese Frau hat auf uns einen verwirrten Eindruck gemacht«, drückte sich Lukas vorsichtig aus.

»Stimmt! In letzter Zeit ist sie vergesslich geworden. Aber deshalb endet doch gleich nicht eine siebzigjährige Freundschaft. Oder?«

»Da kann ich nicht mitreden«, gab Theo zu. »So lange bin ich noch nicht mit jemandem befreundet.«

»Vielleicht schaffen wir es ja noch irgendwann«, meinte Lukas lachend. »Zehn Jahre haben wir schon.«

»Wenn keiner Jagd auf uns macht, während wir mit dem Auto unterwegs sind, ...«

»... oder wenn uns keiner bei lebendigem Leib sezieren will«, stimmte Lukas in das Geplänkel ein.

»... oder uns keiner auf eine Streckbank schnallt, um zu testen, wie dehnbar wir sind ...«

»Euer Beruf muss ja ganz schön gefährlich sein«, stellte Katharina erschrocken fest.

Das nahmen Lukas und Theo zum Anlass zu schweigen. Sie wollten der alten Dame ja keinen Schrecken einjagen.

»Ich habe den Eindruck, dass Nils Amann uns nicht alles gesagt hat«, knüpfte Theo wieder an das ursprüngliche Thema an. »Was kannst du uns über ihn sagen?«

Katharina überlegte eine Weile, bis sie antwortete: »Er hat lange Zeit in Lebach gewohnt, dort, wo er auch bei der Bundeswehr stationiert ist. Erst nach seinem Afghanistan-Einsatz ist er nach Buweiler zurückgekommen. Es heißt, er wollte sich hier von den Strapazen erholen, bevor er wieder zu seiner Einheit zurückkehrt.«

»Über seinen Afghanistan-Einsatz hat er nicht gesprochen?«, fragte Theo.

»Er war in Kundus«, mischte sich Otto ein. »Zusammen mit Arno. Arno ist jedoch schon zwei Monate vor ihm wieder nach Hause gekommen.«

»Nils hat auf mich nicht den Eindruck gemacht, als sei ihm dieser Einsatz in guter Erinnerung«, bemerkte Lukas.

Otto zögerte, als müsste er genau aufpassen, was er nun sagte: »Das hat vielleicht weniger mit dem Einsatz selbst zu tun, sondern damit, dass nicht alle in Deutschland so einen Einsatz gutheißen.«

»Warum nicht?«

»Viele werfen unseren Soldaten vor, sich gut bezahlen zu lassen, um in Afghanistan auf wehrlose Zivilisten zu schießen«, antwortete Otto. »Das stimmt aber nicht. Die Jungs leisten dort gute Arbeit, um für Frieden zu sorgen.«

Theo staunte darüber, wie vehement der Alte den Einsatz der Soldaten in Afghanistan verteidigte, sagte aber nur: »Volker Dinz und Philipp Genser stehen noch auf unserer Liste derjenigen, die wir befragen müssen. Kennt ihr die beiden?«

Otto und Katharina schauten sich an, eine Geste, die Theo überrascht beobachtete.

»Volker ist eine Schande für seine Familie«, begann Otto plötzlich zu schimpfen. »Wenn ich an seinen Großvater Gerhard denke, der hat das Bundesverdienstkreuz für sein soziales Engagement bekommen. Und Volker hat nichts Besseres zu tun, als Krieg zu spielen.«

»Krieg zu spielen?« Theo und Lukas horchten auf. »Das klingt aber genau nach dem Mann, den wir suchen.«

»Er spielt doch nur mit Waffen, die Farbe verspritzen«, beschwichtigte der Alte sofort.

»Und was könnt ihr uns über Philipp Genser sagen?«, hakte Theo nach.

»Philipp hat einen guten Job gelernt«, erklärte Katharina. »Er ist Krankenpfleger und arbeitet für einen mobilen Dienst, der Patienten in häuslicher Pflege betreut.«

5

Mit akribischer Sorgfalt verfasste Uwe Görndt den Bericht über sein Gespräch mit der Familie Lohse. Mit seiner Rechtschreibung stand es nicht zum Besten, weshalb er für jedes zweite Wort den Rechtschreibduden in die Hand nehmen musste. Das Programm, das angeblich in seinem Rechner installiert war, wusste Uwe nicht zu bedienen. Lieber verließ er sich auf die altbewährte Methode und schlug nach.

Diese Zusammenfassung würde keinem wirklich weiterhelfen, dessen war sich Uwe sehr bewusst. Aber die lästige Pflicht verlangte es, dass er über jeden Schritt, den er im Fall Oskar Lohse unternahm, Rechenschaft ablegte.

Uwe grinste. Das konnten sie haben. Er würde ihnen jede noch so langweilige Anekdote servieren, die er bei seinen Gesprächen im Dorf hören würde. Dann fiel niemandem auf, was er wirklich ermittelte. Er kannte hier jeden. Er wusste, wo die Stärken und Schwächen der Dorfbewohner lagen. Und er wusste auch, wo es unter der scheinbar friedlichen Oberfläche brodelte.

Die Vorstellung, wie Phönix aus der Asche mit dem gefährlichen Scharfschützen im Revier aufzutauchen, brachte seine müden Gesichtszüge in Schwung. Ein Lächeln schlich sich auf seine Lippen, während er weiter mit dem Zweifingersuchsystem den Bericht tippte. Inzwischen war er sechsundvierzig Jahre alt. Seine Karrierechancen auf diesem Platz waren nicht nur gering, sie waren gleich null.

Aber den gefährlichen Heckenschützen von Wadern im Alleingang zu schnappen ... Das wäre sein später Durchbruch! Danach könnte er eine ruhige Kugel bis zu seiner Pensionierung schieben.

Zunächst galt es jedoch, den Fall noch weiter aufzuputschen. Damit es niemanden mehr gab, der nicht von der Gefahr wusste, die in dem unscheinbaren Dorf Buweiler lauerte. Er wartete auf den Moment, dass ein Reporter der saarländischen Tageszeitung hier auftauchte. Dann würde das Spiel für ihn beginnen.

Plötzlich hörte er die Tür im Eingangsbereich aufschlagen. Das ärgerte ihn, weil Uwe allein auf der Dienststelle war. Er musste seine Arbeit unterbrechen und nachsehen, wer sich in diese Räume verirrt hatte.

Vor ihm standen zwei Großstadtcowboys, das erkannte er auf den ersten Blick. Die Art, wie sie bei dem Wetter gekleidet waren, wie sie vor Kälte zitterten und das vor ihm zu verbergen suchten, amüsierte den Polizisten. Die roten Haare des einen von ihnen leuchteten so verräterisch, dass Uwe sofort wusste, wen er vor sich hatte: Lukas Baccus aus Saarbrücken eilte ein Ruf voraus, der sogar bis ins entfernte Wadern reichte. Dann musste der Schwarzhaarige wohl Theo Borg sein. Denn die beiden Kriminalbeamten machten fast alles zusammen, weshalb auch Theo Borg inzwischen landesweit bekannt war. Hinzu kam, dass der letzte große Mordfall ihre Bekanntheit in der Region noch weiter gesteigert hatte. Bei dem Gedanken spürte Uwe sofort wieder Neid in sich aufsteigen. Warum fielen die brisantesten Fälle immer diesen beiden zu? Dazu noch Fälle, die in ganz Deutschland für Schlagzeilen sorgten?

Doch nun war der Zeitpunkt gekommen, nun würde er einmal im Rampenlicht stehen. Deshalb war es ihm schon jetzt egal, welche Fragen die beiden stellen wollten. Uwe würde keine Informationen preisgeben.

»Wir suchen Polizeikommissar Uwe Görndt«, begann der Rothaarige.

»Das bin ich.«

»Gut!« Lukas grinste, was Uwe nicht erwiderte. Stattdessen sagte er in einem gleichmütigen Tonfall: »Ich vermute mal, dass Sie wegen der Schießerei hier sind.«

»Nein«, entgegnete Lukas. Damit gelang es ihm, dass der Dorfpolizist aufhorchte und für einen Moment vergaß, seinen Mund vor Erstaunen wieder zu schließen. »Wir sind hier, weil im Wald bei Wadern-Buweiler ein Mann ermordet wurde.«

Uwe fühlte sich ertappt und das ärgerte ihn. Von diesen Schnöseln wollte er sich nicht vorführen lassen. Die würden ihn schon kennen lernen.

»Sie leben in Buweiler und genießen dort großen Respekt als Dorfpolizist. Deshalb müssen wir mit Ihnen sprechen, damit wir Informationen über diese Menschen bekommen.«

»Sie glauben also, Sie spazieren hier herein und lassen sich von mir erzählen, wer Oskar Lohse erschossen hat?«

»Zumindest gehen wir davon aus, dass Sie in der Lage sind uns zu sagen, wo es Spannungen gibt, ob es jemand aus dem Dorf gewesen sein könnte oder ob Sie sogar schon einen speziellen Verdacht haben, wer dafür in Frage kommt.«

Theo hatte das Sprechen übernommen, was Uwe mit Belustigung beobachtete. Der Rotschopf wirkte so, als sei seine Geduld bereits am Ende. Vermutlich musste der Kollege einspringen, damit diese Unterhaltung nicht total in den Sand gesetzt wurde.

»Für uns als Außenstehende ist es schwierig, das Vertrauen dieser Leute zu gewinnen – wenn überhaupt. Und das ist schlecht für die Ermittlungen.«

Als Uwe nichts dazu sagte, fügte Theo hinzu: »Und Sie wollen doch auch, dass dieser gefährliche Schütze gefasst wird?«

Uwe sah ein, dass er endlich Kooperationsbereitschaft zeigen musste, sonst würde er sich nur Schwierigkeiten einhandeln. Also nickte er eifrig und antwortete: »Ich bin erschüttert, dass ein unauffälliger und freundlicher Mann wie Oskar so grausam ermordet worden ist. Aber ich kann mir nicht vorstellen, dass es jemand aus dem Dorf war.«

»Soweit wir informiert sind, hat Oskar Lohse sein ganzes Leben in Wadern-Buweiler verbracht – außer der Zeit, als er zur Bundeswehr ging. Er war arbeitslos und lebte bei seinen Eltern. Da ist es schwer zu glauben, dass ein Fremder Jagd auf ihn gemacht hat.«

Uwe nickte bedächtig.

Theo sprach weiter: »Deshalb sind wir hier. Gibt es etwas,

was wir über das Opfer wissen sollten? Was für die Ermittlungen relevant sein könnte? Wer sind seine Freunde? Welchen Job hat er zuletzt gehabt? Gab es Konfrontationen, von denen Sie als Dorfpolizist wissen?«

Uwe Görndt überlegte, wobei er seine Mundwinkel noch weiter nach unten zog, was sein langes Gesicht zur reinsten Grimasse werden ließ.

Ungeduldig hakte Theo nach: »Wie sieht es mit Volker Dinz oder Philipp Genser aus? Oder Nils Amann? Oder Arno Stehle?«

»Nils und Arno waren im Afghanistan-Einsatz«, sagte der Polizist.

»So weit waren wir auch schon«, murrte Theo.

»Philipp ist Krankenpfleger. Den sehe ich nur noch in seinem alten Kleinwagen zu Hausbesuchen fahren. Und Volker ...«

»Wir haben gehört, Dinz sei ein Waffennarr!«

»Das kann ich nicht bestätigen.«

Theo zog eine Augenbraue hoch, womit er deutlich machte, dass er diese Aussage anzweifelte.

»Was hat Oskar gemacht, um Geld zu verdienen? Laut seinen Eltern war er arbeitslos«, knüpfte Lukas an die anfangs gestellte Frage an.

»Naja!« Nach einer kurzen Bedenkzeit sprach Uwe weiter: »Oskar hatte immer Geld, obwohl er nie gearbeitet hat. Von Jobs hat er erzählt. Als ich mehr über diese Jobs wissen wollte, ist er mir ausgewichen.«

»Und?«, hakte Lukas nach. »Haben Sie etwas darüber herausgefunden?«

»Ich habe ihn an verschiedenen Schulen in Wadern in Gesprächen mit Schülern gesehen. Da kam mir der Verdacht, dass er vielleicht mit Drogen dealt.«

»An welchen Schulen?«

»Am Berufsbildungszentrum, am Hochwald-Gymnasium und an der Erweiterten Realschule.«

Die beiden Kommissare bedankten sich und verließen das

Büro. Zurück blieb eine angenehme Stille. Uwe Görndt atmete tief durch, weil ihn diese Scharade mehr Energie gekostet hatte, als er sich hätte vorstellen können.

*

Missmutig steuerte Daniel das Gebäude der Polizeiinspektion Wadern an, das weit zurückgesetzt von der Straße versteckt zwischen hohen Bäumen stand. Das große Gebäude erweckte eher den Eindruck eines Mehrfamilienhauses denn einer Polizeiinspektion, wäre da nicht das Schild an der Straße gewesen.

Kaum hatte der Reporter den engen Flur betreten, schlug ihm ein miefiger Geruch entgegen. Naserümpfend steuerte er den ersten Raum zu seiner Linken an, wo sich die Büroräume der Polizei befanden. Hinter der hölzernen Theke sah er einen Mann in Uniform. Das war unverwechselbar Uwe Görndt, dessen Eierkopf mit den ungepflegten Krauslocken über die hohe Theke hinweg lugte. Auch die Teilnahmslosigkeit, mit der ihn der Mann ansah, signalisierte Daniel, dass sich nichts verändert hatte, seit er das letzte Mal hier war. Seine Füße steckten in großen Bundeswehrstiefeln, die er lässig über die Tischkante streckte. Schneekränze waren deutlich daran zu erkennen.

Das lange Gesicht voller Falten schaute ihn aus trüben Augen an. Die Mundwinkel hingen tief – auch dann noch, als der Mann endlich seine ersten Worte sprach: »Ausgerechnet Sie!«

Daniel spürte Groll in sich aufsteigen, den er mühsam unterdrückte, als er antwortete: »Wenn Sie mich sehen, bekommen Sie sofort ein schlechtes Gewissen. Das beweist doch, dass Sie einen folgenschweren Fehler begangen haben, als Sie meine Hinweise zu dem damaligen Unfall einfach missachtet haben.«

»Reden Sie keinen Unsinn! Ich bin Polizist und weiß genau, worauf ich achten muss«, wehrte Görndt ab. »Also, was wollen Sie? Sie wollen mir doch nicht weismachen, dass Sie immer noch an dieser Story arbeiten? Das war vor einem Jahr und die Akte ist nicht nur geschlossen, sondern schon vergilbt.« Der Polizist lachte gehässig, wobei er schiefe, gelbe Zähne bleckte. »Der jungen Frau wird Ihr unermüdlicher Einsatz nicht mehr helfen. Wie hieß sie noch?«

»Aline Konrad«, antwortete Daniel.

»Stimmt!« Görndt nickte bedächtig. »Verdammt hübsch war sie.«

»Dieser Unfall ist noch lange nicht vergessen, glauben Sie mir«, stieß Daniel aus. »Aber jetzt bin ich aus einem anderen Grund hier. Ich will in meiner Zeitung etwas über den Mord an Oskar Lohse schreiben.«

Görndts langes Gesicht machte eine plötzliche Wandlung durch. Die trüben Augen begannen zu leuchten und die Mundwinkel zogen sich nach oben, als der Polizeibeamte rief: »Kommen Sie mit nach hinten. Dort erzähle ich Ihnen, wie weit ich schon mit meinen Ermittlungen bin.«

Überrascht über diesen jähen Sinneswandel folgte Daniel der Einladung des Kommissars in die hinteren Räume, wo ihn ein angenehmer Kaffeeduft umfing.

Der Beamte forderte ihn auf, sich an den Schreibtisch zu setzen. Dann fragte er: »Was wollen Sie wissen?«

Der Zeitungsreporter nahm seinen Kassettenrekorder aus der Aktentasche und begann mit seinen Fragen.

*

Die Wärme, die Lukas und Theo im Büro entgegenschlug, brachte sie sogleich ins Schwitzen. Hastig zogen sie ihre dicken, daunengefütterten Jacken aus und steuerten ihre Schreibtische an. Die Begrüßung fiel lautstark aus, denn Peter und Paul pfiffen um die Wette, als sich die Kommissare an den gegenüberstehenden Tischen niederließen.

»Wir können sicher sein, dass es jemanden gibt, der sich immer über uns freut«, stellte Lukas fest und gab den beiden Vögeln etwas zu fressen.

»Wenn du sie weiter so unverhältnismäßig fütterst, werden sie noch platzen«, murrte Theo.

Lukas verzog sein Gesicht und entgegnete: »Keine Sorge – ich weiß, was ich tue. Mit Vögeln kenne ich mich aus.«

»Sehr witzig!«

»Die kleinen Kerle waren wirklich die beste Idee, die ihr jemals hattet«, hörten sie plötzlich die helle, schneidende Stimme des Staatsanwalts in ihren Rücken. »Sie kündigen eure Ankunft so laut an, dass man auch in den entferntesten Winkeln mitbekommt, wann ihr hier auftaucht.«

»Aus welchem Winkel kommst du gerade hervorgekrochen?«, fragte Lukas.

»Vorsicht!«, mahnte der massige Mann, stellte seine Aktentasche auf dem Schreibtisch ab und zog sich einen Stuhl vom Nachbartisch heran. »Ich wollte gerade wieder zurück in die Staatsanwaltschaft fahren, als ich eure Ankunft vernommen habe.« Er grinste. »Was habt ihr bisher herausgefunden? Für die lange Zeit, die ihr weg wart, könnte man annehmen, ihr hättet den Fall im Alleingang gelöst.«

»Leider nicht«, gestand Lukas. »Über das Opfer wissen wir lediglich, dass er immer Geld hatte, ohne dafür arbeiten zu müssen.«

Plötzlich ertönte ein Schnaufen. Dienststellenleiter Allensbacher hatte sich der kleinen Gruppe genähert.

»Was haben Sie herausgefunden?«, fragte er unhöflich.

Lukas wiederholte, was er gerade gesagt hatte, und ergänzte: »Das ist ein Aspekt, dem wir nachgehen werden.«

»Was ist daran so interessant?«, fragte Renske.

»Die Aussage des Dorfpolizisten Uwe Görndt«, erklärte Lukas. »Er hat den Verdacht ausgesprochen, dass Oskar Geschäfte mit Drogen gemacht haben könnte.«

»Wir haben einen Drogendealer in Untersuchungshaft«, rief Andrea. »Der Dummkopf hat sich am Hochwald-Gymnasium erwischen lassen. Sieht doch nach einem Zusammenhang aus – oder?«

»Dieser Mann wurde dem Haftrichter bereits vorgeführt«, reagierte Renske darauf. »Er hat keine Namen preisgegeben. Entweder er war allein tätig oder er hält sich an den Ehrenkodex, niemanden zu verraten.«

»Deshalb ist unser Kollege Marx vor einer Stunde dorthin gefahren, um mit dem Untersuchungshäftling zu sprechen«, wandte Allensbacher ein. Ein erneuter Schweißausbruch ließ alle auf den dicken Mann schauen, der gerade herzinfarktgefährdet aussah.

»Was ist daran so schrecklich?«, fragte Renske, als er Allensbachers Verfassung sah.

»Der Häftling hat sich in seiner Zelle erhängt.«

»Mist«, grummelte Theo. »Schon ist die einzige Spur, die wir gerade hatten, wieder kalt.«

Lukas zerzauste seine roten Locken. Allensbacher nickte und wechselte sein Taschentuch. Plötzlich klatschte Renske in die Hände, dass alle erschrocken aufsahen. »Deshalb stecken wir doch nicht die Köpfe in den Sand«, rief er.

»Das haben wir auch nicht vor«, stellte Allensbacher klar. »Doch so viel Zeit ist wohl noch übrig, um uns neu zu sortieren.«

»Gut! Dann möchte ich wissen, wo sich das Opfer aufgehalten hat, bevor diese Schießerei begann.«

»Dafür habe ich meine beiden Männer nach Wadern-Buweiler geschickt. Sie werden bestimmt etwas herausgefunden haben.« Herausfordernd schaute Allensbacher auf Lukas und Theo.

Die beiden beobachteten mit Staunen das Verhalten von Renske und Allensbacher. Die Spannungen zwischen ihnen waren einmal mehr deutlich zu spüren. Es schien fast so, als fände ein Wettkampf statt, wer die Fahndung in diesem Fall eigentlich leitete.

»Laut seiner Mutter war er bei seinem Freund Nils Amann, den er überreden wollte, mit ihm nach Wadern zum Weihnachtsmarkt zu fahren«, antwortete Lukas.

»Ja und?«, drängte Allensbacher ungeduldig. »Lassen Sie sich doch nicht jedes Wort aus der Nase ziehen!«

»Nils behauptet jedoch, dass Oskar nicht bei ihm war.«

»Ist das verdächtig?«

»Keine Ahnung! Auf mich hat der junge Mann nicht nüchtern gewirkt.«

»Das ist weniger als wenig«, murrte Allensbacher.

»Es muss doch noch mehr Leute in Buweiler geben«, erinnerte Renske ungeduldig.

»Volker Dinz und Philipp Genser sind ebenfalls Freunde des Opfers«, meldete sich Theo zu Wort. »Philipp war in seiner Funktion als mobiler Krankenpfleger unterwegs. Keiner konnte uns sagen, wo er sich gerade aufhält. Aber Volker ist der interessantere Kandidat für uns. Angeblich ist er ein Waffennarr.«

»Warum habt ihr nicht mit ihm gesprochen?«, fragte Renske.

»Lass mich doch mal ausreden«, schimpfte Theo. »Wir wollten ihn ja überprüfen.«

»Und warum haben Sie das nicht gemacht?« Diese Frage kam von Allensbacher, der sich beeilt hatte, Renske zuvorzukommen.

»Weil wir weder Volker Dinz noch seinen Großvater angetroffen haben.«

Allensbacher nickte: »Bleiben Sie dran.«

»Besser hätte ich es nicht sagen können«, feixte Renske, zog seinen Mantel an, schnappte seine Aktentasche und wollte das Büro verlassen, als ihm die Kriminalkommissarin Monika Blech entgegentrat.

»Ich habe das Projektil durch sämtliche Datenbanken laufen lassen«, erklärte sie. »Aber wie es aussieht, ist die Waffe, die wir suchen, bisher in kein Verbrechen verstrickt gewesen.«

»Mehr haben Sie nicht herausgefunden?«, rief Allensbacher.

»Doch!«, antwortete Monika. »Ich war ja noch nicht fertig.«

»Dann erzählen Sie das mir!« Dabei betonte Allensbacher das »mir« besonders.

Erschrocken schaute Monika auf den Dienststellenleiter, trat einige Schritte auf ihn zu und erklärte: »Ich habe mit einigen

Experten gesprochen und dort die Bestätigung bekommen, dass diese Waffe aus dem Zweiten Weltkrieg stammen muss. Die Beschaffenheit des Projektils lässt auf eine G43 schließen, eine Waffe der deutschen Wehrmacht, die man erst zum Ende des Zweiten Weltkriegs angefangen hatte zu bauen. Sie stammt vom Hersteller Walther und wurde im Krieg als Präzisionswaffe eingesetzt. Einige dieser Waffen sind mit Zielfernrohr ausgestattet worden.«

»Wie kommt es, dass eine so alte Waffe heute noch schießtauglich ist?«, fragte Lukas.

»Da kann ich nur raten«, gab Monika zu. »Gute Pflege.«

»Jetzt müssen wir nur noch herausbekommen, wer aus Wadern seine Waffe aus dem Krieg mit nach Hause genommen hat, schon wissen wir, wer der Täter ist«, kommentierte Theo und lachte.

»Macht euch nur lustig«, schimpfte Monika. »Was habt ihr denn herausgefunden?«

»Entschuldige«, wich Theo schnell zurück. »Deine Ergebnisse sind wirklich interessant. In Buweiler laufen nämlich mehrere alte Herren herum, die garantiert im Zweiten Weltkrieg gewesen sind.«

»Sind diese Herrschaften nicht ein bisschen zu alt, um euch stundenlang durch den Wald zu jagen?«, zweifelte Monika.

»Achtzig und aufwärts«, bestätigte Lukas.

»Und alle verdächtig«, fügte Theo lachend hinzu.

»Das ist nicht euer Ernst!«, plärrte Andrea. »Wenn euer gesamtes Methusalem-Komplott im Knast anrückt, sollten die Wärter dort besser eine Geriatrie-Abteilung einrichten.«

»Vorsicht!« Lukas grinste. »Mit den Dritten sind sie noch bissiger!«

»Ich werde meiner Tante sagen müssen, wie nett du dich über sie äußerst«, funkte Theo dazwischen. »Dann hat sie dich das letzte Mal bekocht.«

»Deine Tante war nicht damit gemeint«, wehrte Lukas schnell ab. »Katharina ist eine Ausnahme.«

»Vielleicht hat einer dieser Männer tatsächlich sein Gewehr aus dem Krieg aufgehoben.« Mit dieser Überlegung überging Monika das Geplänkel. »Hausdurchsuchungen wären nicht schlecht.«

»Die Begründung reicht aber nicht für einen richterlichen Beschluss«, stellte Renske klar.

»Ist der Waffentyp keine Begründung?«

»Nein!«

»Gibt es vielleicht ein Archiv, das darüber Auskunft gibt, wer im Krieg welche Waffe hatte?«, fragte Monika weiter.

»Die Waffen wurden damals nicht so gekennzeichnet, dass sie auf den Besitzer oder auf die Einheit hinweisen könnten, in der sie im Krieg eingesetzt worden sind«, erläuterte Allensbacher. »Nur das Herstellungsjahr lässt sich durch die Nummer ermitteln.«

Verwundert schauten alle auf den Dienststellenleiter, dem es zum ersten Mal gelang, sie mit seinem Fachwissen zu beeindrucken. Doch der Dicke bemerkte die Blicke nicht, sondern sprach unbeirrt weiter: »Es bleibt uns nur die Möglichkeit, die Kriegsveteranen in Buweiler nach ihren Waffen zu fragen.«

»Ob die uns bereitwillig darüber Auskunft geben werden?«, überlegte Theo laut.

»Wenn sie das tun, haben sie nichts zu verbergen und wir sind auf dem Holzweg. Und wenn Sie es uns verschweigen, sind wir mit unserem Latein am Ende.« Mit schlechter Laune watschelte Allensbacher davon.

»Warum geht er jetzt?«, fragte Monika entrüstet. »Ich war doch noch gar nicht fertig.«

»Er hat sich erschöpft«, spottete Theo. »So viel Fachwissen hat Allensbacher in den letzten zwanzig Jahren nicht vom Stapel gelassen.«

Lukas und Theo lachten vergnügt.

Monika konnte nicht einstimmen. »Wenn ich mache, was er sagt, interessiert er sich nicht dafür. Wenn ich mal was versäume, spielt er sich auf.«

»Ein echter Chef eben«, kommentierte Theo bissig.

»Dann tragen Sie mir Ihre Ergebnisse vor!«, forderte der Staatsanwalt die junge Beamtin auf.

»Okay! Die Ballistik konnte das Projektil, das im Baum steckte, zuordnen. Es ist identisch mit den anderen, also können wir von einem Schützen beziehungsweise von derselben Waffe ausgehen.«

»Das haben wir schon von Anfang an vermutet«, erklärte Theo.

»Und die Spurensicherung hat herausgefunden, dass die Blutspuren im Schnee vom Opfer sind«, berichtete Monika weiter. »Wie wir von Dr. Stemm erfahren haben, hatte er vor seinem Tod unter anderem einen Durchschuss am Oberschenkel. Damit konnte er sich noch bis zur Hütte schleppen.«

»Ja!« Lukas nickte nachdenklich. »Ich werde das Heulen nie vergessen, das der arme Kerl ausgestoßen hat, bevor er in die Hütte kam.«

*

Arno Stehle saß am Fenster seines Jugendzimmers und schaute hinaus, ohne etwas zu sehen. Der Besuch seines Jugendfreundes Philipp Genser hatte ihn innerlich aufgewühlt. Dessen Verhalten hatte Arno das Gefühl vermittelt, dass er ihn aushorchen wollte. Aushorchen über seine Taten in Afghanistan.

Er versuchte sich abzulenken, indem er sich auf das konzentrierte, was sich vor seinen Augen ereignete. Es schneite so stark, wie er es selten im Saarland zu sehen bekommen hatte. Die Bäume, die Sträucher, die Hecken und der kleine Vorgarten versanken immer tiefer unter den weißen Massen. So schön das aussah, so heimtückisch konnte es auch sein. Der Schnee schloss sie alle ein wie ein Kokon.

Als er am Hindukusch stationiert war, hatte es dort auch geschneit. Er glaubte, es wieder zu spüren, wie damals, als sie in ihrem Camp festgesessen hatten, weil die Fahrzeuge für diese winterlichen Verhältnisse nicht richtig ausgerüstet waren.

Hastig schnappte er nach Luft. Sein Großvater hatte vor einigen Stunden das Haus verlassen. Gerne hätte er ihn begleitet. Aber es wollte ihm einfach nicht gelingen, wieder unter Menschen zu gehen. Es waren die unausgesprochenen Vorwürfe, die ihn in die Isolation trieben. Vorwürfe, ein bezahlter Mörder zu sein. Ein Deutscher, der in einem fremden Land auf unbewaffnete Zivilisten schoss.

Arnos Beklemmung wuchs. Sein Stolz litt unter den Erfahrungen, die er nach seinem Einsatz im Heimatland machen musste. Auch seine mühsam aufrechterhaltene Überzeugung, in dem fremden Land einem guten Zweck gedient zu haben, war ins Wanken geraten. Inzwischen war er sich nicht mehr so sicher. Je größer der Abstand wurde, umso größer wurden die Zweifel. Auch seine Entscheidung, bei seinem Großvater Abstand zu gewinnen und wieder zu sich selbst zu finden, erwies sich inzwischen als problematisch. Die Schießerei im Wald hatte in ihm etwas ausgelöst, was Arno niemals erwartet hätte. Psychologen nannten so etwas »Flashback«. Er erinnerte sich an Situationen, in die er in dem fremden Land hineingeraten war.

Plötzlich sah er wieder den Eselskarren – von einem Mann gezogen, der komplett in Gewänder gehüllt und bewaffnet bis an die Zähne jedem, der ihm zu nahe kam, einen bösen Blick zuwarf. Seine Kameraden wollten, dass Arno ihn aufhielt und nach der Fracht auf dem Karren fragte. Doch Arno hatte lieber darauf verzichtet. Das hatte ihm das Leben gerettet. Und seinen Kameraden auch. Denn schon wenige Minuten später gab es einen Knall und von dem Eselskarren und dem Mann war nichts mehr zu sehen. Stattdessen liefen Hunderte von Frauen und Männern zusammen, weil alle wissen wollten, was passiert war. Auch Arno und seine Kameraden versuchten zu der Stelle zu gelangen, die in Sekundenschnelle von einer Menschenmasse bevölkert war. Aber sie konnten sich der Unfallstelle nicht nähern, weil die Einheimischen ihnen den Weg versperrten.

Dann ging eine weitere Bombe hoch – eine wesentlich größere, was am Knall und an der Erschütterung sofort zu spüren war. Zerfetzte Körperteile flogen durch die Luft. Ein entsetzliches Kreischen, Schreien und Stöhnen erfüllte den Markplatz. Überall Verletzte, Tote und vor Entsetzen halb Wahnsinnige, die ihre Angehörigen suchten.

Arno wollte nicht mehr daran denken, zu schrecklich waren diese Bilder gewesen. Und doch sah er alles vor seinem inneren Auge, in sämtlichen grauenvollen Einzelheiten. Er hörte deutlich das Geschrei der Verwundeten.

Zum »Combat Medic« der Bundeswehr ausgebildet, gehörte die Erstversorgung von Verwundeten zu Arnos Pflichten. Aber was sich an diesem Tag seinen Augen bot, überforderte ihn total. Hilflos musste er mit ansehen, wie immer mehr dieser Menschen vor seinen Augen starben. Er sah immer noch die aufgerissenen Augen, die zerfetzten Körper, Menschen, die ihre Arme nach ihm ausstreckten, ihn in der fremden Sprache anflehten. Die Aussichtslosigkeit hatte ihn innerlich zerrissen. Trotzdem hatte er wie mechanisch überall geholfen, wo er nur konnte, bis endlich das erlösende Sirenengeheul von Rettungswagen zu hören war.

Nach seiner Rückkehr in die Operationszentrale des Camps der deutschen Soldaten hatte er erfahren, dass die erste Bombe, die wesentlich kleiner war, als Lockmittel hatte dienen sollen. Die Taktik war aufgegangen, denn so waren fast hundert Menschen gestorben. Über die Zahl der Verletzten wollte Arno lieber gar nicht erst nachdenken.

Nun saß er in dem Zimmer, das früher, als seine Eltern noch hier gelebt hatten, sein Kinderzimmer gewesen war, und versuchte, von diesen Erlebnissen Abstand zu gewinnen. Doch seine jüngsten Erfahrungen ließen ihn daran zweifeln, ob es wirklich richtig war, in diese Einöde zu ziehen. So idyllisch, wie es hier aussah, so gefährlich konnte die Abgeschiedenheit auch werden. Hinzu kam die Aufdringlichkeit der Menschen in dem Ort, die ihr ganzes Leben schon hier verbracht hatten und die Arno Zeit seines Lebens kannte. Seine langjährigen Freunde führten sich plötzlich wie Richter auf – oder, noch schlimmer: wie Seelsorger.

*

Der zweite Akt seiner Abrechnung.

Wieder stand er an der Strecke, an der alles begonnen hatte. Wieder würde er einen Sieg davontragen. Einen gegenwärtigen Sieg über vergangene Taten.

Die Waffe fühlte sich gut an in seiner Hand. Er sah sie als Verbindungsglied zwischen damals und heute. Sie verkörperte eine angemessene Symbolik für die Aufgabe, die er ihr spontan zugedacht hatte.

Die Waffe ist die Braut des Soldaten.

Er lachte zufrieden. Genauso hatte es sich bei ihrer ersten Begegnung angefühlt. Es war Liebe auf den ersten Blick gewesen.

Er war der Soldat und liebkoste seine Liebste.

Die seine Opfer zu ihrem unrühmlichen Ende führen würde.

Was für ihn ein Akt der Befreiung sein würde.

Der Tod, den er für seine Opfer ausgewählt hatte, war geschickt gewählt. Er ließ ihnen Zeit, sich in ihrer Todesangst wie Ertrinkende an einen Strohhalm zu klammern. Bis zu dem Sekundenbruchteil, der ihnen die Wahrheit vor Augen führte, dass es keine Hoffnung mehr für sie gab.

Das war der Moment des Verstehens. Für ihn der Moment der Erfüllung. Es war wichtig, dass sie nicht sofort starben, sondern diese einmalige Gelegenheit bekamen zu erkennen, dass sie das alles sich selbst verdankten ...

Schon sah er die Scheinwerfer eines Wagens näherkommen.

In der Dunkelheit musste er sich vorsehen, auch das richtige Auto zu treffen. Doch das Tuckern und die Langsamkeit des Fahrzeugs gaben ihm Gewissheit.

Hier war ein Irrtum ausgeschlossen.

Sein Herz schlug höher.

Seine Waffe war bereit – und er auch.

*

Philipp Genser liebte seinen Beruf als Alten- und Krankenpfleger. Er liebte es, wenn er Menschen helfen konnte. Er freute sich immer, wenn ihm dafür Dankbarkeit entgegenschlug, die sich meist in winzig kleinen Gesten ausdrückte. Ein Lächeln in einem Gesicht zum Beispiel, das schon lange nicht mehr gelacht hatte. Oder ein Händedruck, eine Umarmung. Seine Knie wurden weich, wenn er miterleben konnte, wie ein Mensch sich von seiner Krankheit so gut erholte, dass er wieder aufstehen und sich dem Leben stellen konnte.

Das war es, was seinen Beruf zu etwas ganz Besonderem machte. Deshalb wollte er auch nichts tun, um seine Anstellung zu verlieren. Doch in letzter Zeit war er leichtsinnig geworden, hatte sich auf Dinge eingelassen, die seinen Job gefährden konnten. Was nützte ihm mehr Geld, wenn er dafür seinen Job aufs Spiel setzte? Und was half es ihm, wenn er für ein paar Stunden ekstatische Freuden erlebte. Das hörte viel zu schnell wieder auf. Gute Taten an kranken Menschen dagegen währten ewig.

Doch leider brachte seine Arbeit auch Schattenseiten mit sich. Nicht selten geschah es, dass Kranke undankbar reagierten und überhaupt nicht sehen wollten, dass alles, was er tat, nur zu ihrem Besten war. So geschah es schon mal, dass er angespuckt, angeschrien oder sogar rausgeworfen wurde. Das waren herbe Rückschläge. Damit klarzukommen fiel Philipp schwer. Heute war so ein Tag, heute waren die Patienten nicht dankbar gestimmt. Ob es am Wetter lag?

Philipp beobachtete die Schneeflocken, die auf der Windschutzscheibe seines Autos landeten. Auch sah er, wie die Straße immer weißer und weißer wurde. Weit und breit war kein Streudienst zu sehen – nur dieses Weiß. Solche Schneemassen hatte das Saarland schon über vierzig Jahre nicht mehr gehabt, sagte man in den Nachrichten. Philipp ahnte, dass diese Zeitangabe zutreffen könnte, denn Zeit seines Lebens konnte er sich nicht erinnern, in seiner Heimat jemals eine ähnlich weiße Pracht gesehen zu haben. Und er war immerhin schon siebenundzwanzig Jahre alt.

Er fuhr langsam, weil er keinen Unfall riskieren wollte. Außerdem war sein Auto alt und nicht mehr sonderlich belastbar. Langsam wurde es dunkel, die Sicht immer schlechter. Einen Zusammenstoß mit einem anderen Wagen würde es bestimmt nicht gut überstehen. Hinzu kam sein chronischer Geldmangel, obwohl er viel arbeitete. Sein Verdienst fiel zu dürftig aus, was ihn wohl mit dazu verleitet hatte, sich auf krumme Geschäfte einzulassen. Das war dumm gewesen. Den Fehler musste er wiedergutmachen.

Doch seine Geschäftspartner davon zu überzeugen, war ihm bis jetzt nicht gelungen. Philipp waren Menschen wichtiger als Geld. Aber die Jungs sahen das anders.

Das hatten sie ihm bereits unmissverständlich mitgeteilt.

Der Gedanke an seinen letzten Streit machte ihn innerlich mürbe. Er wollte niemanden verärgern. Das hätte er allerdings früher bedenken müssen. Jetzt blieb ihm nur noch zuzusehen, wie er unbeschadet aus dieser Sache wieder herauskam.

Sein Auto fuhr immer langsamer. Er schaute auf die Tankfüllung, sie zeigte halbvoll an. Daran lag es also nicht. Die Öllampe leuchtete. So ein Mist. Die alte Karre schluckte bald mehr Öl als Benzin. Wütend schlug Philipp auf das Lenkrad.

Plötzlich knallte es ohrenbetäubend. Das Auto tuckerte nur noch einige Meter über die verschneite Straße, dann blieb es stehen. Der Wagen hatte gelegentlich Fehlzündungen. Aber so laut hatte es noch nie gekracht.

Da sah er Dampf unter der Motorhaube hervorquellen. Erschrocken stieg er aus. Durch den Schnee war es trotz der Dämmerung so hell, dass er alles genau erkennen konnte. Und riechen! Das war kein Dampf. Das war Rauch. Sein Motor brannte.

Verzweifelt schaute er sich um. Aber er war mutterseelenallein. Niemand zu sehen, der ihm helfen könnte.

Plötzlich knallte es ein zweites Mal. Verdammt, das waren keine Fehlzündungen – das waren Schüsse! Philipp wurde zu Boden gerissen. Eine Weile blieb er liegen, bis ein heftiger Schmerz durch seine linke Schulter zog. Mit der rechten Hand hielt er sie fest. Er schaute sich um. Konnte nichts sehen.

Was geschah hier? Ging die Jagd weiter? War heute er an der Reihe? Philipp erschauerte.

Plötzlich sah er Flammen, die auf der Motorhaube seines Wagens emporschossen. Hinter dem Auto durfte er nicht bleiben. Wer wusste schon, ob so ein Motor nicht auch explodieren konnte? Zitternd erhob er sich und schaute sich um. In welche Richtung sollte er laufen? Auf der Fahrbahn gab er eine zu gute Zielscheibe ab. Am Ende des Feldes neben der Straße sah er dichte Bäume. Die könnten ihm Schutz bieten. Also steuerte er darauf zu. Der Schmerz in der Schulter ließ nach und wich einer angenehmen Wärme, die sich darin ausbreitete. Er schaute auf seine rechte Hand und sah Blut.

Panisch begann er zu laufen. Doch er schaffte es nicht, sich schnell genug vom Fleck zu bewegen. Seine Schritte im tiefen Schnee waren schwer und langsam. Dabei fühlte er sich wie Sisyphos, der einen Schritt vor machte und zwei zurückgeschleudert wurde. Er spürte seine Beine nicht mehr. Die Luft wurde knapp. Seitenstechen quälte ihn. Wo sollte er hin? Vor seinen Augen erstreckte sich eine endlose Schneewüste. Der Wald, in dem er sich Schutz erhoffte, war meilenweit entfernt. Er schaffte diesen Weg durch den hohen Schnee nicht rechtzeitig. Genau in diesem Augenblick ahnte er es: Er würde so enden wie Oskar.

Resigniert blieb Philipp stehen und drehte sich um.

Das kurze Aufblitzen auf der anderen Straßenseite sah er nicht mehr!

6

Lukas ahnte, dass etwas vorgefallen sein musste, schon bevor er das Büro betrat. Vom Treppenhaus aus hörte er Peter und Paul hektisch pfeifen, ein Zeichen für große Betriebsamkeit im Großraumbüro. Er legte einen Zahn zu und wollte gerade die Tür aufstoßen, als sie ihm schon entgegenflog. Theo wäre fast mit ihm zusammengeprallt, so einen Schwung hatte er drauf.

»Wir haben einen Toten in Buweiler«, sagte Theo, ohne sein Tempo zu verringern. Er steuerte das Treppenhaus an, das Lukas gerade verlassen hatte.

»Was ist passiert?«, fragte Lukas und schloss sich seinem Kumpel an.

»Es ist wieder ein Mann erschossen worden.«

Lukas bekam eine Gänsehaut. »Scheiße«, fluchte er leise. »Wir haben es tatsächlich mit einem Wahnsinnigen zu tun, den wir stoppen müssen, bevor er ganz Buweiler ausgerottet hat.«

»Ruhig Blut, alter Fuchs«, bremste Theo den Eifer seines Kollegen. »Noch wissen wir nicht, ob es die gleiche Waffe war. Außerdem ist bei zwei Opfern noch nicht bewiesen, dass ein Serientäter am Werk ist. Wir müssen erst mal ermitteln, bevor wir solche Behauptungen aufstellen.«

»Meine Güte«, murrte Lukas. »Hast du heute Morgen einen Schlaumeier gefrühstückt?«

»Warum stellst du keine vernünftigen Fragen wie zum Beispiel, wer der Tote ist?«, gab Theo genervt zurück.

»Okay! Wer ist der Tote?«

»Philipp Genser!«

»Oh!« Lukas stutzte. »Der Krankenpfleger, den wir gestern nicht mehr angetroffen haben?«

»Genau der! Jetzt können wir ihn nicht mehr fragen.«

»Wo ist es passiert?«

Inzwischen waren sie auf dem Parkplatz angelangt. Der silberne Mitsubishi Pajero stach aus der Menge der Limousinen heraus. Dieser Wagen war der Einzige, der sich für die winterlichen Verhältnisse eignete. Sie steuerten ihn an und stiegen ein.

»Es heißt, der Fundort sei kurz vor dem Ortseingang Buweiler. Am Waldrand. Es sieht so aus, als sei er über das Feld auf den Wald zugelaufen, um sich in Sicherheit zu bringen.«

»Das kommt mir irgendwie bekannt vor«, stellte Lukas fest und schüttelte sich bei der Erinnerung an den vergangenen Sonntag.

»Stimmt! Sein Auto lag im Graben, weshalb er erst in den frühen Morgenstunden gefunden wurde. Als die Polizei von Wadern das Einschussloch in der Motorhaube gesehen hat, hat sie sofort unsere Dienststelle informiert.«

»Dann besteht ja wohl wirklich kein Zweifel, dass wir es mit ein- und demselben Täter zu tun haben«, schlussfolgerte Lukas.

Theo nickte und blätterte in den Papieren, die Allensbacher ihm mit auf den Weg gegeben hatte, während Lukas das Steuer übernahm.

»Wer hat den Toten gefunden?«, fragte Lukas.

»Hier steht es«, rief Theo nach einer Weile. »Ein anonymer Anrufer.«

»Verdächtig«, bemerkte Lukas.

Den Rest der Fahrt legten sie schweigend zurück. Als sie das letzte Stück über die zugeschneite Landstraße schlitterten, spürten sie Beklemmung. Obwohl der Tag bereits angebrochen war, wollte die Dämmerung nicht weichen. Kleine Schneeflocken fielen vom Himmel und ließen die Luft wie eine Nebelwand aussehen. Die Außentemperatur, die im Cockpit des Wagens angezeigt wurde, betrug fünf Grad unter null. Sie passierten ein weiteres Mal die beiden Stellen, an denen der Täter am Sonntag zugeschlagen hatte.

»Bald sind wir im Dorf. Wo soll diese Schießerei denn stattgefunden haben?«, brummte Theo.

Die Antwort folgte prompt. Das Blinken des Blaulichts schimmerte ihnen blass entgegen. Die Polizeifahrzeuge und der Unfallwagen befanden sich nur wenige hundert Meter vor den ersten Häusern. Und das erste Gesicht, das Lukas und Theo sahen, war das mit den heruntergezogenen Mundwinkeln des Dorfpolizisten Uwe Görndt.

»*Wachtmeister Uwe* ist schon vor uns da«, grummelte Theo.

»Er hatte es ja auch nicht so weit wie wir«, stellte Lukas nüchtern fest.

»Wenn er sich weiterhin weigert, mit uns zu kooperieren, bekommt er Ärger«, stellte Theo klar und stieg aus. »Denn wir brauchen einen Kollegen direkt vor Ort. Aber keinen, der ein falsches Spiel spielt.«

Lukas folgte ihm. Er fühlte sich längst nicht so frisch und aufgeweckt wie sein Kollege, weshalb er es Theo überlassen wollte, dieses Gespräch zu führen.

»Was haben wir?«, lautete Theos Begrüßung, was Lukas nun doch als etwas dreist empfand. Ein Gruß am Morgen hätte die Gemüter vermutlich auflockern können, denn er sah, wie sich das Gesicht von Uwe Görndt grimmig verschloss, als er brummte: »Schauen Sie es sich doch an! Oder warum warten wir hier so lange auf Sie?«

Die Richtung, in die der Dorfpolizist zeigte, führte über ein zugeschneites Feld zum Waldrand. Von weitem konnten sie eine kleine Menschenansammlung und einen dunklen Fleck erkennen. Mehr nicht. Ohne ein Wort stiegen Lukas und Theo über den Schneeberg am Straßenrand und stapften durch den hohen Schnee, der das Gehen zu einem mühsamen Kraftakt machte. Hinzu kam, dass es leicht bergauf ging. Die kleinen Schneeflocken peitschten in ihre Gesichter, dass es sich wie Nadelstiche anfühlte. Nur langsam kamen sie voran. Schon nach wenigen Metern spürten sie die Kälte nicht mehr, und am Fundort angekommen schwitzten sie sogar.

Ein Faltpavillon war über der Leiche errichtet worden. Lukas und Theo traten ein. In der Mitte lag ein Mann mit dunklen Haaren und einem jugendlich wirkenden Gesicht im Schnee – die Augen geöffnet und genau zwischen ihnen ein großes, klaffendes Loch.

Dr. Stemm, der trotz seiner dicken, winterlichen Verpackung allein durch seine Größe immer und überall sofort zu identifizieren war, nahm den meisten Platz in dem kleinen Schutzzelt ein. Mit seiner donnernden Stimme sagte er zur Begrüßung: »Die Kugel ging durch. Den Anblick des Hinterkopfs hebe ich euch für euren Besuch in meiner Gerichtsmedizin auf.«

»Was soll das heißen?«

»Dass vom Hinterkopf nichts mehr übrig ist.«

Theo und Lukas schluckten.

»Ohne das Projektil gesehen zu haben, kann ich mit Sicherheit sagen, dass es auch hier ein großes Kaliber war und es aus großer Entfernung abgeschossen wurde«, sprach Dr. Stemm weiter. »Weiterhin habe ich eine Verletzung an der rechten Schulter gesehen. Das könnte ein Einschussloch sein. Wenn wir Glück haben, steckt dort noch das Projektil, weil ich zu dieser Wunde kein Austrittsloch finde.«

»Abwehrverletzungen?«, fragte Lukas.

»Bis jetzt sehe ich nichts dergleichen. Die Hände sind unversehrt. Er trägt seine Schuhe noch. Auch sind die Kleider nicht zerrissen, außer an der Schulter.«

»Das sieht dem Fall Oskar Lohse verdammt ähnlich«, stellte Lukas fest.

»Das ist eure Aufgabe«, schmetterte Dr. Stemms Stimme, dass die Zeltwände bebten. »Ich werde den Toten jetzt mitnehmen – wenn ihr gestattet – und ihn aufschneiden.«

»Tun Sie das!«

Lukas und Theo kehrten zurück zur Straße, an der immer noch Uwe Görndt stand und auf sie wartete. In den Händen hielt er ein Exemplar der Tageszeitung.

»Liest *Wachtmeister Uwe* Zeitung, während wir arbeiten?«, fragte Theo grimmig.

Lukas stieß seinem Kumpel in die Seite und meinte leise: »Musst du ihm so deutlich zeigen, dass du ihn nicht leiden kannst?«

Theo verlangsamte sein Tempo, schaute auf Lukas und stellte spitz fest: »Wer hat heute Morgen einen Schlaumeier gefrühstückt? Du oder ich? So vernünftig habe ich dich schon lange nicht mehr erlebt.«

*

Otto Stehle zog seinen schweren Lodenmantel aus, setzte sich an den Küchentisch zu seinem Freund Ernst Genser und ließ sich heißen Kaffee einschenken. Dichter Rauch stand in der Küche. Gerhard Dinz war ebenfalls schon in den frühen Morgenstunden hier eingetroffen. Die Ereignisse der letzten Nacht hatten Otto aufgerüttelt, weshalb er seine Freunde zu diesem frühmorgendlichen Treffen bestellt hatte.

»Was ist passiert?«, brüllte Gerhard. Seine Schwerhörigkeit wurde immer schlimmer und lästiger. Sie ging Otto schon lange auf die Nerven. Aber Gerhard war sein Freund, seit über siebzig Jahren. Sie hatten zusammen an der Front gekämpft, hatten sich gegenseitig beschützt und sich in den darauffolgenden Jahren nie aus den Augen verloren. So etwas verband mehr als eine gewöhnliche Freundschaft. Dieser Mann war zu einem Teil von Ottos Leben geworden. Ebenso Ernst Genser. Der war schon immer der stillste von ihnen gewesen, aber auch der intelligenteste, wenn Otto ehrlich zu sich selbst war. Denn jede neue Strategie – sei es im Krieg oder später in ihrem Berufsleben – hatte Ernst entworfen. Er wusste immer Rat, während die anderen oft nur konfus und verzweifelt reagierten. Pfeife rauchend und für den Betrachter emotionslos arbeitete es ständig in ihm, bis er für jedes Problem eine Lösung fand. Deshalb wollte sich Otto an diesem Morgen unbedingt bei Ernst treffen, auch wenn sein Haus erbärmlich nach Pfeifenqualm stank. Die Situation im Dorf eskalierte. Sie brauchten einen kühlen Kopf, der ihnen sagte, wie es weitergehen sollte.

»Seit Oskars Tod ist im Dorf nichts mehr, wie es war«, schimpfte er. »Und auf Alois können wir auch nicht mehr zählen.«

»Das ist doch verständlich«, bemerkte Ernst. »Er hat seinen Enkel verloren. Wer weiß, wie wir uns dann fühlen würden.«

Otto nickte: »Du hast recht. Seit Arno wieder bei mir zuhause ist, fühle ich mich auch wieder wie ein richtiger Großvater.«

»Und warum scheuchst du uns alle am frühen Morgen auf die Beine?« Mit dieser Frage kam Ernst endlich zum Thema.

»Heute Nacht habe ich mich wieder gefühlt wie damals, als wir uns in der Normandie im Bunker verschanzt haben. Von allen Seiten haben wir die Schüsse gehört, waren eingekesselt. Meine Güte! So etwas wollte ich nie wieder erleben.« Otto rieb sich mit einem Taschentuch durch das Gesicht.

»Ich erinnere mich«, plärrte Gerhard. »Du hast dich aber nicht einschüchtern lassen! Im Gegenteil, zurückgeschossen hast du.«

Otto nickte, was Gerhard dazu veranlasste, weiter in einer Lautstärke zu schwadronieren, dass seinen Zuhörern die Ohren schmerzten: »Wir haben in Merville unseren Bunker und unsere Kanonen bis zum letzten Mann verteidigt und diesen vermaledeiten Angriff tatsächlich überlebt. Aber das liegt über sechzig Jahre zurück. Deshalb hast du uns doch bestimmt nicht in aller Frühe hierher bestellt. Oder?«

»Heute Nacht sind wieder Schüsse gefallen«, rückte Otto endlich mit der Sprache raus.

»Ich habe nichts gehört«, gab Gerhard zu, was keinen überraschte. Aber auch Ernst hatte nichts mitbekommen.

»Mindestens drei Schüsse«, bekräftigte Otto seine Aussage. »Ich kann euch nicht sagen, welche Bilder da wieder in mir hochgekommen sind.«

»Bilder von getöteten Soldaten!« Ernst nickte nachdenklich und stieß eine Qualmwolke aus. »Du warst damals der beste Scharfschütze von uns allen. Auf deine Zielsicherheit konnten wir uns immer verlassen.«

Otto lachte und meinte: »Die Waffe, die ich 1943 ausgehändigt bekam, war auch spitzenmäßig. Ich glaube, etwas Besseres hat die Bundeswehr seitdem nicht zustande gebracht.«

»Die G43?«, fragte Ernst.

»Genau die!«

»Die hatten wir alle! Das war ein verdammt gutes Präzisionsgewehr.« Gerhard brüllte inzwischen so laut, dass Otto befürchtete, die Nachbarn könnten alles hören. »Hast du deins noch?«

»Nein!« Otto schüttelte den Kopf. »Damals war ich froh, als ich das Ding los war.«

»Man hätte sie vielleicht mal wieder gebrauchen können.« Verschmitzt grinste Gerhard und trank von seinem Kaffee, der inzwischen kalt geworden war.

»Der Krieg war vorbei«, stellte Ernst klar. »Und wir wissen doch alle, wie gefährlich es damals war, die verdammte Waffe zu behalten.«

»Wer hätte bemerken sollen, dass wir sie noch haben?«, plärrte Gerhard unbeirrt weiter.

»Wenn du weiter so laut schreist, hören alle im Dorf mit«, hielt Otto dagegen.

»Ruhe ihr beiden«, funkte augenblicklich Ernst dazwischen. »Wir sind nicht hier, um uns zu streiten, sondern um uns zu beraten.«

Otto nickte, Gerhard brummte etwas Unverständliches.

»Nur, was sollen wir tun?«, fragte Ernst. »Wenn es wirklich wieder eine Schießerei im Dorf gegeben hat, will ich mir gar nicht ausmalen, wen es dieses Mal erwischt hat.«

Die drei Männer schwiegen eine Weile, bis Ernst in die Stille hinein sagte: »Alois hat sich vom Tod seines Enkels immer noch nicht erholt. Es ist schon schwer, wenn die Kinder vor einem sterben. Aber die Enkelkinder ...«

»Wir können nicht tatenlos zusehen«, knurrte Otto.

»Das müssen wir aber!«, wiedersprach Ernst. »Wir dürfen nichts tun. Wenn wir uns in die Arbeit der Polizei einmischen, machen wir uns verdächtig.«

»Pah! Die Polizei«, rief Gerhard so laut, dass Ernst und Otto erschrocken zurückwichen. »Sag doch gleich Uwe Görndt. Der Junge taugt genauso wenig wie sein Großvater.«

»Ach, Gerhard! Lass doch den Quatsch«, ermahnte ihn Ernst. »Die Sache liegt über sechzig Jahre zurück. Du kannst Uwe nicht für das verantwortlich machen, was sein Großvater getan hat.«

»Wenn es nur das gewesen wäre.« Gerhards Gesicht überzog eine Röte der Wut. »Erinnert ihr euch noch an Aline?«

»Du meinst Aline Konrad, die letztes Jahr verunglückt ist?«, hakte Ernst nach.

»Genau die!«

»Was ist mit ihr? Ist sie aus dem Koma aufgewacht?«

»Nein! Gestorben ist sie vor einigen Tagen.« Gerhard schüttelte verärgert den Kopf. »Uwe hat damals nichts unternommen, den Unfall einfach zu den Akten gelegt mit dem Vermerk, das Unglück sei selbstverschuldet gewesen, weil Aline mit Alkohol und Drogen im Blut gefahren ist.«

»Wir wissen doch alle, dass Aline gerne gefeiert hat«, gab Ernst zu bedenken.

»Aber sie wäre doch niemals betrunken Auto gefahren. Wo ihre Grenzen sind, hat sie immer gewusst.«

»Sie hatte aber selbst am Steuer gesessen.« Ernst erhob seine Stimme, um sich bei dem schwerhörigen Mann Gehör zu verschaffen. »Warum beschäftigt dich diese Geschichte denn so?«

Gerhard druckste eine Weile herum, bis er zugab: »Weil ich immer gehofft habe, Volker und Aline würden ein Paar.«

Nun lachten Otto und Ernst lauthals. Fast hätten sie die Haustürklingel nicht gehört. Verdutzt schauten sich die drei Männer an, bis Otto seine Stimme wiederfand und fragte: »Erwartest du Besuch?«

»Nein!« Ernst schüttelte den Kopf.

Er erhob sich von seinem Platz und ging an die Haustür.

Zurück kam er mit Uwe Görndt und zwei weiteren Männern, die Otto bereits kannte.

»Wir kommen von der Landespolizeidirektion Saarbrücken«, begann der Rothaarige. Dann hielt er einen Ausweis in die Höhe, auf dem der Name Lukas Baccus zu lesen war. Der Schwarzhaarige neben ihm zeigte einen Ausweis mit dem Namen Theo Borg. Die alten Männer nickten.

»Können wir bitte mit Ernst Genser allein sprechen?«

»Das sind meine Freunde«, stellte Ernst klar. »Egal, was Sie mir zu sagen haben, diese beiden dürfen es auch erfahren.«

»Okay!«, gab der Rothaarige nach. »Wir müssen Ihnen leider eine traurige Mitteilung machen.«

Ernst erblasste.

»Wir haben ihren Enkel Philipp Genser tot aufgefunden. Er wurde erschossen.«

*

»Können Sie uns eigentlich mal erklären, was Sie mit der Zeitung in der Hand an einem Tatort machen?«, fragte Theo, kaum dass sie das Büro der Polizeiinspektion in Wadern betreten hatten. Diese Frage beschäftigte ihn schon seit einiger Zeit, es hatte sich bislang keine Gelegenheit ergeben, sie zu stellen. »Suchen Sie darin nach Hinweisen?«

Uwe Görndt schleuderte Theo das Blatt so entgegen, dass die Titelseite obenauf lag.

Dort stand in großen Buchstaben: *Der Drogenkrieg macht Jäger zu Gejagten.*

»Ich war gerade dabei, den Artikel zu lesen, als die Meldung über den toten Philipp Genser hereinkam«, erklärte Uwe. Sein langes Gesicht war gerötet, seine krausen Locken standen wie elektrisiert vom Kopf ab. »Ich hatte die Zeitung noch in der Hand, als ich im Auto saß. Die Meldung hat mich aus dem Konzept gebracht.«

Theo setzte sich und spürte, dass er einen Gang zurückschalten musste. Die Überschrift ließ sämtliche Alarmglocken in ihm schrillen. Um seinen Puls wieder zu beruhigen, atmete er tief durch, bevor er den Bericht las:

»Der Drogenkrieg macht selbst vor den Gesetzeshütern nicht halt. Dabei ist es doch gerade die Polizei, auf deren Schutz die Menschen hoffen. Wie soll

es weitergehen, wenn plötzlich die Jäger zu Gejagten werden? Angst macht sich im nördlichen Saarland breit – eine Gegend, die bisher durch Schönheit und Idylle geprägt war. Doch seit diesem Sonntag ist alles anders. Die Menschen fühlen sich schutzlos den Kriminellen ausgeliefert. Anstatt dem Fest der Liebe sehen sie sich einem Drogenkrieg gegenüber, in dem es keine Gewinner gibt.«

»Wer hat diesen Artikel geschrieben?«, fragte er, da er nur mit den Initialen D.B. gekennzeichnet war.

Görndt zuckte mit den Schultern.

»Kennst du einen Reporter mit den Initialen D.B.?« Mit dieser Frage wandte sich Theo an seinen Kollegen, der Kaffee kochen wollte, was jedoch nur zu einem ergebnislosen Suchen nach Pulver und Filtertüten führte.

»Nein!«

»Kennen Sie einen Reporter mit diesen Initialen?«, richtete Theo seine Frage an den Dorfpolizisten.

Uwe überlegte eine Weile, bis er zugab: »Dahinter könnte sich Daniel Bauer verbergen.«

»Wer ist das?«

»Ein Reporter, wie Sie sich wohl denken können«, gab der Dorfpolizist zurück. »Er gehört zu der Sorte, die sich gerne profilieren, was ihm mit diesem Artikel auch gelungen ist.«

»Woher hat er die Informationen darüber, dass Lukas und ich zur gleichen Zeit im Wald waren, als auf Oskar Lohse geschossen wurde?«

»Keine Ahnung!« Uwe wich ein Stück zurück. »Ich kann nur sagen, dass das neue Opfer die Drogentheorie bestätigt. Die Zeitung liegt nicht daneben.«

»Was soll das heißen?«

»Dass Philipp als Krankenpfleger bei einem Mobilen Sozialen Dienst gearbeitet hat. Diese Hilfsdienste werden von Arztpraxen und vom hiesigen Krankenhaus mit Medikamenten versorgt.«

»Was für Medikamente?«

»Morphium, Flunitrazepam, Amphetamin, Tramadol und Valium.«

»Morphium fällt unter das Betäubungsmittelgesetz.«

»Die Krankenpfleger können in den Praxen oder im Krankenhaus ein- und ausgehen. Niemand schaut ihnen dabei auf die Finger.«

»Trotzdem kommt man nicht so einfach an Morphium«, beharrte Theo. »Mit Amphetaminen und Flunitrazepam kenne ich mich nicht so gut aus.«

»Von Amphetaminen weiß ich nur, dass sie von Ärzten gegen die Krankheit ADHS verschrieben werden. Ich halte das alles für Schwachsinn. Heutzutage leiden die Menschen an Antriebsstörungen und müssen Tabletten nehmen, um sich aufraffen zu können«, entgegnete Uwe Görndt. »Und Flunitrazepam bewirkt genau das Gegenteil, die nimmt man bei Schlafstörungen. Da kommt ein Krankenpfleger ganz schön ins Schleudern, welche Droge gerade angesagt ist: Aufputschen oder Betäuben.«

Theo staunte. »Früher wollten wir voller Action sein, aber auf keinen Fall schlafen, während wir auf Tour gingen. Was ist an Flunitrazepam so besonders, dass man dafür Verbrechen begeht?«

Uwe Görndt druckste ein wenig herum, ehe er antwortete: »Diese Tabletten können dieselbe Wirkung haben wie Rohypnol.« Lukas und Theo schauten ihn erstaunt an. »Wenn man sie zu hoch dosiert, bringen sie einen ins Land des Vergessens. Und wenn man hinterher aufwacht, hat man die totale Gedächtnislücke.«

»Was macht man in einem Dorf mit solchem Zeug?«, fragte Lukas irritiert nach.

»Im Dorf gibt es zwei potenzielle Kunden für diese Drogen«, murmelte Görndt.

»Und wer sind die?«

»Die beiden, die in Afghanistan im Einsatz waren. Wie ich gehört habe, kommen beide nicht so gut mit dem zurecht, was sie dort erlebt haben. Entweder sie haben durch ihre Erlebnisse im Kriegsgebiet eine totale Motivationsstörung oder sie nehmen das andere Zeug, um zu vergessen.«

»Haben Sie mit den beiden gesprochen?«, fasste Theo nach.

»Ja! Aber sie geben es natürlich nicht zu.«

»Und wer sagt Ihnen, dass die beiden wirklich Drogen konsumieren?«

»Meine Quelle ist natürlich auch nicht gerade die zuverlässigste.« Der Polizist druckste herum. »Deshalb hat die Staatsanwaltschaft einer Hausdurchsuchung auch nicht zugestimmt.«

»Klingt nicht gerade nach einem großen Fisch«, bemerkte Theo. »Können Sie mir sagen, warum Sie sich so an der Drogentheorie festbeißen?«

Görndts langes Gesicht wurde blass. Er starrte Theo eine Weile an, bis er endlich antwortete: »Weil das die einzige Theorie ist, die in Frage kommt.«

»Und was können Sie uns über Volker Dinz sagen? Ihn haben wir bis jetzt noch nicht angetroffen.«

Uwe lachte: »Der lebt mit seinem Großvater allein in dem großen Haus. Der Alte ist so schwerhörig, der hört die Klingel nicht mal. Und Volker ist so gut wie nie zuhause.«

»Wo arbeitet er?«

»Nirgends! Er hat Automechaniker gelernt«, Uwe lachte verächtlich, »aber wo soll er hier einen passenden Job finden?«

»Okay! Suchen Sie nach ihm und richten Sie ihm aus, dass er sich bei uns melden muss.«

»Klar! Und wie hätten Sie gern Ihren Kaffee?«, spottete Görndt.

»Ich denke, wir sollten jetzt gehen«, meinte Theo, bevor er sich vergaß. »Meine Tante wartet.«

»Sie sprechen von Katharina Borg?«, hakte der Uniformierte nach.

Theo nickte.

»Interessante Verwandtschaft haben Sie da.«

»Was wollen Sie damit sagen?«, fragte Theo misstrauisch.

»Dass Ihre Tante selbst schuld daran ist, dass sie heute allein lebt. Hätte damals halt besser aufpassen sollen ...«

Theo ballte seine Hand zu einer Faust, spürte jedoch, dass

die festgehalten wurde. Hastig zog Lukas seinen Kollegen aus dem Büro und murmelte: »Bring dich wegen diesem Idioten doch nicht in Schwierigkeiten! *Wachtmeister Uwe* würde keine Gelegenheit auslassen, dir eins auszuwischen.«

*

Daniel Bauer steuerte seinen Pajero an den Straßenrand hinter die vielen Fahrzeuge, die auf der Strecke zwischen dem Autobahnzubringer und dem Dorf Buweiler die Straße säumten. Das Auto war für ihn ein Fahrgenuss, wie er ihn zuvor noch nicht erlebt hatte. Sein spontaner Entschluss, sich gerade einen silbernen Pajero zu kaufen, bereute er keine Sekunde, zumal dieser Geländewagen bei solchen Wetterverhältnissen durch seinen Allradantrieb zusätzlich noch große Sicherheit bot.

Der Blick des Reporters fiel auf die Menschen, die sich mühsam durch den hohen Schnee über das freie Feld bewegten. Sein Adrenalinspiegel stieg an, spürte er doch, dass er genau im richtigen Augenblick hier angekommen war. Er befand sich in unmittelbarer Nähe zu einem Tatort. Mit Kamera und Diktafon ausgerüstet stieg er aus dem Wagen. Der Schnee fiel so dicht, dass die schwarzen Geräte in seinen Händen in Sekundenschnelle mit einer weißen Schicht überzogen waren. Mit Mühe deckte er sie ab, damit die Nässe sie nicht in ihrer Funktionsfähigkeit beeinträchtigen konnte. Dann kletterte er über den Schneeberg. Dahinter ging es so rasant in die Tiefe, dass Daniel aufpassen musste, nicht in die Schneemassen zu stürzen. Auch der Weg über das freie Feld zu dem Zelt erwies sich als beschwerlich. Bei jedem Schritt musste er den Fuß aus dem tiefen Schnee herausziehen, was eine Menge Kraft kostete. Zum Glück betrieb er regelmäßig Sport, weshalb es ihm gelang, sich doch vergleichsweise schnell dem Faltpavillon zu nähern. Trotz des Schnees, der unablässig vom Himmel fiel, konnte er etwas darin erkennen. Mit einem starken Licht wurde ein Mann angeleuchtet, der auf dem Boden lag. Daniel legte noch einen Zahn zu und schoss bereits die ersten Bilder mit seiner Kamera, als sich ihm ein Polizeibeamter in den Weg stellte.

»Endstation!«, lautete der Kommentar.

»Ich bin von der saarländischen Tageszeitung und möchte über die Ereignisse hier berichten«, ratterte Daniel seinen üblichen Spruch herunter.

Aber der Polizist ließ sich nicht beeindrucken. Seine Miene blieb unverändert, während er sich so breit vor Daniel machte, dass der Reporter nicht mehr sehen konnte, was sich weiterhin im Zelt abspielte. Frustriert kehrte er zurück und wollte in seinen Wagen steigen, als er ein bekanntes Gesicht sah. Kaugummi kauend trat Volker Dinz vor ihn. Sein Gesicht glänzte rot, seine Augen wirkten glasig, seine Bewegungen waren fahrig. Daniel spürte, dass der junge Mann in einer gefährlichen Verfassung war. Es war ihm wichtig, Volker als Vertrauten zu behalten. Nur durch diesen einfältigen Kerl bekam er alle Informationen, die er brauchte.

»Was machst du hier?«, fragte Volker.

»Ich war zufällig auf dem Weg nach Wadern, als ich dieses Aufgebot gesehen habe«, log Daniel. »Weißt du, was hier los ist?«

»Klar! Die haben wieder einen meiner Kumpel erschossen.« Volkers Kaubewegungen wurden hektischer. Er trippelte hin und her, als wollte er sich auf diese Weise aufwärmen.

»Wen hat es dieses Mal erwischt?«

»Philipp, das arme Schwein«, lautete die Antwort.

»Du meinst Philipp Genser?«, hakte Daniel nach.

»Wen sonst?«

Daniel nickte: »Ich fahre weiter nach Wadern. Kann ich dich ein Stück mitnehmen?«

»Klar!« Volker eilte dankbar auf die Beifahrerseite und stieg in den Geländewagen ein. Als Daniel das Auto aus dem Graben auf die Straße manövrierte und langsam losfuhr, begann der Einheimische zu sprechen: »Weißt du, Philipp war auch einer von uns. Er wollte damals unbedingt zum Barras, aber die haben ihn nicht genommen, weil er angeblich psychisch labil war. Stattdessen hat er dann einen auf Samariter gemacht. Wurde Krankenpfleger. Das war genial. Denn dort saß er direkt an der Quelle.«

»Welche Quelle?«

»Morphium und die geilsten Betäubungsmittel kriegst du in dem Job. Und keiner merkt es.«

Daniel spürte, wie ihm schlecht wurde. »Drogen? Hier in der Einöde? Was macht man damit?«, fragte er betont gelassen.

»Hey! Lebst du hinterm Mond oder ich?«, fragte Volker zurück, lachte und kaute geräuschvoll auf seinem Kaugummi. Daniel musste an sich halten, diesen ekelhaften Kerl nicht aus dem fahrenden Auto zu werfen.

»Zuerst füllst du die Weiber mit Alkohol ab, dann machst du ihnen was von den Flunis ins Getränk und ab geht die Post! Die machen alles, was du willst.«

»Das klingt nach Sauerei!«, bemerkte Daniel.

»Geile Sauerei!« Volker gluckste. Daniel bemühte sich, gelassen zu wirken.

»Ausgerechnet heute Morgen hat ein Bericht über einen Drogenkrieg in der Zeitung gestanden«, plapperte Volker unverdrossen weiter und schaute sich in dem Auto um. »Da stand sogar, dass die Bullen im Wald waren, als auf Oskar geschossen wurde. Das finde ich mal richtig geil. Was haben die dort wohl gemacht? Selbst geschossen?«

Er lachte so laut, dass Daniel zusammenzuckte. Plötzlich stieß er einen Pfiff aus, zog etwas aus der Seitenkonsole und hob es in die Höhe: Daniels Visitenkarte.

»Verdammt! Du bist ja ein Zeitungsfritze!« Seine Kaubewegungen stellte er ein und starrte finster auf den Fahrer. Daniel fühlte sich wie erstarrt. Wie sollte er jetzt reagieren? Leugnen hatte wohl keinen Sinn mehr. Egal, wie einfältig Volker war, das hatte er mit Sicherheit begriffen. Also schwieg er.

»Daniel Bauer«, las er ab. »Verdammt. Den Artikel von heute Morgen hat einer mit den Initialen D.B. geschrieben. Das klingt ja verdammt nach dir.«

Daniel ließ sich noch immer nicht zu einer Reaktion verleiten.

»Warum hast du das nicht gleich gesagt?«

Daniel stammelte etwas Unverständliches, was Volker dazu veranlasste zu sagen: »Das ist doch klasse! So bekommt die Scheiße, die hier passiert, endlich mal die richtige Aufmerksamkeit.«

Daniel war über diese Reaktion so überrascht, dass er seinen Wagen fast in den Graben gelenkt hätte.

»Wie meinst du das?«, wagte er zu fragen. »Hättest du mir auch alles erzählt, wenn du gewusst hättest, dass ich Reporter bin?«

»Klar! Immerhin geht es hier um meine besten Kumpels. Ich will doch auch, dass dieser Wahnsinnige gefasst wird.«

»Und du glaubst ernsthaft, dass der Grund für diese Schießereien Drogengeschichten sind?«

Volker überlegte eine Weile, ehe er antwortete: »Das ist jedenfalls das Einzige, was Philipp und Oskar verbindet.«

»Und dich wohl auch?«, fügte Daniel vorschnell hinzu.

»Warum sagst du so was?« Volkers glasige Augen blitzten plötzlich böse auf.

»Weil du mir gerade gesagt hast, wie ihr das mit den Frauen macht.«

»Scheiße! Stimmt! Manchmal habe ich auch was genommen. Ging uns ja nur um den Spaß!«

»Spaß? Haben die Frauen das auch so empfunden?«

Vorsichtig fuhr er den Wagen an den Straßenrand und hielt an.

»Beschwert hat sich noch keine!« Volker grinste dämlich, wobei er Zähne zeigte, die schon dunkelgelb schimmerten. »Aber der Spaß war sowieso vorbei. Philipp hat mir erzählt, dass er ein schlechtes Gewissen hatte und aussteigen wollte.«

»Das könnte ein Grund gewesen sein, ihn zu erschießen«, überlegte Daniel, doch sein Beifahrer war bereits ausgestiegen.

*

Arno Stehle wirkte blass und müde, als er den beiden Kriminalkommissaren die Haustür öffnete. Seine braunen Haare standen wirr vom Kopf ab, ein Backenbart bauschte sich bis zu den Ohren und ließ sein Gesicht kugelrund wirken. Aus müden Augen blickte er den beiden Besuchern entgegen.

»Sind Sie Arno Stehle?«, fragte Lukas, nachdem er sich und seinen Kollegen vorgestellt hatte.

»Ja!« Zwischen dem wilden Bartwuchs war kaum eine Lippenbewegung zu erkennen.

»Wir möchten mit Ihnen über die Ereignisse in Buweiler sprechen.«

»Sie auch?«

»Wer denn noch?«

»Uwe! Er steht in letzter Zeit immer häufiger vor meiner Tür. Früher hat er nicht mal gewusst, wo ich wohne.«

Theo und Lukas warfen sich einen erstaunten Blick zu. Diese Aussage machte sie stutzig.

»Wann war der Kollege bei Ihnen?«, fragte Theo.

»Gestern! Vorgestern! Seit es Oskar erwischt hat, täglich. Und heute schickt er wohl die ganz große Kavallerie aus Saarbrücken.«

»Wir brauchen niemanden, der uns schickt«, stellte Theo klar.

Arno zuckte mit den Schultern und ging vor den beiden durch einen langen, dunklen Flur, an dessen Ende er sie in ein kleines Zimmer führte. Lukas und Theo konnten ein Schmunzeln nicht verbergen, als sie sich umsahen. Sie befanden sich in einem Kinderzimmer. Die Tapete bestand aus Motiven der Kinderserie *Alfred J. Kwak*, einer gelben Ente. Aufkleber von Koala-Comics zierten den Schrank. Darunter stand »Blinky Bill«. Die Holzpuppe Pinocchio hing von der Decke herunter. Den kleinen, alten Schreibtisch belagerten Matchbox-Autos. Eine Stereoanlage zierte die Ecke. CDs von Take That, Mariah Carey und Oasis lagen verstreut auf dem Boden.

»Ich weiß, wie es hier aussieht«, reagierte Arno sofort. »Aber warum sollte ich etwas ändern, wenn ich doch nur vorübergehend hier bleiben werde?«

»Wo wohnen Sie normalerweise?«

»In Zweibrücken! Dort bin ich bei der Bundeswehr stationiert.«

»Und warum sind Sie jetzt hier bei Ihrem Großvater?«, fragte Theo, der abermals das Wort führte.

Arno überlegte eine Weile, ließ sich auf dem Sofa nieder und antwortete nach einem leisen Seufzer: »Ich wollte einfach mal ausspannen. Aber dafür habe ich mir wohl den falschen Ort ausgesucht.«

»Sie waren in Afghanistan. Stimmt das?«

Arno nickte.

»Ist dort etwas vorgefallen, weshalb Sie sich von ihrem normalen Leben zurückziehen?«

»Nicht direkt!«

»Und indirekt?«, hakte jetzt Lukas ungeduldig nach.

Arno druckste, ehe er zornig zurückfragte: »Sind Sie Seelenklempner oder Polizisten?«

»Polizisten«, antwortete Lukas und behielt den Soldaten dabei genau im Auge. »Und zwar solche, die herausfinden wollen, warum in einem verschlafenen Nest wie Buweiler plötzlich zwei junge Männer gejagt und erschossen werden. Dazu noch zwei Männer, die Sie kennen. Und das zu einer Zeit, in der Sie hier tatenlos herumsitzen und Ihre Kriegswunden lecken. Mein Kollege und ich sind von dem Schützen ebenfalls gejagt worden wie die Hunde.«

»Sie können mich mal«, schrie Arno plötzlich los, griff nach dem Schuh, der vor dem Sofa lag, und schleuderte ihn Lukas entgegen. »Raus hier, oder ich vergesse mich«, brüllte er.

Lukas fing den Schuh auf. Es war ein schwerer Bundeswehrstiefel, den er in seinen Händen hielt. »Sie stehen im Verdacht, Ihre Kumpel getötet zu haben. Ist Ihnen das klar? Wenn Sie uns tätlich angreifen, hilft das nicht unbedingt, uns vom Gegenteil zu überzeugen.«

Arnos kurzer Energieanflug löste sich wieder in Nichts auf. Diese Beschuldigung ernüchterte ihn so sehr, dass er in sich zusammensank, sich auf das Sofa zurückfallen ließ und beide Hände vors Gesicht hielt.

»Was wollen Sie mit Ihrer Show erreichen?«, fragte Theo leise, als er sah, wie klein und hilflos Arno plötzlich wirkte.

»Ich habe niemanden erschossen«, nuschelte es zwischen den Händen des jungen Mannes hervor.

»Dann können Sie auch unsere Fragen beantworten«, meinte Lukas. »Dann haben Sie ja auch nichts zu verbergen.«

»Ist ja klar, dass wir sofort in Verdacht geraten, wenn in Deutschland so was passiert«, schimpfte Arno Stehle leise vor sich hin. »Wir sind ja Mörder, die sich dafür bezahlen lassen, um in Afghanistan auf Zivilisten zu schießen. Solche Typen haben auch keine Hemmungen, ihre Schießwut zuhause weiter zu betreiben.«

»Wer sagt denn so etwas?«, fragte Theo, der erkannte, dass er das Gespräch wieder an sich reißen musste.

»Uwe sagt das. Für ihn bin ich verdächtig – egal, was ich sage. Wir werden ohnehin schon als Mörder tituliert. Sogar als Kindermörder, nur weil wir in einen Krieg ziehen, den die deutsche Regierung noch nicht mal offiziell als Krieg bezeichnen will. Aufbauhilfe nennen sie das. Und wer im Rahmen einer Aufbauhilfe einen Afghanen tötet, weil der eine Waffe auf ihn richtet, wird von den eigenen Landsleuten als Mörder bezeichnet.« Arno holte tief Luft, ehe er weitersprach: »Wenn dann ein Mann zuhause im behüteten Deutschland erschossen wird, ist doch klar, wer der Mörder ist.«

»Dann sagen Sie uns doch, wo Sie am Sonntag in den Nachmittagsstunden von sechzehn bis zwanzig Uhr waren?«

»Ich war hier! Mein Großvater war auch da. Sie kennen ihn bestimmt. Er heißt Otto Stehle.«

Theo nickte. »Und wo waren Sie gestern Abend – ebenfalls zu dieser Zeit?«

»Zuhause!«

»Gibt es dafür Zeugen?«

»Meinen Großvater.«

»Wie lange leben Sie schon hier bei Ihrem Großvater?«

»Schon eine Weile«, wich Arno aus.

»Vor wem oder was laufen Sie davon?«

Erstaunt über diese Frage, schaute Arno den Polizeibeamten mit großen Augen an, bevor er antwortete: »Vor gar nichts!«

»Und warum verschanzen Sie sich im Haus eines alten Mannes in einem Dorf mit gerade mal 450 Einwohnern? In einer Gegend, in der sich vermutlich noch nicht mal Fuchs und Hase gute Nacht sagen, weil es selbst denen hier zu langweilig ist.«

»Seit wir aus Afghanistan zurück sind, hat für uns der Alptraum eigentlich erst angefangen«, räumte Arno endlich ein.

»Wenn Sie von *wir* und *uns* sprechen, meinen Sie sich selbst und Nils Amann?«

»Ja!«

»Und was geschieht hier?«

»Wenn ich Ihnen das sage, verhaften Sie mich.«

»Das wird sich herausstellen.«

»Anstatt uns in Ruhe zu lassen, wirft man uns unseren Einsatz in Afghanistan vor«, begann Arno zögerlich. »Oskar hat sich am schlimmsten aufgeführt. Obwohl er selbst bei der Bundeswehr war, tut er so, als hätte ihn diese Vorbereitung auf diesen Krieg nur angekotzt. Als ich mich damals als Z-Sau bei der Bundeswehr verpflichtet habe, ging unsere Freundschaft endgültig in die Brüche. Dabei ist das ein Job wie jeder andere auch.«

»Wie stand Oskar zu Ihrem Kriegseinsatz?«

»Das hat er aufs Schärfste verurteilt. Er gibt uns die Schuld daran, dass so viele Zivilisten – und vor allem Kinder – in Afghanistan sterben. Dabei führt er sich auf wie ein Richter.«

»Hat sich aufgeführt ...«, korrigierte ihn Lukas von seinem Beobachterposten aus.

»Da haben wir es«, trumpfte Arno auf. »Sofort bin ich der Wahnsinnige, der in Buweiler seine Kumpel abknallt.«

»Das sagt doch niemand«, beschwichtigte Theo schnell und fragte weiter: »Wie hat sich Philipp Ihnen gegenüber verhalten, als Sie aus Afghanistan zurückgekehrt sind?«

»Philipp benahm sich seitdem wie ein Seelenklempner!« Arno schnaubte verächtlich. »Selbst ist er nicht zur Bundeswehr gekommen, weil er den Psychotest nicht bestanden hat – aber jetzt den Psychiater spielen ...«

»Vielleicht wollte er Ihnen wirklich helfen.«

»Philipp hat vom Krieg keine Ahnung. Kennt noch nicht mal ein Gewehr aus der Nähe. Also weiß er nicht, wie man sich fühlt, wenn man dem russischen Sturmgewehr AK-47 direkt in den Lauf guckt. Und dann hat er mich bedrängt, ich sollte mir den Kummer von der Seele reden.«

»Wieder meine Frage: Was ist daran falsch?«

»Seine Verlogenheit«, machte Arno deutlich. »Er wollte mich nur aushorchen.«

»Hat Nils nach seinem Afghanistan-Einsatz die gleichen Anfeindungen hier im Dorf erfahren?«, fragte Theo nach einer kurzen Pause des Nachdenkens weiter.

»Keine Ahnung. Ich habe nur wenig Kontakt zu ihm.«

»Warum?«

»Naja! Während ich hier einfach nur Urlaub mache, ist er KZH – verstehen Sie?«

»Nein«, gab Theo zu.

»KZH heißt *Krank zu Hause*. Seit er von Afghanistan zurück ist, ist er ständig ausgefallen, weshalb ihn ein Arzt krankgeschrieben hat, damit er sich mal richtig auskuriert.«

»Heißt das, dass er eine Schützengrabenneurose oder so was erlitten hat?«

Arno lachte verächtlich auf: »Diese Neurose gibt es so nicht mehr. Das nennt man jetzt *Posttraumatische Belastungsstörung*. Aber da ich kein Arzt bin, weiß ich nicht, ob er deshalb krankgeschrieben wurde.«

»Warum gehen Sie nicht zu ihm und finden es heraus?«

»Aus demselben Grund, warum ich nicht will, dass ständig jemand vor meiner Tür steht und mich fragt, warum ich in meinem Kinderzimmer zwischen *Blinky Bill* und *Alfred J. Kwak* hocke.«

»Waren Sie mit Nils zusammen im Einsatz?«

»Zeitweise ja.« Arnos Blick wurde weich. »Es war schön, dort in der Fremde plötzlich ein bekanntes Gesicht zu sehen. Aber mein Einsatz endete einige Monate vor seinem.«

Der junge Mann entspannte sich etwas. Er lehnte sich im Sofa zurück und versuchte den Blicken der Kommissare auszuweichen.

»Sie kennen sich schon seit ihrer Kinderzeit hier?«

Arno nickte.

»Und Oskar und Philipp kennen Sie genauso lange?«

Wieder nickte Arno.

»Gibt es irgendetwas im Leben der beiden, warum jemand ein Motiv haben könnte, sie zu töten?«

»Zustände wie in Manhattan haben wir hier nicht gerade, dass man an jeder Ecke fürchten muss, seinem Mörder zu begegnen«, antwortete Arno. »Deshalb kann ich Ihnen dazu nichts sagen.«

»Kann es sein, dass die Jungs mit Drogen gehandelt haben?«

Arno überlegte eine Weile, bevor er antwortete: »Philipp war schon immer ein bisschen seltsam. Er ging nie richtig aus sich heraus, konnte nie wirklich mit uns mithalten. Wenn wir uns mit den Jungs aus der Nachbarschaft geprügelt haben, verzog er sich ängstlich. Auf unseren Spott hat er immer hinterhältig reagiert. Ist zu unseren Eltern gerannt und hat uns verpetzt, sodass wir anschließend zuhause eine ordentliche Tracht Prügel bezogen haben. Aber ob er wirklich so tollkühn war und es bis zum Drogenhändler gebracht hat? Ich weiß es nicht. Was wurde denn vertickt?«

»Morphium, Amphetamine und Flunitrazepam.«

»Das klingt nicht gut.« Arno riss die Augen weit auf. »Philipp arbeitet als Krankenpfleger. Da kommt er als Einziger von uns an solche Bomben heran.«

Theo schaute zu Lukas, der sich an die Tür lehnte und das Gespräch belauschte.

»Und wie steht es um Oskar? War der auch anfällig für Drogen?«

Arno überlegte eine Weile, ehe er sagte: »Oskar war schon immer ein Schlitzohr. Wenn man ihm die Hand gegeben hat, musste man hinterher zur Kontrolle seine Finger zählen, ob noch alle dran sind.« Er lachte freudlos. »Als er dann arbeitslos wurde, hatte er plötzlich noch mehr Kohle als vorher. Keiner von uns hat das verstanden. Aber nachgefragt habe ich nie, weil ich andere Sorgen hatte. Wie eben schon erwähnt, hatten wir keinen Kontakt mehr.«

»Kann es sein, dass Oskar und Philipp die Drogen gemeinsam verkauft haben?«, bohrte Theo weiter.

»Kann schon sein. Philipp war immer ein Außenseiter. Vielleicht hat er sich als Lieferant des Stoffs einen Sonderstatus bei Oskar erschlichen. Das würde zu den beiden passen. Oskar könnte die Schwäche von Philipp ausgenutzt haben.«

»Das ist eine interessante Beobachtung«, meinte Theo. »Sie kennen die Menschen hier besser als wir. Es bleibt nur die Frage, wie die beiden Opfer an ihre Abnehmer gekommen sind.«

»An Schulen oder Gemeindezentren findet man für so was immer Abnehmer«, entgegnete Arno. »Und es ist leicht verdientes Geld. Wenn ich mir überlege, was ich für meine Kohle alles in Kauf genommen habe – und immer noch nehmen muss.«

»Dafür leben Sie noch«, hielt Theo dagegen.

»Sie glauben also tatsächlich, dass hier in Buweiler ein Drogenkrieg ausgebrochen ist?« Arnos Stimme geriet plötzlich eine Oktave höher. Es dauerte nicht lange, da begann er herzhaft zu lachen. »Euren Job möchte ich mal machen. In einem Kuhnest wie Buweiler einen Drogenkrieg aufklären. Die Mafiosi sind die alten Weiber, die neben der Wäsche auch noch Geld waschen. Und die Logistik betreibt der Postmann, der neben der Post auch noch die heiße Ware mit seinem Motorroller verteilt. Und wenn uns die Drogen mal ausgehen, dann haben wir noch die Bauern. Die bauen heimlich Opium an. In Afghanistan ist das ein blühendes Geschäft. Warum also nicht auch hier in Buweiler?«

Das Lachen wurde immer lauter und hysterischer. Lukas und Theo verließen wortlos das Zimmer.

*

Daniel Bauer spürte eine leichte Enttäuschung, als er den Besucherparkplatz vor der Polizeiinspektion in Wadern anfuhr. Er konnte die Stelle noch sehen, an der das Auto der beiden Kriminalkommissare aus Saarbrücken gestanden hatte. Vermutlich waren sie erst vor wenigen Minuten weggefahren. Also kam er zu spät. Trotzdem stieg er aus und betrat das Büro. Als er Uwe Görndt sah, geriet er in Wut. Was verbarg sich hinter diesem müden Gesichtsausdruck? Was für ein Spiel trieb dieser Mann?

»Für einen Reporter sind Sie wohl immer einen Tick zu spät«, meinte Görndt zur Begrüßung, während er mit gelangweilter Miene seine Bundeswehrstiefel sortierte, die er unter der Fensterbank an der Heizung aufgestellt hatte. Sofort war Daniel klar, woher der unangenehme Geruch kam.

»Ach ja?«, entgegnete Daniel. »Und Sie sind immer zur richtigen Zeit am richtigen Ort.«

»Sieht so aus.«

»Woher wussten Sie so schnell, dass ein Mann kurz vor dem Ortseingang erschossen worden ist?«

»Ich bekam einen anonymen Anruf.«

»Nennt man das jetzt so?«

Görndts Gesicht lief rot an vor Zorn, als er entgegnete: »Die beiden Kommissare sind zurück nach Saarbrücken gefahren. Am besten ist es, Sie folgen Ihnen sofort dorthin.«

»Das werde ich jetzt auch tun. Mit Sicherheit wissen die beiden mehr als Sie«, stieß Daniel böse aus und verließ das Büro.

Inzwischen schneite es wieder stärker. Der Reporter startete den Motor, der leise unter ihm vibrierte. Dabei spürte er eine Freude in sich aufkeimen, wie er das schon lange nicht mehr erlebt hatte. Schlagartig war seine Wut über diesen impertinenten Dorfbullen verraucht. Dieses Auto entschädigte ihn. Es gab ihm ein Gefühl von Sicherheit, Komfort und Luxus. Der viele Schnee kam ihm gerade recht. Wenn es nach ihm ginge, würde dieser verschneite Winter ewig anhalten, sodass er die besonderen Vorzüge dieses Wagens noch lange auskosten konnte. Souverän steuerte er über die vereiste Straße, auf der sich eine neue Schneeschicht bildete.

Die Sicht war schlecht. Der graue Himmel schluckte mehr Tageslicht, als er spendete. Der dichte Schneefall tat sein Übriges dazu. Daniel schaltete die Scheinwerfer ein, doch viel richteten sie nicht aus. Also nahm er die Nebelscheinwerfer dazu. Schon bald erreichte er die Landstraße, passierte Buweiler und steuerte die Strecke an, die er in seinem nächsten Artikel die »Todesstrecke« nennen wollte.

Er staunte über seine geniale Eingebung. *Todesstrecke* war genau der richtige Begriff für diese Straße. Plötzlich sah er eine Bewegung im Lichtkegel der Scheinwerfer. Die schlechte Sicht machte es ihm fast unmöglich, Genaueres zu erkennen. Ein dunkler Schatten hob sich von der weißen Wüste ab. Er sah aus wie ein Mann, der sich verstecken wollte. Hell blitzte etwas auf, als sich das Scheinwerferlicht darin spiegelte.

Da erkannte er es. Es war der Lauf einer Waffe. Daniel gab Gas. Sein Wagen beschleunigte so schnell, dass er in den Sitz gedrückt wurde.

Im gleichen Augenblick peitschte ein Schuss durch die Stille.

7

Lukas und Theo ließen den Geländewagen vor Otto Stehles Haus stehen und legten das letzte Stück zu Fuß zurück. Hinter dem Eingangstor lag Katharinas Bauernhaus verträumt zwischen den immer dichter fallenden Schneeflocken, den vielen Sträuchern und dem weißbedeckten Hang auf der rechten Seite. Ein hoher Nadelbaum, den sie erst beim genauen Hinsehen als Zypresse erkennen konnten, stand dicht vor der linken Haushälfte, die aus einer angebauten Scheune bestand. Dahinter versteckte sich ein rundes Tor. Es war noch original erhalten. Das Holz wirkte verwittert. Auch an der Fassade bröckelte der Putz ab, während die linke Haushälfte deutlich gepflegter wirkte.

»Schön wohnt deine Tante«, schwärmte Lukas erneut. »So etwas habe ich in meinem Leben noch nicht gesehen. Höchstens mal im Fernsehen.«

»Stimmt! Soviel Schnee hatten wir auch noch nicht. Wer weiß, wie es hier aussieht, wenn der Schnee geschmolzen ist«, erwiderte Theo nachdenklich. »Hoffen wir, dass er noch lange liegenbleibt und alles zudeckt, was wir wahrscheinlich gar nicht sehen wollen!«

Die Haustür ging auf und Katharina Borg trat heraus. Mit verschränkten Armen beobachtete sie ihren Neffen und seinen Freund. Als die Männer auf sie zutraten, fragte sie: »Wo habt ihr denn den gefräßigen Staatsanwalt gelassen?«

Theo und Lukas mussten herzhaft lachen. »Das nächste Mal bringen wir ihn wieder mit«, versprach Theo.

»Gut so! Der konnte wenigstens noch meine Kochkünste würdigen. Ihr schlingt nur alles in euch rein und verschwindet ohne ein Wort.«

»Niemals!«, widersprach Lukas, der dem Duft in die Küche folgte. »Du kochst so gut, dass du einen Michelin-Stern verdient hast.«

Katharinas Gesicht lief vor Freude rot an. Mit dem Geschirrtuch gab sie Lukas einen Klaps auf die Schulter und sagte: »Du bist wirklich ein Schelm. Immer willst du mich hochnehmen.«

»Bestimmt nicht.« Lukas steuerte zielstrebig die Töpfe an. »Dafür habe ich viel zu großen Respekt vor dir.«

»Und wehe, du schaust in meine Töpfe!«

Schicksalsergeben ließ sich Lukas neben Theo auf die Eckbank nieder. Von den Essensdüften umnebelt, schauten sie der emsigen Frau bei ihrer Arbeit zu.

»Was hältst du von dieser Drogentheorie?«, fragte Lukas leise.

Theo überlegte eine Weile, ehe er sagte: »Ich habe da so meine Zweifel.«

»Warum? Weil sie von *Wachtmeister Uwe* kommt?«

»Möglich!«

»Lenkt er uns auf die falsche Spur oder liegt er selbst daneben?«

»Ist dir nicht aufgefallen, wie feindselig er sich uns gegenüber benimmt?«, fragte Theo zurück. »Ich vertraue ihm nicht. Durchaus möglich, dass er ein falsches Spiel mit uns spielt.«

»Ist dir mal aufgefallen, wie feindselig du dich ihm gegenüber benimmst?«, konterte Lukas. »Du hast das Talent, zu vorschnellen Schlüssen zu neigen, aber heute Morgen den Schlaumeier spielen wollen und mich genau davor warnen.«

»Blödmann!«

Es klingelte an der Tür. Katharina verließ die Küche, um wenige Sekunden später gemeinsam mit ihrem Nachbarn zurückzukehren. Sofort spürten die Kommissare die gedrückte Stimmung, die Otto Stehle mitbrachte. Sein rundes Gesicht sah blass und müde aus. Besorgt wechselten sie ihre Blicke zwischen Katharina und Otto hin und her, bis der Besucher endlich sprach: »Heute morgen wurde Alois Lohse mit einem Hirnschlag ins Krankenhaus gebracht. Der Tod seines Enkels hat ihn zu sehr mitgenommen.«

Betretenes Schweigen herrschte in der Küche. Nur das Klappern der Töpfe war zu hören.

»Davon wird er sich nicht mehr erholen«, sprach Otto resigniert weiter. »Alois ist neunundachtzig ...«

Lukas und Theo schwiegen. Ottos Trauer um seinen langjährigen Freund wirkte schon fast ansteckend. Sie sahen Katharina zu, deren Bewegungen auf einmal ebenfalls wie mechanisch wirkten. Es dauerte zum Glück nicht lange, bis sie das Essen servierte. Dabei murmelte sie mit blassem Gesicht: »Da waren es nur noch drei!«

Auf die verdutzten Gesichter von Lukas und Theo hin erklärte der alte Mann: »Seit unserer Jugendzeit sind wir befreundet. Sogar im Krieg haben wir gemeinsam gekämpft und überlebt. So etwas verbindet.«

»Waren Sie die Einzigen aus Buweiler, die damals in den Krieg eingezogen wurden?«, fragte Lukas.

»Nein! Da gab es noch Norbert Amann, Nils' Großvater. Aber der ist gleich zu Anfang gefallen.« Otto schüttelte den Kopf. »Außerdem war Josef Hübner dabei. Der ist vor acht Jahren gestorben. Seine Familie lebt schon lange nicht mehr hier.«

Theo notierte sich die Namen nicht, weil sie für die Ermittlungen nicht relevant waren.

»Und Heinz Görndt«, fügte Otto an.

»Heinz Görndt?«, hakte Theo nach. »Doch nicht Uwe Görndts Großvater?«

»Doch! Genau der«, antwortete Otto.

»Der muss aber viel älter gewesen sein als Sie.«

»Ja! Er war älter als wir, aber noch nicht zu alt, um an die Front geschickt zu werden. Darauf wurde damals keine große Rücksicht genommen, als der Krieg ausbrach.«

»Was ist aus ihm geworden?«

»Er ist nicht zurückgekommen.«

»Das Thema gehört nicht hierher«, mischte sich Katharina ein.

Verwundert über den harschen Ton, den Katharina bei diesem Thema anschlug, schauten sich Lukas und Theo an.

»Stimmt«, meinte Theo. »Das ist für unsere Ermittlungen wirklich nicht wichtig. Was wir wissen wollen, ist, ob Sie oder Ihre Freunde nach dem Krieg Ihre Waffen behalten haben.«

Otto schaute Lukas aus großen Augen an: »Wisst ihr nicht, was damals mit einem Deutschen gemacht wurde, wenn die Besatzungsmacht Waffen bei ihm fand?«

Theo ahnte es und sagte deshalb lieber nichts. Stattdessen kostete er von Katharinas duftender Kartoffelsuppe.

Plötzlich hörten sie in der Ferne einen Schuss.

»Was war das?«, fragte Lukas erschrocken.

»Ein Schuss, was sonst?«, kam es von Theo zurück, der sofort sein Handy aus der Hemdtasche zog und wählte.

»Mist! Ich habe hier kein Netz«, schimpfte er.

»Nimm mein Telefon!«, bot Katharina an.

Der Apparat stand in dem langen, schmalen Flur mit der Blümchentapete. Theo bemühte sich, nicht auf das aufdringliche Muster zu schauen, da ihm dieser Schuss ohnehin schon die Luft abzuschnüren drohte.

Als er in die Küche zurückkehrte, sagte er: »Die Kollegen haben den Tatort schon vor einer Stunde verlassen.«

»Und was jetzt?«, fragte Lukas.

»Nichts! Auf einen bloßen Knall hin, den wir nur aus der Ferne gehört haben, kommt kein Sondereinsatzkommando angerückt.« Theo fuhr sich mit beiden Händen durch seine dichten, schwarzen Haare. »Es könnte eine Jagd stattfinden. Da wollen die Kollegen nicht reinplatzen.«

»Heute ist keine Jagd«, stellte Otto Stehle klar.

»Ganz sicher?«

»Bei den schlechten Sichtverhältnissen geht doch niemand in den Wald.«

Unbeachtet dampfte die Kartoffelsuppe vor sich hin.

*

Er konnte nicht glauben, was er da sah.

Baccus und Borg gingen in diesem Sündenpfuhl ein und aus. Was hatte das zu bedeuten?

Zu genau wusste er, dass die beiden Superhelden am Sonntag das erste

Mal hier aufgetaucht waren. Und sofort war es ihnen gelungen, sich in den Fokus seiner Mission zu drängen – ob sie das wollten oder nicht.

Denn egal, wohin er schaute, er traf immer auf Lukas Baccus und Theo Borg.

Das Spiel begann ihm Spaß zu machen.

Immer größeren Spaß.

Zwei Polizisten, die es im Saarland bereits zu berüchtigter Berühmtheit gebracht hatten, weil sie die spektakulärsten Fälle aufgeklärt hatten, würden in ihm ihren Meister finden.

Er lachte.

Und wartete.

Es dauerte, bis endlich eine Bewegung zu bemerken war. Dabei wäre doch zu erwarten gewesen, dass ein Schuss in einer Gegend, die sich gerade als äußerst bleihaltig erwiesen hatte, eine sofortige Reaktion der Polizei hervorrief.

Doch zu seinem großen Erstaunen kamen nicht die beiden Bullen aus dem Haus gelaufen.

Nein, der alte Stehle kam heraus.

Von Baccus und Borg immer noch kein Lebenszeichen.

Aber er war geduldig.

Das zeichnete ihn aus.

Und er wurde dafür belohnt ...

*

»Ich muss mich davon überzeugen, dass Arno wohlbehalten zuhause ist.« Mit diesen Worten sprang Otto vom Tisch auf und verließ das Haus.

»Wir müssen vor Ort nachsehen«, meinte Lukas. »Vielleicht ist jemand getroffen worden und braucht unsere Hilfe.«

»Von den oberen Fenstern kann man in die Richtung schauen, aus der der Schuss gekommen ist«, erklärte Katharina. »Und ein Fernglas habe ich auch.«

Theo und Lukas folgten der alten Dame durch den langen Flur, der bis zur Rückseite des Hauses reichte. Dort befand sich eine steinerne Treppe, die in den ersten Stock führte. Die oberen Räume waren so niedrig, dass die beiden Männer sich ducken mussten, um sich nicht die Köpfe anzustoßen. Katharina führte sie in eine Art Gästezimmer. Das Fenster zeigte über zugeschneite Hausdächer hinweg auf die Landstraße, die zum Autobahnzubringer nach Saarbrücken führte.

»Tatsächlich!«, staunte Lukas. »Hier hat man eine gute Sicht.«

»Aber nur bis zur nächsten Kurve«, stellte Theo enttäuscht fest.

Lukas ergriff das Fernglas, das Theos Tante ihm reichte, und versuchte, etwas zu erkennen. »Stimmt! Es bleibt uns nichts anderes übrig, als rauszufahren.«

»Wollt ihr das wirklich wagen?«, fragte Katharina ängstlich.

Theo schaute seine Tante erstaunt an und meinte: »Wir passen auf uns auf.«

»Und wie? Wenn der Schütze nur darauf spekuliert hat, dass ihr auf diesen Schuss genau so reagiert?«

Lukas rümpfte die Nase und brummte: »Du hast zu viel Fantasie, Katharina. Wer sollte am hellen Tag auf uns schießen?«

»Der Todesschütze von Buweiler«, antwortete die alte Frau. »Inzwischen weiß doch jeder, dass ihr zwei ganz in der Nähe wart, als Oskar erschossen wurde.«

Theo nahm seine Tante in den Arm und drückte sie fest an sich. Er spürte, wie sie sich langsam beruhigte. Dann ging er die Treppe hinunter, zog seine Winterjacke an und folgte seinem Kollegen hinaus in die eiskalte Winterlandschaft.

Vor der Tür murmelte Lukas, während er sich die Hände rieb: »Deine Tante macht alles nur noch schlimmer!«

»Warum?«

»So weit habe ich gar nicht gedacht«, gestand Lukas. »Jetzt aber sehe ich bald an jeder Ecke einen Todesschützen.«

»Dann solltest du den Fall wirklich abgeben, wie Ehrling vorgeschlagen hat«, meinte Theo.

»Und du löst den Fall im Alleingang und erntest hinterher das ganze Lob?«

»Und die Beförderung!« Theo griente.

»Und eine Kugel im Kopf!«, beendete Lukas boshaft das Geplänkel, während sie auf ihr Auto zugingen.

»Du kannst einem echt die Laune verderben«, schimpfte Theo. »Meinst du, ich bin mir der Gefahr nicht bewusst?«

Lukas schaute in Theos Gesicht und registrierte die Anspannung darin, als er die Beifahrertür öffnete und in den Dienstwagen einstieg.

»Der Wald ist verdammt heimtückisch«, fuhr Theo fort. »Bei dieser Witterung kann man sich dort nahezu unsichtbar machen.«

»Jeder Wald ist bei jeder Witterung heimtückisch. Oder glaubst du, der hier wäre anders als die anderen?«

»Sprach der Förster Lukas Baccus.«

»Ich bin halt ein Blitzmerker.«

»Und ich ein Blitzentdecker«, schrie Theo plötzlich los und zeigte auf die Böschung zu ihrer Linken. Im Schein der Nebelscheinwerfer blitzte etwas zwischen den Bäumen auf. Beide starrten in die Richtung. Der Lichtblitz war verschwunden, stattdessen sahen sie eine Bewegung zwischen den Bäumen – begleitet von Schneeverwehungen.

»Scheiße! Der hat uns im Visier!«, brüllte Lukas.

Beide duckten sich. Schon knallte es. Es klang dumpf.

Theo richtete sich auf und griff nach dem Lenkrad. Der Wagen rutschte gefährlich nahe an die Böschung und schlitterte über einen holprigen Untergrund, bis er zum Stehen kam. Die gesamte Windschutzscheibe schimmerte grün.

*

Volker Dinz sah den Atem wie eine Wolke vor seinem Gesicht. Die Bäume standen dicht. Die Schneeflocken verirrten sich nur noch vereinzelt in diesen finsteren Teil des Waldes. Dafür rieselten immer häufiger die angehäuften Schneemassen von den Ästen, an die er stieß, und ließen alles wie durch eine weiße Wand schimmern. Er spürte, dass seine Kondition nicht die beste war. Dabei übte er doch regelmäßig. Nur hatte er bislang noch keine Gelegenheit gehabt, unter solchen erschwerten Bedingungen zu trainieren. Das spürte er jetzt schmerzhaft.

Wie hatte er das Auto nicht erkennen können? Der Ärger über sich selbst lähmte seine Entschlossenheit, schneller zu laufen. Er hatte nicht aufgepasst. Dabei schärfte er sich das jedes Mal von neuem ein. Immer wieder und wieder sagte er sich, wie wichtig es war, sich zu konzentrieren. Doch sobald der Ernstfall eintraf, war alles vergessen.

Er geriet ins Stolpern. Nur mit knapper Not konnte er sich vor einem Sturz bewahren. Also blieb er stehen, um zu verschnaufen. Hektisch kaute er auf seinem Kaugummi. Schmerzhaftes Seitenstechen erschwerte ihm die Flucht. Auch sah er immer schlechter. Seine Augen tränten von der Kälte. Er schaute sich um. Erschrocken stellte er fest, dass er tiefer in den Wald hineingelaufen war, als ihm selbst bewusst war. Hier würde ihn bestimmt niemand finden. Er wusste ja selbst nicht mehr, wo er war. Verzweifelt drehte er sich im Kreis und ließ sich durch den Kopf gehen, was zu tun war, wenn man sich verirrte hatte. Einen Survival-Kurs hatte er mitgemacht. Da er sich damals bei der Bundeswehr nicht als Zeitsoldat verpflichten konnte, hatte er sich um sein Überlebenstraining selbst kümmern müssen. Und dieser Lehrgang war wirklich hilfreich gewesen. Er erinnerte sich, dass die erste Orientierungshilfe immer die Himmelsrichtungen waren. Sofort griff er in seine Jackentasche. Leer. Er hatte keinen Kompass dabei.

Nun wurde ihm mulmig zumute.

Ein Blick zum Himmel war nicht möglich, weil die dichte Vegetation alles versperrte. Er schloss die Augen und versuchte sich zu erinnern, aus welcher Richtung er gekommen war. So würde es ihm bestimmt gelingen, die Himmelsrichtungen festzulegen. Schließlich hatte er das damals geübt. Er stellte sein Kaugummikauen ein und konzentrierte sich, so gut es ging. Kein Lüftchen wehte, das ihm eine Hilfe hätte sein können. Ruhe umgab ihn – eine unheimliche Ruhe. Nur seinen eigenen Atem konnte er hören. Bis plötzlich ein Knacken diese Stille zerriss.

Erschrocken riss Volker die Augen auf. Er sah, wie sich die Äste eines Strauchs bewegten und eine Schneewolke aufstob.

Dahinter tauchte eine vermummte Gestalt auf.

*

»Unkraut vergeht nicht«, lautete die ironische Begrüßung von Andrea Peperding, als Lukas und Theo das Büro der Landespolizeidirektion betraten. Peter und Paul pfiffen und trällerten um die Wette, als sie die beiden den Schreibtisch ansteuern sahen, was Lukas dazu veranlasste, zu seinem Kollegen zu sagen: »Weißt du jetzt, warum ich diese Vögel haben wollte?«

»Ja!« Theo nickte. »So gibt es wenigstens zwei Lebewesen auf der Welt, die sich auf uns freuen.«

Als sie sich umschauten, stellten sie schnell fest, dass ihnen nur böse Blicke zugeworfen wurden. Sogar Staatsanwalt Renske saß im Großraumbüro und bedachte sie mit hochgezogenen Augenbrauen.

»Was ist los?«, fragte Theo verunsichert. »Haben wir etwas verpasst?«

»Ja! Eure eigene Beerdigung«, kam es von Andrea zurück.

»Es reicht jetzt, Frau Peperding«, schaltete sich Hugo Ehrling ein. An Lukas und Theo gewandt fragte er: »Was haben Sie noch so lange in Buweiler gemacht, nachdem Sie uns den Schuss gemeldet haben?«

»Wir sind rausgefahren, um nachzusehen«, begann Lukas mit seinem Bericht. »Und plötzlich war die ganze Windschutzscheibe grün.«

Unterdrücktes Lachen war zu hören.

»Und was hat diese Sauerei ausgelöst?«, fragte Renske.

»Paintball«, antwortete Lukas. »Da dieser Sport nur auf speziell dafür vorgesehenen Spielfeldern betrieben werden darf und das Führen dieser Markierer in der Öffentlichkeit und damit zum Beispiel auch das Spielen damit im Wald gegen das Waffengesetz verstößt, haben wir bei *Wachtmeister Uwe* eine Anzeige erstattet. Er soll sich darum kümmern, dass der Idiot nicht noch größeres Unheil anrichtet.«

»Mit *Wachtmeister Uwe* meinen Sie wohl Polizeikommissar Uwe Görndt?«, hakte Ehrling nach.

Lukas nickte.

»Haben Sie einen Verdacht, wer dahinterstecken könnte?«

»Ja! Volker Dinz! Das ist aber nur eine Vermutung. Wir sind ein Stück in den Wald hinein gelaufen, um die Verfolgung aufzunehmen. Aber dort haben wir schnell die Orientierung verloren. Außerdem hatte es ununterbrochen geschneit, sodass wir keine Fußspuren entdecken konnten«, erklärte Theo.

Stille trat ein. Alle schauten gespannt auf den Kriminalrat. Der wechselte das Thema und fragte: »Wurde die Autopsie an Philipp Genser bereits durchgeführt?«

»Leider nicht«, antwortete Allensbacher.

»Warum nicht? Wir brauchen Ergebnisse!«

Allensbachers Schweißausbruch war für alle im Raum deutlich zu sehen. Hastig wischte er sich mit einem Taschentuch über das Gesicht und meinte: »Es hat auf der A620 einen Massenunfall mit mehreren Toten gegeben. Die Aussagen der Zeugen widersprechen sich, weshalb einige der Todesopfer obduziert werden müssen. Deshalb kann Dr. Stemm erst morgen früh mit unserer Leiche beginnen.«

Ehrling nickte und fragte in die Runde: »Gibt es hier auch jemanden, der Ergebnisse vorbringen kann?«

Dieter Marx räusperte sich und begann zu sprechen: »Schon im Evangelium nach Lukas steht geschrieben: Und ich sage euch auch: Bittet, so wird euch gegeben; suchet, so werdet ihr finden; klopfet an, so wird euch aufgetan. Ich habe auch ohne den Delinquenten, der sich im Gefängnis gegen sich selbst versündigte, die Namen der Drogendealer und den Weg der Drogen herausgefunden.«

»Okay! Wer ist es?«

Marx atmete tief durch und berichtete: »Philipp Genser, unser heutiges Opfer, hat beim Wohlfahrtsverband Deutsches Rotes Kreuz als mobiler Alten- und Krankenpfleger gearbeitet. Das heißt, er ist zu bettlägerigen Patienten ebenso wie zu Pflegefällen in die Häuser gefahren und hat die Menschen dort ärztlich versorgt. Sein Arbeitgeber ist das DRK-Krankenhaus Wadern.«

»Sehr gut«, warf Theo ein. »Jetzt wissen wir zumindest, wer das Opfer ist.«

»Wer geduldig ist, ist weise. Ich komme schon noch auf den Punkt«, entgegnete Marx.

»Nicht nur die Wege des Herrn sind unergründlich«, setzte Theo noch einen drauf. »Dieters Wege ebenso.«

»Ruhe!«, schaltete sich Allensbacher ein.

Marx setzte seinen Bericht fort, wobei er einen bösen Blick in Theos Richtung schleuderte: »In diesem Krankenhaus sind in letzter Zeit immer wieder Medikamente gestohlen worden. Und zwar Morphium, verschreibungspflichtige Amphetamine und Flunitrazepam.«

»Und du wusstest das?«, funkte Theo dazwischen.

»Nein! Diese Meldung ging nicht an unsere Abteilung, sondern an die Gesundheitsbehörden«, antwortete Marx. »Gott, gib mir die Gelassenheit, Dinge hinzunehmen, die ich nicht ändern kann, den Mut, Dinge zu ändern, die ich ändern kann, und die Weisheit, das eine vom anderen zu unterscheiden. Denn diese beiden Menschen könnten mich dazu bringen, mich zu vergessen ...!«

»Herr Marx!«, funkte nun Renske dazwischen. »Wenn Sie so weitermachen, klären wir den Fall in zwanzig Jahren auf.«

»Ich bitte um Vergebung! Also, diese Drogen sind genau in der Abteilung verschwunden, in der Genser gearbeitet hat.«

»Wie kam er an die Medikamente? Werden die nicht überwacht?«

»Normalerweise schon! Aber Philipp hatte extreme Patienten, die er gelegentlich mit diesen Mitteln versorgen musste. Deshalb hatte er praktisch einen Freifahrtschein.«

»Und als es aufgefallen war, dass Medikamente fehlen?«, bohrte Renske weiter.

»Man hatte nicht ihn im Verdacht. Erst jetzt! Sein gewaltsamer Tod hat die Kollegen aus dem Krankenhaus dazu gebracht, einen Zusammenhang zu sehen.«

»Und wer noch?«, wollte Lukas wissen. »Du hast von mehreren Namen gesprochen.«

»Das erste Opfer ist zusammen mit dem Delinquenten aus dem Gefängnis am Hochwald-Gymnasium gesehen worden«, antwortete Marx. »Wir haben dort Fotos von Oskar Lohse gezeigt. Alle haben ihn wiedererkannt.«

»Also doch der Drogenkrieg in einsamen Wäldern«, stöhnte Theo.

»Stand ja auch groß und breit in der Zeitung«, brummte Lukas.

»Wir werden uns mit dem Reporter unterhalten müssen, der diese Behauptung aufgestellt hat, bevor wir diese Fakten hatten«, bestimmte Hugo Ehrling. »Daniel Bauer heißt er.«

»Der wollte heute bei uns vorbeikommen«, bemerkte Monika Blech.

»Wer sagt das?«

»Uwe Görndt von der Polizeiinspektion Wadern. Er hat hier angerufen und mitgeteilt, dass ein Reporter namens Daniel Bauer auf dem Weg hierher sei.«

»Aber er ist nicht angekommen«, stellte Ehrling fest.

*

»Hier haben Sie den Übeltäter, der unsere Wälder mit Farbkugeln verunsichert!« Mit dieser Begrüßung betrat Otto Stehle die Polizeiinspektion Wadern.

Uwe Görndt erschrak, als er sah, wie der Alte den jungen Mann mit einem festen Handgriff am Kragen gepackt vor sich herschob. Es war Volker Dinz. Görndt wunderte es nicht im Geringsten, dass ausgerechnet Volker derjenige war, der die Windschutzscheibe der Saarbrücker Kommissare vollgespritzt hatte. Hätte er den Fall nach herkömmlicher Art untersuchen müssen, wäre er dem Übeltäter vermutlich auch auf die Schliche gekommen. Aber so konnte er eine Akte schneller schließen, als sie angelegt worden war. Nur störte es ihn gewaltig, dass ausgerechnet der alte Stehle den Paintball-Schützen aufgegriffen hatte. Mit ihm verband Görndt eine langjährige Hassliebe.

»Würdest du dich bemüßigen und diesen Kerl festnehmen?«, fragte Otto, dessen Tonfall inzwischen unfreundlich klang.

»Immer noch der Denunziant von damals«, bemerkte Görndt bissig. »In den sechsundsechzig Jahren seit dem ersten Mal hast du dich nicht verändert. Im Gegenteil! Schlimmer bist du geworden. Verrätst jetzt schon junge Leute an die Polizei, die im Wald ein bisschen Unsinn treiben.«

»Schwing hier keine Reden, sondern sorg dafür, dass dieser Bengel bekommt, was er verdient«, gab der Alte zurück. »Es ist nicht das erste Mal, dass er mit den Farbpatronen Unheil im Wald anrichtet. Irgendwann passiert mal ein schwerer Unfall und dann wird man dich fragen, warum du als Polizist nichts dagegen getan hast.«

Volker lauschte den beiden so gebannt, dass er darüber fast vergaß, in welcher prekären Situation er sich befand. Sogar das Kauen seines Kaugummis stellte er ein.

»Okay, alter Nazi! Also, was soll mit ihm passieren?«, fragte Görndt böse. »An die Wand stellen und erschießen? So was kommt ja dabei raus, wenn du als Verräter aktiv wirst.«

»Du verwechselst hier etwas!« Ottos Tonfall wurde schroff. Beide schienen zu vergessen, dass sich noch jemand mit ihnen im Raum aufhielt. »Dein Großvater ist nicht erschossen worden.«

»Nein! Er starb im KZ, in das er gekommen ist, weil du und deine feinen Kumpel dafür gesorgt haben.« Dabei verzog der Polizist seine Nase angeekelt bei dem Wort »feinen«.

»Wir haben nur unsere Pflicht getan! Wir haben niemanden ins KZ gebracht!« Ottos Gesicht lief rot an. »Aber, wenn ich mir dich so ansehe – so untätig in deinem Amt als Polizeibeamter -, da kommt mir schon der Gedanke, dass du Heinz ähnlicher bist, als dir selbst bewusst ist. Na ja, hast ihn ja nie persönlich kennengelernt. Aber pass mal schön auf, dass du noch lange dieses Amt ausüben kannst.«

»Soll das eine Drohung sein?«

»Sieh es, wie du willst!«

Böse blickten sich die beiden Männer an. Erst Volkers Niesen lenkte ihre Aufmerksamkeit wieder auf den Paintball-Spieler.

»Nimm diesen Nichtsnutz jetzt fest!«, befahl Otto, als sei er der Polizeichef. »Und diese Waffe solltest du konfiszieren.«

»Das ist keine Waffe, das ist ein Markierer«, belehrte Görndt den Alten.

»Halte keine großen Reden! Volker hat auf fahrende Autos damit geschossen. Wer weiß, ob er neben dem sogenannten *Markierer* nicht noch andere Waffen in Gebrauch hat. Immerhin ist nicht mal eine halbe Stunde vorher genau in der gleichen Gegend, in der ich ihn geschnappt habe, ein echter Schuss gefallen.«

»Du wirst es nicht glauben, aber ich weiß, was ich zu tun habe«, gab Görndt zurück. »Also kannst du dich wieder getrost deiner Katharina widmen. Diese Frau ist ja nicht gerade wählerisch.«

»Der Apfel fällt nicht weit vom Stamm«, gab Otto tonlos zurück. »Olle Kamellen hier vor dem Festgenommenen ausplaudern ... und dazu noch Anschuldigungen aus dem Nichts.«

»Ich sehe hier keinen Festgenommenen.«

»Jetzt unternimm etwas, bevor der Bengel irgendwann noch mein Auto trifft! Und das vielleicht mit einer richtigen Waffe.« Otto Stehle fiel wieder in einen Befehlston zurück. »Der Wagen, den er getroffen hat, gehört übrigens zufällig den beiden Kommissaren aus Saarbrücken.«

Görndt wusste das längst, sagte aber nichts.

»Finde heraus, ob er absichtlich auf die Kommissare gezielt hat oder ob er mich im Visier hatte!«, beharrte der Alte.

»Sag mir nicht, wie ich meine Arbeit zu erledigen habe!« Der Polizist erhob sich von seinem Platz und nahm den Markierer entgegen, den Stehle ihm auf die Theke gelegt hatte. »Geh du zu deinen Spitzelbrüdern. Und seht zu, dass ihr noch lange genug am Leben bleibt, um so vielen Menschen wie möglich das Leben schwer zu machen.«

»Du willst wohl den Spieß umdrehen und mir drohen? Was bist du doch für ein erbärmlicher Schuft!«

»Warum sollte ich euch drohen? Ihr seid sowieso schon so gut wie tot. Schau dir nur Alois an!«

*

»Inzwischen haben wir Ergebnisse von der Spurensicherung bekommen«, meldete sich Monika zu Wort.

»Sag nur, die Kollegen haben bei den Schneemassen tatsächlich etwas finden können?« Lukas staunte.

»Ich glaube, wir sollten Markus Schaller nicht unterschätzen.« Monikas Augen bekamen einen verräterischen Glanz.

»Manometer«, gurrte Theo. »Du träumst wohl schon von *Ganz in Weiß* – nur mit dem Unterschied, dass in deinem Fall der Mann in Weiß herumläuft.«

Lukas trat unter dem Schreibtisch gegen Theos Schienbein, was der Kollege sofort verstand. Monikas hochrotes Gesicht zeigte deutlich, wie peinlich ihr die Situation war.

»Zuerst einmal konnten sie an einer geschützten Stelle einen Fußabdruck sichern«, sprach die Polizeibeamtin hastig weiter.

»War etwas Besonderes an diesem Abdruck?«, wollte Lukas wissen.

»Größe 46, Profilsohle mit auffälligem Rillen- und Kreismuster.«

»Klingt nach einem Schuh, den bei diesem Wetter wohl jeder tragen würde«, kommentierte Theo enttäuscht.

»Aber diese Größe?«

»Stimmt«, gab Theo zu. »Unser Täter lebt auf großem Fuß.«

»Ein identischer Schuhabdruck wurde vor der Hütte der *Wanderfreunde Wadern Wandert* gefunden, in der ihr euch verschanzt hattet«, berichtete Monika weiter.

»Heißt das, dass Lukas und ich jetzt verdächtigt werden?«

»Wäre mal was Neues«, gab Monika patzig zurück

»Bitte keine Streitereien!«, mischte sich Hugo Ehrling ein. »Gibt es sonst noch etwas, was die Spurensicherung am zweiten Tatort gefunden hat? Patronenhülsen zum Beispiel?«

Monika bejahte und hielt ein Foto hoch. »Eine Hülse wurde in der Nähe der Schuhabdrücke gefunden. Sie passt zu unserem Kaliber.«

»Angeblich ist doch dieser Volker Dinz ein Waffennarr«, erinnerte der Kriminalrat. »Was können Sie mir über ihn sagen?«

»Das Gespräch mit ihm steht noch aus, weil wir ihn immer noch nicht zu Hause angetroffen haben«, gab Theo zu.

»Und das nehmen Sie einfach so locker hin?«, fragte Ehrling missmutig. »Der Mann hatte zu beiden Mordopfern Beziehungen und sein Name taucht ständig wieder auf.«

»Bisher hatten wir einfach kein Glück, wenn wir ihn befragen wollten. Weder persönlich noch telefonisch. Uwe Görndt soll ihn auftreiben und ihm sagen, dass er sich mit uns in Verbindung setzt. Bisher haben wir aber nichts von ihm gehört.«

»Sie wollen doch nicht in aller Ruhe abwarten, bis sich der Verdächtige dazu bequemt, uns Audienz zu gewähren?« Ehrling geriet sichtlich in Rage. »Oder haben sich in letzter Zeit Ihre Arbeitsmethoden geändert?«

»Nein!«, antwortete Theo mit rotem Gesicht. »Wir werden uns gleich wieder auf den Weg zu Dinz machen.«

»Dann könnt ihr ja gleich seine Schuhsohlen prüfen«, schlug Monika vor.

»Wenn wir mal reinkommen, sofort«, erwiderte Theo griesgrämig. »Immer, wenn wir vor seiner Haustür stehen, macht niemand auf. Falls Volker mit seinem Opa allein im Haus sein sollte, verlässt er sich womöglich darauf, dass der Alte die Klingel nicht hört. Der ist nämlich hochgradig schwerhörig.«

»Haben Sie sich bei den alten Herrschaften mal nach deren Waffen aus dem Krieg erkundigt?«, hakte Ehrling nach.

Allensbacher räusperte sich: »Ich habe mich erkundigt, was damals nach dem Zweiten Weltkrieg mit den Waffen passiert ist.«

Alle horchten neugierig auf.

»Und zwar fand eine Entmilitarisierung statt, weil man verhindern wollte, dass der Volkskrieg weiter anhalten könnte. Diese Entmilitarisierung wurde so konsequent betrieben, dass sie eine völlige Entwaffnung Deutschlands bei der aufgelösten Wehrmacht und der Waffen-SS ebenso wie bei den privaten Haushalten zur Folge hatte.«

»Eine dieser Waffen hat den Weg trotzdem bis ins Jetzt und Hier geschafft«, hielt Monika dagegen. »Was unsere Aufmerksamkeit auf die alten Kameraden lenkt.«

»Toll! Und ich habe die Ehre, diese inkontinente Alzheimer-Brigade auf bloßen Verdacht hin dem Haftrichter vorzuführen«, stellte Helmut Renske entmutigt fest.

»Hey! Es ist Gefahr im Verzug«, rief Lukas. Auf die fragenden Gesichter der anderen hin fügte er grinsend an: »Es besteht die Gefahr der Neubildung einer RAF.«

»Sehr witzig!«, kommentierte Renske säuerlich.

»Ja, es handelt sich dabei um die *Rentner-Armee-Fraktion*!«

»Otto Stehle konnten wir nicht danach fragen, weil genau in diesem Moment der Schuss gefallen ist«, beendete Theo das Geplänkel. »Für den kommt er allerdings schon mal nicht in Frage.«

»Um wieder auf das Alter unserer Verdächtigen zurückzukommen«, begann Monika, »würde noch ein Verdächtiger ausscheiden.« Auf die fragenden Blicke der Kollegen ergänzte sie: »Alois Lohse ist vor einer Stunde im Krankenhaus gestorben.«

»Volker Dinz steht ganz oben auf unserer Verdächtigenliste«, stellte Dienststellenleiter Allensbacher klar. »Auch die Möglichkeit, dass unser Opfer mit Drogendealern in Konflikt geraten sein könnte, dürfen wir nicht außer Acht lassen. Was wissen wir darüber? Gibt es Hinweise, dass die Opfer Drogen genommen haben?«

»Die Obduktion von Philipp Genser steht noch aus«, antwortete Monika. »Und die toxikologische Untersuchung von Oskar Lohses Blut ist noch nicht abgeschlossen.«

»Das ist dürftig!«, schimpfte Allensbacher.

Dieter Marx erhob sich und warf ein: »Wir haben zu den Kollegen in Rheinland-Pfalz und Baden-Württemberg Kontakt aufgenommen und erfahren, dass die Drogenkriminalität in Mannheim und Kaiserslautern am höchsten ist. Unser Dealer, der freiwillig von uns gegangen ist, hatte Amphetamine und Kokain in großen Mengen aus Mannheim bezogen und an saarländischen Schulen verkauft.«

»Kokain?«, fragten Theo und Lukas wie aus einem Mund.

»Genau!«, bestätigte Marx.

»Das betrifft uns aber nicht«, stellte Theo klar. »Wir wissen doch, dass Kokain nichts mit unserem Fall zu tun hat.«

»Vermutlich wusste Uwe Görndt das nicht so gut wie wir, denn er war jahrelang an Oskar und Philipp dran, um sie als Drogendealer zu überführen«, erklärte Dieter Marx. »Aber es ist ihm nicht gelungen, weil er sich zu dumm angestellt hat.«

»Woher wissen Sie das?«, fragte Ehrling.

»Es gibt einen Eintrag in der Akte von Polizeikommissar Görndt, weil er illegale Methoden angewendet hat, um die beiden auf frischer Tat zu ertappen.«

»Welche Methoden?«

»Er hat sich als Abnehmer ausgegeben, ohne diese Aktion vorher mit seinen Vorgesetzten abzusprechen. Aber niemand ist zum vereinbarten Treffpunkt erschienen«, antwortete Marx und fügte vielsagend hinzu: »Gott straft die kleinen Sünden eben sofort.«

»Also können wir sagen, dass weder unser Verdacht auf einen Drogenkrieg noch unsere Vermutungen hinsichtlich eines Zusammenhangs mit dem Zweiten Weltkrieg zutreffen«, stellte Ehrling frustriert fest.

»Was bleibt uns dann?«, fragte Allensbacher.

Als keine Antwort erfolgte, meldete sich nach langer Zeit wieder Staatsanwalt Renske zu Wort: »Ich schlage vor, dass wir unsere Profilerin, Frau Dr. Silvia Tenner, hinzuziehen. Sie hat im letzten Fall entscheidende Hinweise liefern können. Mal sehen, ob sie uns auch jetzt weiterhelfen kann.«

»Einverstanden!« Hugo Ehrling nickte. »Ich werde der Kriminalpsychologin die Akte zukommen lassen.«

Lukas beugte sich zu Theo über den Schreibtisch und flüsterte: »Renske kann gar nicht genug von unserer heißen Psychotante bekommen.«

Im gleichen Augenblick begannen Peter und Paul ohrenbetäubend zu zwitschern, was Allensbacher dazu veranlasste, mit schnellen Schritten das Großraumbüro zu verlassen. Nach und nach folgten ihm sämtliche Kollegen, bis Lukas und Theo allein mit ihren Kanarienvögeln zurückblieben.

»So kann man eine Besprechung auch beenden«, stellte Theo zufrieden fest. »Peter und Paul werden ab sofort befördert.«

»Zu Oberpiepmätzen!«, bestätigte Lukas.

»Und dich befördere ich zu meinem Chauffeur.«

»Danke für die Güte! Wie komme ich zu der Ehre?«

»Ich bitte dich, mich nach Hause zu fahren. Du weißt doch, dass ich zurzeit ohne fahrbaren Untersatz bin.«

»Das zeichnet dich aus.« Lukas grinste. »Bestimmt wirst bald du für die Tapferkeitsmedaille vorgeschlagen.«

»Hä?« Theo schaute Lukas erstaunt an.

»Naja! Wer sich bei dem Wetter traut, mit mir in meinem alten BMW mitzufahren, der ist entweder lebensmüde oder ein Held.«

»Dann ziehe ich Letzteres vor.«

Lachend verließen sie das Großraumbüro.

8

Theo stand am Fenster seiner Wohnung und sah hinaus auf den Fluss, der so weiß leuchtete, wie er ihn noch nie gesehen hatte. Nur schwach konnte er die Scheinwerfer der Autos erkennen, die über die Autobahn auf der anderen Seite des Ufers fuhren. Im Schneckentempo schlichen sie voran. Die Schneeflocken, die unablässig vom Himmel fielen, hüllten alles, was mühsam freigeräumt worden war, wieder in ein einheitliches Weiß. Die Sicht war getrübt – er fühlte sich, als schaute er durch einen dichten Schleier. Die Erinnerung an die Fahrt vom Büro nach Hause im Auto seines Freundes ließ ihn immer noch innerlich erschauern. Unterhalb der Schneeschicht war alles zu Eis gefroren und spiegelglatt. Die kühlen Temperaturen in seiner Wohnung bemerkte Theo nicht mehr, wenn er nur daran dachte, wie halsbrecherisch Lukas seinen Oldtimer gesteuert hatte.

Plötzlich tauchte eine Bierflasche vor seiner Nase auf.

Erstaunt drehte Theo sich um und sah, dass Lukas seine Jacke ausgezogen hatte.

»Willst du dich für die Heimfahrt betrinken?«, fragte er erstaunt.

»Nein! Ich habe beschlossen, nicht nach Hause zu fahren«, antwortete Lukas. »Das ist mir zu gefährlich.«

»Ich dachte, Susanne kommt heute Abend zu dir.« Theo staunte.

»Ich rufe sie an, um es zu verschieben«, erklärte Lukas.

Theo nahm die Bierflasche und meinte: »Da hast du so eine steile Braut und versetzt sie meinetwegen. Ich glaube, du bist ernsthaft krank.«

»Ich versetze Susanne nicht. Ich melde mich nur bei ihr ab.« Lukas zog sein Handy heraus und begann zu wählen. Doch er erreichte niemanden. »Mist! Ich krieg sie nicht!«

»Und jetzt?«

»Schau mal raus!« Lukas wies auf das Fenster. »Der Verkehr wird immer dichter. Und die Straßen sind voller Autofahrer, die bei Schnee und Eis nicht fahren können. Das Einzige, was dabei herauskommt, ist, dass ich die ganze Nacht irgendwo im Stau feststecke.«

Theo trank aus seiner Flasche und behielt weiterhin das Schneetreiben vor seinem Fenster im Auge.

»Was ist los mit dir?« Lukas beobachtete seinen Freund erstaunt. »Die Stimmung auf einem Friedhof ist ja besser als hier in deiner Bude.«

»Blödmann!«

»Hast du ein Date? Dann verschwinde ich wieder.«

Theo lachte freudlos und antwortete: »Nein, ich habe kein Date. Vielleicht ist es das, was mir die Laune so versaut.« Er drehte sich um, machte einige Schritte, mit denen er das ganze Zimmer durchquerte, und stellte sich wieder ans Fenster. »Hast du das gesehen? Das ist alles, was ich aus meinem Leben gemacht habe. Eine Bude, die ich mit zehn Schritten komplett ablaufen kann. Hier lebe ich ganz allein. Keine Frau, keine Kinder, nichts.«

Lukas zog irritiert die Augenbrauen hoch.

»Nun stell dir mal vor, dieser Wahnsinnige hätte uns am Sonntag getroffen!«, setzte Theo erneut an. »Was bliebe von mir übrig? Nichts! Eine kleine Nachrede auf der Beerdigung und dann das große Vergessen. War es das wert?«

Lukas setzte sich auf das Sofa und hörte dem unerwarteten Wehklagen seines Freundes immer erstaunter zu.

»Du warst zumindest mal verheiratet.«

»Naja! Dafür bin ich geschieden. Meinst du, das macht mich glücklicher?«

»Und jetzt hast du wieder jemanden, der auf dich wartet.«

»Susanne wartet auf mich. Das stimmt«, gab Lukas zu und wählte abermals ihre Dienstnummer. Dieses Mal bekam er einen Kollegen an den Apparat, der ihm versprach, Susanne zu rufen. Während die Melodie der Warteschleife Lukas' Ohr volltönte, sagte er zu Theo: »Manchmal wartet Susanne so intensiv auf mich, dass es mir schon wieder zu viel wird. Ich bin noch nicht so weit, wieder zu heiraten. Meine erste Ehe habe ich versaut. Ich weiß nicht, ob ich es beim zweiten Mal besser mache.«

»Wer redet denn gleich von Heiraten?«, fragte Theo. »Vielleicht kann sie nicht genug von dir bekommen.«

Lukas lachte, als er endlich eine Stimme am anderen Ende der Leitung hörte: »Susanne ruft zurück.«

Klack! Gespräch weg!

»Der war aber unhöflich«, meinte Lukas und steckte sein Handy in die Hemdtasche.

»Das ist es, was ich meine. Ich bin hier allein. Nichts und niemand, der sich um mich schert – der auf mich wartet. Lärm gibt es nur draußen, wenn mal wieder ein Fest stattfindet oder ein Unfall auf der Autobahn.« Theo atmete tief durch, ließ seinen Blick durch das Zimmer wandern und sprach weiter: »Wenn ich mir überlege, wie meine Tante auf dem Land lebt ... In diesem großen Haus. Auf einem großen Grundstück. Fern vom Verkehr und doch nah an ihren Nachbarn. Dort ist der Mensch viel geborgener als hier, wo man zur Wohnungsnummer wird.«

»Jetzt hör aber auf! Was willst du in Buweiler? Du vernaschst jede Frau, die nicht schnell genug auf dem Wolkenkratzer ist. In Buweiler gibt es keine Frauen, die für dich interessant wären.«

»Und hier gibt es keine Wolkenkratzer.«

»Sollte eine Alternative zum Baum sein.« Lukas griente. »Die gibt es hier ja auch nicht an jeder Ecke.«

Endlich konnte Theo wieder lachen. Er setzte sich neben seinen Freund und stieß mit ihm an mit dem Spruch: »Du und deine Auslegung der Weisheiten!«

Plötzlich ertönte eine Mundharmonika – lang gezogen und drohend -, bis sich ein weiterer Ton aus einem Blasinstrument daruntermischte, dann ein lauter Glockenschlag, gefolgt von Streichinstrumenten – und alles beherrscht von der Mundharmonika, die immer aufdringlicher klang. Der Soundtrack zum

Film »Spiel mir das Lied vom Tod«.

Überrascht schaute Lukas auf Theo, der verlegen lachte, sein Handy herauszog und einen Knopf drückte, womit er die Musik beendete.

»Mein Klingelton«, meinte er entschuldigend. Er sprach einige Worte, dann gab er es weiter an Lukas.

»Was ist los?«

»Hör selbst!«

Einige Minuten später schaltete Lukas ab und erklärte: »Susanne behauptet, mich auf meinem Handy nicht erreicht zu haben. Deshalb hat sie deine Nummer gewählt.«

Theo zuckte mit den Schultern. Doch Lukas warf ihm einen skeptischen Blick zu und fragte: »Wiederholungstäter?«

Theo erschrak.

»Dein ganzes Getue, von wegen allein sein und so.« Lukas' Augen begannen böse zu funkeln. »Hast du hinter meinem Rücken Kontakt zu Susanne aufgenommen?«

»Nein! Verdammt noch mal. Sie hat meine Nummer noch von unserem letzten Fall.«

»Aber mein Handy geht doch. Warum sollte sie mich nicht erreichen, aber dich?«

»Guck mal auf deinen Akku! Vielleicht ist er leer. Du hast ja genug damit herumtelefoniert.«

Lukas blieb misstrauisch. Trotzdem kramte er sein Handy wieder aus der Hemdtasche und da sah er es: Es war tot. Der Akku leer.

»Vermutlich war deshalb auch dein Gespräch vorhin so abrupt beendet«, stellte Theo fest. »Es hat ja ewig gedauert, bis du eine Antwort bekommen hast.«

Sofort entspannte sich Lukas und lehnte sich wieder auf dem Sofa zurück. Eine Weile sprachen beide kein Wort, bis Lukas in die Stille flüsterte: »Tut mir leid, alter Junge! Aber du hast mir einmal die Frau weggeschnappt. Da bekommt man leicht eine Paranoia.«

»Naja, weggeschnappt ist ja wohl nicht das richtige Wort«,

verteidigte sich Theo. »Du hast schon deinen Teil dazu beigetragen.«

»Klar! Immer die Schuld bei den anderen suchen. Ist einfacher.«

»Lassen wir das und konzentrieren uns lieber auf den aktuellen Fall«, lenkte Theo ein.

Wieder trat Schweigen ein. Sie tranken und ließen die Blicke zum Fenster wandern. Es schneite noch immer ohne Unterbrechung.

»Kaum reden wir von unserem Fall, fällt uns nichts mehr ein«, stellte Lukas fest. »Das bedeutet, dass wir nichts haben.«

»*Nichts* ist untertrieben«, begehrte Theo auf.

»Dann muss mir etwas entgangen sein.« Lukas trank seine Flasche leer und holte sich die nächste aus dem Kühlschrank.

»Wer hat eigentlich behauptet, dass dieser Daniel Bauer zu uns nach Saarbrücken kommen wollte?«, fragte Theo, als sein Freund wieder neben ihm auf dem Sofa saß.

Lukas überlegte eine Weile, bis es ihm wieder einfiel: »*Wachtmeister Uwe*.«

»Da haben wir unseren Hinweis: Diesem Typ traue ich nicht über den Weg«, bekannte Theo. »Wer weiß, warum er so etwas behauptet hat. Vermutlich hat er selbst den Schuss abgefeuert, um für Schlagzeilen zu sorgen.«

»Jetzt geht dir aber die Fantasie durch«, grummelte Lukas.

»Außerdem wird er genau wie wir wissen, wer heute diese grüne Farbe auf unser Auto geschossen hat«, fügte Theo hinzu.

»Volker Dinz!« Lukas nickte.

»Und was passiert? Nichts! Kein Volker Dinz und kein Uwe Görndt, der sich bei uns meldet.«

»Schau mal raus!« Lukas wies zum Fenster. »Bei dem Wetter wäre keiner mehr von Buweiler nach Saarbrücken gefahren. Und genauso wenig fahren wir bei solchen Verhältnissen jetzt noch nach Buweiler.«

»Und deshalb ist *Wachtmeister Uwe* nicht verdächtig?«

»Das sage ich ja nicht. Trotzdem denke ich, dass wir uns diesen Daniel Bauer mal genauer anschauen sollten. Woher wusste er, dass wir am Sonntag im Wald waren und gejagt wurden – wie Oskar Lohse?«

Theo starrte Lukas überrascht an und meinte: »Stimmt! Er muss uns seinen Informanten nennen, dann haben wir den Täter.«

Darauf stießen sie an.

*

»Grüne Monster und schwelender Hass in Wadern« – diese Schlagzeile prangte am nächsten Morgen in Großbuchstaben auf der Titelseite der Tageszeitung. Lukas und Theo hatten kaum das Großraumbüro betreten, als ihnen ein Exemplar des Blattes auf den Tisch gelegt wurde.

Während Lukas sich damit beschäftigte, Peter und Paul zu füttern, las Theo den Artikel und resümierte: »Das hat Daniel Bauer geschrieben.«

»Toll! Mehr steht da nicht?«

»Doch!«

»Dann lass dir doch nicht jedes Wort aus der Nase ziehen«, murrte Lukas.

»Hier steht genau das, was wir gestern in unserer Dienstbesprechung verworfen haben«, antwortete Theo.

Auf Lukas' erstaunten Blick las er endlich den ganzen Artikel vor: *»Bringen die Morde von heute die Erinnerungen an den Zweiten Weltkrieg zurück? Oder besteht sogar ein direkter Zusammenhang? Eine Tatwaffe, die eindeutig aus dieser Zeit stammt, wurde bereits identifiziert. Auch die wenigen Menschen, die den Krieg überlebt haben und heute noch in Buweiler wohnen, fühlen sich bedroht und verängstigt. Anschuldigungen, ja sogar schwere Vorwürfe der Denunziation machen die Runde. Beschuldigungen wie ‚Nazi' gibt es plötzlich wieder zu hören. Das spricht dafür, dass der Krieg in den Köpfen der Menschen weiterexistiert. Aber rechtfertigt das auch, heute noch junge Männer dafür zu erschießen? Oder wird der Krieg in den Wäldern von Buweiler fortgesetzt, als sei er nie zu Ende ge-*

wesen? Am helllichten Tag peitschen Schüsse durch den Wald und dubiose Gestalten verstecken sich im finsteren Dickicht – Zustände, die an einem Frieden zweifeln lassen.«

Lukas und Theo schauten sich entsetzt an.

»Was schreibt dieser Kerl bloß für einen Mist?«, fragte Lukas fassungslos.

»Vor allem: Wie kommt er darauf?«

»Das erfahren wir, indem wir ihn fragen«, beschloss Lukas tatenfreudig. »Unser erster Weg führt heute in die Redaktion der Zeitung.«

»Genau! Wir müssen ohnehin noch herausfinden, wer ihm gesteckt hat, dass wir beide ebenfalls am Sonntag in Wadern gejagt worden sind wie die Hasen«, stimmte Theo zu.

»Und jetzt kommt noch hinzu, dass er weiß, mit welcher Waffe die Taten begangen wurden. Das haben wir niemandem gesagt.«

»Glaubst du, er wird seine Quellen preisgeben?«, fragte Theo mit einem schlitzohrigen Grinsen.

»Vermutlich nicht! Also prügeln wir es eben aus ihm heraus.«

»Klingt verdammt gut.« Theo grinste. »Wir hatten schon lange keine Schlägerei mehr.«

Lachend verließen sie die Kriminalpolizeiinspektion wieder, die sie gerade erst betreten hatten, steuerten den Geländewagen an und fuhren über die rutschigen Straßen zum Zeitungsgebäude, das genau am anderen Ende der Stadt lag.

Der alte Bau wirkte trüb und traurig an diesem verschneiten Tag. Die Fensterscheiben waren beschlagen, sodass kein verstohlener Blick ins Innere möglich war.

Als die Kommissare eintraten, herrschte eine Ruhe in dem Büro, die sie überraschte. Einige Mitarbeiter tippten fleißig auf ihren Tastaturen, andere tranken Kaffee und unterhielten sich mit Kollegen im Flüsterton. Susanne Kleber war die Einzige, die auf die Eintretenden reagierte. Mit hochrotem Gesicht steuerte sie Lukas an, zog ihn in eine Ecke, in der sämtliche Regenschirme abgestellt worden waren, und küsste ihn auf den Mund.

»War wohl keine so gute Idee, unser Date gestern Abend abzusagen«, flüsterte sie leise.

Theo konnte trotzdem jedes Wort verstehen, was ihm peinlich war. Also entfernte er sich rasch von den beiden Turteltauben. Er ging zum ersten Schreibtisch und fragte: »Wo finde ich hier Daniel Bauer?«

»In seinem Büro.«

»Und wo finde ich das?«

»Direkt neben dem des Chefs.«

Theo stand bereits vor der Tür, auf die der Journalist gezeigt hatte, als sich Lukas neben ihn gesellte und fragte: »Hey! Willst du die Arbeit allein machen?«

»Ich wollte euch beide einfach noch ein bisschen turteln lassen.«

Sie klopften an. Es folgte kein *Herein*. Also traten sie ein, ohne hineingebeten worden zu sein. Was sie dort sahen, überraschte sie. Hinter einem hellen Schreibtisch saß ein junger Mann mit langen blonden Haaren auf einem ledernen Drehstuhl und telefonierte. Er trug einen dunklen Anzug, dazu dunkelbraune Ledersneakers von Lacoste und eine seidene Fliege in der Farbe Bordeaux.

Lukas und Theo musterten den Reporter überrascht, sie hatten sich den Mann offensichtlich anders vorgestellt.

»Kann ich Ihnen helfen?«, fragte der, nachdem er das Gespräch beendet hatte.

Fast gleichzeitig zogen Lukas und Theo ihre Ausweise aus den Jackentaschen und stellten sich dem Reporter vor. Daniel Bauer zeigte ihnen gegenüber völlig unerwartet nicht die gewohnt ablehnende Haltung, sobald sich ein Journalist mit der Polizei konfrontiert sah, sondern zog lachend seinen Journalistenausweis aus der Jackentasche und streckte ihn den Besuchern entgegen.

»Darf ich fragen, warum Sie sich über unseren Besuch so freuen?«, fragte Lukas, noch immer verwirrt.

»Weil ich Sie gestern in Wadern nur knapp verpasst habe. Da

wollte ich schon mit Ihnen sprechen.«

»Sie waren also auf dem Weg zu uns?«

»Ja klar, warum?«

»Wir dachten, *Wachtmeister Uwe* hätte uns etwas vorgeschwindelt.«

Daniel Bauer lachte herzhaft und sagte: »Schön, wie Sie Ihre Meinung über Polizeikommissar Görndt zum Ausdruck bringen. Darf ich den Begriff in meinem nächsten Artikel verwenden?«

»Aber immer! Sie müssen auch keine Quellenangabe machen«, erwiderte Lukas. »Nur, warum sind Sie gestern nicht zu uns gekommen, wie Sie es eigentlich vorhatten?«

Daniel wand sich in seinem protzigen Lederstuhl und fuhr sich durch die langen Haare, bevor er erklärte: »Auf dem Weg von Buweiler zum Autobahnzubringer fiel ein Schuss. Und ich hatte das Gefühl, dass dieser Schuss mir gegolten hat.«

»Was macht Sie da so sicher?«, fasste Lukas nach.

»Ich hatte etwas am Waldrand gesehen. Eine schattenhafte Gestalt. Im Licht meiner Scheinwerfer hat auch etwas aufgeblitzt, was durchaus ein Zielfernrohr gewesen sein könnte.«

»Und weshalb hat der Schütze Sie nicht getroffen? Bisher hat er doch noch jeden zur Strecke gebracht, den er umbringen wollte.«

»Nicht jeden!«, korrigierte Theo seinen Kollegen. »Immerhin leben wir beide ja noch.«

»Vielleicht wollte er uns auch nicht zur Strecke bringen?«

»Sie sind ganz schön mutig«, kommentierte Daniel Bauer grinsend, »dass Sie nach so einer Erfahrung gerade diese Ermittlungen übernehmen.«

»Damit komme ich auch gleich zu meiner nächsten Frage: Woher wussten Sie, dass Theo und ich ebenfalls in die Schusslinie geraten sind?«

»Sie werden doch verstehen, dass es unter uns Reportern einen Ehrenkodex gibt«, gab der Journalist fast erwartungsgemäß zurück.

»Gilt der auch, wenn Sie damit einen Mörder decken?«

Daniel schmunzelte. »Nein! Das würde ich nie tun. Aber glauben Sie mir, ich decke keinen Mörder.«

»*Glauben* heißt nicht *wissen*.«

»Wir befinden uns hier in einer rechtlichen Grauzone. Sie können mich nicht nötigen, den Namen meines Informanten preiszugeben.«

»Ich könnte die Grauzone betreten und dort Dinge tun, die Sie vielleicht davon überzeugen, uns den Namen doch zu nennen«, trumpfte Lukas auf.

Plötzlich spürte er eine Hand an seinem Arm, die ihn zurückzog. Erstaunt schaute er sich um. Theo schnitt eine Grimasse, die ihm signalisieren sollte, dass er besser einen Gang zurückfuhr.

»Wir wollen außerdem von Ihnen wissen, von wem Sie diese Details über die Tatwaffe erfahren haben«, fragte Theo schnell weiter. »Ich hoffe, dass Sie uns wenigstens das verraten können.«

»Das kann ich! Ist ja kein großes Geheimnis mehr.« Daniel lachte. »Stand schließlich alles haarklein in der Zeitung.«

»Schlechter Witz«, grummelte Lukas. »Wenn Sie mich zum Lachen bringen wollen, müssen Sie sich schon was Besseres einfallen lassen.«

Daniel wich zurück und bemerkte kleinlaut: »Im Dorf spricht man davon.«

»Und wie sind Sie auf den Verdacht gekommen, dass ein Zusammenhang zum Zweiten Weltkrieg besteht?«, hakte Theo nach.

Ohne zu zögern gab Daniel das gesamte Gespräch wieder, das er am Vortag mit Volker Dinz geführt hatte.

»Dann ist es also so gut wie sicher, dass Volker Dinz mit einem Markierer auf unsere Windschutzscheibe geschossen hat«, resümierte Lukas.

»Richtig!« Daniel nickte. »Und Otto Stehle hat ihn dabei erwischt und zur Polizeiinspektion nach Wadern gebracht.«

»Hat *Wachtmeister Uwe* ihn in seinem Büro festgehalten?«

»Nein! Er hat ihn laufen lassen.«

»Laufen lassen?« Theos Stimme überschlug sich fast. »Er weiß doch, dass wir dringend mit Dinz sprechen müssen. Verdammt dringend.«

»Stimmt!«, bestätigte Lukas. »Er sollte Volker zu uns schicken. Und was macht dieser Clown? Er lässt ihn einfach abhauen.«

»Das ist das nächste Dienstvergehen«, brummte Theo. »Der Kerl wird bald die Straßen fegen.«

»Dieser Dinz ist jetzt aber wichtiger«, stellte Lukas klar. »Jemand, der sich bei Schnee und Eis in den Wald setzt, um mit Markierungspunkten auf fahrende Autos zu schießen, könnte auch wahnsinnig genug sein, mit einer echten Waffe zu schießen.«

»Otto Stehle sollten Sie auch nicht vergessen«, mischte sich der Reporter in den Dialog ein. »Das Gespräch zwischen ihm und *Wachtmeister Uwe* war äußerst hasserfüllt. Und für sein Alter ist er noch verdammt rüstig. Jedenfalls ist auch er bei diesen Extrembedingungen im Wald herumgelaufen.«

»Halten Sie sich aus unseren Angelegenheiten heraus!«, gab Lukas unhöflich zurück.

»Dann plappern Sie doch nicht alles in meiner Gegenwart aus!«, konterte Daniel. »Falls es Ihnen entgangen ist, wir sind immer noch in meinem Büro!«

*

Schnaufend und mit schweren Schritten stieg Gerhard Dinz die Treppe in den ersten Stock seines Hauses hoch. Er wollte vom oberen Fenster aus das Ausmaß der letzten Schneefälle betrachten. Viele Jahre hatte es in seiner Heimat keinen Schnee mehr gegeben, jedenfalls nicht in diesen Ausmaßen. Und nun das! Dieser Winter brach sämtliche Rekorde. Alles schimmerte in einem einheitlichen Weiß. Keine Menschenseele war zu sehen. Niemand wagte sich bei diesen Temperaturen und Witterungsverhältnissen vor die Tür.

Dieses endlose Weiß ... Plötzlich sah er sich zurückversetzt in den Januar 1942, auf dem Russland-Feldzug. Es war der schwerste Marsch in seinem Leben gewesen. Ein Kampf gegen zwei unerbittliche Feinde: die Russen und die Kälte.

Tote Kameraden hatten sie zurücklassen müssen, hatten die gefrorene Erde aufgesprengt, um sie begraben zu können, bevor sie weitermarschieren konnten. Mit langem, wildem Störfeuer wurde dem Feind vorgetäuscht, sie würden nach wie vor ihre feste Stellung halten. Währenddessen war der Zug längst über den zugefrorenen Ilmensee geflüchtet.

Zwanzig Kilometer Marsch über Eisbarrieren und durch meterhohen Schnee bei minus fünfzig Grad Kälte. Die Kompassnadeln waren festgefroren. Doch die Orientierung hatten sie nicht verloren. Entschlossen waren sie weitermarschiert.

Er schaute auf das Thermometer neben dem Fenster. Es zeigte gerade mal minus fünf Grad an und alle sprachen schon von einem Jahrhundertwinter ...

Seine Kameraden Ernst Genser und Alois Lohse hatten damals die Männer aufgelesen, die nicht mehr weiter wollten, und sie so lange in ihre Mitte genommen, bis sie wieder über genügend Kraft und Mut verfügten, um auf eigenen Beinen weiter zu flüchten. So war es ihnen gelungen, einige Leben zu retten.

Und heute? Was geschah heute? War der Krieg in das kleine, verschlafene Buweiler zurückgekehrt?

Er schaute sich um. Alles lag scheinbar in friedlicher Stille. Aber das konnte täuschen, denn Gerhard war schon seit dem Krieg auf einem Ohr schwerhörig. Und das wurde mit den Jahren nicht besser. Aber sehen konnte er immer noch wie ein Luchs. Und was er hier sah, wirkte so verträumt wie ein Postkartenidyll. Doch auch dieser Eindruck trog. Seit diese schrecklichen Morde das kleine Dorf erschütterten, war nichts mehr wie früher.

Zuerst hatte es den Enkel von Alois getroffen, woran sein Kumpel zerbrach. Gerhard schüttelte verzweifelt den Kopf. Dann Philipp, den Enkel von Ernst.

Gerhard spürte, wie seine Luft immer knapper wurde. Sein Blick wanderte über das schneebedeckte Feld. Die Bilder von damals, vom Januar 1942, kehrten wieder und wieder in seine Erinnerung zurück, als sie Mann an Mann durch die tödliche Kälte gestapft waren, um der mächtigen roten Offensive zu entkommen. Sie hatten überlebt. Waren nach dem Krieg zurückgekehrt und hatten sich in ihrer Heimat ein neues Leben aufgebaut. Sollte das so viele Jahre später auf solch entsetzliche Weise enden?

Angst überkam ihn. Eine Angst, die er damals im Krieg nicht gekannt hatte. Denn es war nicht die Angst um ihn, sondern um seinen Enkel. Er spürte, dass auch Volker in Gefahr war. Alle Versuche, ihn davon zu überzeugen, so lange im Haus zu bleiben, bis dieser wahnsinnige Schütze gefasst wäre, waren gescheitert. Schon lange hatten Gerhard und sein Enkel keinen guten Kontakt mehr zueinander. Gerhard ahnte warum. Er war einfach alt geworden. Zweiundneunzig. Volker sah vermutlich einen alten Trottel in ihm, der vergessen hatte zu sterben. Gerhards Schwerhörigkeit tat noch ihr Übriges dazu. Dabei war er geistig fit. Aber die Kluft zwischen ihm und dem Jungen war zu groß. Was blieb, war die Befürchtung, dass eines Tages tatsächlich die Polizei vor seiner Tür stand und ihm mitteilte, dass Volker vor ihm gegangen war.

Der alte Mann schüttelte sich und versuchte, diese schrecklichen Gedanken zu verscheuchen. Ein Alter wie seines erreichten nicht viele Menschen. Aber was bedeutete das noch angesichts dieser quälenden Sorgen? Und dem Gefühl, womöglich selber Schuld daran zu sein, dass die eigenen Enkel kaltblütig erschossen wurden? Nur – warum geschah das erst nach so vielen Jahren?

Er blickte hinaus. Durch die kahlen, weißen Äste war von seinem Fenster aus der Blick bis auf die Landstraße frei. Er konnte vereinzelte Autos sehen, die im Schneckentempo dahinfuhren. Dann machte er einen silbernen Geländewagen aus, der den Blinker setzte. Wer an dieser Stelle blinkte, fuhr in die Straße, in der Dinz wohnte. Fuhren nicht auch die Saarbrücker Kriminalbeamten einen solchen silbernen Geländewagen?

Sein Herz setzte aus. War es so weit? Kamen sie, um ihm zu sagen, dass es Volker erwischt hatte?

*

Die versteckte Abbiegung fanden sie nur, weil sie diese Stelle schon mehrere Male passiert hatten. Lukas saß am Steuer und fuhr in gemächlichem Tempo über die freigeräumte Straße. Nur noch vereinzelte Schneeflocken fielen vom Himmel, seit sie die Autobahn verlassen hatten. Der Himmel wurde immer grauer, das Tageslicht immer dunkler. Ein Blick auf das Thermometer am Armaturenbrett verriet, dass draußen minus fünf Grad herrschten.

»Ob das ein Zufall ist, dass ausgerechnet in diesem Winter diese Morde passieren?«, fragte Lukas, der langsam rechts abbog. Das Auto geriet leicht ins Schlingern. »Mist! Es ist sauglatt!«

»Ja! Bei den Temperaturen friert es ja ständig nach«, sagte Theo. »Und um auf deine Frage zurückzukommen: Ich glaube nicht an Zufälle. Und du auch nicht.«

Lukas konzentrierte sich darauf, das richtige Haus zu finden. Das große Gebäude befand sich auf der rechten Straßenseite.

»Wir sind da!«, rief Lukas erleichtert aus und stellte den Geländewagen auf dem freien Platz davor ab.

Klingeln mussten sie nicht, denn die Tür ging schon auf, kaum dass sie ausgestiegen waren.

»Was ist passiert?«, schrie Gerhard Dinz ihnen zu. »Hat es meinen Enkel erwischt?«

»Nein, Herr Dinz!«, rief Lukas, um den Mann sofort zu beruhigen. Doch das funktionierte nicht.

So, als hätte Lukas nichts gesagt, brüllte der Greis weiter: »Sie können es mir ruhig sagen! Ich bin auf das Schlimmste gefasst! Immer habe ich den Jungen gewarnt, vor die Tür zu gehen, bevor der Scharfschütze gefasst ist. Aber er hat nicht auf mich gehört.«

Inzwischen standen einige Nachbarn vor ihren Häusern und hörten mit an, was dort gesprochen wurde. Gerhard schrie so laut, dass ihn niemand überhören konnte.

Leise raunte Theo seinem Kollegen zu: »Was ist hier los? Gibt es wieder ein Opfer und wir wissen noch nichts davon?«

Lukas zuckte mit den Schultern, näherte sich dem alten Mann, der immer noch in der Haustür stand, und erklärte mit lauter Stimme: »Wir wissen nicht, was mit Volker passiert ist. Ist er nicht zuhause?«

»Wo haben Sie ihn gefunden?«, schrie Gerhard. »Warten Sie, ich hole meinen Mantel, dann fahre ich mit Ihnen.«

Lukas folgte dem Alten schnell ins Haus, wo es ihm endlich gelang, ihn davon zu überzeugen, dass sie nicht gekommen waren, um ihm den Tod seines Enkels zu melden.

Gerhard Dinz schaute den Kriminalbeamten zunächst begriffsstutzig an. In einer Hand hielt er eine Jacke, in der anderen einen Gehstock. Allmählich jedoch kam das Verstehen. Sofort gelangte wieder Farbe in sein Gesicht.

Theo, der den beiden gefolgt war, schloss die Haustür hinter sich, um nicht noch mehr Kälte hineinzulassen. Als er auf Lukas und Gerhard zutrat, sah er zwei lachende Gesichter.

»Sieht so aus, als hättest du den Alten beruhigen können«, flüsterte er seinem Kollegen zu.

»Dass unsere bloße Präsenz so einen Schock auslösen kann, hätte ich nicht gedacht«, gab Lukas zu.

Gemeinsam betraten sie die Küche, einen kleinen Raum, in den Gerhard sie einlud. Dort war es angenehm warm. Ein gusseiserner Holzofen stand in der Ecke und wummerte. Vor einer hölzernen Eckbank am Fenster befand sich ein kleiner Tisch, dessen Holzplatte zerkratzt und zerschlissen aussah. Hier ließen sich Theo und Lukas nieder.

»Darauf müssen wir einen Schnaps trinken«, lud Gerhard die Beamten ein. Ohne auf die Reaktionen der Polizisten zu warten, steuerte er einen alten Bauernschrank an, dessen aufgemaltes Muster durch kräftige Farben hervorstach. Dieser Schrank war ein Blickfang, an dem die Augen der Polizisten haften blieben. Daraus entnahm der Alte eine Flasche mit klarer Flüssigkeit und drei Gläser.

»Selbstgebrannter Mirabellen-Schnaps«, erklärte er und hielt stolz die Flasche hoch. »Das Obst wächst in meinem Garten. Also alles von bester Qualität. Nur entkernte Früchte, kein Zuckerzusatz und ein Alkoholgehalt von 45 Prozent. Das ist genau das Richtige, um den Schrecken runterzuspülen.«

»Wir sind im Dienst«, stellte Theo klar.

Doch Lukas lachte Gerhard Dinz an und hielt ihm sein Glas entgegen. »Einer kann doch nicht schaden.«

»Das sehen Sie genau richtig!« Der Alte lachte genauso laut, wie er seine Worte in diesem engen Raum brüllte. Theo entschloss sich, ebenfalls einen Schnaps zu trinken, damit er diesen Krach besser ertragen konnte.

»Eigentlich wollten wir mit Ihrem Enkel sprechen«, erklärte Lukas den Grund ihres Besuches, nachdem er den Schnaps in einem Zug heruntergekippt hatte. Trotz aller Beherrschung musste er sein Gesicht zu einer Grimasse verziehen, so stark war das Zeug.

»Wie Sie dreinschauen, hat Ihnen mein Mirabell' geschmeckt«, meinte Dinz lachend und schenkte ungefragt nach.

»Wo ist Ihr Enkel?«, brüllte Lukas lauter.

Endlich verstand der Alte. Er zuckte mit den Schultern und antwortete: »Wenn ich das immer wüsste.«

»Wir müssen unbedingt mit ihm sprechen.«

»Dann schlage ich vor, Sie warten hier, bis er zurückkommt.« Gerhard Dinz' Augen leuchteten auf. »Die Zeit vertreiben wir uns mit einem weiteren Gläschen. Dann wird es uns nicht so langweilig.«

Lukas schüttelte den Kopf, weil er nicht die Absicht hatte, sich mit dem Alten zu betrinken. Doch das Glas war schneller nachgefüllt, als er reagieren konnte.

»Ich werde fahren«, beschloss Theo, der den Inhalt seines nachgeschenkten Glases in den Blumentopf hinter sich versenkte.

Plötzlich ging die Haustür auf und jemand polterte herein. »Opa, Opa«, schrie der Eintretende. Als er in der Küchentür stand und die Besucher bemerkte, kam nur noch ein verdutztes »Oh« aus ihm heraus. Sein Mund machte hektische Kaubewegungen.

»Da bist du ja, mein Junge«, schrie Gerhard. »Ich hatte solche Angst um dich, als die beiden Kommissare plötzlich vor der Tür standen.«

»Mir ist nichts passiert«, erklärte Volker. Sein Tonfall machte alle hellhörig, weshalb der junge Mann sofort weitersprach: »Aber dem alten Ernst!«

»Ernst Genser?«, schrie Gerhard.

»Wer denn sonst?«

»Was ist mit ihm?«

»Er wurde heute Morgen tot in seinem Bett gefunden. Der Hausarzt meint, es sei ein Herzinfarkt.«

*

Uwe Görndt starrte wie elektrisiert auf die Tageszeitung. Begierig hatte er darauf gewartet, endlich mal im Rampenlicht der Ermittlungen zu stehen, um der Welt zeigen zu können, dass er ein fähiger Polizist war. Doch diese Zeilen bewirkten genau das Gegenteil. Zwar wurde sein Name in diesem Artikel nicht erwähnt, doch wusste garantiert jeder im Dorf, wer diese Anschuldigungen in die Welt gebracht hatte. Der Polizist musste nicht nachsehen, wer den vermaledeiten Artikel geschrieben hatte – das war das Werk von Daniel Bauer. Wollte der Reporter ihm damit etwas heimzahlen?

Inzwischen lag dieser unselige Unfall ein ganzes Jahr zurück, über den Bauer damals berichtet hatte. Uwe Görndt hatte schon lange nicht mehr an die schöne Aline Konrad gedacht, die Insassin des Wagens. Sie war im betrunkenen Zustand von der Straße abgekommen und das Fahrzeug hatte sich mehrmals überschlagen. Aline hatte überlebt! Aber wie? Ein Jahr lang hatte sie im Koma gelegen. Vor wenigen Tagen war die Nachricht gekommen, dass sie gestorben war. Vermutlich das Beste für sie, dachte Görndt. Wer wusste schon, in welcher Verfassung ein Mensch nach einem einjährigen Koma wieder aufwachte?

Aber kaum passierte wieder etwas in Buweiler, da musste ausgerechnet dieser aufdringliche Reporter bei ihm auftauchen. Gab es denn keinen anderen bei dieser Zeitung, den sie schicken konnten? Görndt hatte nichts dem Zufall überlassen, alles war perfekt vorbereitet gewesen, damit er endlich den verdienten Ruhm einheimsen konnte. Nur Daniel Bauer hatte er nicht auf der Rechnung gehabt. Welche Ziele verfolgte Daniel Bauer mit diesem Artikel? Was für Pläne heckte er gegen Görndt aus?

*

Lukas Baccus und Volker Dinz standen sich in einem Zimmer gegenüber, dessen Wände mit Bundeswehrplakaten und Bildern von Kriegsschauplätzen tapeziert waren. Als Theo ihnen folgte, fragte Lukas ungeduldig: »Wo hast du denn gesteckt?«

»Ich habe in Saarbrücken angerufen und durchgegeben, was mit Ernst Genser passiert ist«, antwortete der Kollege.

»Warum?«

Mit einem Schulterzucken meinte Theo: »Silvia sollte für ihre Analyse alle Fakten wissen. Vielleicht ist das wichtig.«

»Und was wollen Sie von mir?«, fragte Volker Dinz. Er kaute hektisch auf seinem Kaugummi und ließ seinen Blick zwischen den beiden Polizeibeamten hin und her wandern.

»Sprechen!«, antwortete Lukas kurz angebunden. »Inzwischen sind zwei Ihrer Bekannten – oder sogar Freunde – getötet worden. Aber bisher ist es Ihnen gelungen, uns immer auszuweichen.«

»Blödsinn! Ich weiche doch der Polizei nicht aus«, widersprach Volker. »Ich habe nicht gewusst, dass Sie mich suchen.«

»Hat *Wachtmeister Uwe* Ihnen nicht gesagt, dass wir Sie sprechen müssen?«, fragte Theo, wofür Lukas ihm mit dem Ellenbogen in die Seite rammte.

Zunächst schaute Volker begriffsstutzig drein, doch dann brach er in schrilles Gelächter aus und meinte: »Geil! *Wachtmeister Uwe*! So hat ihn noch keiner genannt! Aber das passt wie die Faust aufs Auge. Nein, *Wachtmeister Uwe* hat mir nichts gesagt.«

»Das wäre dann ja geklärt«, brummte Lukas über den Heiterkeitsausbruch, den sein Kollege ausgelöst hatte. »Inzwischen haben wir also zwei Mordopfer. Wo waren Sie am Sonntagnachmittag, dem 12. Dezember?«

»Ist das der Tag, an dem Oskar erschossen wurde?«, fragte Volker verunsichert nach.

Lukas nickte.

»Da war ich zuhause. Bei dem Scheißwetter hatte ich bestimmt keine Lust, draußen herumzurennen. Bis zu dieser Hütte ist es nämlich verdammt weit.«

»Mit dem Auto ein Katzensprung!«

»Ich habe kein Auto!«

»Und wem gehört der Ford Focus in der Garage?«

»Meinem Opa!«

»Dann dürfen Sie mit dem Wagen bestimmt auch mal fahren.«

»Nein, darf ich nicht!« Volker wand sich unter den Blicken der Kommissare und gestand: »Ich habe keinen Führerschein mehr.«

»Alkohol am Steuer?«, fragte Theo.

»War es das?«, fragte Volker ausweichend.

Theo verneinte und fragte weiter: »Wo waren Sie am Dienstagabend zwischen siebzehn und zwanzig Uhr?«

»Ist das der Zeitpunkt, als Philipp erschossen wurde?«, wollte Volker wissen.

»Ja!«, bestätigte Theo.

»Da war ich zuhause.«

»Wen können Sie als Alibi angeben?«

»Meinen Großvater! Der alte Herr ist geistig noch ganz fit.

Sie können ihn ruhig fragen.«

»Schon gut!« Theo winkte ab und schaute sich im Zimmer um.

Die Kriegsfotografien schienen so angeordnet zu sein, als wollten sie die Betrachter anklagen. Zu sehen waren Soldaten im Kampf, Soldaten in Panzergeschützen, Soldaten in ihren Jeeps und Soldaten, die gefallene Kameraden trugen.

»Was bezwecken Sie mit diesen Fotos?«, fragte Lukas. »Ist der Krieg für Sie etwas Besonderes?«

»Krieg ist etwas für echte Männer«, antwortete Volker Dinz großspurig. »Schauen Sie sich doch diese Gesichter an. Da ist nur Entschlossenheit zu sehen. Von Angst keine Spur. Ich wollte auch mal Zeitsoldat werden.«

»Warum haben Sie es nicht gemacht?«

»Weil ich nach Hause musste. Meine Mutter hatte sich immer um Opa gekümmert. Doch dann ist sie gestorben.« Der junge Mann wurde nervös. »Krebs, wissen Sie?«

Lukas und Theo nickten schweigend.

»Irgendjemand musste ja bei meinem Großvater bleiben. Schauen Sie ihn sich mal an. Er macht nach außen hin einen rüstigen Eindruck. Aber allein leben kann er nicht.«

»Aber einen Job müssen Sie doch machen.«

»Klar! Ich war bei der Bundeswehr in Baumholder stationiert. Aber von dort hätte ich nicht jeden Abend nach Hause fahren können.«

»Und was arbeiten Sie jetzt?«

»Nichts!« Volker wich den Blicken der beiden Polizeibeamten aus.

»Also vertreiben Sie sich die Zeit mit Paintballspielen im Wald?«

Dinz erwiderte nichts.

»Und Otto Stehle hat Sie im verschneiten Wald erwischt. Stimmt das?«, fuhr Theo fort.

»Scheiße! Ja!« Volker kaute geräuschvoll an seinem Kaugummi.

»Hat Otto mit keinem Wort erwähnt, was er selbst dort im Wald gemacht hat?«, meldete sich Lukas zu Wort.

Für einen Moment vergaß Volker zu kauen und starrte den rothaarigen Bullen mit großen Augen an. »Eh geil! Natürlich könnte der Alte Dreck am Stecken haben. So, wie die sich hinterher auf der Polizeiwache gezofft haben ... Außerdem ist Otto fit wie ein Turnschuh. Ich war nämlich ganz tief im Wald, als er mich erwischt hat.«

»Die Polizeiarbeit können Sie getrost uns überlassen«, wehrte Lukas ab. »Sprechen wir lieber darüber, was auf der Polizeiwache passiert ist, als Stehle Sie dorthin gebracht hat.«

»Spielen Sie auf den Zeitungsartikel an?«

»Genau!«, bestätigte Lukas. »Und wie Sie sich wohl denken können, haben wir mit dem Reporter darüber gesprochen, woher er diese Informationen hat.«

»Mit Daniel!«, bemerkte Volker.

»Genau der! Und er hat uns bereitwillig Ihren Namen genannt.«

»Klar! Das haben Daniel und ich so abgesprochen.«

»Daniel und Sie? Sind Sie also per du?«

»Genau das!« Volker wuchs förmlich vor Wichtigkeit.

»Dann hoffe ich, dass Sie sich nicht auch noch abgesprochen haben, irgendwelchen Mist in der Zeitung zu veröffentlichen, nur um sich zu profilieren.«

»Wo denken Sie hin?«, fragte Volker, dessen Stimme jetzt in ein Kreischen umschlug. »Das würden wir nie tun. Daniel ist total korrekt. Und er hat nur das geschrieben, was ich auf der Polizeiwache in Wadern beobachtet habe. Mann! Sie hätten Uwe und Otto mal erleben sollen. Das war richtig unheimlich.«

»Erzählen Sie uns mal genau, was dort passiert ist.«

Volker überlegte kurz, bevor er sagte: »Die haben sich gegenseitig als Nazis beschimpft und solche Sachen. Voll krass.«

»Das stand in der Zeitung«, gab Theo zu bedenken. »Und weiter?«

Volker druckste: »Otto hat von Deserteuren gesprochen.«

»Wer ist desertiert? Und wann?«, fragte Lukas.

»Uwes Großvater war zusammen mit den anderen Kameraden aus Buweiler im Krieg. Ich glaube, in Russland. Er hatte angeblich eine Geliebte hier im Dorf, die nicht seine Frau war. Bei ihr hat er sich versteckt, nachdem er abgehauen ist.«

»Und weiter?«

»Otto und seine Kameraden fanden das unmoralisch« – Volker grinste schief -, »und haben ihn verraten. Daraufhin wurde er von den Feldjägern geschnappt und ins KZ gebracht. Von dort ist er nie zurückgekehrt.«

Mit gemischten Gefühlen verließen die beiden Kommissare das Haus. »Ich habe so eine dumpfe Ahnung, wer diese Geliebte gewesen sein könnte«, brummte Theo. »Jetzt fahren wir mal zu Katharina und reden Tacheles! Dieses Mal wird es ihr nicht gelingen, uns auszuweichen.«

9

»Theo und Lukas haben sich ja geschickt aus der Affäre gezogen«, murrte Andrea, die das Steuer des Wagens übernommen hatte. »Bei Lukas hattest du ja auch mal einen Stein im Brett! Was ist eigentlich daraus geworden?«

Monika zog überrascht die Luft ein, antwortete aber nicht.

»Bei euch ging es verdammt schnell, was? So wie das bei diesen beiden Hallodris immer der Fall ist.«

»Du solltest nichts beurteilen, wovon du keine Ahnung hast«, platzte Monika wütend heraus.

Der Weg von Saarbrücken nach Homburg zur Gerichtsmedizin war weit. Und diese Zeit zusammen mit der streitsüchtigen Andrea im engen Wagen zu verbringen, empfand Monika als bedrückend. Sie schaltete das Autoradio ein, das Andrea sofort wieder ausschaltete, und schimpfte: »Was heißt, dass ich davon keine Ahnung habe? Ich arbeite schon länger in der Abteilung mit diesen beiden schwanzorientierten Hohlköpfen zusammen als du. Also muss ich es ja besser wissen.«

»Stimmt! Du müsstest es besser wissen«, gab Monika schnippisch zurück. »Nur ist das nicht der Fall. Du hast es geschafft, vom Dienst suspendiert zu werden – nicht ich. Was willst du mir eigentlich mit deinen vulgären Schimpftiraden weismachen?«

Andrea hatte Mühe, das Lenkrad ruhig zu halten, so sehr erschrak sie über den heftigen Tonfall, den ihre Kollegin eingeschlagen hatte. Es dauerte eine Weile, bis es ihr gelang zu antworten: »Musst du mich jedes Mal daran erinnern, dass ich Scheiße gebaut habe?«

»Ja! Sonst würdest du aus deinem Fehler nichts lernen.«

Den Rest der Fahrt schwiegen beide.

Während Andrea versuchte, sich auf die Fahrt über die schlecht freigeräumte Autobahn zu konzentrieren, versuchte Monika, ihren Puls wieder auf Normalniveau zu bringen, weil sie mehr gesagt hatte, als sie eigentlich wollte.

Als das Gebäude der Gerichtsmedizin in Sicht kam, war der Anblick zum ersten Mal für beide eine Wohltat. Denn es bedeutete das Ende dieser bedrückenden Fahrt.

Mit einem »Habe ich wieder mit den beiden Damen das Vergnügen?« begrüßte der Pathologe die Kriminalpolizistinnen und stieß sein gewohntes Lachen aus.

Andrea setzte eine mürrische Miene auf. Monika grinste, weil ihr die Lebendigkeit und Fröhlichkeit des Gerichtsmediziners zwischen all den Toten gut gefiel.

»Also haben es unsere beiden Hallodris Lukas und Theo endlich geschafft, sich dauerhaft von Leichenöffnungen davonzustehlen!«

»Ganz bestimmt nicht!«, widersprach Andrea. »Für die beiden Säcke heben wir die nächste Leiche von diesem Wahnsinnigen auf.«

»Sie sind sich aber ganz schön sicher, dass es dem Todesschützen gelingen wird, noch einmal zuzuschlagen«, bemerkte Dr. Stemm mit erhobenem Zeigefinger.

»Klar wird es ihm gelingen, solange Lukas und Theo die Ermittlungen durchführen.«

»Man hat mich vor Ihrer kalten Schnauze gewarnt«, konterte der Gerichtsmediziner. »Und ich stelle fest, dass das keine Übertreibung war.«

Der Mediziner lachte über seinen eigenen Witz so laut, dass Monika fast befürchtete, er könnte damit die Toten wecken. Aber nichts dergleichen geschah. Während Monika sich mit dem Gerichtsmediziner dem Stahltisch näherte, blieb Andrea wie angewurzelt auf ihrem Platz stehen.

Einige Assistenten waren schon eifrig dabei, die Organe herauszuschneiden und abzuwiegen, und teilten die Ergebnisse Dr. Stemm mit. Dann begann er zu berichten: »Zuerst einmal kann ich den Todeszeitpunkt bestätigen. Der Mann starb am Dienstagabend zwischen siebzehn und zwanzig Uhr.«

Monika notierte die Angaben.

»Das Projektil ist bereits in der Ballistik. Es hat auch eine Kugel in seinem Körper gesteckt, die nicht tödlich war.«

»So viel wussten wir auch schon«, kommentierte Andrea bissig.

»Freundlich wie immer«, donnerte Dr. Stemm, ohne sich seine gute Laune trüben zu lassen. »Wenn Sie wollen, taffe Frau Peperding, fange ich sofort mit der Todesursache an und zeige Ihnen alles bis ins kleinste Detail. Hier können Sie sehen, dass der Schütze wieder aus großer Distanz geschossen hat. Die Erklärung über Ursache und Wirkung bei solchen Schüssen wissen Sie noch?«

Monika und Andrea nickten.

Nun hob Dr. Stemm den Oberkörper der Leiche an und alle konnten sehen, dass der Hinterkopf fehlte. Monika stürzte sofort aus dem Raum, um sich nicht auf die Platten zu erbrechen. Andrea hielt sich die Hand vor den Mund und stöhnte laut.

Dr. Stemm wartete, bis Monika sich von ihrem Schrecken erholt hatte, bevor er seinen Bericht fortsetzte: »Außerdem habe ich eine toxikologische Untersuchung des Blutes unseres Opfers veranlasst. Das Ergebnis wird in wenigen Tagen kommen. Aber ich halte es für unwahrscheinlich, dass der Tote Drogen genommen hatte.«

»Warum?«, fragte Andrea.

»Weil die äußeren Merkmale dafür nicht vorhanden sind.« Er wies auf die Augen, doch Monika schaute nicht hin. Sie hatte sich genug blamiert und war auf eine Wiederholung nicht scharf. »Die Augen sind trotz der Schwere der Kopfverletzung nicht beschädigt. Und deshalb sehen wir, dass die Pupillen keine Miosis vorweisen.«

»Miosis?« Andrea verstand nichts. Monika beschloss, sich den Vortrag aus der Ferne anzuhören.

»Miosis ist der medizinische Begriff für eine Verengung der Pupille durch die Kontraktion des Ringmuskels in der Iris. Die Miosis wird zum Beispiel durch helles Licht ausgelöst.«

»Sagt uns das, dass dieser Mann im Dunkeln gestorben ist?« Schon wieder brach Dr. Stemm in lautes Gelächter aus.

Monika zuckte erschrocken zusammen. Ihre Nerven lagen

seit dem Anblick des fehlenden Hinterkopfes blank.

»Das heißt, dass eine Verengung der Pupillen auf Stecknadelgröße auf Drogenmissbrauch hindeutet. Und dieses Anzeichen liegt nicht vor.«

»Also stand er nicht unter Drogen, als er erschossen wurde?«, vergewisserte sich Andrea, was Dr. Stemm bestätigte. »Das sagt aber nichts darüber aus, ob er regelmäßig Drogen genommen hat.«

»Das kann die toxikologische Auswertung genauer bestimmen«, räumte Dr. Stemm ein. »Aber nach dem Anblick der Leber zu urteilen« – er deutete auf eine der Silberschüsseln, in der ein großes, dunkelrotes Organ lag -, »glaube ich nicht an permanenten Drogenabusus.«

»Gibt uns die Leiche sonstige Hinweise auf den Tatablauf?«, fragte Andrea weiter.

»Das Einzige, was ich mit Sicherheit sagen kann, ist, dass er gestanden hat, als der Schuss fiel. Denn der traf haargenau zwischen die Augen, der Austrittswinkel der Wunde ist trotz der großen Zerstörung noch zu berechnen und spricht dafür, dass die Kugel horizontal eingetreten und genauso wieder ausgetreten ist. Die vorherige Verletzung an der Schulter ist vermutlich durch das gleiche Kaliber verursacht worden, ein sehr großes, war aber nicht tödlich, denn die andere Schusswunde zeigt noch Einblutungen. Das bedeutet, dass er zu dem Zeitpunkt noch gelebt hat.«

Dr. Stemm wollte den Toten wieder anheben, um den beiden Beamtinnen die Einblutungen zu zeigen. Doch Monika rannte schnell aus dem Raum, während Andrea den mitteilsamen Gerichtsmediziner an seinem Vorhaben hinderte.

*

Im Büro herrschte große Aufregung. Silvia Tenners blonde Locken leuchteten in der Mitte der Kollegen, die sich um sie herum versammelt hatten. Ihr am nächsten saß Helmut Renske, der die attraktive Kriminalpsychologin mit den Augen förmlich verschlang. Übertönt wurde der ganze Trubel nur noch durch das aufgeregte Pfeifen von Peter und Paul. Die allgemeine Hektik hatte sich auf die Kanarienvögel übertragen.

Kaum hatten Lukas und Theo den Raum betreten, schaute Allensbacher zu ihnen herüber und erklärte in strengem Tonfall: »Wenn Sie die Vögel nicht ruhigstellen können, sind die umgehend aus diesem Büro zu entfernen.«

Augenblicklich war es mucksmäuschenstill. Sogar die Vögel hörten auf zu pfeifen.

»Das ist ein Grund, den Tierschutz zu informieren«, raunte es leise.

Alle schauten sich suchend um, wer diese Worte losgelassen hatte, und blieben an Karl Groß hängen. Tatsächlich wurde der große Mann unter den vielen Blicken immer kleiner, was ihn deutlich verriet.

Der Dienststellenleiter schwitzte aus allen Poren. Hastig wischte er mit einem Taschentuch über sein Gesicht.

»Ich denke, wir sollten uns jetzt anhören, was Frau Dr. Tenner zu unserem Täterprofil zu sagen hat«, schlug Kriminalrat Ehrling vor, um die Peinlichkeit der Situation zu beenden.

»Ich habe die Akten eingehend studiert«, begann die Psychologin, »und muss Ihnen zuallererst mal sagen, dass Tötungsdelikte durch Schusswaffen schwer zu analysieren sind. Da fehlt jeglicher direkter Bezug, zum Beispiel die Berührung des Opfers, der einen Aufschluss über die Motivation geben kann. Oder der Sachverhalt, wie sich Täter und Opfer gegenübergestanden haben, als die Tat geschah. Auch das sagt etwas über das Verhältnis zwischen den beiden zum Zeitpunkt der Tat aus. Solche Details gibt es hier nicht. Also kann ich mich nur auf die Dinge beziehen, die Sie in der Akte festgehalten haben.«

»Was ist daran das Problem?«, fragte Lukas.

»Die Frage, wie gut die Beobachtungsgabe des jeweiligen Kollegen ist, der seinen Vermerk in der Akte gemacht hat«, antwortete Silvia.

»Da wir es hier nur mit erfahrenen Kriminalisten zu tun haben, gehe ich davon aus, dass die Erkenntnisse korrekt wiedergegeben sind«, wandte Hugo Ehrling ein.

Dem widersprach Silvia nicht. Mit einem schiefen Lächeln begann sie mit ihrem Bericht: »Wir haben es hier mit einer Tat im Affekt zu tun.«

Sofort brach ein Tumult im Büro aus. Alle redeten so unbeherrscht durcheinander, dass kein Einziger verstanden werden konnte. Erst als Staatsanwalt Renske laut »Schluss jetzt!« brüllte, verstummten alle Anwesenden.

»Was soll das?«, schimpfte der gewichtige Staatsanwalt weiter. Dabei schlug seine Stimme eine Tonlage an, die Glas zum Zerspringen bringen konnte. »Wir haben Frau Dr. Tenner um ein psychologisches Profil gebeten, weil sie die Einzige hier im Raum ist, die das kann.«

»Dann soll sie uns etwas sagen, was uns überzeugt«, warf Andrea ein.

»Gerade für Sie wäre es besser, die Arbeit unserer Psychologin zu würdigen anstatt zu kritisieren«, brachte Renske mit mühsam unterdrücktem Zorn heraus.

Als endlich wieder Ruhe einkehrte, fragte Silvia mit einem breiten Grinsen: »Soll ich noch mal von vorne beginnen?«

»Es reicht, wenn Sie da weitermachen, wo Sie unterbrochen worden sind«, bestimmte Hugo Ehrling.

»Einverstanden! Unser Täter ist aller Wahrscheinlichkeit nach ein *Situationstäter*«, fuhr Silvia fort. An den erstaunten Gesichtern der Kriminalbeamten war deutlich zu erkennen, dass niemand verstand, worauf sie hinauswollte. »Für einen Situationstäter entsteht der kriminelle Konflikt aus einer prägnanten lebensgeschichtlichen Konstellation heraus. Meistens begünstigt durch eine Krise, eine negative Erfahrung oder ein prägendes Ereignis, das die Persönlichkeit des Täters berührt. Es hat sich ein emotionaler Stau gebildet, der durch ein nachfolgendes Ereignis, das nach außen hin total harmlos oder nichtssagend erscheint, für den Täter zu einer gefährlichen Bedrohung wird. Und das bringt mich wieder zum Anfang zurück, nämlich zum Affekt. Die Ursache, die einen Situationstäter aktiv werden lässt, entspricht letztlich derjenigen für eine Tat im Affekt. Frustrationserlebnisse, Provokationen oder Kränkungen unter Alkoholeinfluss können Zorn oder Wut auslösen und zu einer aufschießenden Gemütsregung führen. Wichtig ist bei den aggressiv angehauchten Affekten der Aspekt des Pathischen.«

»Was heißt *pathisch*?«, fragte Allensbacher und wedelte nervös mit seinem Taschentuch.

»*Pathisch* bedeutet in unserem Fall, wie der Kranke sich selbst und seine Störung erfährt«, antwortete Silvia. Auf Allensbachers Nicken hin fuhr sie mit ihrem Vortrag fort: »Also empfindet der affektiv Erregte zunächst, dass ihm mehr zustößt, als er selbst aktiv dagegen unternimmt. Der Eindruck eines eher passiven Anwachsens des Zorns stellt die Wurzel der von jeher existierenden Vermutung des Täters dar, für seine im höchsten Zorn begangene Tat nicht voll verantwortlich zu sein.«

»Toll! Also glaubt unser Täter, er sei im Recht!«, resümierte Lukas. »Mal ganz was Neues.«

»Wenn Sie nicht gleich ruhig sind, fliegen Sie hier raus. Und dabei behalte ich Recht«, erklärte Allensbacher in einem so scharfen Tonfall, dass Lukas augenblicklich den Mund hielt.

»Okay! Dann mache ich mal weiter ... Charakteristisches Merkmal bei Tötungen im Affekt ist zum Beispiel eine spezifische Vorgeschichte zur Tat. Es ist also eine indirekte Täter-Opfer-Beziehung der Tat vorausgegangen, die sich ungünstig entwickelt und so den emotionalen Auslöser geliefert hat. Den meisten Affekthandlungen gehen gewöhnlich wochen- bis jahrelange, schwere innere sowie äußere Konflikte voraus. Durch eine Ansammlung traumatischer Ereignisse können chronische Affektspannungen entstehen. Das nennt man auch Affektstau. Der Täter lebt lange in einer Phase, in der er sich darum bemüht, die Fassung zu wahren. Doch gerade der Versuch sich zu beherrschen wird am Ende zur Hauptursache für die zunehmende Störung des Motivationsgefüges.

In der Zeit vor der Tat geschieht eine fortschreitende Zermürbung der Psyche, indem ihm jemand mit Kränkungen oder Beleidigungen begegnet. Bei weiterer Zuspitzung entwickeln sich aus den lange andauernden Konfliktsituationen eine zunehmende Isolierung oder sogar Selbstentfremdung und Antriebshemmung. Am Ende dieser Entwicklung steht eine charakteristische affektive Ausgangssituation, die mit dem Bild eines Funken vergleichbar ist, der eine Explosion auslösen kann.«

»Das heißt, dass die beiden Opfer ihren Täter so lange gereizt haben, bis ihm der Kragen geplatzt ist«, übersetzte Theo den schwierigen Text der Psychologin. »Hättest du statt zu studieren weitergearbeitet wie wir alle auch, wüsstest du noch, wie man sich ausdrückt, um verstanden zu werden.«

»Täter und Opfer haben sich gekannt«, versuchte Allensbacher schnell von Theos Kritik an der komplizierten Ausdrucksweise der Psychologin abzulenken. »Das ist in einem Dorf wie Buweiler auch nicht schwer.«

»Dann lebt der Täter also in Buweiler. Müssen wir nun alle Dorfbewohner hierher schleppen und verhören, bis sich einer von ihnen verplappert?«, fragte Lukas.

»Gibt es nichts bei unseren Ermittlungen, was einen Hinweis auf einen solchen Auslöser geben könnte?«, erkundigte sich Ehrling und ließ seine Blicke über die Gesichter der Anwesenden schweifen. »Am Sonntagnachmittag wurde Oskar Lohse erschossen. Was ist am Samstag passiert?«

»Fußball! Der 1. FC Kaiserslautern hat wieder mal verloren«, schlug Theo vor. »Aber dann müsste der Täter fast jedes Wochenende zuschlagen.«

Alle lachten, nur von Allensbacher erntete der Witzbold einen strafenden Blick.

»Wikileaks hat Dokumente veröffentlicht, die den Einfluss des Vatikans auf europäische Entscheidungen belegen, wie beispielsweise den Widerstand gegen den möglichen EU-Beitritt der Türkei«, warf Monika ein.

»Guido Westerwelle wurde zum Rücktritt aufgefordert«, meinte Andrea.

»Hier hagelt es ja nur so an Motiven«, stellte Ehrling grimmig fest. »Leider nur ist nichts dabei, das uns weiterhilft.«

»Doch!«, widersprach Dieter Marx.

Erstaunte Blicke, die seine Brust vor Stolz anschwellen ließen, richteten sich auf ihn.

»Dann lassen Sie mal hören!«, forderte der Kriminalrat ihn auf.

»Schon im Evangelium des Matthäus heißt es: Ein guter Mensch bringt Gutes hervor, weil er Gutes in sich hat«, begann der religiös angehauchte Kriminalpolizist, erhob sich theatralisch von seinem Platz und stellte sich vor die Kollegen. Die Ruhe, die plötzlich den Raum beherrschte, war so verdächtig, dass sogar Marx sich argwöhnisch umblickte. Als keine freche Bemerkung auf seine Einleitung folgte, zuckte er mit den Schultern und sprach weiter: »Daniel Bauer hat meine Ermittlungen auf den richtigen Weg gebracht und mich auf einen Artikel der Tageszeitung aufmerksam gemacht, der am Samstag vor dem ersten Mord in seiner Zeitung stand.«

»Ich glaube, du kommst mal besser wieder von deiner göttlichen Wolke runter«, warf Lukas ein. Als sämtliche Kollegen ihn verständnislos anstarrten, ergänzte er: »Seit wann bringt ein Klatschreporter jemanden auf den richtigen Weg?«

»Daniel Bauer ist kein Klatschreporter«, hielt Marx dagegen.

»Ist er doch! Was hat er denn bisher fertiggebracht? Berichte über Nazis im einundzwanzigsten Jahrhundert«, beharrte Lukas.

»Ich denke, wir sollten jetzt erst einmal klären, von welchem Artikel hier die Rede ist«, schaltete sich der Amtsleiter ein und forderte Dieter Marx auf, weiterzusprechen.

»Ich habe Ihnen bereits gesagt, dass Uwe Görndt über das Ziel hinausgeschossen ist, als er sich ohne Genehmigung in eine Drogenaktion einschleusen wollte.«

Alle Kollegen nickten.

»Diese missglückte Aktion wurde haarklein in der Zeitung beschrieben. Sogar Namen wurden genannt.«

»Wie kommt die Zeitung an solche Informationen?«, fragte erneut Ehrling nach.

»Oskar Lohse hat sie einem Reporter für Geld angeboten. Ob er das Geld bekommen hat, konnte Daniel Bauer nicht sagen.«

»Und wer ist der Reporter?«

»Angeblich ein freier Mitarbeiter, was ich Daniel Bauer auch glaube! Der wirkt nämlich sehr ehrlich auf mich. Er behauptet, dieser Mitarbeiter sei bekannt dafür, alles für eine gute Story zu tun.«

»Und wie heißt der freie Mitarbeiter?«

»Wer sagt, dass nicht Daniel Bauer selbst dieser freie Mitarbeiter ist?«, funkte Lukas dazwischen.

»Blödsinn! Damit würde er doch seinen Job riskieren«, wandte Theo ein.

»Wenn ich das rauskriege, ist er den sowieso los«, setzte Lukas grimmig nach.

»Er hat mir einen Namen genannt«, rief Marx hastig, um den Streit zu beenden. Er öffnete die Mappe, die vor ihm lag, und entnahm eine Kopie des besagten Zeitungsartikels. »Andreas Leche«, las er ab und überreichte die Kopie dem Dienststellenleiter.

»Das macht Uwe Görndt auf jeden Fall verdächtig«, stellte Allensbacher fest. Den Blick auf Silvia Tenner gerichtet, fragte er: »Uwe Görndt ist ein Kollege. Passt er in Ihr Profil?«

»Ich war mit meinem Profil ja noch nicht fertig«, antwortete die Psychologin leicht pikiert. »Und zwar habe ich zu Anfang von einem Situationstäter gesprochen. Im Fall Oskar Lohse könnte der Auslöser gewesen sein, dass Oskar mit seinem Mazda bei Schnee und Eis in den Graben gerutscht ist, aussteigen und zu Fuß weitergehen musste. Diese Gelegenheit könnte der Täter genutzt haben.«

»Dafür muss er aber schon mit der Waffe dort im Wald gewesen sein«, hielt Theo dagegen.

»Vielleicht ist er Jäger oder Sportschütze.«

»Wissen wir, ob Görndt Jäger oder Sportschütze ist?«, fragte Allensbacher in die Runde.

»Nein! Wir wissen nur, dass Otto Stehle Jäger ist«, antwortete Lukas. »Und Volker Dinz spielt mit seinem Markierer Paintball im verschneiten Wald.«

»Volker Dinz ist interessanter als Otto«, meinte Allensbacher. »Stehle ist über achtzig Jahre alt. Wie soll ein Mann in seinem Alter einfach so durch den verschneiten Wald laufen?«

»Volker Dinz konnte er beim Paintballspielen nur erwischen, weil er genau das gemacht hat, nämlich durch den verschneiten Wald laufen«, hielt Theo dagegen. »Damit ist allerdings der dritte Schuss, der um ein Haar Daniel Bauer getroffen hätte, nicht erklärt, da Otto Stehle zu dem Zeitpunkt bei uns saß.«

»Über den dritten Schuss unterhalten wir uns später«, bestimmte Allensbacher. »Jetzt interessiert es mich viel mehr, wie die Situation bei Philipp Genser aussah! Bei ihm wurde in die Motorhaube geschossen, wodurch das Auto fahruntüchtig wurde. In den Graben war es erst nach der Tat geschoben worden, wie die Kriminaltechnik herausfand.«

»Der Motor war schon defekt, bevor er durch das Projektil zerstört wurde«, widersprach Silvia. »Durch fehlendes Öl hatten sich die Kolben an den Zylinderwänden gerieben und dadurch vermutlich den Motor abgebremst, weshalb das Opfer im Schneckentempo über die Landstraße gefahren sein muss.«

»Automechanikerin bist du auch noch?«, grummelte Theo.

»Nein! Aber ich kann lesen.« Silvias Gesicht lief vor Zorn rötlich an. »Das wäre für dich auch von Vorteil, wenn du deine Arbeit richtig machen wolltest.«

»Damit haben wir aber immer noch nicht das ganze Profil«, erinnerte Helmut Renske die Streithähne an den eigentlichen Grund ihres Zusammenseins heute.

»Was ich dem Profil noch hinzufügen muss, ist die Tatsache, dass für den Täter der Krieg eine wichtige Rolle spielt. Sei es der Zweite Weltkrieg, der Krieg im Irak oder im Kosovo oder der in Afghanistan. Dafür spricht eindeutig die kriegerische Art und Weise der Tötung.«

»Heißt das, dass er selbst in einem dieser Kriege war?«, fasste Renske nach.

»Nein! Das heißt, dass ein Krieg etwas in ihm ausgelöst hat, das ihn heute und hier zu einem Mörder macht. Ich sprach bereits von schweren inneren und äußeren Konflikten, die den Taten vorausgehen. Das könnte bedeuten, dass jemand im Krieg getötet wurde, der ihm sehr nahe stand. Oder dass er selbst im Krieg war und dort von Kameraden im Stich gelassen wurde.«

»Dann müsste er doch Kriegskameraden erschießen. Aber weder Oskar Lohse noch Philipp Genser waren in irgendeinem Krieg«, überlegte Theo laut.

»Der Konflikt muss nicht durch einen Kriegskameraden ausgelöst worden sein«, widersprach Silvia.

»Zwei junge Männer aus Buweiler waren in Afghanistan«, berichtete Lukas. »Mit Arno Stehle haben wir bereits über die Alibis zu beiden Tatzeiten gesprochen. Sein Alibi ist Otto Stehle, daran ist vermutlich nicht zu rütteln.«

»Und der andere?«, fragte Renske ungeduldig.

»Nils Amann hat ein Alibi für den Mord an Philipp Genser: Laut seiner Nachbarin ist er am Dienstagnachmittag in die Graf-Haeseler-Kaserne in Lebach gefahren. Das haben wir überprüft. Er war tatsächlich dort. Allerdings nur zur ärztlichen Untersuchung. Laut seinem Kompaniechef hat er am Donnerstag die Kaserne in den Morgenstunden wieder verlassen.«

»Und für den ersten Mord?«

»Da gibt er seine Oma als Zeugin an, dass er zuhause war. Aber die alte Frau kriegt nichts mehr mit. Sie hat Alzheimer.« Lukas überlegte kurz, bevor er ergänzte: »Eigentlich sind alle Alibis von Nils Amann bisher ein bisschen fadenscheinig!«

»Bleibt für die zweite Tat Arno Stehle«, überlegte Renske. »Sollten die beiden gemeinsam eine Strategie entwickelt haben, um nicht enttarnt zu werden, wäre das ungeheuer geschickt.«

»Nur, warum sollten sie in Deutschland ein Todeskommando starten, nachdem sie den Gefahren in Afghanistan trotzen konnten?«, überlegte Monika.

»Ich sage nicht, dass der Täter im Krieg war, sondern dass der Krieg eine Rolle bei seinen Motiven spielen könnte«, erinnerte Silvia.

»In der Hinsicht kommt Uwe Görndt in Frage«, erklärte Theo. »Ihn treibt ein tief verwurzelter Hass an, der mit seinem Großvater zu tun hat. Dieser Zeitungsartikel könnte ein Auslöser für neue Taten gewesen sein.«

»Und sein Hass beruht auf einer Begebenheit aus dem Zweiten Weltkrieg?« Hugo Ehrling schien von diesem Gedanken nicht sehr überzeugt zu sein.

»Hinzu kommt sein unkollegiales Verhalten. Er tut alles, um die Ermittlungen zu boykottieren. Das lässt doch den Verdacht aufkommen, dass er von sich ablenken will«, legte Theo nach.

»Inwiefern?«

»Er hat Volker Dinz einfach laufen lassen, obwohl der bei einer Straftat erwischt worden ist. Außerdem hat er uns nicht gemeldet, dass Dinz in seinem Büro war, obwohl wir ihn mehrfach darum gebeten hatten.«

»Es fällt mir trotzdem schwer zu glauben, einen Zusammenhang zwischen dem Zweiten Weltkrieg und den Morden in Buweiler zu sehen«, beharrte Hugo Ehrling. »Zufällig leben in dem kleinen Dorf zwei Soldaten, die im Afghanistan-Einsatz waren. Bei ihnen besteht ebenfalls eine Verbindung zum Krieg – mit dem Unterschied, dass der noch keine sechzig Jahre zurückliegt. Hinzu kommt, dass Nils Amann und Arno Stehle die beiden Toten gekannt haben.«

»So, wie ich das Profil verstehe, passt *Wachtmeister Uwe* haargenau«, insistierte Theo.

Silvia lächelte leicht ironisch: »Kann es sein, dass du dich an Uwe Görndt festgebissen hast?«

»Nein! Alles spricht für ihn. Der Zweite Weltkrieg spielt eine wichtige Rolle in seinem Leben. Die erwähnte Diskussion vor den Augen des Reporters dürfte doch Hinweis genug sein.«

»Wenn man die Indizien so auslegen will ...«, meinte Silvia.

»Es gibt noch etwas, was auf den Weltkrieg hindeutet«, meldete sich Monika mit zögerlicher Stimme.

»Und das wäre?«, fragte Hugo Ehrling stirnrunzelnd nach.

»Ich war in der Ballistik und habe mir das Ergebnis der Untersuchung des Projektils geben lassen, das in Philipp Gensers Schulter gesteckt hat. Es ist identisch mit denen, die wir an eurem Auto und in der Hütte der Wanderfreunde gefunden haben.«

»Also haben wir es mit einem Täter zu tun«, schlussfolgerte der Staatsanwalt.

»Zumindest mit ein- und derselben Waffe«, korrigierte ihn Theo.

»Haarspaltereien heben wir uns fürs Gericht auf«, konterte Renske in säuerlichem Tonfall. »Hier konzentrieren wir uns erst einmal auf das Wesentliche.«

Als Monika sah, dass das Geplänkel beendet war, sprach sie weiter: »Die Ballistik hat anhand dieses Projektils feststellen können, dass es sich genau wie im Mordfall Oskar Lohse um eine Waffe aus dem Zweiten Weltkrieg handelt. Und zwar haben die Züge und Felder, die sich im Lauf einer jeden Waffe zwangsläufig befinden, auf den Projektilen, die wir bei beiden Opfern gefunden haben, die gleichen Riefen auf den Patronen hinterlassen. Durch die spiralförmige Windung entlang der Innenseite des Laufes wird jedes Projektil zur Eigenrotation um seine Längsachse gezwungen. Dabei ist kein Lauf wie ein anderer. Geringste Unterschiede sind so etwas wie der Fingerabdruck eines Gewehrlaufes. Selbst bei Waffen gleicher Bauart sind immer Unterschiede feststellbar. Und das hinterlässt am Projektil unverwechselbare Spuren. Hinzu kommen minimale Spuren von Rost an sämtlichen Projektilen, was zusätzlich auf eine alte Waffe hindeutet.«

»Also haben wir es tatsächlich mit einer Waffe zu tun, die aus der Zeit des Zweiten Weltkriegs stammt und unbemerkt bis heute gelagert und gepflegt werden konnte«, schlussfolgerte Allensbacher.

*

Daniel Bauer führte den Tross der Spurensicherung an – ein erhebendes Gefühl für den jungen Reporter. Er fühlte sich motiviert wie lange nicht mehr, nachdem Amtsleiter Hugo Ehrling ihn höchstpersönlich aufgefordert hatte, die Polizeiarbeit durch seine Zeitungsartikel zu begleiten. Mit Sicherheit würde das seine Position bei der Zeitung festigen.

Immer wieder schaute er in den Rückspiegel, um sich zu vergewissern, dass ihm alle folgten. Der grüne Multivan war dicht hinter ihm. Wie ihm der Teamchef der Spurensicherung, Markus Schaller, mitgeteilt hatte, war es den Beamten nicht möglich, stattdessen einen geländesicheren Wagen zu nehmen, da der Van als Tatort-Kfz extra für die kriminaltechnische Tatortarbeit ausgerüstet war. So konnten die Kriminaltechniker mit Hilfe eines hochmodernen Equipments umfangeiche Erkenntnisse an Tatorten dokumentieren und vor allem ihre Suche nach kriminalistisch relevanten Spuren unabhängig von Witterungseinflüssen, Lichtverhältnissen und topographischen oder baulichen Besonderheiten durchführen; das alles war für die Rekonstruktion von Tatabläufen und die Aufklärungsarbeit von unschätzbarem Wert.

Daniel befürchtete freilich, dass es nicht einfach werden würde, mit diesem großen Fahrzeug an die Stelle zu gelangen, an der der Schuss auf ihn abgefeuert worden war, denn die lag ziemlich weit von der Straße zurückgesetzt.

Als sie sich endlich ihrem Ziel näherten, verlangsamte er sein Tempo. Alles sah genau so aus wie am Tag zuvor: weiß verschneit. Lediglich die Baumstämme stachen dunkel hervor. Die Lichthupe im Rückspiegel signalisierte ihm anzuhalten. Also bremste er ab, stieg aus und wies dem Fahrer des Multivan die Richtung.

»Okay! Wir stellen das Fahrzeug hier ab und gehen das letzte Stück zu Fuß über das freie Feld«, beschloss Markus Schaller. Daniel folgte den weiß vermummten Gestalten an den Waldrand. Der Fotoapparat lag klein und unauffällig in seinen Händen, sodass er das Treiben am Waldrand bestens einfangen konnte.

Es sah gespenstisch aus. Die Männer wirkten in ihren Schutzanzügen wie Astronauten. Auch ihre langsamen Bewegungen passten in dieses Bild, dazu noch das Weiß ihrer Anzüge inmitten einer weißen Schneelandschaft. Daniel fühlte sich wie in einer Geisterwelt.

Umso mehr stieg sein Adrenalinspiegel an, als jemand laut rief: »Hier ist eine Patronenhülse!«

Der Reporter schüttelte sich und begann zu fotografieren, auf was der Mann mit seinen behandschuhten Händen zeigte.

»Hallo! Sie dürfen sich diesem Ort nicht nähern, weil Sie Spuren kontaminieren könnten«, rief Markus, worüber sich Daniel ärgerte. Schließlich hatten sie diesen Tatort durch ihn überhaupt erst gefunden. Er zoomte das Fundstück ganz nah heran, sodass er es auch von seinem Standort aus fotografieren konnte, und drückte auf den Auslöser wie ein Wilder. Plötzlich erkannte er durch den Sucher, dass jemand hinter einem der Baumstämme stand und das Treiben der Spurensicherung beobachtete.

»Scheiße!«, fluchte er.

»Ja! Tut mir leid, aber so ist das nun mal«, erwiderte Markus darauf.

»Das meinte ich nicht«, brummte Daniel.

»Was denn?«

»Wir werden beobachtet.«

Als alle in die Richtung schauten, in die Daniel zeigte, war dort nichts mehr zu sehen. Zweifelnd warf Markus einen Blick auf den Reporter, dessen Gesicht plötzlich gerötet war.

»Da wir gerade dabei sind, Spuren zu sichern, untersuchen wir auch die Stelle hinter diesem Baum«, wies er die Kollegen an.

*

»Bevor wir Uwe Görndt verdächtigen, benötigen wir mehr Indizien gegen ihn«, stellte Amtsleiter Ehrling klar. »Vergessen Sie nicht, dass er einer von uns ist.«

Lukas und Theo schauten sich stumm an. Niemand sprach ein Wort, sodass in dem großen Büro plötzlich eine bedrückende Stille entstand.

»Was verschweigen Sie uns?« Diese Frage richtete Ehrling direkt an die beiden Kommissare.

Theo räusperte sich und antwortete: »Wir haben mit meiner Tante über Heinz Görndt gesprochen – *Wachtmeister Uwes* Großvater.«

»Inzwischen wissen auch wir, wer Heinz Görndt ist«, gab Ehrling mürrisch zurück.

»Die Geschichte, die Katharina uns erzählt hat, könnte wirklich auf einen Auslöser für die aktuellen Verbrechen hindeuten.«

»Geht es ein bisschen konkreter?«, forderte der Staatsanwalt den Polizisten unwirsch auf. »Wenn wir dir jedes Wort aus der Nase ziehen müssen, dann sitzen wir morgen früh immer noch hier. Also, was hat deine Tante erzählt? Wenn wir das wissen, können wir ja gemeinsam überlegen, ob unsere Fälle tatsächlich in einem Zusammenhang mit Geschehnissen aus dem Zweiten Weltkrieg stehen.«

»Ist ja schon gut!«, erwiderte Theo, nachdem er diesen Rüffel weggesteckt hatte. »Also, meine Tante hat damals schon allein in dem großen Haus gelebt, weil ihre Eltern früh gestorben sind. In der fraglichen Zeit hat sie ein Verhältnis mit einem verheirateten Mann angefangen.«

»Mit Heinz Görndt?«, warf Renske ein.

»Genau!«, bestätigte Theo. »So etwas wurde damals nicht gern gesehen. Ehebruch allein war zu dieser Zeit schon schlimm genug, aber in diesem Fall kam noch hinzu, dass Görndts Ehefrau schwer krank war.«

»Wie rührend«, bemerkte Andrea.

»Ruhe!«, wies Renske sie zurecht.

»Jedenfalls haben sich die Kameraden durch diese Affäre entzweit«, berichtete Theo weiter. »Gegen Ende des Krieges, als die Soldaten auf dem Rückmarsch aus Russland waren, ist Heinz Görndt schließlich desertiert.«

Theo legte eine Pause ein, die Lukas nutzte, um die Geschichte zum Ende zu bringen: »Er ist zu Katharina nach Hause geflohen. Obwohl sie wusste, wie gefährlich das war, hat sie ihn bei sich aufgenommen.«

»Hat das keiner der Nachbarn bemerkt?«, wandte Renske ungläubig ein.

»Das ist es ja«, lachte Lukas. »Das Haus von Theos Tante steht so isoliert, dass keiner aus dem Dorf mitbekommt, was dort geschieht. Du hast es doch selbst gesehen!«

»Stimmt!« Renske erinnerte sich.

»Aber irgendwas ist ja doch schiefgegangen«, erinnerte Monika an den eigentlichen Grund, weshalb sie sich diese Geschichte anhörten.

»Ja! Otto Stehle hat ihn verraten«, sagte Theo.

»Und was ist mit Görndt passiert?«

»Feldjäger haben ihn aufgespürt. Unter Hitler hieß es damals: *Der Soldat kann sterben, der Deserteur muss sterben.*« Theo atmete tief durch, ehe er hinzufügte: »Heinz Görndt wurde zu KZ-Haft verurteilt. Niemand weiß, ob er das überlebt hat.«

»Wie?«, fragte Karl Groß erstaunt. »Heißt das, er könnte überlebt haben, sich irgendwo verstecken und auf Rache sinnen?«

»Jetzt wird es aber wirklich abenteuerlich«, bemerkte Allensbacher säuerlich.

»Ich bekomme eine Gänsehaut«, gestand Monika und rieb sich über die Arme.

»Das klingt nicht gut«, fasste Renske zusammen, ohne auf die Kommentare der Polizeibeamten zu achten. »Und dazu die Konfrontation, die laut Zeitungsartikel zwischen Otto Stehle und Uwe Görndt in dessen Büro stattgefunden hat ... Das alles zeigt uns, dass dieser uralte Konflikt tatsächlich immer noch in den Gemütern dieser Menschen schwelt.«

»Aber bestimmt nicht mehr in Heinz Görndts Gemüt«, meinte Monika.

»Wohl kaum«, brummte der Dienststellenleiter. »Viel wahrscheinlicher ist es, dass die beiden Männer, die diesen Streit ausgetragen haben, als Täter in Frage kommen: Uwe Görndt und Otto Stehle.«

»Otto Stehle ist uralt«, wandte Monika ein.

»Aber er ist noch imstande dazu, durch den Wald zu laufen und junge Männer zu schnappen, wie wir festgestellt haben«, widersprach Theo. »Er hat den jungen Dinz aufgespürt und zur Polizeidienststelle nach Wadern gebracht.«

»Bedeutet das eine Hausdurchsuchung bei den beiden?«, fragte Karl tatenfreudig.

»Wie soll ich die begründen?«, fragte der Staatsanwalt sofort zurück. »Mit einem Streitgespräch im Polizeibüro? Damit schickt mich der Richter höchstens für zwei Wochen auf Erholungsurlaub.«

»Außerdem war Otto Stehle bei uns, als der letzte Schuss abgefeuert wurde«, erinnerte Lukas die Kollegen.

»Wir wissen immer noch nicht, ob dieser Schuss von unserem Täter stammt oder von einem Jäger«, hielt der Staatsanwalt dagegen.

»Oder ob uns jemand an der Nase herumführen will.« Alle starrten staunend auf Monika, deren Gesicht sofort hochrot anlief. »Ich denke an Volker Dinz! Er ist doch genau an dieser Stelle erwischt worden. Und aus seinem Fetisch für Waffen macht er kein Geheimnis.«

»Dann sollten wir Volkers Haus durchsuchen«, meinte Karl.

»Und wie soll ich eine Hausdurchsuchung bei ihm begründen?«, fragte Renske. »Mit seiner Leidenschaft für Waffen? Damit schickt mich der Richter gleich für vier Wochen in Erholungsurlaub.«

»Reicht es nicht, dass er genau an der Stelle erwischt wurde, von der aus der Schuss auf den Reporter abgegeben wurde?«, hakte Theo nach.

»Er hatte einen Markierer in der Hand, als er erwischt wurde. Außerdem stand er nicht genau an derselben Stelle.«

»Die andere Waffe könnte er doch inzwischen versteckt haben«, beharrte Theo. »Zeit hatte er dafür genug.«

»Hätte er die Waffe dort irgendwo versteckt, hätte die Spurensicherung das herausgefunden.« Renske zog beide Augenbrauen vielsagend hoch. »Aber dem ist nicht so.«

»Bleibt also *Wachtmeister Uwe* unser Hauptverdächtiger.« Theo fuhr sich durch seine schwarzen Haare und nickte.

»Das gefällt mir alles gar nicht«, gab Ehrling zu. »Aber wir dürfen nichts außer Acht lassen. Finden Sie heraus, ob der Kollege in einem Schützenverein ist. Oder ob Waffen auf ihn eingetragen sind! Bevor wir die Pferde scheu machen und einen unserer eigenen Leute verdächtigen, sollten wir auch ganz sicher sein.«

Damit löste er die Versammlung auf.

10

»Wo die wüsten Wilderer schleichen ...« – so lautete die Überschrift in großen Lettern auf der Titelseite der aktuellen Tageszeitung.

Erstaunt schauten sich Lukas und Theo an, bevor Theo den ganzen Bericht vorlas: *»Die Polizei ist dem Täter auf der Spur. Nach akribischer Spurensuche konnte ein Tatort dieses gefährlichen Todesschützen einwandfrei ermittelt werden. Die Tatortarbeit ist ein wichtiger Bestandteil bei der Aufklärung von Tötungsdelikten, weshalb für die Beweissicherung eine besondere Ausrüstung zur Verfügung gestellt wird, mit der man Tatorte umfangreich dokumentieren kann. Sogar kleinste Spuren können auf großem Gelände gesichert werden – eine Revolution in der Geschichte der Kriminalistik. Doch nicht nur die Ermittler werden immer raffinierter, sondern auch die Verbrecher. So haben die Beamten nach akribischer Suche einen unumstößlichen Beweis gefunden, der auf den zweifachen Mörder in Wadern-Buweiler hindeutet.*

Allerdings waren nicht nur die Ermittler fündig. Ist an dem Spruch Es treibt den Täter an den Tatort zurück *wirklich etwas dran? Denn tatsächlich sind die Ermittler bei ihrer Arbeit beobachtet worden. Und wie sie selbst später anhand der Spuren herausfinden konnten, von dem zweifachen Mörder selbst.*

Die Wälder von Wadern-Buweiler erweisen sich in letzter Zeit als sehr gefährlich, weshalb die Polizei den Bewohnern des Dorfes dringend rät, den Wald zu meiden. Denn trotz aller Bemühungen ist es der Polizei noch nicht gelungen, den Todesschützen zu fassen.«

Eine Weile ließen sie die Worte auf sich einwirken. Nur das leise Klacken der Schnäbel von Peter und Paul, die ihr Futter aus dem Plastikbecher pickten, war zu hören.

»Wenn ich mir das Foto genauer anschaue, würde ich sagen, dass Nils Amann hinter dem Baum steht«, begann Lukas zu spekulieren.

»Blödsinn! Das Bild ist viel zu unscharf. Das könnte jeder sein«, widersprach Theo.

»Schau doch, der lange Kopf! Genau wie bei Nils«, beharrte

Lukas.

»Ich denke, Nils war in Lebach«, sagte Theo.

»Nur bis Donnerstagmorgen. Von Lebach bis Wadern ist es nicht weit.«

»*Wachtmeister Uwe* hat auch so einen Eierkopf«, hielt Theo dagegen.

»Wissen wir inzwischen, ob Waffen auf seinen Namen eingetragen sind?«

Die Blicke der beiden Männer wanderten zu Monika Blech, die gerade zur Tür hereinkam und sich ihrem Schreibtisch näherte.

»Lasst mich erst mal ankommen, bevor ihr mich mit Fragen bombardiert«, bat sie.

»Schlecht geschlafen?«

»So ungefähr!«

»Wir wollen nur wissen, ob du etwas über eine Waffenbesitzkarte von Uwe Görndt herausbekommen hast«, sagte Lukas.

»Ja, habe ich.«

Nun hatte Monika die ungeteilte Aufmerksamkeit der beiden.

»Erzähl schon!«

»Uwe Görndt hat eine Waffenbesitzkarte – und nebenbei auch einen Jagdschein. Das heißt, er ist Jäger ...« – »... und kommt tatsächlich als Täter in Frage«, beendete Theo Monikas Satz. »Welche Waffen sind denn auf ihn eingetragen?«

»Eine Repetierbüchse der Marke Mauser ...« Theo und Lukas horchten auf. »... jedoch mit dem Kaliber 6,5 x 57.«

»Du kannst einen ganz schön auf die Folter spannen«, murrte Lukas.

»Foltern? So wie ihr mich am frühen Morgen?« Monika lachte kurz auf, ehe sie ihren Bericht abschloss: »Er hat außerdem eine Selbstladebüchse Sauer 303 mit dem Kaliber 7x64. Unser Kaliber ist nicht dabei.«

»Trotzdem! Der Typ wird immer interessanter!«

»Also knöpfen wir ihn uns heute noch vor«, erklärte Theo.

»Habt ihr das auch mit dem Chef abgesprochen?«, vernahmen sie jetzt die schnaufende Stimme des Dienststellenleiters, der sich mit schweren Schritten den Kommissaren näherte.

»Das wollten wir doch gerade tun«, versuchte Theo sich herauszureden, wofür er ein lautes Pfeifkonzert von Peter und Paul zu hören bekam.

»Eure Vögel strafen euch Lügen«, tadelte Allensbacher. »Die beiden werden mir immer sympathischer.«

»Okay Chef! Wir sollten uns von Daniel Bauer zuerst einmal das Originalfoto geben lassen, das uns den Mann hinter dem Baum genauer zeigt, bevor wir nach Buweiler fahren«, rückte Theo nach einer Weile mit der Sprache heraus.

»Jetzt haben wir bei der Spusi einen neuen Mann als Teamchef, aber der erweist sich nicht gerade als große Hilfe«, stöhnte Allensbacher und ließ sich auf einen freien Stuhl sinken, der unter seinem Gewicht laut quietschte.

»Was soll das heißen?«, fragte Theo.

»Dass die Schuhgröße und das Profil, die die Spusi hinter dem Baum gefunden hat, haargenau mit dem Schuhabdruck übereinstimmen, der am Fundort unseres zweiten Toten gesichert wurde.« Allensbacher wischte sich den Schweiß aus dem Gesicht. »Es sieht verdammt noch mal danach aus, als sei den Kollegen der Spurensicherung tatsächlich der Täter entwischt.«

»Es konnte doch niemand ahnen, dass der Täter an den Tatort zurückkehrt«, verteidigte Theo den jungen Kollegen. »Hinzu kommt, dass es eine Weile gedauert hat, bis die Spusi den richtigen Baum gefunden hat. In der Zeit konnte der Typ schon längst über alle Berge sein.«

»Da stehen Polizeibeamte dem Täter gegenüber und wir sind immer noch am Anfang unserer Ermittlungen«, schnaufte Allensbacher. »Bin ich nur von Stümpern umgeben?«

»Nein! Nur von fähigen Männern«, verteidigte sich Theo mit einem Stirnrunzeln. »Lukas ist sich nämlich sicher, dass Nils Amann hinter diesem Baum gestanden hat. Deshalb ist es wichtig, dass wir noch mal mit ihm sprechen.«

»Okay! Fahren Sie – aber seien Sie vorsichtig. Dieser Wahnsinnige läuft immer noch frei herum«, segnete Allensbacher das Vorhaben der beiden Kriminalkommissare ab. Als Lukas und Theo bereits an der Tür angekommen waren, rief er ihnen hinterher: »Und noch etwas!«

»Was?«

»Nehmt den Reporter mit!«

»Wie bitte? Das kommt ja überhaupt nicht in Frage«, protestierte Lukas.

»Und wie das in Frage kommt!«, bestimmte Allensbacher. »Der Chef hat persönlich angeordnet, dass wir mit Daniel Bauer zusammenarbeiten sollen. Der Reporter bringt im Gegenzug sämtliche Berichte nur nach Absprache in die Zeitung, womit er unsere Arbeit tatkräftig unterstützt.«

»Seit wann lassen wir uns von Reportern über die Schulter schauen?«, fragte Theo.

»Seit Bauer für uns schreibt. Er ist ein guter Mann, hat unsere Arbeit sogar schon ein Stück weitergebracht. Ohne seine Hilfe hätten wir den Tatort am Waldrand nie gefunden«, antwortete Allensbacher. »Kriminalrat Ehrling hat deshalb beschlossen, die Ermittlungen in diesem Fall in Kooperation mit der Presse durchzuführen, weil er sich davon verspricht, noch vor Heiligabend zur Aufklärung zu kommen.«

»Weil Daniel Bauer ein Genie ist – oder was?«, gab Lukas verärgert zurück.

»Nein! Weil er korrekt ist und uns seine Zusammenarbeit angeboten hat.«

»Das ist ja wohl ganz was Neues ...«, schimpfte jetzt Lukas, doch Theo bremste ihn und murmelte: »Reg dich nicht so auf! Ändern kannst du es sowieso nicht.«

»Scheiße! Ich will diesen Schmarotzer aber nicht mitnehmen.«

»Aber, wenn Ehrling das anordnet, halte ich mich daran«, stellte Theo klar. »Und du auch!«

»Bist du jetzt mein Chef, oder was?«

»Manchmal wäre das besser für uns beide«, gab Theo zurück.

»Durch dein hitziges Verhalten bringst du uns nur in Schwierigkeiten.«

»Ach! Und was bedeutet eine geballte Faust vor *Wachtmeister Uwe*?«

»Das war Kalkül«, feixte Theo. »Denn ich hätte ihm ganz kühl kalkuliert einen Treffer mitten auf die Zwölf platziert.«

Gegen seinen Willen musste Lukas lachen. Theo legte seinen Arm um die Schulter seines Freundes und sagte beschwichtigend: »Du hast ja recht. Am besten bist du mein Chef und ich deiner. Wir beide können nämlich nicht miteinander und schon gar nicht ohneeinander.«

»Das hast du wirklich schön gesagt. Wenn ich mal ernsthaft darüber nachdenke wieder zu heiraten, dann fällt meine Wahl auf dich.«

Theo lachte laut: »Gibt es gleichgeschlechtliche Ehen im Saarland?«

»Egal«, wehrte Lukas ab. »Wir schaffen einen Präzedenzfall.«

»Was ist jetzt? Werden Sie sich noch einig?«, schaltete sich Allensbacher ein.

»Ja!«, antwortete Theo. »Wir nehmen den Reporter in unsere goldene Mitte.«

Im Eilschritt verließen sie das Gebäude und liefen zu dem Geländewagen. Es hatte schon wieder angefangen zu schneien. Kleine Schneeflöckchen wirbelten durch die Luft, setzten sich auf die Windschutzscheibe und schafften es, die Sicht zu verschleiern. Auf den Straßen bildete sich erneut eine dünne weiße Schicht. Autoschlangen entstanden. Ein Krankenwagen mit Sirene und Blaulicht mühte sich ab, durch das Verkehrschaos hindurch und über die glatten Straßen so schnell wie möglich zum Einsatzort zu gelangen. Einige Autofahrer wichen an den Straßenrand aus, wo sich braune Schneeberge türmten. Anschließend schafften sie es nicht mehr, auf die Straße zurückzufahren. Laut jaulten die durchdrehenden Reifen auf.

»Wer in diesem Winter zufällig nicht erschossen wird, verunglückt garantiert tödlich auf den zugeschneiten Straßen«, kommentierte Lukas, der auf dem Beifahrersitz saß und alles um sich herum beobachtete.

»Bitte etwas mehr Optimismus«, entgegnete Theo.

»Mein Optimismus ist gerade mit dieser süßen kleinen Schneeflocke auf der Windschutzscheibe weggeschmolzen.«

»Danke, du Seelentröster!«

»Zum Händchenhalten suchst du dir besser eine Frau!«

»Wird schwierig! Unter den dicken Jacken und Mützen kann nicht mal ich erkennen, was drunter steckt«, gab Theo zurück.

Nach einer halben Stunde hatten sie ihr Ziel erreicht.

Als sie Daniel Bauers Büro betraten, begrüßte der junge Mann sie mit den Worten: »Ich habe schon viel früher mit Ihnen gerechnet.«

Lukas hatte Mühe, den Reporter nicht zu verprügeln, so wütend war er. Durch die Zähne knurrte er: »Fahren Sie mal durch diese Stadt.«

»Schon gut, schon gut.« Daniel lachte, strich sich seine langen Haare zurück und meinte: »Ich bin von Ihrem Chef schon informiert worden, dass Sie das Originalfoto sehen wollen.«

Er legte einige große Abzüge auf den Tisch, auf denen der Schatten hinter dem Baum zu erkennen war. Doch zu Lukas' und Theos Enttäuschung konnten sie kein Gesicht ausmachen.

»Mist! Ich hatte mir mehr davon versprochen«, sagte Theo zerknirscht.

»Tut mir leid«, murmelte Daniel. »Ich hatte das Zoom voll auf Digital ausgefahren. Der Baum stand zu weit weg. In dieser Einstellung wird das Bild leider nicht mehr richtig scharf.«

»Trotzdem würde ich sagen, dass das Nils Amann ist«, meinte Lukas.

»Und ich bin mir sicher, dass das *Wachtmeister Uwe* ist«, gab Theo zurück. »Nils war auf dem Heimweg von seiner Kaserne.«

»Er hatte Zeit genug, rechtzeitig am Tatort zu sein.«

»Aber warum? Am Mittwochnachmittag ist dieser Schuss gefallen. Da war Nils nicht hier.«

Lukas war noch immer nicht überzeugt. »Von Lebach bis

Wadern sind es dreißig Kilometer. Die Strecke kann er locker hingefahren sein und wieder zurück. Da er freiwillig für einen Arztbesuch in der Kaserne war, wurde er nicht überprüft.«

»Trotzdem musste er die Kontrolle passieren, wenn er die Kaserne verlassen hat«, konterte Theo.

»Der Sache gehen wir noch nach.«

»Warum legst du dich so voreilig auf Nils Amann fest?«, fragte Theo verzweifelt. »Du weißt doch, dass Schnellschüsse meistens nach hinten losgehen.«

»Das sagt gerade der Richtige. Da frage ich mich doch, was du eigentlich tust!«

Daniel Bauer beobachtete die beiden amüsiert und bemerkte: »Wenn man Sie beide so sieht, glaubt man nicht, dass Sie eine so hohe Erfolgsquote bei der Aufklärung von Verbrechen haben.«

»Wenn Sie so weitermachen, sind Sie das nächste Opfer«, erwiderte Lukas.

»Und dieses Verbrechen werden wir dann garantiert nicht aufklären«, stimmte Theo ein.

Der Reporter quittierte diese Drohung nur mit einem Lachen und schlug vor: »Ich begleite Sie am besten mit meinem eigenen Wagen. Unabhängigkeit ist mir wichtig.«

»Uns auch«, gab Lukas zurück.

*

Ständig schaute Lukas in den Rückspiegel, während er den Geländewagen über die immer weißer werdende Straße in Richtung Buweiler steuerte.

»Hältst du nach einem schießwütigen Killer Ausschau oder nach unserem obligatorischen Begleiter?«, fragte Theo.

»Diesen *obligatorischen Begleiter* will ich nicht hören«, murrte Lukas. »Wie kommt der Chef bloß dazu, uns den lästigen Kerl aufzuhalsen?«

»Jetzt mach mal 'nen Punkt!«, bremste Theo seinen Freund. »Daniel ist weder lästig noch wurde er uns aufgehalst. Was hast du eigentlich gegen den Typ?«

Darauf gab Lukas keine Antwort.

Theo schüttelte verständnislos den Kopf und fragte: »Hat es mit Susanne zu tun?«

»Halte Susanne da raus!«

»Klar! Aber einen anderen Grund sehe ich nicht.«

Statt einer Antwort drehte Lukas das Autoradio lauter.

Langsam näherten sie sich dem Dorf. Sie bogen an der einzigen Kreuzung in die Löstertalstraße ab und passierten die ersten Häuser, bis sie an Nils Amanns Haus ankamen.

Als sie dieses Mal klingelten, hatten sie mehr Glück. Nils tauchte persönlich in der Tür auf. Mit großen Augen fragte er: »Was verschafft mir die Ehre Ihres Besuches?«

»Die Tatsache, dass wir immer noch ermitteln und Sie uns bestimmt wichtige Auskünfte geben können«, antwortete Theo.

»Und wer ist der nette Herr neben Ihnen?«, fragte Nils weiter. »Haben Sie Verstärkung mitbringen müssen, weil ich so gefährlich bin?«

»Nein! Das ist Daniel Bauer, ein Reporter«, stellte Theo den Begleiter vor.

»Reporter?« Nils' Lächeln erfror in seinem Gesicht. Hektische Flecken bildeten sich auf seiner Haut.

»Ja! Herr Bauer berichtet über diesen Fall!«, fügte Theo hinzu, erstaunt über diese Reaktion.

»Das wird ja immer besser! Warum kommt ihr nicht alle zusammen und stellt eure Fragen gemeinsam? Das wäre effektiver. Aber auf einen mehr oder weniger kommt es jetzt auch nicht mehr an.« Nils' Aussprache klang undeutlich.

»Was meinen Sie damit?«

»Dass Polizeikommissar Görndt auch schon hier war. Vor einer Stunde.«

Leise murmelte Theo: »*Wachtmeister Uwe* unternimmt ständig Alleingänge, ohne uns zu informieren.«

»Er macht halt seine Arbeit«, wiegelte Lukas ab.

»Eben nicht! Uns erzählt er höchstens mal was von der Drogenkriminalität, dabei ermittelt er an ganz anderen Stellen.«

Als Lukas nur mit den Schultern zuckte und Nils Amann ins Haus folgte, legte Theo noch mal nach: »Mit dieser Drogensache will er uns doch nur auf die falsche Fährte locken. Merkst du das denn nicht?«

»Warum sollte er das tun?«

»Vielleicht, weil er den Fall an sich reißen will«, spekulierte Theo. »Oder ...«

»... er ist der Täter«, vollendete Daniel Bauer den Satz des Polizisten.

Sofort drehte sich Lukas zu dem Reporter um und zischte ungehalten: »Sie halten sich da raus!«

»Ich bin bevollmächtigt, im Auftrag der Polizei zu schreiben«, stellte Daniel klar.

Theo rammte Lukas in die Seite, doch der war nicht mehr zu stoppen: »Sie sind von uns nur geduldet, merken Sie sich das!«

»Aber die Order kommt vom Amtsleiter persönlich ...«

»Dann gehen Sie zum Amtsleiter und beschweren Sie sich.«

»Also, meine Herren«, rief Nils und klatschte in die Hände, als sei er der Moderator und die Show würde jetzt beginnen. Er ging ihnen voraus in einen Raum, der wohl das Wohnzimmer sein sollte. In der Mitte prangte ein großer Tisch aus massivem Eichenholz, der mit einer altmodischen Spitzendecke verziert war. Dort ließen sie sich nieder. Eine Ecke des Raums zierte ein Regal, in dem einige Fächer fehlten. Auf der gegenüberliegenden Seite stand ein monströser Flachbildschirmfernseher auf einem Tisch, der unter dem Gewicht des Geräts jeden Augenblick zusammenzubrechen drohte. Darunter stapelten sich DVDs und die dazugehörigen Hüllen.

»Wie kann ich Ihnen helfen?«, fragte Nils, wobei er unentwegt grinste.

Theo konnte es nicht lassen, sein Gegenüber genau zu beobachten. Er sah, dass Amanns rechtes Augenlid ständig zuckte. Außerdem wirkten die Augen glasig und die Pupillen waren weit. Er schaute in seiner Akte nach und fragte: »Sie waren von

Oktober 2009 bis März 2010 in Afghanistan im Einsatz?«

Nils nickte.

»In Kundus, stimmt das?«

»Stimmt.«

»Erzählen Sie uns doch mal davon!«

»Was soll ich da erzählen?« Nils schaute jeden einzeln an. Doch als er sah, dass niemand auf seine Gegenfrage reagierte, sagte er: »Afghanistan ist ein geiles Land!« Er wand sich verlegen auf seinem Stuhl. »Es ist dort alles so anders. Ich weiß nicht, wie ich das erklären soll.«

Als er immer noch in erwartungsvoll gespannte Gesichter sah, raffte er sich auf und begann zu erzählen: »Wir sind dort aus dem Flieger gestiegen und fühlten uns sofort wie in einer anderen Welt. Wir standen vor gewaltigen Bergkulissen – ein Anblick, der einem den Atem verschlägt. Später haben wir erfahren, dass die Höhenunterschiede dort bei bis zu siebentausend Metern liegen. Vermutlich ist deshalb das Klima so fremdartig für uns. Einerseits gibt es starke Sonneneinstrahlung, was das Land arm und karg macht. Andererseits sind die Winter saukalt. Meterdick wird die Schneedecke in den Höhenlagen. Innerhalb von Minuten schwanken die Temperaturen um fünfundzwanzig bis dreißig Grad. Eben war es noch hell und bis zu fünfzehn Grad warm. Dann, wie auf Knopfdruck, ist es stockdunkel und man misst zehn Grad minus. Das muss man erlebt haben, sonst glaubt man es nicht.«

Nils lachte freudlos bei der Erinnerung an seine ersten Eindrücke in Afghanistan. »Die ersten Tage hatten wir echt Probleme, uns zu akklimatisieren. Aber, da wir alle voller Tatendrang waren, haben wir das hingekriegt.« Er atmete tief durch und sprach weiter: »Zuallererst hatten wir eine unangenehme Begegnung mit dem Staub in diesem Land gemacht. Der dringt dort durch alle Ritzen, durch die Kleidung, sogar in den Mund, sodass man immer ein Knirschen zwischen den Zähnen spürt. Schon gleich nach der Landung in Kundus sind wir mit unserem Konvoi losgefahren und konnten einen ersten Eindruck von dem Land gewinnen. Und der war nicht gerade das, was wir erwartet hatten. Alles wirkte fremdartig und feindselig auf uns. Wir fühlten uns wie in ein anderes Jahrhundert zurückversetzt. Am Wegesrand lagen Panzerwracks und zerschossene Flugzeuge. Überall liefen wahllos bewaffnete Einheimische herum. Die afghanischen Soldaten unterscheiden sich lediglich durch ihre russischen Waffen wie AKs oder RPGs von den Zivilisten. Uniformen haben sie dort nicht. Aber das bekamen wir erst später heraus. Zuerst einmal waren wir nur auf Alarmbereitschaft.« Wieder dieses Lachen. »Doch die außergewöhnliche Landschaft hat uns zunächst für alle Strapazen entschädigt. Neben Sumpfgebieten, Wäldern und Wüsten gibt es in großen Teilen des Landes zerklüftetes Gebirge und Steppenhochland. Sieht echt geil aus. Auch beeindruckende Schluchten und Gebirgsketten konnten wir sehen. Dafür haben sie dort kaum Straßen. Es sind nur die wichtigsten Ortschaften miteinander verbunden. Diese Straßen – oder besser gesagt Holperstrecken – sind meist in schlechtem Zustand. Sie schlängeln sich durch Täler und an Hügeln vorbei und sind eigentlich überhaupt nicht ausgebaut, was das Autofahren zu einem echten Härtetest macht. Dazu kommt, dass etliche Gegenden des Landes überhaupt nicht über befestigte Wege zu erreichen sind. Ich glaube, die Fahrerei in unseren völlig überladenen Jeeps war der größte Stress für die meisten von uns.«

»Und wie sind die Menschen dort?«, fragte Theo.

Nils kratzte sich am Kopf und überlegte eine Weile, bevor er antwortete: »Da gibt es einen großen Unterschied zwischen den Menschen, die in Städten leben, und denjenigen abseits, auf dem Land. Deutlicher habe ich den Unterschied zwischen Arm und Reich noch nie gesehen. Im Vergleich zu den städtischen Gebieten ist die Situation der ländlichen Bevölkerung total beschissen. Während es in Kabul oder Kandahar medizinische Versorgung gibt und sogar Elektrizität, Trinkwasser und solchen Schnickschnack wie Telefon, hausen die Afghanen auf dem Land in einfachen Lehmhütten in kleinen Siedlungen. Sie leben vom Ackerbau und von Weidewirtschaft, bekommen ihr Wasser nur aus dem Brunnen und den Strom über Generatoren – wenn überhaupt.«

»Und wie verhalten sich diese Menschen gegenüber den deutschen Soldaten?«, hakte Theo erneut ein.

Nils fuhr sich durch seine ungepflegten, roten Haare und antwortete erst nach kurzem Nachdenken: »Die Menschen stehen den Soldaten der ISAF gespalten gegenüber! Die einen sehen unsere Hilfsmaßnahmen kritisch, weil nicht wirklich was passiert. Die Taliban üben nach wie vor über die von ihnen eroberten Gebiete die totale Kontrolle aus. Der Islam darf nur nach ihren eigenen politischen und juristischen Vorstellungen gelebt werden. Menschenrechtsverletzungen und Massentötungen stehen auf der Tagesordnung. Die Menschen in Afghanistan sind total wehrlos. Die andere Hälfte steht den deutschen Soldaten – oder besser gesagt den Soldaten der ISAF – freundlich und hoffnungsvoll gegenüber. Aber auch da wächst die Skepsis, weil wirkliche Fortschritte zu lange auf sich warten lassen.«

Nils legte erneut eine Pause ein, man merkte deutlich, dass es ihm schwerfiel, über seine Erinnerungen zu sprechen. »Es sind zu viele Soldaten der Schutztruppe gefallen«, setzte er schließlich wieder an. »Diese Tatsache sendet ein gefährliches Signal an die Bevölkerung. Die Taliban scheinen übermächtig zu sein in ihrem Land. Die Bilder von zerfetzten Militärjeeps sind ihre beste Propaganda, um die Zivilbevölkerung einzuschüchtern. Wenn es dann passiert, dass die Menschen nicht mehr an einen Sieg der ISAF glauben, wird niemand mehr unseren Einsatz dort unterstützen.«

»Klingt nicht wirklich gut«, erkannte Theo und atmete tief durch.

»Warum ist das eigentlich für Ihre Ermittlungen wichtig?«, wollte Nils nun wissen.

»Alles ist wichtig«, entgegnete Theo. »Wir müssen wissen, mit welchen Menschen wir es zu tun haben bei diesem Fall.«

»Und meine Erinnerungen sagen etwas über mich aus?«,

fragte Nils mit dem typischen Grinsen im Gesicht nach.

»Alles, was sie erlebt haben, sagt etwas über Menschen aus«, bemerkte Theo. »In welcher Funktion waren Sie dort?«

»Als Fernspäher der infanteristischen Aufklärungstruppe des Heeres war ich dort und hatte damit auch alle Hände voll zu tun«, erklärte Nils mit Stolz in der Stimme. »Und zwar gehörte die Aufklärung in der Tiefe des feindbesetzten Raumes zu meinen Aufgaben, um Gefahren abzuwenden. Ich war mir der Verantwortung eines Fernspähers auch voll und ganz bewusst – nicht umsonst nennt man die Fernspäher die *Augen des Heeres.«*

»Klingt eigentlich nach einem tollen Job!«, warf nun Lukas ein.

Nils nickte, wobei eine leichte Röte sein Gesicht überzog.

»Von Oktober 2009 bis März 2010 haben Sie diesen Job in Afghanistan gemacht«, ergriff erneut Theo die Initiative. »Und seit Sie wieder zuhause sind, wurden Sie immer wieder krankgeschrieben. Warum?«

»Woher wollen Sie wissen, wann und wie oft ich krankgeschrieben worden bin?«

»Wir haben mit Ihrem Kompaniechef in Lebach gesprochen.«

»Und der darf Auskunft geben, weshalb ich nicht dienstfähig war oder bin?«

»Nein, das nicht«, räumte Theo ein. »Nur, dass Sie häufiger krank sind. Aber nicht, warum.«

»Ich ruhe mich lediglich bei meiner Großmutter aus. Das ist alles.«

»Dafür wird man nicht krankgeschrieben – und schon gar nicht beim Bund!«

Nils spielte nervös an dem Spitzentuch.

»Also! Was ist in Afghanistan passiert?« Theos Fragen klangen nun deutlich nachdrücklicher und schärfer.

»Nichts!«

»Das glaube ich Ihnen nicht.«

»Das ist Ihr Problem!«

Für einen Augenblick trat Stille ein. Draußen waren leise Automotoren zu vernehmen, als sie in langsamem Tempo über die zugeschneite Straße am Haus vorbeifuhren. Helle Stimmen schallten laut und fröhlich, als veranstalteten Kinder eine Schneeballschlacht.

Nils Gesicht wurde plötzlich von einem Schweißfilm überzogen. Er erhob sich so hastig vom Tisch, dass alle drei Besucher ebenfalls aufsprangen.

»Scheiße Mann!«, stieß Nils aus. Als niemand darauf ein Wort erwiderte, ließ er sich wieder auf seinen Stuhl zurücksinken. Lukas, Theo und der Reporter taten es ihm nach.

Nach einigem Zögern gab Nils Amann nach und erzählte: »Das war voll Scheiße! Ich will nicht darüber reden.«

»Das müssen Sie aber«, beharrte Theo.

»Aber das hat doch nichts mit Oskar und Philipp zu tun.«

»Wenn dem so ist«, beschwichtigte Theo mit sanfter Stimme, »dann haben Sie ja auch nichts zu befürchten.«

Der junge Mann atmete tief durch und erzählte weiter: »Okay! Also, das war so: Wir waren mit einem Konvoi in Richtung Feyzabad unterwegs, um die Gegend zu erkunden. Kaum waren wir an dem großen Gebäude angekommen, das dort weit vor den ersten Häusern der Stadt stand, gerieten wir unter Beschuss.«

Nils machte eine kurze Pause. Gebannt starrten die Kriminalkommissare und der Reporter ihn an, bis er fortfuhr: »Da wir im ersten Fahrzeug saßen, haben wir den Beschuss an die anderen Fahrzeuge gemeldet, sind aus dem Wagen gesprungen und haben uns dahinter verschanzt. Es war dunkel, deshalb haben wir auch die Scheinwerfer ausgeschaltet.«

»Und weiter!«, drängelte Theo.

»Es fielen keine weiteren Schüsse mehr, weshalb wir nicht wussten, wie gefährlich unsere Situation war. Wir haben auf die anderen Fahrzeuge des Konvois gewartet, aber die kamen nicht.«

»Wie das?«

»Das ist es ja! Die haben uns einfach im Stich gelassen.«

»Und wie sind Sie aus der Gefahrensituation wieder herausgekommen?« Theo warf Lukas einen bösen Blick zu, weshalb ließ der ihn die ganze Arbeit allein machen?

»Wir haben die Umgebung gesichert und festgestellt, dass niemand mehr dort war. Dann haben wir die Fahrt fortgesetzt.«

»Und weiter?«

»Nichts weiter!«

»Haben die anderen Soldaten eine Erklärung für ihr Verhalten abgegeben?«, griff nun auch Lukas mal wieder ein.

»Nein!«

»Ganz sicher?«, fragte Theo.

»Glauben Sie, ich lüge?«, schrie Nils. Er lief vor Zorn rot an und schien jeden Moment die Kontrolle über sich verlieren zu können.

Theo wich zurück und wiegelte ab: »Nein! Auf keinen Fall! Ich habe mich vielleicht etwas missverständlich ausgedrückt.«

Nils Amann beruhigte sich allmählich wieder.

»Haben Sie später noch mal über den Vorfall gesprochen?«

»Nein! Die Kameraden sind in eine andere Einheit versetzt worden. Ich habe sie danach nicht mehr gesehen.«

Wieder trat eine lange Pause ein, ehe Theo die nächste Frage stellte: »Ist Ihre Großmutter Ihre einzige Verwandte?«

»Ja! Mein Vater ist an Leberzirrhose eingegangen, meine Mutter hatte schon die Kurve gekratzt, als ich noch ganz klein war. Nur meine Oma hat mir die Treue gehalten.« Nils lachte. »Sie ist erst seit kurzer Zeit so verwirrt! Eigentlich könnte sie mir leidtun. Aber sie wirkt immer so fröhlich bei allem, was sie anstellt. Also lasse ich sie einfach in Ruhe. Sie tut ja keinem was.«

»Eine Lebensgefährtin haben Sie nicht?«

Nils rümpfte die Nase und sagte: »Als Soldat kann man sich so viele Bräute anlachen, wie man nur will. Da wäre ich doch doof, wenn ich mich für eine bestimmte entscheiden würde.«

»Okay! Kommen wir zum Wesentlichen, weshalb wir hier sitzen«, mischte sich Lukas mal wieder ein. »Wo waren Sie am

Dienstagabend zwischen siebzehn und zwanzig Uhr?«

»Aha! Mein Alibi.« Nils überlegte, bis er antwortete: »In Lebach.«

»Geht das auch genauer?«

»Klar! Ich war in der Kaserne! Ich hatte am Mittwoch einen Termin beim Bundeswehrarzt. Bin einen Tag vorher hingefahren.« Nils zuckte mit den Schultern und grinste.

»Und wo waren Sie gestern Morgen um halb zehn?«, fasste Lukas nach.

Nils' Lachen wurde immer nervöser: »Morgens um halb zehn in Deutschland? Ich glaube, da habe ich gerade eine Pause gemacht.«

»Wo waren Sie um diese Zeit?«, drängte Lukas weiter.

»Warum? Ist noch jemand erschossen worden und ich habe das nicht mitbekommen?«

»Wo waren Sie?«, wiederholte Lukas stoisch seine Frage.

»Zu der Zeit war ich auf der Heimfahrt von Lebach.«

»Was für ein Auto fahren Sie?«

»Einen alten Peugeot. Klein und unscheinbar, aber bei dem Wetter einfach nur klasse.«

»Welche Schuhgröße haben Sie?«

»45! Ich lebe auf großem Fuß!«

»Können wir uns mal Ihre Schuhe ansehen?«, fragte Theo.

»Klar! Wenn Sie eine Gasmaske dabeihaben!« Der Soldat lachte fast hysterisch und führte die drei Männer in den schmalen Flur, wo eine ganze Reihe von Schuhen stand. Lukas hob sämtliche Herrenschuhe an, damit sie sich die Profile anschauen konnten. Doch schon schnell mussten Theo und er erkennen, dass das gesuchte Paar nicht dabei war.

»Wo sind Ihre Bundeswehrstiefel?«, erkundigte sich Lukas.

»In Lebach in der Kaserne.«

Die drei Gäste bedankten sich und verließen das Haus.

»Diesen Burschen sollten wir genauer im Auge behalten«, sagte Lukas, als sie draußen auf dem Bürgersteig standen.

»Warum?«, fragte Daniel Bauer. »Er hat doch ein klares Alibi!«

»Keiner hält sich länger in einer Kaserne auf, als er muss«, versicherte Lukas im Brustton der Überzeugung.

»Und das macht ihn verdächtig?« Theo grinste.

»Hochgradig!« beteuerte Lukas. »Ich war heilfroh für jeden Moment, den ich nicht dort verbringen musste! Und der Kerl fährt freiwillig einen ganzen Tag früher dorthin? Da stimmt was nicht.«

»Trotzdem fahren wir jetzt erst mal zu Volker Dinz! Der war übrigens nicht beim Bund.«

*

»Baccus Borg – Baccus Borg – Baccus Borg«.

Wie ein Mantra gingen ihm diese beiden Namen durch den Kopf. Sie bildeten eine Melodie, die immer eindringlicher und fordernder wurde.

Er schaute auf den Boden und glaubte, dort das rote Blut auf dem weißen Schnee zu sehen. Das Muster breitete sich immer weiter und weiter aus, verwandelte sich von einer Lache in eine Pfütze und in einen See. Darin schwammen sie – die toten Leiber von Baccus und Borg.

Er lachte über diese Gedankenformation. Eine geniale Eigenschaft, die ihm unbewusst den Weg zeigte.

»Baccus Borg«.

Bei diesen beiden Namen spürte er einen neuen Energieschub. Er war als Richter gekommen. Er würde über alle und jeden richten, der sich ihm in den Weg stellen wollte.

Die beiden Polizisten würden seine Mission nicht aufhalten.

Im Gegenteil!

Sie brachten eine völlig neue Dimension in dieses Spiel, womit dessen Reiz noch größer wurde.

Seine Erinnerungen an die beiden amüsierten ihn. Der Rotfuchs sollte besser mal eine Mütze tragen. Sobald er durch Buweiler marschierte, wusste das ganze Dorf Bescheid.

Er lachte, nein er jauchzte vor Begeisterung.

Baccus und Borg hatten sich persönlich in den Fokus seines Schlachtplans vorgearbeitet – ohne das zu wissen.

Für diese beiden hatte er sich in diesem Augenblick eine besondere Rolle in seinem Spiel ausgedacht.

Er grinste, denn er hielt die Fäden in der Hand.

*

Immer wieder starrte Lukas in den Rückspiegel.

»Was suchst du jetzt hinter uns?«, fragte Theo genervt. »Daniel Bauer hat sich freiwillig von uns getrennt. Vermutlich, weil du ihm unmissverständlich klargemacht hast, dass du ihn bei unseren Ermittlungen nicht dabeihaben willst.«

»Ich traue dem Kerl einfach nicht.«

»Kannst du mich endlich mal darüber aufklären, was dir an ihm so gegen den Strich geht?«

»Sein geschniegeltes Auftreten und sein Anbiedern bei diesem schmierigen Volker Dinz – da stimmt irgendwas nicht. Wie passen Daniel Bauer und der Typ zusammen? Gar nicht!«

»Du leidest seit Sonntag an einer ausgereiften Paranoia. Ist es das?«

»Nein! Ich leide an Realismus«, entgegnete Lukas. »Bauer verfügt keinesfalls über so viel Feingefühl, dass er von sich aus merkt, wann er uns auf den Geist geht.«

»Vielleicht hat er auch einfach nur die Lust verloren. Unser Gespräch bei Volker war so wenig informativ, dass es schon an Zeitverschwendung grenzt.«

Die Kommissare stellten den Wagen vor der Polizeiinspektion Wadern ab und betraten das Gebäude. An dem verräterischen Rascheln und den hektischen Bewegungen des Kollegen konnten Lukas und Theo sofort erkennen, dass sie *Wachtmeister Uwe* beim Lesen der Zeitung gestört hatten. Auch der Kaffeeduft war betörend.

»Na! Wir haben Sie doch hoffentlich nicht bei einer wichtigen Arbeit gestört, Herr Kollege«, begrüßte Theo seinen Intimfeind mit einer Freundlichkeit, die Lukas schmunzeln ließ. Fast schien es so, als hätten sie die Rollen getauscht. Während Lukas bei Daniel Bauer in Rage geriet, hegte Theo einen offensichtlichen Groll gegen Uwe Görndt.

»Ja, Sie stören mich«, antwortete Görndt unfreundlich und erhob sich von seinem Platz. »Ich bin gerade auf dem Weg zu einem Einsatz.«

»Ein Einsatz?«, fragte Lukas verwundert.

»Ja! Der alte Stehle hat angerufen und angeblich verdächtige Bewegungen am Haus seiner Geliebten ausgemacht.«

»Sie sollten besser aufpassen, wem gegenüber Sie solche dämlichen Bemerkungen machen«, warnte ihn Theo.

Sofort erblasste Uwe.

»Wir werden uns selbst darum kümmern, weil unser Weg sowieso zu meiner Tante führt«, erklärte Theo entschlossen.

»Sie können sich doch nicht einfach so in meine Arbeit einmischen«, protestierte Uwe Görndt.

»Ach nein?«, zischte Theo. »Und weshalb mischen Sie sich pausenlos in unsere Arbeit ein?«

»Ich sehe das anders!«

»Und wie?«

»Sie ignorieren meine Beiträge zu den Mordermittlungen, weil sie nicht in Ihre Vorstellung zur Aufklärung des Falls passen.«

»Und welche Beiträge haben Sie bis jetzt geleistet?«, fragte Theo.

»Ich habe Ihrem Prediger den Namen und die Adresse des Drogendealers genannt, der seine Waren hier verkauft und für beide Morde in Frage kommt.«

»Wir kennen keinen Prediger!«

»Natürlich nicht! Dieter Marx heißt der Mann.« Görndt zog eine verächtliche Grimasse. »Vermutlich haben Sie die Hinweise zwischen all den Bibelsprüchen überhört. Oder Sie wollen wirklich nichts von meinen Erkenntnissen wissen.«

»Und Sie haben vermutlich vergessen uns zu sagen, dass Sie bereits mit Nils Amann und mit Arno Stehle gesprochen haben. Dazu benötigen wir übrigens noch Ihre Protokolle.« Theos

Stimme troff geradezu vor Ironie. »Und machen Sie sich keine Sorgen um Ihre Drogentheorie. Im Gegensatz zu Ihnen gehen wir jedem Hinweis nach.«

Görndts tiefliegende Augen glitzerten angriffslustig, als er entgegnete: »Glauben Sie wirklich, ich wüsste nicht, was Sie hinter meinem Rücken gemacht haben? Jetzt weiß ich wenigstens, warum.«

»Wir haben herausgefunden, dass Sie Jäger sind!«, erklärte Theo, um seinem Kontrahenten sofort den Wind aus den Segeln zu nehmen. »Warum haben Sie das mit keinem Wort erwähnt?«

»Weil ich es nicht für wichtig hielt.«

»Nicht für wichtig?« Theos Stimme überschlug sich fast. »Sie wissen genauso gut wie wir, dass der Täter möglicherweise ein Jäger ist. Der Mann, den wir suchen, hat Erfahrungen mit Waffen, sonst könnte er seine Opfer nicht auf solch große Entfernungen mit einer solchen Präzision erschießen.«

»Dann erzähle ich Ihnen mal eine Theorie, die ich für sehr wahrscheinlich halte.«

»Ich bin ganz Ohr!«, gab Theo giftig zurück.

»Unser Täter kommt aus der Drogenszene. Oskar Lohse und Philipp Genser haben ihr eigenes Geschäft aufgemacht und an den Schulen in Wadern Drogen verkauft. Damit sind sie in ein Revier eingedrungen, in dem schon lange vor ihnen jemand war.«

»Hat dieser Jemand auch einen Namen?«, mischte sich Lukas ein.

»Ja natürlich. Er heißt Ferhad Boganovic.«

»Klingt kroatisch«, bemerkte Lukas.

»Bosnisch – steht aber alles in Ihren Akten.«

»Guter Versuch«, warf Theo ein. »Sie wollen nur davon ablenken, dass Sie im Besitz von zwei Waffen sind. Wir haben auch herausgefunden, welche das sind. Das herauszubekommen wäre leichter gewesen, wenn Sie es uns selbst gesagt hätten. Auch das haben Sie uns verschwiegen! Warum?«

»Weil die Morde mit einer anderen Waffe begangen wurden.«

»Mit einer Waffe aus dem Zweiten Weltkrieg«, präzisierte Theo. »Was für eine hatte Ihr Großvater eigentlich damals?«

Plötzlich herrschte Totenstille im Büro. Uwe Görndts langes Gesicht war kalkweiß geworden. Schnaufend sagte er: »Jetzt gehen Sie zu weit!«

»Nicht ich gehe zu weit. Das hat die Zeitung schon erledigt. Denn erst dadurch sind uns die Zusammenhänge klar geworden«, entgegnete Theo.

»Dieser verdammt Mistkerl von Reporter«, zischte Görndt böse. »Woher hatte er diese Informationen?«

»Von Ihnen doch wohl!«, gab Theo mit einem genüsslichen Grinsen zurück. »Sie schreien Ihre Dummheit ja laut genug vor Zeugen hinaus in die Welt.« Theo ging einige Schritte auf und ab, blieb vor Lukas stehen und raunte ihm zu: »Warum bist du eigentlich so ruhig?«

»Weil du das so wahnsinnig gut hinkriegst«, entgegnete sein Freund und zuckte mit den Schultern. »Da würde ich nur stören.«

»Was ist nach dem Krieg mit der Waffe Ihres Großvaters geschehen?«, wandte sich Theo wieder an den Polizisten.

»Nach dem Krieg war mein Großvater schon lange verschollen! Nur weil er sich damals in eine alleinstehende Frau verguckt hat, während meine Oma krank im Bett lag, ist er zum KZ verurteilt worden, bevor der Krieg aus war.« Uwe Görndt schnaubte verächtlich. »Die Strafe, die er dafür bekommen hat, war viel zu hart.«

»Dafür ist er aber nicht bestraft worden«, stellte Theo klar. »Sondern, weil er desertiert ist.«

»Und nur, weil dieser verleumderische Bericht in der Zeitung gestanden hat, glauben Sie allen Ernstes, dass diese alte Geschichte mit den Morden in Buweiler im Zusammenhang steht?«

»Dieser verleumderische Artikel stand nur deshalb in der Zeitung, weil Sie den Reporter darauf gebracht haben«, widersprach Theo.

»Ich habe mit diesem Bauer nicht über diese Geschichte gesprochen.«

»Aber mit einem Betroffenen von damals und einem Waffennarren aus Buweiler«, hakte Theo nach und fügte fragend hinzu: »Wissen Sie eigentlich, was *Ss* heißt?«

Uwe Görndt schaute den Saarbrücker Kommissar verdutzt an. Was sollte diese bescheuerte Frage jetzt?

»Selber schuld«, gab Theo die Antwort. »Sie hätten Ihre Klappe nicht so weit aufreißen sollen. So aber haben Sie es sich selbst zu verdanken, dass Sie in den Fokus der Ermittlungen geraten sind. Und was ich unter Ihrem Tisch sehe, sind sehr große Bundeswehrstiefel. Welche Schuhgröße haben Sie?«

»Wie bitte?« Görndt konnte den plötzlichen Themenwechsel nicht nachvollziehen.

»Welche Schuhgrüße Sie haben, will ich wissen!«

»46!«

Theo horchte auf. »Zeigen Sie mir doch mal das Profil dieser Schuhe!«

Schnaubend legte der Polizist seine Füße auf den Tisch, sodass Theo und Lukas direkt auf die Schuhsohle schauen konnten.

»Das ist genau das Profil, nach dem wir suchen«, stellte Theo fest.

»Das sind Bundeswehrstiefel Die haben alle dasselbe Profil!«

»Das stimmt nicht. Ich habe auch noch meine Bundeswehrstiefel zuhause. Die haben ein anderes«, widersprach Theo.

»Okay«, schaltete sich Lukas ein. »Wir werden die Schuhe mitnehmen und mit den Abdrücken vergleichen, die wir an beiden Tatorten gefunden haben.«

»Natürlich werden Sie dort meine Spuren finden«, sagte Görndt. »Ich war natürlich an jedem Tatort. Ich habe dort nur meine Arbeit gemacht!«

»Mit diesen Schuhen?«

Görndt überlegte kurz, ehe er antwortete: »Ja!«

11

Volker spürte die Kälte nicht. Der Ärger, der in ihm brodelte, ließ alles an ihm abprallen. Er hatte eine gute Chance gesehen, endlich Details über den Afghanistan-Einsatz zu erfahren – und dann? Nichts. So konnte er sich nur über Zeitung und Nachrichten informieren und musste den Rest seiner Fantasie überlassen. Aber das genügte ihm nicht.

Er hätte sich auch bei der Bundeswehr verpflichten können. Doch er konnte seinen Großvater nicht im Stich lassen. Der Alte war der einzige Mensch in Volkers Leben geblieben, andere Angehörige hatte er nicht mehr.

Erst später hatte er erkannt, was er dadurch alles verpasste. Vor einigen Jahren war noch keine Rede davon, dass deutsche Soldaten in Kriege fremder Länder verwickelt werden könnten. Damals sah der Job als Zeitsoldat wie ein stinknormaler Beruf aus – lediglich mit dem Unterschied, dass man als Soldat eine Uniform und eine Waffe trug.

Nach dem 11. September hatte sich alles geändert.

Doch da war es für Volker zu spät gewesen. Da hatte er sich bereits für ein Leben bei seinem Großvater entschieden, einen Job in einem Betrieb angenommen, der nach der Wirtschaftskrise pleite gegangen war, und seitdem fand er einfach keine vernünftige Anstellung mehr. Als Automechaniker hatte man nicht viele Möglichkeiten in dieser Gegend. Und wegziehen wollte er nicht.

Zwar hatte er Kameraden in der Nachbarschaft, die davon hätten berichten können, was sie hautnah in Kriegsgebieten erlebt hatten, aber sie ließen sich jedes Wort aus der Nase ziehen.

Wütend stapfte er bei Eiseskälte und erneutem Schneefall durch den Wald. Und warum? Weil der Anrufer partout nicht mit ihm am Telefon über sein Anliegen reden wollte – nur in der Hütte der Wanderfreunde. Das war ein dämlicher Vorschlag, da Volker keinen Führerschein mehr besaß und deshalb den ganzen Weg zu Fuß zurücklegen musste.

Aber die Neugier trieb ihn an. Ein Gespräch am Telefon bei ihm zuhause in der warmen Stube wäre ihm lieber gewesen als der mühsame Marsch zu dieser einsamen Hütte, die bei diesem Wetter kein Mensch freiwillig aufsuchte. Aber Volker beklagte sich nicht. Er war jung und fit. Sein Großvater hatte nächtliche Gefechte bei minus fünfzig Grad ausgestanden, dagegen war dieser Marsch bei minus fünf Grad das reinste Kinderspiel.

Er hörte ein Geräusch, das einem Zischen glich.

Neugierig schaute er auf und erkannte erst jetzt, dass er bereits ganz tief in den Wald hineingegangen war, ohne es zu bemerken. Zu viele Gedanken kreisten in seinem Kopf. Außerdem war er ohne Markierer unterwegs. Das behagte ihm nicht. Auch wenn es offiziell nur ein Spielzeug war, konnte er damit doch einen Gegner schachmatt setzen, indem er ihm die Farbkugel direkt ins Gesicht schoss. Und zielsicher war er – er hatte lange genug dafür geübt.

Heute jedoch war er völlig schutzlos, was er dem alten Stehle verdankte. Wie hatte er auch ahnen können, dass der Alte bei solchen Witterungsverhältnissen durch den Wald schlich? Im Gegensatz zu Volkers Opa hatte Otto offensichtlich in all den Jahren nichts von seiner Zähigkeit eingebüßt.

Der junge Mann schaute sich um. Niemand zu sehen. Er war ganz allein. Er drehte sich um seine eigene Achse, aber auch dort war nichts zu sehen. Er lachte über sich selbst, weil er eben doch tatsächlich so etwas wie Angst verspürt hatte. Lächerlich! Er hatte jahrelang in einem Kampfsportverein trainiert, bevor er in den Schützenverein gegangen war. Also hatte er eigentlich nicht den geringsten Anlass, sich zu fürchten. Außerdem wusste er ja, mit wem er hier verabredet war. Nur dieses Versteckspiel empfand er als äußerst unglücklich, denn der Todesschütze von Buweiler war immer noch nicht gefasst worden.

Wieder suchte er mit seinen Augen die ganze Gegend ab. Das viele Weiß blendete ihn, weil es seine Augen zu sehr anstrengte. Bald sah er nur noch ein Flimmern. Oder war das eine Bewegung, die nicht dorthin gehörte? Ein Tier würde fliehen, wenn ein Mensch hier auftauchte – also war hier doch noch jemand außer ihm.

Sicherheitshalber stellte sich Volker hinter den Stamm einer dicken Eiche und überlegte, was er jetzt tun sollte. Den Rückzug antreten? Kam gar nicht in Frage!

Er war kein Feigling. Also atmete er tief durch und trat hinter dem Baumstamm hervor.

Völlig unerwartet stieß er mit einem anderen Mann zusammen. Der Schreck fuhr ihm durch sämtliche Glieder.

Taumelnd wich er einige Schritte zurück. Dann erst erkannte er, wer vor ihm stand. Erleichtert rief er aus: »Verdammter Mistkerl! Warum hast du mir einen solchen Schrecken eingejagt?«

*

In gemächlichem Tempo fuhren Lukas und Theo die Dorfstraße entlang auf die Kreuzung zu. Es schneite wieder, die Temperaturen waren gesunken und die Straßen gefährlich glatt. Das Radio spielte Weihnachtslieder. Vor den Häusern standen Tannenbäume mit Lichterketten, die schon am Nachmittag eingeschaltet waren, weil der Tag nicht hell werden wollte. An verschiedenen Fenstern hingen Nikoläuse, als versuchten sie, in die Häuser hineinzugelangen. Andere hatten ihre Vorgärten mit einem Lichtermeer in Form von Rentieren und Schlitten verziert. Zusammen mit dem rieselnden Schnee bot das eine prächtige Kulisse.

»Du glaubst wirklich, dass *Wachtmeister Uwe* diese jungen Männer erschießt, um es den alten Männern heimzuzahlen?«, fragte Lukas.

Statt zu antworten stellte Theo eine Gegenfrage: »Erinnerst du dich noch an den Zeitungsbericht eines Andreas Leche, in dem der misslungene Versuch unseres Wachtmeisters, einen Drogenring aufzudecken, haarklein beschrieben wurde?«

Lukas nickte.

»In dem Artikel stand auch, dass der Reporter die Insiderinformationen von einem fälschlicherweise Verdächtigten aus Buweiler bekommen hatte. Damit ist doch klar, wer dieser Informant war.«

Lukas rümpfte die Nase und meinte: »So klar nun auch wieder nicht. Ich erinnere mich daran, dass *Wachtmeister Uwe* angeblich unser erstes Opfer an verschiedenen Schulen in Wadern in Gesprächen mit Schülern beobachtet hat, weil er ihn schon länger in Verdacht hatte, dass er mit Drogen dealt.«

»Merkst du was?«, fragte Theo.

»Nicht wirklich. Was meinst du denn?«

»Mann!« Theo musste langsamer fahren. Vor Aufregung hätte er fast vergessen, wie gefährlich glatt die Straße war. »Oskar Lohse war der Einzige, der von diesen Einsätzen wusste, weil Görndt gegen ihn ermittelt hatte. Und das ging schief. Aber nicht nur das, der Fehler des Polizisten landete sogar noch in der Zeitung.«

»Und Oskars Großvater war einer derjenigen, der Heinz Görndt denunziert hatte«, begriff nun auch Lukas, worauf sein Freund hinauswollte.

Theo wollte gerade nach rechts abbiegen und den Berg zu Katharinas Haus hinauffahren, als ihm ein Auto entgegenkam. Am Schlittern des Fahrzeugs war deutlich zu erkennen, dass der Fahrer den Wagen nicht unter Kontrolle hatte. Theo schaltete hastig den Rückwärtsgang ein und versuchte auszuweichen, als auch der Pajero ins Schlingern geriet.

»So ein Mist!«, fluchte er. »Hier ist es spiegelglatt!«

Es gelang ihm gerade noch rechtzeitig, den Geländewagen sicher auf die Seite zu bringen. Fast im gleichen Augenblick sahen sie, wie der ihnen entgegenkommende Wagen unkontrolliert an ihnen vorbei rauschte. Es war ein roter Renault Mégane. Erst als der Fahrer ihnen zuwinkte, erkannten sie Arno Stehle. Mit verkrampftem Gesichtsausdruck setzte er seine Rutschpartie fort, bis er an der Kreuzung zum Stehen kam.

Theo wollte wieder anfahren. Doch die Reifen drehten durch.

»Mist! Den krieg ich ohne Schwung nicht diesen verdammten Berg hoch.«

»Lassen wir den Wagen hier stehen«, schlug Lukas vor.

Sie stiegen aus und erklommen mit Mühe den rutschigen Anstieg. Der Schneefall wurde immer dichter, die Sicht immer schlechter. Sie konnten das Haus erst erkennen, nachdem sie das Tor passiert hatten. In der Küche brannte Licht. Das erleuchtete Fenster gab den beiden das gute Gefühl, dass Theos Tante etwas für sie zubereitete.

Nachdem sie das Haus betreten und sich von den nassen Schuhen und Jacken befreit hatten, wurden sie angelockt vom Duft nach Fisch und Kräutern. Lange sprach niemand ein Wort, bis Katharina jedem einen Teller vor die Nase stellte und erklärte: »Eigentlich sollte ich böse mit euch sein.«

»Warum?«, erkundigte sich Lukas verwundert.

»Weil ihr dabei seid, alte Wunden aufzureißen.«

Theo schluckte schwer. Die alte Dame klang gekränkt – das machte es ihm noch schwerer, aber er musste dennoch erneut auf dieses Thema zu sprechen kommen.

»Aber ich weiß ja, dass es euer Beruf ist, in anderer Leute Privatleben herumzuschnüffeln«, lenkte sie nun doch ein.

Trotz des guten Essens war die Stimmung bedrückt. Die Deckenlampe in der Küche war zu schwach, um den Raum richtig zu erhellen. An den Fensterläden rüttelte der Wind. Draußen wurde es immer dunkler.

Katharina schüttelte den Kopf und bemerkte seufzend: »Ihr glaubt nicht, wie schwer es war, darüber hinwegzukommen. Und plötzlich wird das alles wieder aufgerüttelt.«

»Leider ist es wirklich verdammt wichtig für uns, genau zu wissen, was damals passiert ist«, sagte Theo nach einer quälend langen Pause.

»Ihr glaubt wirklich, dass der Tod von Oskar und Philipp mit den Ereignissen von damals zusammenhängt?«

Theo und Lukas nickten.

»Soll das heißen, dass ihr Uwe verdächtigt, die jungen Männer zu erschießen, um sich an den ehemaligen Kriegskameraden seines Großvaters zu rächen?«

Plötzlich hörten sie ein Knirschen, dann ein Poltern, dem ein Quietschen folgte.

»Hat jemand das Eingangstor geöffnet?«, fragte Katharina.

»Nein! Das stand schon offen, als wir kamen«, antwortete Theo.

»Dann war das eben wohl der Wind«, vermutete Katharina. »Das Haus steht zwischen hohen Bäumen, was nicht immer von Vorteil ist. Im Sommer habe ich Schatten, das ist schön. Aber im Herbst und Winter, wenn die Stürme kommen, wird es ungemütlich.«

Theo ging trotzdem ans Fenster, um nachzusehen. Zunächst konnte er in der Dunkelheit nichts erkennen. Er ging noch näher an die Scheibe heran.

Plötzlich fuhr ihm der Schreck durch sämtliche Glieder. Eine Gestalt tauchte direkt vor ihm auf. Sie hielt etwas in der Hand, womit sie direkt auf ihn zielte.

Er duckte sich und rief: »Scheiße! Da ist jemand!«

»Wo? Im Gartenhaus?« Katharina und Lukas wollten ebenfalls aus dem Fenster sehen, doch Theo schob alle unsanft zur Seite.

»Er hält etwas in der Hand, das wie eine Waffe aussieht.«

Katharina wimmerte erschrocken: »Ist das der Todesschütze?«

»Keine Ahnung«, antwortete Lukas und entsicherte seine Dienstwaffe.

»Du bleibst hier und lässt niemanden ins Haus!«, befahl Theo seiner Tante, die ängstlich nickte.

Die beiden Kommissare liefen in den Flur. Hastig schnürten sie sich die Schuhe zu und zogen die Jacken über.

»Gibt es einen Hinterausgang?«, fragte Lukas.

»Ja! Aber bis du dich von dort nach vorne geschlichen hast, hat jeder im Dorf mitgekriegt, was du vorhast.«

»Wieso das?«

»Weil alles mit Hecken und Sträuchern zugewachsen ist.«

»Ein Fenster zur Seite?«

»Gute Idee«, erwiderte Theo und zog seinen Freund mit sich. Sie betraten das Zimmer zu ihrer Rechten, Katharinas Schlafzimmer. Mit schlechtem Gewissen traten sie über den hellen Teppich, auf dem ihre nassen Schuhe deutliche Spuren hinterließen. Dann öffneten sie das Fenster und kletterten hinaus.

Es hatte aufgehört zu schneien. Der Nachthimmel war klar, die Temperaturen klirrend kalt. Leise schlichen sie nach vorn. Da sahen sie einen Lichtkegel aus dem Gartenhaus, der sich langsam bewegte.

»Jetzt kriegen wir ihn«, flüsterte Theo.

Leise verließen sie ihr Versteck. Theo näherte sich der Hütte von der linken Seite, wobei er sich hinter Hecken versteckte, die den Berg säumten. Lukas schlich sich von rechts heran, wo die dichte, hohe Zypresse stand, hinter der er Schutz suchte. Das Licht bewegte sich langsam und stetig. Alles war still – kein Geräusch, nichts.

»Hier ist die Polizei!«, rief Theo so laut er konnte. »Kommen Sie mit erhobenen Händen heraus!«

Der Lichtkegel bewegte sich nicht mehr. Sonst geschah nichts.

»Ich wiederhole: Kommen Sie mit erhobenen Händen heraus, oder wir kommen herein!«

Keine Reaktion.

»Wir haben keine Schutzwesten an«, murmelte Lukas nervös, während er mit seiner Waffe auf die Hütte zielte.

Weiterhin Stille. Das Licht ging aus.

»Geben Sie auf! Kommen Sie heraus!«, rief Theo. Doch nichts geschah.

Eine Weile verharrten sie wartend, bis ihnen die Kälte durch die dicken Jacken in die Glieder kroch.

»Okay! Bei drei!«, flüsterte Lukas. »Eins, zwei, drei ...«

*

»Der Bericht der KTU weist auf Unstimmigkeiten hin«, rief Monika ihrem Chef zu, der gerade im Begriff war, das Büro zu verlassen und in den Feierabend zu gehen.

Mürrisch drehte sich Allensbacher um und fragte: »Was heißt hier *Unstimmigkeiten*? Der Vergleich der Patronenhülse war doch eindeutig.«

»Ja! Diese Patronenhülse gehört auch eindeutig zu unserer Tatwaffe ...«

»... aber?«

»Erstens wurde noch eine Hülse gefunden«, berichtete Monika hastig, »von der die Spusi zunächst glaubte, sie läge schon sehr viel länger dort, weil sie im Gegensatz zu der anderen vom Schnee zugedeckt war. Aber diese Hülse hat auch erst wenige Stunden dort gelegen.«

»Es ist doch aber lediglich ein Schuss gefallen«, vergewisserte sich Allensbacher.

»Richtig!«

»Ist diese zweite Hülse vom gleichen Kaliber?«

»Nein«, antwortete Monika. »Hierbei handelt es sich um das Kaliber 9,3 x 62, eigentlich geeignet für Großwildjagd. Wird hierzulande auch bei Treibjagden auf Schwarzwild eingesetzt.«

»Und welche Waffe kommt dafür in Frage?«

»Büchsen, die für die Jagd eingesetzt werden. Die gibt es als Repetierbüchsen, Kipplaufbüchsen oder kombinierte Büchsen, Doppelbockbüchsflinten oder so.«

»Lange Rede – kurzer Sinn«, unterbrach Allensbacher den Vortrag, »heißt das, dass noch jemand von diesem Platz aus geschossen hat?«

»Ja!«

»Und wann soll dieser andere Schuss gefallen sein?«

Monika zuckte mit den Schultern und sagte: »Auf jeden Fall lag diese Hülse auch noch nicht lange dort. Höchstens zwei oder drei Tage.«

»Die Schüsse, die wir gehört haben – oder die uns von Zeugen gemeldet wurden -, konnten alle genau zugeordnet werden.«

Allensbacher geriet ins Schwitzen. »Wer in Buweiler hat eine Waffe mit diesem Kaliber?«

»Weder Otto Stehle noch Uwe Görndt«, antwortete Monika und begann die jeweiligen Kaliber der beiden aufzuzählen: »Otto Stehle hat eine Repetierbüchse mit Kaliber 6,5 x 57, eine Bockbüchsflinte mit Kaliber 12/76 mit Einstecklauf 5,6 x 52R, eine Blaser BBF 95, einen Revolver. 357 Magnum und eine Pistole mit Kaliber 7,65.«

Allensbacher nickte, Monika fuhr also fort mit ihrer Auflistung: »Uwe Görndt hat ebenfalls eine Repetierbüchse mit Kaliber 6,5 x 57. Weiterhin eine Selbstladebüchse Sauer 303 mit dem Kaliber 7 x 64.«

»Können wir überprüfen, wer außerdem in Buweiler im Besitz von Waffen ist?«

»Über die Eintragung der Waffenbesitzkarte kann man das natürlich, und das habe ich schon gemacht. Außer den beiden Genannten verfügt niemand in Buweiler über eine Schusswaffe, oder es ist jemand, der zugezogen ist und dessen Waffe noch nicht umgemeldet wurde.«

»Verdammt! Wann kann dieser Schuss abgefeuert worden sein?« Allensbacher stellte seine Aktentasche ab, zog ein Taschentuch aus seiner Manteltasche und wischte sich über die Stirn.

»Vielleicht in den frühen Morgenstunden, als noch alle schliefen«, spekulierte Monika. »Was aber schwer vorstellbar ist, denn der Schuss fiel so nah an den ersten Häusern, dass bestimmt irgendjemand was gehört hätte.«

»Okay! Schicken Sie morgen einige Leute raus, damit sie von Haus zu Haus gehen und fragen, ob jemand in den frühen Morgenstunden einen Schuss gehört hat.«

»Wird gemacht.«

»Und fragen Sie beim Meteorologischen Dienst nach, wie das Wetter von Mittwoch an, als der Schuss gefallen ist, bis Donnerstag war, als die Hülsen gefunden wurden. Ob es starken Schneefall gegeben hat oder ob es trocken war.«

Monika nickte. Erst als Allensbacher wieder nach seiner Aktentasche griff, fügte sie zögerlich hinzu: »Es gibt noch etwas, was die Kriminaltechnik gefunden hat.«

»Was denn noch?«

»An der Hülse, die eindeutig der Tatwaffe zugeordnet werden kann, wurden Seidenfasern gefunden.«

»Seidenfasern?«

»Und dazu Spuren von Glycerin, Sodium Sulfat und Parfüm.«

»Das klingt nach Substanzen, die es in einer Creme gibt«, schloss Allensbacher.

»Stimmt! Und bei diesen Wetterbedingungen ist eine Handcreme sehr wahrscheinlich.«

»Was bedeutet das für uns?«

»Dass die Hülse nach dem Schuss nicht unmittelbar auf den Boden gefallen ist.«

»Sondern?«

»Dass jemand diese Hülse in die Hände genommen hat, bevor sie an diesem Ort gefunden wurde.«

*

Im Schein der Taschenlampen konnten sie einen holzvertäfelten Innenraum sehen, in dem chaotisches Durcheinander herrschte. Die Wände waren voller Poster und Fotos. An beiden Seiten standen alte, zerschlissene Sessel und Sofas, die mit Wolldecken und Kissen überhäuft waren. Die hintere Reihe bestand aus einer alten Kommode mit Schubladen und Klapptüren, einem Tisch und einem Stuhl. Leere Bier- und Sektflaschen sammelten sich unter dem Tisch. Die Mitte des Raums zierte ein tiefes, viereckiges Loch, das ebenfalls mit Holz ausgekleidet war.

»Scheiße! Der ist uns entwischt«, fluchte Lukas. »Aber wie?« Er trat auf das Loch im Boden zu und suchte alle Ecken mit der Taschenlampe ab.

»Was willst du dort finden?«, erkundigte sich Theo kopfschüttelnd.

»Vielleicht einen Durchgang. Irgendwie muss der Kerl doch hier rausgekommen sein!« Kurz darauf drehte er sich um und sagte zerknirscht: »Das hier sieht wie eine in den Boden eingelassene Kiste aus. Aber ein Fluchtweg ist das nicht. Jetzt wird es langsam unheimlich.«

»Ich glaube, er war schon lange weg, als wir kamen!«

»Hä?«

»Schau, die Taschenlampe!« Theo wies darauf und fügte hinzu: »Es sieht so aus, als hätte der Typ seine Taschenlampe in der Eile einfach fallenlassen, als er auf und davon ist. Dabei ist die Lampe langsam in die Ecke gerollt – das ist die Bewegung, die wir gesehen haben. Danach ist sie von allein ausgegangen.«

Beide gingen in dem kleinen Raum auf und ab. Lukas hob eine der Wolldecken an. Sie war voller heller Flecken. Angeekelt ließ er sie wieder fallen. Theo öffnete die Kommode und blickte auf eine große Anzahl von Schnaps-, Whisky- und Bierflaschen.

»Das sieht ja aus, als wäre diese Hütte der Sündenpfuhl von Buweiler«, bemerkte er.

»Schon blöd, wenn man so gar keine Abwechslung hat«, meinte Lukas. »Da geht es uns in Saarbrücken besser. Da ist mehr los.«

»Hattest du etwa Angst, ich könnte tatsächlich hier bei meiner Tante unterkriechen?«, fragte Theo grinsend.

»Ein bisschen schon!«

Plötzlich hörten sie Schritte. Hastig entsicherten sie ihre Waffen und postierten sich rechts und links neben der Tür. Die Schritte kamen näher. Dann ging die Tür auf. Lukas fühlte sich für einen Augenblick wie gelähmt. Erlebten sie gerade ein Déjà-vu? Auch Theo stand wie in Schockstarre da.

Die Sekunden verstrichen. Die Kriminalpolizisten verharrten auf ihren Plätzen, die Waffe im Anschlag, den Finger auf dem Abzug. Die Atmosphäre war geladen.

Schließlich ertönte eine Stimme: »Theo, Lukas? Sind Sie da drin?«

Das war eindeutig Otto Stehle. Lukas stieß die angehaltene

Luft aus. Theo sackte in sich zusammen und versuchte, seine verkrampfte Hand zu lockern, damit er die Pistole sichern und ins Holster zurückstecken konnte.

»Was machen Sie denn hier?«, fragte der Alte und trat herein. »Wenn Sie denjenigen suchen, der sich hier rumgetrieben hat, kann ich Ihnen versichern, dass der längst abgehauen ist.«

»Und was suchen Sie hier?«, fragte Theo. »Das ist gefährlich. Der Schütze hält sich vermutlich noch ganz in unserer Nähe auf und Sie sind womöglich sein nächstes Ziel.«

Otto Stehle lachte und hob die rechte Hand. Darin hielt er eine Pistole Walter PPK. Listig meinte er: »Ich bin Jäger. Das heißt, dass ich lieber selbst jage als gejagt zu werden.«

»Wollen Sie *Dirty Harry* spielen und Selbstjustiz verüben?«, erwiderte Theo ärgerlich.

»Nein! Ich will nur nicht abwarten, bis es meinen Enkel oder mich erwischt. Ihr macht ja nichts.«

»Wir machen nichts? Dass ich nicht lache.«

»Gegenseitige Vorwürfe bringen uns auch nicht weiter«, schaltete sich Lukas in das Streitgespräch ein. »Wir sollten den Kerl suchen.«

»Der ist längst über alle Berge!« Der Alte lachte verächtlich.

»Woher wollen Sie das wissen?« Auch Lukas stieß der Tonfall des Alten unangenehm auf.

»Ich habe gesehen, wie er den Abhang runter ist – noch bevor Sie das Haus verlassen haben.«

»Zeigen Sie uns die Stelle!«

Die drei Männer traten vor die Hütte. Mit den Taschenlampen leuchteten sie auf den Weg, der zur anderen Seite von Katharinas Grundstück führte. Dort ging eine Böschung steil in die Tiefe und endete an den kleinen Gärten der Häuser, die unterhalb des Hangs direkt an der Hauptstraße standen.

Deutlich waren Spuren zu erkennen, die bewiesen, dass noch vor Kurzem jemand den steilen Abstieg hinuntergerutscht war.

»Scheiße! Da hat sich wirklich jemand diesen Hang hinuntergewagt«, stellte Theo erschrocken fest. »Der Typ war hier. Auf

Katharinas Grundstück. Wer weiß, was passiert wäre, wenn wir nicht dagewesen wären.«

Lukas legte seine Hand auf Theos Schulter und sagte in beruhigendem Ton: »Am besten ist es, wir rufen jetzt die Spurensicherung.«

*

»Warum müssen wir zu dieser unchristlichen Zeit hierher kommen?«, fragte Markus Schaller ungehalten, als er zusammen mit seinem Team am späten Freitagabend an Katharinas Grundstück ankam. Es war das erste Mal, dass Lukas und Theo den neuen Teamchef der Spurensicherung ohne das obligatorische Grinsen im Gesicht sahen.

»Um Spuren zu sichern«, antwortete Theo unfreundlich. »Oder bist du unter die Sesselfurzer gegangen?«

»War diese Eile wirklich nötig?«

»Ja, war es!«

»Und warum?«

»Weil der Wetterbericht für die Nacht wärmere Temperaturen vorausgesagt hat. Wenn der Schnee schmilzt, können wertvolle Spuren verloren gehen«, erklärte Theo.

»Die einzigen Spuren, die ich hier sehe, sind die, die ihr selbst dorthin getrampelt habt.«

»Fliegen können wir noch nicht. Und nebenbei kennst du unsere Abdrücke bereits, um sie von anderen zu unterscheiden. Also mach dich an die Arbeit und schwinge keine großen Reden.«

»Schon gut, schon gut!«

Die weiß gekleideten Männer und Frauen verteilten sich lautlos auf dem großen Grundstück. Kein Millimeter wurde verschont.

»Ich werde meine Tante besänftigen müssen, weil ihr dieses Chaos bestimmt nicht gefallen wird«, murmelte Theo zu seinem Freund.

»Warum?«, fragte Lukas mit einem Grinsen im Gesicht.

Theo lenkte seinen Blick in die gleiche Richtung, in die Lukas schaute, und staunte nicht schlecht, als er seine Tante mit einem strahlenden Lächeln neben Markus stehen sah.

»Das ist ja so aufregend«, rief sie, dass es laut über den ganzen Platz schallte. »Genau so wie im Tatort.«

»Aber wir arbeiten noch ein bisschen gründlicher als die Fernsehleute«, versicherte Markus, wofür er ein lautes Lachen von Katharina erntete.

»Sie sind ein eifriger junger Mann! Sie erinnern mich an jemanden.«

»Hoffentlich an jemand Sympathischen!«

»Aber sicher doch! Ich kenne nur sympathische Menschen.«

Theo ging auf seine Tante zu und sagte: »Du solltest nicht hier draußen sein.«

»Warum denn nicht?«, fragte Katharina. »So etwas Aufregendes erlebe ich so schnell bestimmt nicht noch mal.«

»Weil der Wahnsinnige immer noch frei rumläuft und ich Angst um dich habe.«

»Ach Theo!« Katharina strich mit ihrer kühlen Hand durch Theos Gesicht und meinte: »Du machst dir ja wirklich Sorgen um mich.«

»Natürlich mache ich mir Sorgen! Wo steckt eigentlich Stehle?«

»Soll ich jetzt auch noch auf Otto aufpassen?«, fragte die alte Dame mit einem lauten Lachen zurück.

Theo schüttelte den Kopf und wollte sich gerade wieder seinem Kollegen zuwenden, als ein Schuss durch die Nacht peitschte.

Auf einmal herrschte Totenstille. Alle hielten in ihren Bewegungen inne und schauten auf. Theos erster Blick galt seiner Tante, die kalkweiß neben ihm stand. Dann suchte er nach Lukas, den er zu seiner großen Erleichterung unter den vielen Kollegen schnell ausmachen konnte, weil seine roten Haare in dem Flutlicht verräterisch leuchteten.

»Das klang nicht gut!«, bemerkte Markus Schaller, der als Erster die Sprache wiederfand.

12

Sein Adrenalinspiegel war auf Höchststand. Seine Endorphine spielten verrückt. Am liebsten wäre er mit Indianergeheul durch den Wald gerannt und hätte allen gezeigt, zu was er fähig war.

Er fühlte sich so frei – so stark – so unschlagbar – so unverletzlich wie seit einem ganzen Jahr nicht mehr.

Er wollte schon immer Gott spielen.

Doch das war noch besser: Sein Wunsch war Wirklichkeit geworden!

Allerdings wusste er, dass es ein Spiel mit dem Feuer war!

Er musste sich vorsehen.

Übermut tat selten gut. Doch ihm tat er gut! Zu gut! Er konnte nicht genug davon bekommen.

Er lachte – schaffte es nicht, das Lachen zu unterdrücken.

»Baccus Borg«, das war sein Mantra. Inzwischen konnte ihn das in Ekstase versetzen. Die beiden Bullen vermittelten ihm das Gefühl, unschlagbar zu sein.

Sie waren sogar in den Zeitungen für ihre guten Leistungen gelobt worden. Und ihm gelang es, diese Helden des Saarlands wie Idioten dastehen zu lassen. Sozusagen direkt vor ihren Augen agierte er und sie bekamen es nicht mit.

Was die Zeitungen jetzt wohl berichten würden? Waren die beiden bald nur noch Maulhelden?

Wieder prustete er los. Sein Hochgefühl riss ihn mit.

Und nicht nur Baccus und Borg waren direkt an seiner Wirkungsstätte. Nein! Inzwischen war das halbe Polizeiteam hier angerückt. Allerdings nur die Schnüffelhunde, wie er die Spurensicherung passenderweise nannte. Und es würde nicht lange dauern, bis die Bereitschaftspolizei ebenfalls vorbeikäme.

Mal sehen, welchen Ausgang er sich für dieses Spiel ausdenken sollte. Er hielt schließlich die Fäden in den Händen, was niemand von diesen top ausgebildeten Ordnungshütern ahnte.

*

Arno Stehle brach der Schweiß aus. Er lag auf dem Sofa und starrte die Wände an, jedoch blickte er weder auf *Alfred J. Kwak* noch auf *Blinky Bill.* Stattdessen spielten sich Szenen aus seinem Kriegseinsatz vor seinem geistigen Auge ab, die er lieber vergessen wollte.

Er hörte wieder Gewehrfeuer, roch den Geruch des fremden Landes, spürte den knirschenden Sand zwischen seinen Zähnen und hörte die Motoren der Jeeps, mit denen sie über die sandigen, lehmigen und teilweise matschigen Straßen rumpelten. Plötzlich ertönte der Funkspruch: Eine Gruppe von Taliban war plündernd von Taloqan über Khanabad in Richtung Kundus unterwegs.

Die Aufgabe von Arnos Trupp bestand darin, ein Lagebild zu erstellen. Notfalls hieß es, die Taliban zu stoppen, da ihre eigene Operationszentrale in Kundus stationiert war. Dazu mussten sie die Ziele orten und identifizieren können, um sicherzustellen, dass es sich wirklich um gegnerische Kämpfer und nicht um Zivilisten oder sogar eigene Leute handelte. Vorher wäre der Gebrauch von Schusswaffen zu gefährlich gewesen.

Im Distrikt Taloqan angekommen, waren sie auf misshandelte Frauen und geplünderte Polizeistationen gestoßen. Ein Polizist war ermordet worden, ein anderer schwer verletzt – sie waren also den gefährlichen Kriegern auf den Fersen.

Die Situation spitzte sich immer weiter zu. Der verletzte Polizist war in der Lage die Richtung anzuzeigen, in der die Taliban weitergezogen waren. Sie hatten das gesamte Kommando informiert, dass die Gegner auf dem Weg nach Khanabad waren. Da Arnos Team sich bereits mit zwei vollbesetzten Fahrzeugen ganz in der Nähe des Gefahrenherdes befand, bekamen sie den Befehl, die Verfolgung aufzunehmen. Sie fuhren direkt in den Dampfkessel hinein. Schnell stießen sie auf eine Blutspur, die sie in höchste Alarmbereitschaft versetzte.

Die Landschaft war gebirgig. Ihr Konvoi fuhr die einzige Straße entlang, die es dort gab. Und diese Straße lag wie auf einem Präsentierteller. Plötzlich sahen sie Bewegungen auf der

Hügelkette, die sie zielgenau ansteuerten. Gewehrfeuerblitze in der zunehmenden Dunkelheit verrieten ihnen, wo die Gegner waren. Eine Sicherstellung war nicht möglich, um festzustellen, wer dort auf sie schoss. Für Arno und sein Team gab es in diesem Augenblick nur eins: Zurückschießen, um zu überleben.

Die Angst, die sie alle angetrieben hatte, galt nicht nur ihren eigenen Leben. Auch die Ungewissheit, auf wen sie in der Dunkelheit ihre Munition feuerten, ließ alle vor Anspannung innerlich zerreißen.

Sie schossen und schossen, bis sämtliche Magazine leer waren. Fast gleichzeitig wurde auch auf der Gegenseite das Feuer eingestellt.

Dann trat Stille ein. Eine Stille, die fast noch unerträglicher war als die Gewehrschüsse.

Aber sie hatten überlebt. Keiner von Arnos Kameraden war verletzt. Lange verharrten sie in der Dunkelheit, bis sie ganz sicher waren, dass vom Gegner keine Gefahr mehr ausging und sie die Rückreise zum Camp in Kundus fortsetzen konnten.

Arno schüttelte sich und schaute sich um, sah nur Dunkelheit. Hastig schaltete er das Licht in seinem Zimmer ein. Doch was er zu sehen bekam, machte seine Verfassung nicht besser. Die Comicfiguren schienen ihn auszulachen ... zu verhöhnen ... zu verspotten. Immerhin hatte er sich freiwillig für diesen Einsatz gemeldet.

*

»Die Bereitschaft kommt«, erklärte Theo, als er das Telefonat beendet hatte. »Aber das dauert!«

»Und was machen wir in der Zwischenzeit?«, fragte Markus Schaller, sichtlich blass um die Nase.

»Du machst deine Arbeit, wir unsere«, erwiderte Lukas.

»Und wie sieht eure Arbeit aus, während uns die Kugeln um die Ohren fliegen?«

»Euch fliegen schon keine Kugeln um die Ohren, weil der

Schuss weit entfernt war«, widersprach Lukas.

»Du musst es ja wissen«, gab Markus bissig zurück. »Hast ja am Sonntag bewiesen, dass du im Ausweichen der Kugeln unschlagbar bist.«

Lukas wollte etwas entgegnen, als Theo hastig sagte: »Ich schlage vor, dass wir zuerst bei *Wachtmeister Uwe* nachsehen, ob er zuhause ist.«

»Stimmt! Wenn er dahinter steckt, kriegen wir ihn.«

Sie marschierten die Straße hinunter zu dem Platz, an dem sie ihren Wagen abgestellt hatten, und stiegen ein. Lukas startete, überquerte die Kreuzung und steuerte die Straße gegenüber an, die sie zu Görndts Elternhaus führte. Als sie dort ankamen, sahen sie, dass alles im Dunkeln lag.

»Was jetzt?«

»Frag doch nicht so dämlich«, erwiderte Theo mürrisch. »Wir klingeln.«

Das taten sie. Der Klingelton war laut und deutlich zu hören. Aber drinnen rührte sich nichts.

Die beiden umrundeten das Haus und gelangten in einen Garten, der durch einen hohen Zaun von den umliegenden Grundstücken abgetrennt war. Mit einem Hechtsprung setzte Theo darüber. Lukas tat es ihm nach, blieb mit seinem Hosenbein hängen und landete kopfüber auf dem harten Boden.

»Aua!«

»Eingerostet?«

»Nee! Steif gefroren!«

»Steif ist immer gut«, kommentierte Theo und half seinem Freund auf die Beine.

Sie schauten zum Haus. Auch die Rückseite war dunkel – kein Lebenszeichen, nichts. Akribisch leuchteten sie jeden Winkel und jede Ecke ab – ohne Ergebnis. Sie wollten schon aufgeben, als Lukas einen Schuppen zwischen Holzstapeln, Hecken und Bäumen entdeckte. Der Zugang war eine Treppe, die in die Tiefe führte. Am unteren Ende befand sich eine hölzerne Tür.

Langsam stiegen sie die Stufen hinunter. Als Theo seine

Hand auf den Türgriff legte, hörten sie ein verräterisches Klicken hinter sich.

»Scheiße!«, stieß Theo aus.

Langsam drehten sich die Kommissare um und schauten genau in den Lauf eines Gewehres.

*

»Ist das der Schuhabdruck, den der Unbekannte hinterlassen hat?«, fragte Katharina aufgeregt, als sie sah, wie einer der Männer in Astronautenkluft eine Flüssigkeit in eine Vertiefung im Schnee laufen ließ. Der junge Mann warf einen hilflosen Blick zu seinem Vorgesetzten, der der alten Dame daraufhin erklärte: »Es gibt Schuhabdruckspuren und Schuheindruckspuren.«

Katharina bekam ganz große Augen.

»Während die Schuhabdruckspuren durch Substanzübertragung von der Sohle auf die Oberfläche entstehen«, fuhr Markus fort, »hinterlassen Schuheindruckspuren plastische Verformungen im Untergrund, wenn der weich ist, wie hier zum Beispiel der Schnee.«

»Also haben Sie hier eine Schuheindruckspur gefunden«, folgerte Katharina.

Markus lachte und meinte: »Sie sind ja ganz schön fix im Kopf.«

»Hören Sie mal! Nur weil ich alt bin, muss ich nicht gleich senil sein.«

»Das meinte ich doch nicht«, entschuldigte sich Markus schnell. »Auch junge Leute verstehen den Unterschied nicht immer so schnell wie Sie.«

Katharina winkte geziert ab und fragte weiter: »Was macht denn Ihr Kollege mit dieser Spur?«

»Zuerst einmal hat er sie fotografiert. Dafür haben wir besondere Filter in unseren Fotoapparaten, die bessere Kontraste herstellen.«

»Das ist auch wichtig, weil wir hier einen weißen Abdruck im

Schnee haben«, pflichtete Katharina bei.

»Danach wird die Spur mit einem Spurenverfestiger gehärtet, damit sich nichts verändern kann.«

»Was ist ein Spurenverfestiger?«

»Das ist ein Spray, ähnlich wie ein Haarspray, das die Ränder verklebt und somit stabilisiert, damit sie ihre Form behalten, wenn wir flüssigen Gips hineinlaufen lassen. Und genau das macht der Kollege gerade. Er gießt flüssigen Gips in die Form. Sobald der gehärtet ist, können wir die Form mitnehmen und mit anderen Abdrücken vergleichen.«

»Können Sie damit den Täter überführen?«

»Wir können nur feststellen, wo dieser Schuh bereits seine Spuren hinterlassen hat«, entgegnete Markus.

»Also weiß man trotz der ganzen Spurensicherung nicht, wer diesen Schuh getragen hat?«, hakte Katharina weiter nach.

»Wie meinen Sie das?«

»Es kann doch jemand den Schuh eines anderen angezogen haben.«

Markus schaute die alte Dame überrascht an und sagte: »Sie sind ja noch pfiffiger als Miss Marple!«

Jetzt lachte Katharina laut.

»Endlich weiß ich, woher Theo sein detektivisches Talent her hat: Von Ihnen!«

»Er ist nur mein Neffe.«

»Dann liegt es in Ihrer Familie.«

»Markus! Hier ist was!«, schallte eine laute Stimme über den Hof.

Neugierig folgte Katharina dem Teamleiter der Spurensicherung, der sich dem Abhang näherte.

Ganz unten stand einer seiner Mitarbeiter und hielt etwas in die Höhe.

»Was ist das?«, fragte Markus.

»Turnschuhe! Total durchnässt! Die liegen noch nicht lange hier.«

»Eintüten!«

»Ist das aufregend!«, rief Katharina. »Also hat der Mörder seine Schuhe gewechselt!«

»Genauso, wie Sie es gesagt haben.« Markus grinste Theos Tante verschmitzt an und meinte: »Ich könnte eine gute Fachkraft wie Sie noch in unserem Team brauchen.«

»Sie sind ein Schelm«, wehrte Katharina ab.

»Katharina!«, ertönte plötzlich Ottos Stimme. »Komm bitte ins Haus. Es ist draußen zu gefährlich für uns.«

Schweren Herzens verabschiedete sich die Frau von Markus Schaller.

*

Die Sekunden kamen Lukas und Theo wie Stunden vor. Sie wagten nicht zu atmen, nicht sich zu bewegen. Reglos und lautlos verharrten sie in der Kälte – die bewaffnete Gestalt drohend über ihnen.

»Scheiße! Was tun Sie hier?«, hörten sie endlich eine Stimme. Die fast schwarze Silhouette, die sich über Theo und Lukas beugte, bekam ein Gesicht. Es war Uwe Gorndt. Langsam ließ er das Gewehr sinken.

»Das glaube ich jetzt nicht«, stöhnte Theo und stieß den angehaltenen Atem aus.

Auf zittrigen Beinen stiegen die beiden Kommissare die Stufen hoch und nahmen das Gewehr an sich, das der Dorfpolizist immer noch in seinen Händen hielt.

Es war eine Repetierbüchse mit Kaliber 6,5 x 57 der Marke Mauser, mit einem aufgesetzten Zielfernrohr von Zeiss.

»Sie werden mit uns kommen«, sagte Theo scharf, nachdem er sich von dem Schock erholt hatte. »Wir werden Sie auf Schmauchspuren untersuchen lassen. Die Kollegen sind noch vor Ort.«

»So ein Blödsinn«, wehrte Görndt ab. »Natürlich habe ich Schmauchspuren an den Händen. Ich habe ja eben erst mit dieser Waffe geschossen.«

»Wo?«, fragten Lukas und Theo wie aus einem Mund.

»In Wadern am Schießstand!«

»Gibt es dafür Zeugen?«

»Nein!«

»Das ist ungünstig für Sie!«

»Aber ich habe mich eingetragen, weil das Vorschrift ist.«

»Papier hält bekanntlich still!« Theo zeigte sich unnachgiebig.

»Was ist denn passiert?«, fragte der Polizist verunsichert nach.

»Sie stellen hier keine Fragen, sondern kommen mit uns!«, stellte Theo klar. Dabei warf er einen Blick auf die Bundeswehrstiefel des Kollegen. »Wie viele dieser Stiefel haben Sie gebunkert?«

Görndt schaute ebenfalls auf seine Füße und antwortete: »Das sind meine alten Stiefel – nachdem Sie meine neuen einfach mitgenommen haben.« Nach einer kurzen Pause fügte er grimmig hinzu: »Irgendwas muss ich ja anziehen.«

»Kann es sein, dass Sie die Stiefel einfach nach Ihrer Bundeswehrzeit mitgenommen haben?«, erkundigte sich Theo.

»Was soll das?«, fauchte der Beschuldigte.

»Dann hätte ich einen Vertreter des Gesetzes bei einer Straftat ertappt. Nach der Wehrpflichtzeit muss man alles wieder abgeben.«

»Dann muss ich Sie enttäuschen.« Der Polizist grinste gehässig. »Ich war nicht beim Bund. Ich habe mir diese Sachen alle selbst gekauft.«

»Untauglich, was?«

»Was ist eigentlich los, dass Sie sich so aufspielen?«

»Hier ist vor einer halben Stunde ein Schuss abgegeben worden«, kam Theo endlich zu Sache. »Außerdem wurde in das Gartenhaus von Katharina Borg eingebrochen. Die Fußspuren könnten wieder mal von Bundeswehrstiefeln stammen.«

»Aber nicht von meinen. Ich war bis vor wenigen Minuten auf dem Schießstand.«

»Dafür haben Sie keinen Zeugen!«

»Die Waffe, die *Wachtmeister Uwe* in seiner Hand hält, ist nicht die Tatwaffe«, flüsterte Lukas. »Du kannst ihn nicht einfach mitnehmen. Dafür besteht kein ausreichender Verdacht.«

»Dafür ist sein Alibi fadenscheinig!«, flüsterte Theo zurück.

»Wir werden seine Aussage überprüfen«, beharrte Lukas auf seinem Standpunkt. »Und seine Waffe nehmen wir mit.«

Theo murmelte: »Ich hoffe, ich mache keinen Fehler, wenn ich auf deinen Rat höre und den Hauptverdächtigen laufen lasse.«

*

Hell erleuchtet lag die Einfahrt zu Katharinas Haus vor ihnen. Polizeibeamte und Kollegen der Spurensicherung liefen kreuz und quer über den Platz. Hinzu kamen die Schaulustigen, die sich dicke Jacken übergezogen hatten und versuchten herauszubekommen, was genau hier vorgefallen war.

Die Temperaturen stiegen bereits – wie angekündigt. Die Eisschicht, die sich auf der Straße gebildet hatte, begann zu tauen. Wasser lief in einem kleinen Rinnsal den Berg hinunter.

Lukas und Theo staunten nicht schlecht, als sie das aufgeregte Treiben sahen. »Sind wir hier auf einem Jahrmarkt?«, fragte Lukas.

»Vielleicht tummeln sich Volker Dinz und Nils Amann unter den Schaulustigen«, überlegte Theo. »Deshalb haben wir sie zuhause nicht angetroffen.«

»Klar! Hier ist es für den Täter ein Leichtes, einfach einen Schaulustigen abzugeben und sich dabei über alles zu informieren«, bemerkte Lukas.

Theo stellte den Wagen vor Otto Stehles Haus ab und schaute nachdenklich auf seinen Kollegen. »Damit hast du gar nicht mal so unrecht.«

»Kannst du nicht einfach sagen, dass ich recht habe?«

»Das wissen wir noch nicht!«

»Und werden es heute Abend auch nicht mehr herausfinden.«

»Auch damit hast du gar nicht mal so ...«

»... schon verstanden.«

Lukas öffnete die Wagentür und stieg aus. Sein Blick fiel direkt auf den roten Renault Mégane, der ihnen am Nachmittag mit Arno am Steuer im halsbrecherischen Tempo entgegengeschlittert war.

Theo folgte seinem Kollegen mit dem Repetierer in der Hand. Langsam näherten sie sich dem geschäftigen Treiben. Im grellen Flutlicht arbeiteten die Männer in ihren Astronautenanzügen auf Hochtouren. Die Gruppe von Schaulustigen drängte sich in mehreren Reihen vor der Absperrung. Einige Polizeibeamte kämpften sich durch die Menge und bombardierten die Menschen mit Fragen.

Der alle überragende Karl Groß fuchtelte mit den Händen herum, um so seine Anweisungen zu unterstreichen. Seine Schussweste ließ den hünenhaften Mann noch imposanter erscheinen.

»Ich wusste gar nicht, dass es auch Schusswesten in Zeltgröße gibt«, frotzelte Theo, wofür er einen Fausthieb an die Schulter erntete.

»Ohne diese Dinger dürfen wir gar nicht rausgehen«, bemerkte Karl nur kurz und widmete sich gleich wieder seiner Mannschaft.

Als Lukas und Theo sich durch die Menge gekämpft hatten und Markus Schaller ansteuerten, sahen sie den in einem angeregten Gespräch mit einem Mann, der völlig deplatziert hier wirkte. Elegant gekleidet, wie er war, mit einem modernen Wollhut und Seidenschal, vermutete Lukas sofort den Reporter hinter der Gestalt. Lediglich das klobige Schuhwerk wollte nicht zu dem Gesamtbild passen.

»Scheiße!«, fluchte Lukas. »Was will der denn schon wieder hier?«

»Keine Paranoia, bitte!«, rief Theo. »Du weißt doch, was der Chef gesagt hat.«

Er hielt dem Teamchef der Spurensicherung das Gewehr entgegen und meinte: »Untersuchen Sie diese Waffe darauf, ob mit ihr vor Kurzem geschossen wurde.«

Markus nickte.

»Außerdem brauchen wir zwei Leute, die den Schießstand in Wadern daraufhin untersuchen, ob mit dieser Waffe dort geschossen wurde.«

Markus salutierte, setzte sein spitzbübisches Lachen auf und wandte sich seinem Team zu, an das er Theos Anweisung weitergab.

»Woher wissen Sie schon wieder, was hier los ist?«, fragte Lukas den Reporter unfreundlich.

Daniel setzte ein gönnerhaftes Lachen auf und antwortete: »Sie werden es nicht glauben, aber Ihr oberster Chef besteht auf unserer Zusammenarbeit. Bis jetzt ist Markus allerdings der Einzige, der diese Anordnung kapiert hat.«

Er drehte sich um und machte Anstalten, wieder zu Schaller und dessen Team zu gehen. An Theo gewandt, fragte Lukas nun wutschnaubend: »Kam mir nicht gerade selbst der geniale Gedanke, dass es hier für den Täter ein leichtes Spiel ist, sich einfach unter die Schaulustigen zu mischen und sich dabei über alles zu informieren?«

Theo wollte etwas einwenden, aber Lukas war noch nicht fertig: »Da haben wir unseren Täter! Nur er kommt für die Tat in Frage, weil er schon die ganze Zeit über alles informiert ist und immer genau weiß, wo er seine Opfer findet und wie er sich sein Alibi zurechtzimmern kann. Die Zusammenarbeit mit der Polizei ist doch der ideale Nährboden für fingierte Nachrichten und ein glaubhaftes Alibi zugleich.«

»Jetzt gehst du zu weit«, funkte Theo dazwischen. »Hast du schon vergessen, wie wir gerade *Wachtmeister Uwe* angetroffen haben? Auf ihn trifft dasselbe zu. Die Masche mit der Waffe in der Hand ist verdammt gut. So kann man ihm selbst aus Schmauchspuren an den Händen keinen Beweis für die Tat ableiten – egal, ob er es war oder nicht.«

Als die beiden Beamten sich umdrehten, sahen sie in das grinsende Gesicht von Daniel Bauer.

»Vielen Dank für Ihre Kooperation«, spottete der Reporter. »Sie befolgen die Anweisungen Ihres Chefs und halten mich stets auf dem Laufenden. Das verdient mein Lob.«

Als er sich diesmal wirklich entfernte, brummte Lukas verärgert: «Musstest du so laut reden?«

Theo zog seine Mütze ab, kratzte sich verlegen am Kopf und verteidigte sich: »Zumindest habe ich keinen Fauxpas begangen, denn Ehrling will ja, dass wir mit dem eingebildeten Schnösel kooperieren.«

»Was sind das für Töne?«, drang plötzlich eine helle, schneidende Stimme an Lukas' Ohr. Erschrocken drehte er sich um und blickte direkt in das Gesicht von Staatsanwalt Renske.

»Du hier?«

»Oh ja! Es gibt doch nichts Schöneres, als den Polizeibeamten an einem Freitagabend genauer auf die Finger zu schauen. Der Fall wird kalt und kälter, Ergebnisse lassen auf sich warten, also dachte ich mir, dass meine Präsenz euch vielleicht mal dazu anregt, eure Ermittlungen zu forcieren. Deshalb wate ich hier mit ledernen Schuhen durch den Schneematsch und was sehe ich: Zwei Streithähne, die alles im Kopf haben, nur keine Arbeit«, spottete der kräftige Mann.

»Und was sehe ich?« Lukas grinste ihn frech an. »Unnötig ruinierte Schuhe! Wir hätten uns auch ohne dein Opfer angestrengt.«

»Beweise! Beweise«, erwiderte Renske, »erst will ich Beweise sehen, bevor ich tatsächlich glaube, dass ihr euch anstrengt.«

»Apropos Schuhe«, schaltete sich Theo ein. »Die Spusi hat ein Paar Turnschuhe gefunden.«

»Turnschuhe?«, hakte Lukas nach.

»Ja! Turnschuhe! Sie sind total durchnässt und achtlos den Hang hinuntergeworfen worden.«

»Und wie helfen die uns weiter?«

»Keine Ahnung«, gab Theo verdrießlich zu. »Es ist aber seltsam, im Winter seine Schuhe auf diese Weise zu entsorgen.«

»Vielleicht hat jemand sie unterwegs verloren und den Verlust erst zuhause festgestellt«, konterte Lukas mit einem süffisanten Grinsen.

»Wie besoffen muss man dafür sein?«, rätselte Theo.

»Drei Promille!«

»Welche Größe haben diese Schuhe?«, unterbrach Renske das Geplänkel der beiden.

»45«, antwortete Theo.

»Grmpf«, stieß Renske aus.

»Also doch: Zuerst der Verlust deiner Schuhe, dann der Verlust deiner Muttersprache.« Theo und Lukas brachen in lautes Gelächter aus.

»Ihr redet wohl aus Erfahrung«, sagte Renske. »Habt ihr auch schon mal bei Schnee und Eis die Schuhe verloren und seid barfuß weiter gelaufen?«

»Wenn es so wäre, wüsste ich nichts mehr davon!«, entgegnete Lukas und lachte los. Theo stimmte unvermittelt ein.

»Während ihr euch über eure Promilleerfahrungen austauscht, gehe ich zur Spusi und ordne an, dass sie herausfinden sollen, wer im Dorf solche Turnschuhe hat. Grundlos wirft die niemand mitten im Winter weg.«

Renske wollte gerade gehen, als Theo fragte: »Wisst ihr eigentlich, welche Weisheit meine Tante vom Stapel gelassen hat? Markus hat mir das vorhin erzählt.«

Lukas und der Staatsanwalt horchten neugierig auf.

»Katharina hatte die Idee, dass jemand die Schuhe eines anderen getragen haben könnte, um damit von sich selbst abzulenken.«

»Ich glaube, ich sollte ab sofort mit Katharina in einem Team arbeiten«, kommentierte Lukas lachend. »Dann kläre ich die Fälle garantiert schneller auf.«

»Blödmann«, knurrte Theo.

Plötzlich hörten sie laute Stimmen, die aus der Hütte über den Platz schallten. Neugierig näherten sich die Kommissare und der Staatsanwalt dem Treiben.

»Was ist hier los?«, fragte Renske.

Alle antworteten gleichzeitig, sodass kein einziges Wort zu verstehen war.

»Hallo! Geht's noch?«, rief der Staatsanwalt laut dazwischen. »Einer nach dem anderen.«

»Hier sind ...«

»Meine Entdeckung ist aber wichtiger!«

»Blödsinn! Was hat das mit dem Fall zu tun?«

»Das werden wir ja noch sehen.«

»Okay!« Der Teamleiter der Spusi klatschte in die Hände und rief: »Heiko zuerst!«

»Ich habe Schmauchspuren in der im Boden eingelassenen Holzkiste gefunden«, erklärte der Angesprochene.

»Was heißt das für uns?«, hakte Renske nach.

»Das bedeutet, dass hier jemand eine Waffe gelagert hat, mit der vor Kurzem geschossen wurde.«

Allgemeines Murmeln entstand.

»Raffiniert! Also hat der Täter die Waffe hier versteckt, wo wir sie nicht suchen würden«, schlussfolgerte Renske.

»Und du, Bernd!«, forderte Markus nun den anderen Kollegen auf. Doch Heiko rief dazwischen: »Ich war noch nicht fertig!«

»Aber jetzt bin ich dran ...« Wieder endete alles in einem Tumult, den Markus mit einem Pfiff durch die Zähne beendete.

»Mein Ergebnis ist genauso wichtig«, setzte Bernd noch trotzig nach.

»Also Heiko: Erzähl bitte alles und erwarte nicht nach jedem Wort Applaus«, befahl Markus. Zum ersten Mal, seit Lukas und Theo den neuen Teamchef kannten, zeigte er seine Chefrolle auch im Verhalten gegenüber den Mitarbeitern.

»Ich habe hier Ablagerungen von parfümiertem Schmierfett gefunden. Das könnte eine Creme sein – eine Hautcreme. Daran klebte eine dünne Faser.« Heiko hob einen Plastikbeutel hoch, in dem ein kleiner Faden verstaut war.

»Gute Arbeit!«, lobte Markus. »Das muss sofort analysiert werden.«

Der Angesprochene nickte.

»Und jetzt du, Bernd!«

»Ich habe das Sofa und die Wolldecken untersucht und dort jede Menge Spermaspuren gefunden.«

Wieder entstand Gemurmel.

»Warum ist das wichtig für unsere Ermittlungen?«, mischte sich auf einmal Daniel Bauer ein.

Erstaunt richteten sich alle Blicke auf den Reporter, bis Lukas ihn anfauchte: »Überlassen Sie es ruhig uns zu entscheiden, was für die Ermittlungen wichtig ist und was nicht.«

Das gönnerhafte Lachen war aus dem Gesicht des blonden Reporters verschwunden. Wortlos drehte er sich um und verließ die Hütte.

*

Lukas beschlich ein mulmiges Gefühl, als er sein Schlafzimmer betrat. Alles lag in völliger Finsternis. Es war still. Und doch spürte er, dass noch jemand in dem Raum war.

Er lauschte. Lange geschah nichts. Litt er wirklich an einer Paranoia, wie Theo es ihm ständig vorwarf? Dann ein leises Knistern. Da war es schon wieder.

Hier lauerte ihm tatsächlich jemand in der Dunkelheit auf. Hastig zog er seine Waffe aus dem Holster, entsicherte sie, schaltete die Deckenlampe ein und richtete sie auf das Bett.

Mit einem Aufschrei sprang Susanne Kleber auf, wickelte hastig die Decke um ihren nackten Körper und schrie: »Lukas! Wie kannst du mich so erschrecken?«

Fassungslos ließ Lukas seine Waffe sinken, setzte sich an den Bettrand und stammelte eine Entschuldigung.

»Ich wollte dich überraschen«, meinte Susanne mit zitternder Stimme. Ihr Gesicht war kalkweiß von dem Schreck.

»Das ist dir gelungen.«

»Ich glaube, dein neuer Fall setzt dir ganz schön zu.«

Eine Weile saßen sie stumm nebeneinander, bis sich Susanne hinter Lukas kniete und begann, seinen Nacken zu massieren. Es dauerte nicht mehr lange, da sank Lukas in die Kissen und übergab sich voll und ganz den geschickten Händen dieser wundervollen Frau.

Als das Telefon klingelte, glaubte er, das gehörte zu seiner Ekstase. Doch als der Höhepunkt vorüber war und er auf Susannes traumhaftem Körper zusammensank, klingelte es immer noch. Träumte er?

»Liebling, das Telefon klingelt!«, hörte er plötzlich Susanne unter sich sagen und wünschte, sie hätte den Mund gehalten. Sein Körper stand noch unter Strom und er brauchte einige Sekunden, um sich zu sammeln und seine Gedanken auf etwas anderes als Sex zu lenken. Doch kein Protest nützte ihm. Das Telefon rief ihn gnadenlos in die Realität zurück.

Er sprang vom Bett auf und eilte zu dem immer noch lärmenden Gerät, das er am liebsten einfach aus dem Fenster geworfen hätte. Das tat er dann doch nicht, sondern hob ab. Die Stimme am anderen Ende der Leitung sagte genau das, was er nicht hören wollte.

»Es gibt wieder eine Leiche! Vermutlich von dem Schuss, den wir gestern Abend gehört haben«, berichtete Theo.

»Und was tun wir jetzt?«, fragte Lukas mürrisch.

»Wir leihen uns ein Video aus, kaufen ein Sixpack Bier und ziehen uns das alles gemütlich rein, während die anderen die Arbeit machen«, gab Theo bissig zurück.

»Schon gut! Wo soll ich hinkommen?«

»Mich abholen, dann fahren wir an den Tatort. Du wirst nicht glauben, wo der Tote gefunden wurde.«

»Wenn du schon so fragst«, murmelte Lukas, »dann an der Wanderhütte.«

»Wow! Du hast wohl vorhin einen Weisen verschluckt!«

»Ja, und du einen Clown, oder was?«

»Nein! Ich hab nur einen Frosch im Hals. Der quakt mir immer dazwischen. Also was ist – kommst du jetzt endlich?«

»Ja, klar! Ich mach mich auf den Weg.«

»Ich warte oben auf der Brücke«, rief Theo noch. »Durch die Schneeschmelze haben wir nämlich Hochwasser.«

Als er aufgelegt hatte, war Lukas auf einen Schlag hellwach. Hastig zog er sich an.

»Arbeit?«, fragte Susanne mit trauriger Stimme.

»Ja! Schon wieder ein Toter«, antwortete Lukas. »Ich hoffe nur, dass dein Kollege uns wenigstens zu dieser unchristlichen Zeit mal in Ruhe lässt.«

»Was hast du gegen ihn?«

»Ich kann ihn nicht leiden.« Lukas funkelte böse.

Doch zu seiner Überraschung lachte Susanne unbekümmert und fragte: »Eifersüchtig, weil ich mit so einem charmanten Mann zusammenarbeite?«

Lukas fühlte sich ertappt. Wortlos zog er seine Jacke an und verließ die Wohnung.

Als er an der Brücke ankam, sah er Theo im Regen stehen. In seiner Kapuzenjacke war er nur schwer zu erkennen. Doch Lukas vermutete, dass niemand sonst um vier Uhr morgens bei kaltem Wetter und Regen freiwillig auf der Brücke stehen und die Saar bewundern würde.

Er fuhr an den Rand und ließ den Kollegen einsteigen.

»Wie? Warst du schon an der Landespolizeidirektion oder hast du den Dienstwagen einfach mit nach Hause genommen?«, fragte Theo zur Begrüßung.

»Wenn du dich in Saarbrücken auskennen würdest, wüsstest du, dass der Weg von meiner Wohnung zu deiner immer an unserer Dienststelle vorbeiführt«, erklärte Lukas missmutig.

»Bist du schlecht drauf!«

»Klar bin ich das«, bestätigte Lukas. »Schon wieder ein Toter. Und wir tappen immer noch im Dunkeln. Das Einzige, was wir haben, sind Spuren, die uns anstatt weiterzubringen nur in die Irre führen.«

»Du hast recht! Dieser Todesschütze macht es uns nicht gerade leicht«, gab Theo zu. »Deshalb sollten wir wirklich zusehen, dass wir einen Verdächtigen schnappen. Aber du musstest Wachtmeister Uwe ja unbedingt laufen lassen.«

»Weil wir nichts gegen ihn in der Hand haben«, rechtfertigte Lukas sich. »Wenn wir einen Kollegen fälschlicherweise festnehmen, bekommen wir Ärger mit Ehrling. Und wie unangenehm so was sein kann, dürftest auch du wissen.«

Theo rümpfte die Nase und sagte nichts mehr.

So fuhren sie zum zweiten Mal innerhalb von wenigen Stunden den weiten Weg nach Buweiler. Der Schnee schmolz und hinterließ nasse Straßen und überschwemmte Felder. Schneeregen platschte auf die Windschutzscheibe und erschwerte die Sicht. Hinzu kam ein stürmischer Wind, der bedrohlich an dem Fahrzeug rüttelte. Als sie die Straße erreichten, die für alle inzwischen die »Todesstrecke« war, sahen sie Blaulicht und viele Menschen. Nichts deutete darauf hin, dass es noch tiefschwarze Nacht war. Ein Weg zur Hütte war so gut ausgeleuchtet, dass Theo und Lukas problemlos dorthin fanden.

»Ich fühle mich wie in dem Film Und täglich grüßt das Murmeltier«, grummelte Lukas.

Theo stimmte zu, ihm ging es ähnlich.

»Wer hat den Toten gefunden?«, fragte er den Beamten, den er als ersten hinter der Absperrung antraf. Das grünweiße Flatterband wirkte in dieser Wildnis verloren.

»Die Kollegen der Bereitschaft! Deshalb habt ihr sie doch rausgerufen, oder?«, kam es unfreundlich zurück.

Theo reagierte darauf mit einem tiefen Seufzer und stapfte weiter. Schon von weitem sahen sie einen Mann vor der Hütte Wanderfreunde Wadern Wandert auf dem Boden liegen.

»Unser Toter heißt Volker Dinz«, wurde ihnen schon von weitem zur Begrüßung entgegengerufen. Die donnernde Stimme war so verräterisch, dass Lukas und Theo sofort wussten, wer das gesagt hatte: Dr. Stemm von der Gerichtsmedizin.

»Das hätten wir auch ohne Ihre Hilfe herausgefunden«, sagte Theo, als er den Körper des Toten reglos auf dem Boden liegen sah.

»Danke für die Blumen – und eine Rüge für die Überheblichkeit«, donnerte es zurück. »Der Schuss wurde aus nächster Nähe abgegeben.«

»Oh! Das ist ja ein neuer Modus Operandi.«

»Stimmt! Aber die Waffe dürfte die gleiche sein – zumindest ist es ebenfalls eine mit einem großen Projektil.«

»Todeszeitpunkt?«

»Vor etwa acht bis zehn Stunden.«

»Das war der Schuss, den wir gehört haben«, stellte Lukas fest.

»Warum fragen Sie mich dann nach der Todeszeit?«, fragte Dr. Stemm ungehalten zurück. »Ich denke, Sie glauben an meine Fähigkeiten!«

Lukas wich einige Schritte zurück. Aus den Augenwinkeln sah er, wie ihm Theo folgte. Erst als der Abstand groß genug war, meinte er leise: »Stemm ist aber ganz schön nachtragend. Den Fehltritt in unserem letzten Fall vergisst der wohl nie.«

»Nein!«, hörten sie plötzlich die laute Stimme ganz dicht hinter sich. »Ich habe ein Gedächtnis wie ein Elefant. Schlecht für euch, was? Und um die Arbeit nicht zu vergessen: Euer Toter hatte Drogen intus, als er erschossen wurde.«

»Das sehen Sie einfach so?«

»Das ist meine Spezifikation«, entgegnete Stemm. »Ab jetzt seid ihr mit euren Spezifikationen an der Reihe.«

Durch den Schneematsch stampfte der massige Mann davon.

13

Der Kaffeeduft war das einzige Tröstliche an diesem Samstagmorgen auf der Dienststelle der Landespolizeidirektion in Saarbrücken. Josefa Kleinert stellte Tassen und Teller auf den großen Tisch im Besprechungsraum und trug gefüllte Kaffeekannen herein.

Allensbacher wirkte zerknittert, als hätte er sich die Nacht um die Ohren geschlagen. Dabei war vom Dienststellenleiter am Tatort weit und breit nichts zu sehen gewesen. Seine Nase leuchtete rot, seine Augen glänzten verdächtig.

Am Kopfende des langen Tisches saß Hugo Ehrling. Sein ergrautes Haar lag wie immer perfekt gescheitelt, sein maßgeschneiderter Anzug wies keine einzige Falte auf. Seine Gesichtszüge wirkten angespannt, während er darauf wartete, dass endlich alle Kollegen eintrafen und die Besprechung beginnen konnte.

Lukas fütterte die beiden Vögel, die ihm seine Fürsorge mit lautem Zwitschern zollten.

Theo drängte: »Mach schon! Oder willst du dir eine Rüge von Ehrling einhandeln?«

»Scheiß auf Ehrling! Ich wette mit dir, der hat gut gefrühstückt. Peter und Paul brauchen das jetzt auch.«

Theo rollte die Augen, stöhnte laut und steuerte den Besprechungsraum an. Im Laufschritt wollte Lukas ihm folgen, als er auf halbem Weg beinahe Monika umgerannt hätte.

»Du bist aber stürmisch«, rief er.

Ihr rundes Gesicht errötete, als sie Lukas ansah.

Hinter der Kollegin betrat er den Besprechungsraum. Mit Schrecken stellte er fest, dass er tatsächlich der letzte war, auf den die Kollegen warteten. Alle Blicke waren auf ihn gerichtet. Er schloss die Tür und setzte sich an den Platz neben Monika – der einzige, der noch frei war.

Am anderen Ende der langen Tischreihe sah er den Staatsanwalt neben der Kriminalpsychologin. Weiterhin fiel ihm auf, dass auch Markus Schaller in der großen Runde saß. Das bedeutete nichts Gutes. Mutlos ließ er sich auf den Stuhl sinken.

Bedrohliche Ruhe herrschte. Niemand wagte zu atmen oder etwas zu sagen. Nur Allensbachers Schnäuzen war zu hören.

»Ein geduldiger Geist ist besser denn ein hoher Geist«, klang es plötzlich salbungsvoll durch die Stille.

Darauf folgte leises Gelächter. Marx' Gesicht errötete – wobei nicht klar war, ob aus Scham oder aus Wut.

Damit war der Startschuss gefallen, denn augenblicklich begann der Amtsleiter zu sprechen: »Drei tote Männer – erschossen in dem kleinen Dorf Buweiler. Wie kann das sein? Ist der Mörder schlauer als wir?« Ehrling schaute sich um. Niemand wagte es, seinem Blick zu begegnen. »Das will ich nicht hoffen, denn ihr werdet dafür bezahlt, solche Verbrecher aufzuhalten.«

Nur der Verkehrslärm von draußen war zu hören. Sogar Allensbacher hatte aufgehört, sich zu schnäuzen.

»Wir treffen uns hier nicht zur Unterhaltung, sondern weil wir an der derzeitigen Situation etwas ändern müssen. Ist das klar?«

Allgemeines Nicken.

»Damit meine ich, dass die Essensfahrten nach Buweiler aufhören. Stattdessen werden die Zeugen oder Verdächtigen in unser Büro in Saarbrücken vorgeladen.«

Lukas fiel es schwer, zustimmend zu nicken. Verstohlen warf er einen Blick zu Theo, der ebenfalls zerknirscht wirkte.

»Sie können Ihre heimliche Verständigung unterlassen, Herr Borg und Herr Baccus. Bislang waren Ihre Ermittlungen vor Ort jedenfalls nicht von Erfolg gesegnet. Oder sehe ich das falsch?«

Lukas und Theo nickten bedröppelt.

»Jetzt haben wir uns am Samstagmorgen hier versammelt, um über unsere bisherigen Ergebnisse und das weitere Vorgehen zu sprechen.« Das allgemeine Gemurmel deutete der Amtsleiter als Zustimmung und fuhr ohne Pause fort: »Zuerst die Ergebnisse – ich gehe davon aus, dass wir mit dem Thema schnell fertig sein werden.« An Markus Schaller gewandt ordnete er an: »Fangen Sie mit den Spuren am Fundort des getöteten Volker Dinz an.«

Markus setzte sein freches Grinsen auf, zog einige Papiere aus seiner Aktentasche und begann: »Da durch die Schneeschmelze die Sicherung der Schuhabdrücke erschwert war, konnten wir nur einen einzigen Abdruck sichern, der vermutlich von unserem Täter stammt. Die anderen gehören zu den Kollegen beziehungsweise zum Opfer.«

»Warum vermutlich?«, hakte Staatsanwalt Renske nach und beugte sich neugierig vor. »Hatten wir nicht bereits einen Abdruck, der zweifelsfrei dem Täter zugeordnet werden konnte?«

»Doch! Aber dieser Abdruck weicht ein wenig ab, weshalb wir vermuten dass der Täter einen anderen Schuh getragen hat als bei den vorigen Morden.«

»Und woher wollen Sie dann wissen, welcher Schuhabdruck vom Täter stammt?«

»Es sind nur Vermutungen. Und zwar hat uns die Schuhgröße stutzig gemacht. Der besagte Abdruck hat Größe 46, eine Größe, die bisher an jedem Tatort gefunden wurde und an dem mutmaßlichen Tatort, den der Reporter uns gezeigt hat.«

»Das ist der einzige Hinweis darauf, dass diese Schuhabdrücke von ein- und derselben Person sind?«, zweifelte Renske weiter.

»Nein!« Markus' Gesicht nahm eine hektische Röte an. Auch sein Grinsen ließ nach. »Es handelt sich in beiden Fällen um Bundeswehrstiefel. Die ersten Spuren sind von neuen Bundeswehrstiefeln hinterlassen worden. Der Abdruck von heute Nacht entspricht den Sohlen älterer Modelle. Die Profilsohlen sind irgendwann geändert worden. Früher bestanden sie nur aus geraden Rillen oder Winkelhaken. In den neueren Modellen gehören zur Anordnung von geraden Rillen auch vereinzelte Ringe dazu.« Er hielt eine Abbildung hoch, um seine Beschreibung zu veranschaulichen.

»Also befand sich an den ersten drei Tatorten – wenn wir

den vermeintlichen Schuss auf Daniel Bauer hinzurechnen – das Profil der neuen Stiefel. Und am letzten Tatort eines der alten?«, vergewisserte sich der Staatsanwalt.

»Genau so ist es«, bestätigte Markus.

Lukas räusperte sich: »Theo und ich haben die Schuhe des Dorfpolizisten Uwe Görndt am Freitagmorgen sichergestellt und in der Spurensicherung abgegeben.«

»Wir haben sie untersucht«, antwortete Markus schnell. »Das Profil stimmt überein. Allerdings handelt es sich um einen Schuh, der vermutlich sehr wenig getragen wurde. Denn wir haben keine Besonderheiten feststellen können.«

»Ist das bei dem Abdruck, den die alten Stiefel hinterlassen haben, anders?«, fragte Renske.

»Leider nicht mehr zu erkennen! Die Abdrücke waren nicht vollständig, weil wir sie auf unebenem Waldboden gefunden haben«, räumte Markus zerknirscht ein.

»Wir können also nur die Schuhe unterscheiden und haben keinen Hinweis darauf, dass auch derselbe Träger sie getragen hat?«, fasste Renske nach.

»Die Tiefe der Eindrücke ist identisch, was auf das Gewicht des Mannes hinweist.«

»Immerhin«, grummelte Renske und lehnte sich wieder zurück.

Nun meldete sich Theo zu Wort: »Gestern Abend hatten wir wieder eine Begegnung mit *Wachtmeister Uwe*.«

Die Kollegen lachten.

»Dabei trug er Bundeswehrstiefel. Auf meine Frage hin hat er behauptet, es sei sein altes Paar dieser Sorte gewesen.«

Nun brach ein kleiner Tumult aus, alle redeten wild durcheinander.

»Damit haben wir ihn.«

»Der Todesschütze von Buweiler ist einer von uns?« »Hätte ich ihm gar nicht zugetraut.«

»Und uns weismachen wollen, es ginge um einen Drogenkrieg.«

»Ruhe!«, rief der Amtsleiter. Augenblicklich verstummten

alle. Dann sagte Ehrling unfreundlich: »Wir wissen alle, dass wir keine voreiligen Schlüsse ziehen dürfen. Die Faktenlage reicht auf keinen Fall aus, um einen unserer Kollegen des Dreifachmordes zu verdächtigen. Deshalb bitte ich Sie, jetzt und hier alle Ergebnisse vorzutragen, damit wir mit den Ermittlungen weiterkommen, ohne eine Hetzjagd auf einen Kollegen zu eröffnen.«

Nach einer kurzen Pause, in der er abwartete, bis sich alle wieder beruhigt hatten, stellte der Amtsleiter seine nächste Frage: »Gibt es forensische Ergebnisse, die auf Uwe Görndt als Täter schließen lassen?«

Markus Schaller ergriff als Erster das Wort: »Wir haben die DNA-Proben analysiert, die in der Gartenlaube gefunden wurden. Es waren Spuren von einer Frau und mehreren Männern.«

»Konnten Sie die Spuren zuordnen?«

»Nur die der Männer!« Markus war sich der Aufmerksamkeit der ganzen Abteilung sicher, als er vorlas: »Die DNA-Allele stimmen mit den Allelen von Oskar Lohse, Philipp Genser und Volker Dinz überein. Von Uwe Görndt haben wir nichts gefunden.«

»Und wer ist die Frau?«, wollte Renske wissen.

»Keine Ahnung!«

»Und es ist sicher, dass es nur eine Frau war?«

»Ganz sicher ist es nicht, weil nicht mehr alle Spuren untersuchungstauglich waren.«

»Damit wird der Kollege Görndt entlastet«, stellte Ehrling fest. »Jetzt möchte ich Fakten hören, die unsere Ermittlungen vorantreiben!«

»Wir haben Uwe Görndts Aussage überprüft, er sei mit seiner Waffe zur Tatzeit im Schützenhaus gewesen«, meldete sich Monika.

»Und?«

»Es gibt keine Zeugen.«

»Wie geht das?«, fragte Ehrling. »Es gibt Richtlinien vom Deutschen Schutzbund, die besagen, dass immer eine Aufsichtsperson in einem Schützenverein dabei sein muss.«

»Aber nicht, wenn der Schütze selbst eine Aufsichtsperson des Vereins ist, wie in unserem Fall«, korrigierte ihn Monika und las aus einem Dokument vor, das sie bereitgelegt hatte: »*Eine zur Aufsichtsführung befähigte Person darf schießen, ohne selbst beaufsichtigt zu werden, wenn sichergestellt ist, dass sie sich allein auf dem Schießstand befindet*, heißt es in der Schießstandordnung des Deutschen Schützenbundes e. V. «

»Also doch«, zischte Theo.

»Wir haben auch überprüft, ob mit der Waffe geschossen wurde, die ihr mir gegeben habt«, sprach Markus weiter, wobei er sich an Theo und Lukas wandte, »und ich kann das nur bestätigen. Vor Kurzem sogar. Aber wo und wann, weiß ich natürlich nicht.«

»Um welche Waffe handelt es sich hier?«, fragte Hugo Ehrling.

»Um eine Repetierbüchse mit Kaliber 6,5 x 57 der Marke Mauser.«

»Ist das die Tatwaffe in unserem letzten Mordfall?«

»An der Hütte haben wir die Hülse und das Projektil gefunden, das Volker Dinz getötet hat«, erklärte Markus. »Das Projektil steckte in der Außenwand, womit der Tathergang bestätigt werden kann, dass Volker Dinz vor der Hütte aus nächster Nähe erschossen wurde. Um welches Projektil oder um welche Tatwaffe es sich hierbei handelt, kann ich nicht sagen.«

Ehrlings Miene verdüsterte sich, als er fragte: »Ist das alles, was wir haben?«

Sofort meldete sich wieder Monika zu Wort: »Nein! Ich war in der Ballistik und habe den Bericht. Der ist aufschlussreich. Wir haben hier eine Patrone mit dem Kaliber 7,92 x 57. Das gleiche Kaliber, mit dem auch Philipp Genser und Oskar Lohse erschossen wurden.«

»Was ist daran aufschlussreich?«, fragte Ehrling.

»Im Gegensatz zu den Projektilen und Hülsen, die wir an den beiden ersten Tatorten gefunden haben, die aus Stahlhülse mit Tombakgeschoss bestanden, haben wir es hier mit einem Kupferjagdgeschoss zu tun. Die Hülse, die gefunden wurde, ist eine übliche Messinghülse«, berichtete Monika hastig.

»Was heißt das übersetzt für uns normal Sterbliche?«, fragte Lukas.

»Das heißt, dass wir es hier mit einer Patrone zu tun haben, die sehr neu ist und extra für die Jagd hergestellt wird.«

»Die aber trotzdem mit der alten Waffe verwendet werden kann?«, hakte Lukas nach.

»Das vermute ich mal!«

»Aber sicher bist du dir nicht?«

Monika zögerte, ehe sie sagte: »Das Projektil war zu stark verformt, um daran Rillen oder Riefen zu finden, die abgeglichen werden könnten.« Auf die enttäuschten Gesichter der Mitarbeiter hin fügte sie rasch hinzu: »Die Ballistiker bleiben aber noch dran. Vielleicht haben sie Glück und finden doch noch einen Hinweis auf den Lauf der Waffe.«

»Warum ist die Kugel so schwer zu untersuchen?«, griff Theo ein.

»Weil sie sich durch die verschiedenen Aufpralle stark verformt hat. Zuerst die vordere Schädelwand, dann die hintere beim Austritt. Dann schlug sie in die Wand der Hütte ein. Normalerweise treten diese Kugeln nicht so leicht aus. Doch hier haben wir es mit einem Schuss aus nächster Nähe zu tun.«

»Wir können also nicht mit Sicherheit von derselben Waffe sprechen?«, vergewisserte sich Hugo Ehrling.

»Noch nicht.«

»Wer von Ihnen hat überprüft, welche Waffen in Buweiler auf wen eingetragen worden sind?«, fragte der Chef weiter.

»Das war auch ich«, meldete sich erneut Monika. »Eine Waffe aus dem Zweiten Weltkrieg war nicht dabei. Heute kommen für dieses Kaliber sogenannte Büchsen in Frage, das sind Jagdwaffen. Kipplaufbüchsen oder Repetierer. Sämtliche Jagdwaffen, die in Buweiler registriert sind, haben ein anderes Kaliber. Unseres ist nicht dabei, vermutlich deshalb, weil diese Patronen für Großwild geeignet sind. Die braucht man hier nicht.«

»Da diese Waffe ein Relikt aus dem Zweiten Weltkrieg ist, ist sie vermutlich nirgendwo registriert«, sagte Markus. »Und die Schmauchspuren in dem Versteck im Boden des alten Gartenhauses könnten ein Hinweis darauf sein, dass sie dort gelagert wurde.«

Ehrling nickte und zog den Schluss: »Dann hat der Täter sie nicht mehr an den Ort zurückbringen können, weil wir vor seiner Rückkehr dort waren. Er hat sie vermutlich jetzt bei sich zuhause.«

*

Er spürte, dass er handeln musste. Er hatte nichts mehr zu verlieren. Nichts! Wer oder was sollte ihn noch aufhalten? Er wusste, wer dafür verantwortlich war. Und er erinnerte sich, was in seinem Keller schlummerte.

Eine wunderbare Waffe, von der niemand etwas wusste.

Er öffnete die Kellertür und schaltete das Licht ein. Vor seinen Augen erstreckte sich eine lange, steile Treppe in die Tiefe.

Es würde ihm nicht leichtfallen, diese Stufen hinunterzusteigen. Doch der Zeitpunkt war gekommen, dass er es tun musste. Es war niemand mehr da, der ihm diesen Weg hätte abnehmen können.

Aber er fühlte sich stark – angetrieben von einer Wut, die ihm ungeahnte Energie spendete.

Also stieg er hinab in die Tiefe.

Der Keller war niedrig. Er bückte sich, um nicht mit dem Kopf anzustoßen. Auch war die Beleuchtung schwach. Nur eine 40-Watt-Glühbirne, die nackt von der Decke herabbaumelte. Damit herrschte hier unten mehr Schatten als Licht.

Doch das störte ihn nicht. Er kannte sich hier aus. Hatte hier fast sein ganzes Leben verbracht, sodass ihm in diesem Keller keine Nische fremd war.

Zielstrebig ging er durch die verwinkelten, niedrigen Räume, bis er an seinem Ziel ankam.

Eine Holzkiste, deren Anblick ihn schon immer an einen Sarg erinnerte.

Einen Kindersarg.

Nur mit Mühe gelang es ihm, die Tränen zu unterdrücken.

Es wäre falsch, jetzt über das Äußere dieser Kiste nachzudenken. All die Jahre hatte es ihn nicht gestört. Also tat es das jetzt auch nicht.

Rasch öffnete er das Vorhängeschloss an der Kiste und schlug die Klappe hoch.

Da lag sie.

Schlank und elegant, schön und voll funktionsfähig – mit ihrem 60 cm langen Gewehrlauf aus Spezialstahl, mit fest eingebautem Trommelmagazin und nach hinten offener Hülsenbrücke. Der Schaft aus gutem Nussbaumholz, die Mündungspartie mit Fischhaut verziert und einem Pistolengriffkäppchen aus Stahl mit den Initialen O. S.

Das waren zwar nicht seine Initialen. Trotzdem bedeuteten sie ihm viel und er war sehr stolz darauf.

Er prüfte alles.

Die Waffe war gesichert, Schlagbolzen und Kammer blockiert. So bestand auch bei entspanntem Schloss keine Gefahr, dass sich ein Schuss löste.

Er musste auf Nummer sicher gehen, dass er nicht schon damit schoss, bevor er den richtigen Mann im Visier hatte.

*

»Okay!« Ehrling schaute auf seine Unterlagen. »Es gab noch mehr Spuren in Katharina Borgs Gartenhaus. Ich bitte um Bericht!«

Dieter Marx erhob sich von seinem Platz. Stöhnen ging durch die Menge, weil alle das Schlimmste befürchteten. Doch Marx fasste seine Einleitung kurz: »Nur in der Vergebung der Schuld erkennt man die Herrlichkeit des Herrn im Angesicht Jesu. Volker Dinz hat gesündigt. Gott wird ihm vergeben.«

Stille.

»In der Hütte wurden Reste von Drogen gefunden.«

»Ruhe!«, rief Ehrling, als sofort ein heftiges Gemurmel aufbrandete. »Lassen Sie doch den Kollegen erst einmal aussprechen!«

»Es wurden Reste von Speed gefunden. Aber ebenfalls Reste von Rohypnol, zwei Präparate, die wohl kaum zusammen eingenommen werden können, weil die Wirkungen total gegensätzlich sind. Während Speed aufputscht, gehört das Flunitrazepam zu den Betäubungsmitteln und ist besser bekannt als Rohypnol. Es hat im Zusammenhang mit Alkohol die gleiche Wirkung wie K.o.-Tropfen und wird als Vergewaltigungsdroge eingesetzt. Da in unserem Fall auch offensichtlich große Mengen an Alkohol verkonsumiert wurden und die Spurensicherung Spermaspuren dort gefunden hat, ist es nicht auszuschließen, dass diese Drogen für Orgien verwendet worden sind.«

»Bestätigt sich damit die Drogentheorie, die Uwe Görndt aufgestellt hat?«, hakte Renske nach.

»Es bestätigt sich zumindest ein ungewöhnlich hoher Konsum an Drogen in diesem kleinen Dorf«, antwortete Marx. »Bei meinen Recherchen bin ich in diesem Zusammenhang auf den Autounfall einer jungen Frau gestoßen, der sich vor etwa einem Jahr auf unserer Todesstrecke ereignet hat.«

»Was ist daran so besonders?«, fragte Ehrling.

»Die Frau ist unter Alkohol- und Drogeneinfluss mit dem Auto von der Straße abgekommen. Sie hat ein Jahr im Koma gelegen und ist vor zwei Wochen gestorben.«

»Das betrifft aber nicht unseren Fall. Oder?«, warf Renske ein.

»Das weiß ich nicht«, gab Marx zu. »Ich weiß nur, dass der Kollege Görndt ständig von Drogenkriminalität in seinem Umkreis gesprochen hat. Wer weiß, ob nicht doch ein Fünkchen Wahrheit dran ist und Volker Dinz der gesuchte Mann war.«

»Der gesuchte Drogendealer, der sich auch gern mal selbst an seinem Stoff bedient?«, fragte Ehrling.

»Laut unserem Gerichtsmediziner hat Volker Dinz unter Drogen gestanden, als er erschossen wurde«, bestätigte Lukas.

»Das glaube ich jetzt nicht«, stöhnte Renske. »Sollte der Täter tatsächlich zur Drogenszene gehören, der seine Waren aus Mannheim und Kaiserslautern hier bei uns verkauft?«

Die Stimmung unter den Kollegen sank merklich – wenn das stimmte, hatten sie bislang überwiegend falsche Fährten verfolgt.

»Inzwischen haben wir drei Tote«, grummelte Lukas. »Ich will nicht glauben, dass wir mit unseren Ermittlungen wieder ganz am Anfang stehen!«

»Bedrängnis bringt Geduld, Geduld aber Bewährung, Bewährung Hoffnung«, salbaderte Dieter Marx.

*

Vorsichtig trug er die Waffe durch den Keller. Das gute Stück war schon alt, doch sah man ihm die vielen Jahre nicht an. Gute Pflege und regelmäßiges Schießen waren die besten Methoden für die lange Funktionstüchtigkeit einer Waffe.

Er steuerte die Garage an, wo er sein Auto vermutete.

Dort hätte ihn fast der Schlag getroffen. Die Garage gähnte leer.

Schnell aber beruhigte er sich wieder. Ihm fiel ein, dass er am letzten Abend zu müde gewesen war, das Auto hineinzufahren. Da die Garage knapp bemessen war, brauchte er ein gutes Augenmaß, um den Wagen genau hinein zu manövrieren. Das hatte er sich nicht mehr zugetraut, weshalb er ihn einfach vor der Tür abgestellt hatte. Er grinste bei der Erinnerung daran, dass ihm am letzten Abend das Bier so gut geschmeckt hatte. Die langersehnte Schneeschmelze machte ihn wieder mobil. Endlich wagte er wieder, mit dem Auto kurze Strecken zurückzulegen. So wie jetzt. Die Straßen waren frei. Zum Glück für ihn, denn so würde er bald den Mann zur Rechenschaft ziehen können, den er für das sinnlose Morden in diesem Dorf verantwortlich machte.

Er öffnete das Garagentor mit dem automatischen Toröffner.

Langsam klappte es hoch, wobei es laute, quietschende Geräusche ausstieß. Plötzlich kamen noch ein Krachen und ein Scharren dazu, was ihm bisher noch nie aufgefallen war. Auch bewegte sich das Tor langsamer als sonst nach oben.

Erst als er freie Sicht nach draußen hatte, sah er die Kratzer an der Stoßstange und am Kühlergrill seines Wagens und ärgerte sich über sich selbst. Er hatte viel zu nah an der Garage geparkt. Das Tor war an der Kühlerhaube entlanggeschrammt.

Doch das sollte ihn nicht aufhalten. Mit der Waffe in der Hand trat er hinaus, öffnete mit dem Schlüssel in seiner Hand die Wagentüren und legte das Gewehr vorsichtig auf den Rücksitz.

Dann setzte er sich hinter das Steuer und startete den Wagen, wobei er mehr Gas gab, als nötig war, und fuhr los. Die neugierigen Gesichter hinter den Gardinen der Nachbarhäuser bemerkte er nicht.

*

»Wir haben am Gartenhaus von Katharina Borg einen Schuhabdruck gefunden, der eindeutig nicht zu den Abdrücken unseres Täters passt«, berichtete Markus Schaller ein weiteres Detail.

»Wie wäre es mit einem Hinweis, der uns weiterhilft?«, fragte der Staatsanwalt genervt.

»Der Abdruck vor dem Gartenhaus ist Schuhgröße 45«, sprach der Teamchef der Spurensicherung einfach weiter.

»Also wieder kein Hinweis, der uns weiterhilft«, murrte Renske.

»Doch!«, rief Monika. »Nils Amann hat Schuhgröße 45.«

»Arno Stehle hat 44«, meinte Lukas. »Das schließt ihn auch als Täter aus.«

»Woher weißt du, welche Schuhgröße Arno Stehle hat?«, fragte Monika. »Das steht hier nirgends in den Berichten.«

»Als er mir seinen Schuh an den Kopf werfen wollte, habe ich ihn abgefangen und konnte sehen, welche Schuhgröße er hat.«

»Arno hat Rückgrat«, meinte Andrea mit einem gehässigen Lachen. »Nur schade, dass er nicht richtig getroffen hat.«

»Das heißt für uns, dass Nils Amann an der Hütte war«, schaltete sich Renske ein. »Aber warum?«

Zur Überraschung des Staatsanwalts meldete sich Andrea zu Wort: »Ich habe etwas herausgefunden, was uns vielleicht mehr über diesen Amann sagen könnte.«

»Schießen Sie los!«, forderte Ehrling die Kollegin auf.

»Ich habe von allen drei Opfern die letzten Schritte rekonstruiert, bevor sie erschossen wurden«, begann Andrea zu berichten. »Und zwar hatte Oskar Lohse zu seiner Mutter gesagt, er wolle Nils Amann abholen und mit ihm auf den Weihnachtsmarkt fahren.«

»Das wissen wir.«

»Philipp Genser hatte Krankenbesuche gemacht. Ich habe mir seine Akte angesehen, in der die Adressen der Patienten vermerkt waren, die er an diesem Nachmittag aufgesucht hatte. Sein letzter Patient war Nils Amann.«

»Nils war am Dienstag nicht zuhause«, wandte Lukas ein. »Laut seiner Nachbarin ist er am Dienstagnachmittag in die Graf-Haeseler-Kaserne in Lebach gefahren. Und laut Kompaniechef hat er erst am Donnerstag die Kaserne in den Morgenstunden wieder verlassen.«

»Wann am Dienstagnachmittag?«, hakte der Staatsanwalt nach.

Lukas schaute in seinen Unterlagen nach und blätterte hektisch, bis er fand, wonach er suchte: »Um neunzehn Uhr traf er in der Kaserne ein.«

»Wie lange fährt man von Wadern-Buweiler bis Lebach?«, fasste Renske nach.

»Bei dem Wetter – verschneite Straßen ...« Lukas überlegte und schätzte dann: »Eine Stunde.«

»Und wann wurde Philipp Genser erschossen?« Der Staatsanwalt konnte seine Ungeduld nicht verbergen.

»Zwischen siebzehn und zwanzig Uhr.«

»Die Nachbarin hat nur gesehen, dass er fortgefahren ist«,

resümierte Renske. »Nils wird ihr nicht gesagt haben, dass er noch einen alten Kumpel erschießen will, ehe er in die Kaserne fährt.«

»Ich glaube, unsere Kollegin Peperding war noch nicht fertig«, erinnerte Hugo Ehrling die Kollegen und bat Andrea, den Rest ihrer Ermittlungsergebnisse vorzutragen.

»Jetzt fehlt nur noch Volker Dinz«, meinte die Beamtin und fuhr sich nervös mit der Hand durch ihre kurzgeschorenen Haare. »Nach meinen Akten, die ich natürlich nur nach den Angaben von Lukas und Theo ausfüllen konnte, hat sich Dinz gestern Abend direkt nach der Befragung durch Daniel Bauer zu Nils Amann fahren lassen.«

»Wow! Wir haben einen Verdächtigen«, stieß Theo aus, woraufhin alle im Büro gleichzeitig zu sprechen begannen.

Hugo Ehrling erhob sich von seinem Platz, ging ans Fenster und schaute hinaus auf den Parkplatz. Die Bäume bogen sich im Wind. Der Regen peitschte gegen die großen Scheiben und hinterließ schmierige Streifen, sodass die Sicht schlecht war.

Nach einer Weile drehte er sich um. Alle schauten ihn erwartungsvoll an. An die Kriminalpsychologin Silvia Tenner gerichtet fragte der Kriminalrat: »Passt Nils Amann in Ihr Profil?«

Nun schwenkten alle Augen in Richtung der Kriminalpsychologin. Die blonde Frau raufte ihre Haare, lächelte selbstsicher in die Runde und antwortete: »In meinem Profil habe ich vermerkt, dass der Krieg für den Täter eine Rolle spielen könnte, weil seine Taten kriegerisch sind. Es liegt an Ihnen festzustellen, ob etwas in seinem Afghanistan-Einsatz vorgefallen ist, was ihn hier und heute zu solchen Taten bewegen könnte – etwas, das eine Posttraumatische Belastungsstörung ausgelöst hat. Zum Beispiel die Tatsache, dass er seit seinem Einsatz immer wieder krankgeschrieben worden ist und zurzeit sogar *krank zuhause* gemeldet ist, könnte ein Hinweis darauf sein.«

»Der Kompaniechef und der Bundeswehrarzt unterliegen der Schweigepflicht«, merkte Theo an. »Wie sollte ich an solche Informationen herankommen?«

»Hast du mal mit Nils Amann selbst darüber gesprochen?«, fragte Silvia.

»Ja! Und nach unseren neusten Erkenntnissen habe ich immer mehr das Gefühl, dass er nicht alles erzählt hat.«

Silvia nickte bedächtig und meinte: »Entweder er hat ein bestimmtes Ereignis verdrängt und weiß es selbst nicht mehr. Oder er schweigt darüber, weil er befürchtet, es könnte durch seinen Bericht alles noch mal in ihm neu aufleben.«

»Ich hatte bei jedem Gespräch, das wir mit Nils geführt haben, das Gefühl, dass er Alkohol getrunken hatte«, erwähnte Lukas.

»Das ist auch ein Hinweis, den ihr beachten solltet. Alkohol trinken viele, um zu vergessen.«

*

Sein Wagen fuhr wie von selbst. Er kannte den Weg – war ihn oft genug gefahren, um sich alles einprägen zu können, ohne ständig auf die lästigen Schilder achten zu müssen. Wie Sturzbäche lief das Wasser über die Straßenrinnen. Der geschmolzene Schnee hinterließ eine Landschaft unter Wasser. Die Felder wirkten wie Seenplatten. Ein heftiger Wind blies, sodass sich die Bäume beängstigend über die Straße bogen. Auch rüttelte der Wind heftig an seinem Wagen, er musste sich sehr konzentrieren, um nicht vom Weg abzukommen. Es war wichtig für ihn, heil anzukommen. Er hatte etwas zu tun – er musste Rache üben.

Endlich erreichte er die ersten Häuser von Wadern. Sofort kam es ihm vor, als ließe der starke Wind nach. Nur die Wassermassen waren geblieben.

Noch wenige Abbiegungen und er hatte sein Ziel erreicht. Er steuerte den kleinen Parkplatz an. Der lag vorne zur Straße. Das war gut so und gehörte zu seinem Plan. Von dort konnte er schnell wieder verschwinden, ohne gesehen zu werden.

Er stellte den Wagen ab und stieg aus. Der Wind hätte ihn fast umgehauen. Die hohen Zypressen bogen sich tief herab. Ein gespenstischer Anblick.

Er schüttelte sich, nahm die Waffe aus dem Fond des Wagens und trat mit festen Schritten auf das Gebäude zu. Aus den Augenwinkeln bemerkte er, dass ein weiteres Auto auf den Parkplatz fuhr. Das passte ihm nicht. Er versteckte die Waffe unter seinem Mantel, drehte sich jedoch nicht um, sondern steuerte ohne Zögern sein Ziel an – das Büro von Uwe Görndt.

*

Allensbacher schniefte laut und deutlich, was alle Mitarbeiter dazu veranlasste, auf den Dienststellenleiter zu schauen, der sich bisher sehr still und unauffällig verhalten hatte. Mit verschnupfter Stimme fragte er: »Wie sieht der meteorologische Bericht für die Zeit von Mittwoch, als der Schuss gefallen ist, bis Donnerstag aus? Gab es Schneefall? Wenn ja, wie stark?«

»Ich habe mich mit den Wetterfröschen in Verbindung gesetzt«, rief Andrea mit ihrer lauten Stimme, sodass Allensbacher zusammenzuckte und schimpfte: »Geht das auch leiser?«

»Tschuldigung! Also, der Wetterdienst hat mir die Wetterkarten zugeschickt. Am Mittwoch hat es den ganzen Tag geschneit. In der Nacht hat es nachgelassen und am Donnerstag fiel nur noch vereinzelt Niederschlag.«

»Warum ist das wichtig für uns?«, fragte Renske verblüfft.

»Weil an der Stelle, von der aus auf Daniel Bauer geschossen wurde, noch eine zweite Hülse lag«, antwortete Monika an Stelle des Dicken.

Gemurmel machte sich breit.

»Vom gleichen Kaliber?«

»Nein! Die zweite Hülse stammt vom Kaliber 9,3 x 62.«

»Und wie kann uns der Wetterdienst da weiterhelfen?«, hakte Renske nach.

»Ursprünglich glaubten wir, diese zweite Hülse läge schon sehr viel länger dort als unsere. Diese zweite Hülse war vom

Schnee zugedeckt, während die andere frei auf der Schneedecke obenauf lag«, schaltete sich Markus Schaller ein. »Aber dem Meteorologischen Dienst zufolge hat es zwischen dem gefallenen Schuss und dem Auffinden der Hülse ohne Unterbrechung geschneit, was bedeutet, dass eigentlich beide Hülsen vom Schnee hätten zugedeckt sein müssen.«

Er reichte Fotos von den beiden Hülsen herum, wie sie aufgefunden worden waren.

»Es sollte doch eine Befragung in Buweiler durchgeführt werden, ob jemand einen zweiten Schuss gehört hat und wann«, erinnerte Allensbacher ungeduldig, während er in sein Taschentuch schnäuzte. »Hat das jemand von Ihnen gemacht?«

»Ja! Ich!«, meldete sich Dieter Marx. »Niemand hat einen weiteren Schuss gehört. Alle Aussagen sind identisch, nämlich dass ein Schuss in der Mittagszeit gefallen ist. Das ist genau die Zeit, die auch Daniel Bauer angegeben hat.«

»Da stimmt irgendwas nicht«, erkannte der Amtsleiter und setzte sich wieder an seinen Platz am Kopfende des Tisches.

*

Die Tür flog krachend auf. Er streckte seine Waffe zielgerichtet nach vorne und lief auf Uwe Görndts Büro zu. Der Polizeibeamte wurde schlagartig leichenblass im Gesicht, als er den Mann mit der vorgehaltenen Waffe sah. Dessen Gesicht drückte eine Entschlossenheit aus, die den Polizisten das Schlimmste befürchten ließ. Die Augen funkelten böse.

»Heute wirst du dafür büßen, was du getan hast«, brüllte der Bewaffnete.

»Aber ... ich habe doch gar nichts getan ...«, stammelte Uwe Görndt.

»Feige bis zum letzten Atemzug!« Er spie die Worte förmlich aus. »Sich an unbewaffneten jungen Männern rächen. Das ist mehr als feige, das ist hinterhältig und schäbig. Du bist die Kugel nicht wert, die ich jetzt für dich verballern muss.« Er atmete tief durch, zielte und krümmte den Zeigefinger, der am Abzug lag. »Sprich noch ein letztes Gebet!«

»Aber ich bin unschuldig!«, wimmerte Görndt.

»Du bist ein noch viel größerer Feigling, als ich gedacht habe. Stehe wenigstens zu deinen Taten!«

Plötzlich hörten sie, wie die Eingangstür geöffnet wurde.

»Verdammt noch mal!«, ertönte eine bekannte Stimme. »Tu nichts, was du bereuen könntest!«

»Bereuen? Dass ich nicht lache! Ich würde es höchstens bereuen, wenn ich diese hinterhältige Ratte am Leben ließe.«

Seine Arme begannen zu zittern. Speichel lief ihm aus den Mundwinkeln. Doch aus seinen Augen sprach noch immer eine wilde Entschlossenheit.

Uwe Görndts Blick richtete sich flehend an den Neuankömmling, als erhoffte er sich von ihm die Rettung. Doch das Klicken verriet, dass der andere Mann nicht bereit war, seine Meinung zu ändern. Die Waffe war entsichert. Der Finger am Abzug krümmte sich.

*

»Sie sind nicht nur Profilerin, sondern auch Psychologin?« Mit diesen Worten wandte sich der Amtsleiter an Dr. Silvia Tenner.

»Ja!«

»Dann sind Sie auch in der Lage, einen traumatisierten Menschen psychologisch zu betreuen?«

»Ja!«

»Gut!« Ehrling nickte. »Dann beauftrage ich Sie, als Psychologin mit Nils Amann zu sprechen. Wir hatten ihn ohnehin schon zu einer Vernehmung vorgeladen, er müsste schon hier sein. Übernehmen Sie das bitte statt der Kollegen, die ursprünglich dafür vorgesehen waren.«

Silvia warf ihm einen erstaunten Blick zu, doch Ehrling sprach schnell weiter: »Nur Ihnen kann es gelingen, dass er etwas über seine Erlebnisse in Afghanistan berichtet.«

Silvia meinte lächelnd: »Ich werde so ein Gespräch bestimmt anders angehen als Lukas oder Theo. Aber versprechen kann ich nichts.«

»Tun Sie Ihr Bestes!«, sagte Ehrling. »Es besteht der Verdacht, dass Nils Amann drei Menschen getötet hat. Und wir wollen doch alle, dass dieses sinnlose Töten ein Ende hat.«

»Klar!«

Zufrieden wandte sich Ehrling an Lukas und Theo und wies die beiden an: »Sie werden sich erneut mit dem Kompaniechef in Lebach in Verbindung setzen und ihn ebenfalls nach den Vorfällen in Afghanistan befragen. Dieses Ereignis wird ja wohl nicht unter die Schweigepflicht fallen.«

Lukas und Theo nickten.

An Andrea und Monika gewandt, fuhr der Amtsleiter fort: »Sie beide kümmern sich um die restlichen Ergebnisse der Spurensicherung vom letzten Tatort und hören nach, ob Dr. Stemm bereits die Autopsie an Volker Dinz durchgeführt hat.«

Monika nickte, doch Andrea protestierte: »Haftet uns jetzt dieser Leichenöffnungsfritze für ewig an der Backe?« Aber niemand reagierte darauf.

»Und Sie kümmern sich darum, wer in Buweiler welche Drogen verkonsumiert hat, in welchen Mengen und woher er die bezogen hat«, wies Ehrling den Kollegen Marx an.

Mürrisch fragte Renske nach: »Was versprechen Sie sich denn davon?«

»Ich will allen Hinweisen nachgehen, auch der Drogentheorie, die Polizeikommissar Uwe Görndt aufgestellt hat. Es behagt mir nicht, einen Kollegen zu belasten. Nils Amanns Rolle in dieser Sache müssen wir auch noch klären, bevor wir Schlussfolgerungen ziehen.«

Plötzlich ertönte langgezogen und unheimlich eine Mundharmonika, bis sich ein weiterer Ton aus einem Blasinstrument daruntermischte. Dann ein lauter Glockenschlag, gefolgt von Streichinstrumenten, alles von der Mundharmonika übertönt, deren Klang immer aufdringlicher wurde.

»Was ist denn jetzt los?«, fragte Allensbacher, dem vor Schreck das Taschentuch aus der Hand gefallen war.

»Das ist mein Handy«, erklärte Theo mit hochrotem Kopf.

Er schaute auf das Display und wunderte sich.

Schulterzuckend hob er ab. Er lauschte, stieß ein »Ah«, ein »Oh« und ein »Huch« aus, während ihn alle mit Argusaugen beobachteten. Dann legte er auf und sagte: »Wir müssen einen Schießwütigen in Wadern stoppen!«

»Was?«

»Wo?«

14

Nils Amann wirkte nervös, als er auf dem bequemen Stuhl saß und wartete. Er wusste nicht, was auf ihn zukam. Aber ihm schwante nichts Gutes. Vorgeladen zu einem Gespräch bei der Polizei – das klang für ihn nach Verhör, auch wenn die Bullen das nicht so ausdrücken wollten.

Er tippte mit den Fingern auf die Stuhllehne und wunderte sich über das angenehme Ambiente. Pflanzenarrangements zierten die Fensterbänke. Ein Blumenstrauß prangte auf dem großen Schreibtisch aus Eichenholz. Die Schränke aus dunklem Nussbaumholz reichten bis unter die Decke und waren überfüllt mit Büchern. Das gab dem Raum eine heimelige Ausstrahlung. So hatte sich Nils immer eine alte Bibliothek vorgestellt. Glasvitrinen voll mit Nippes in allen vier Ecken ließen keinesfalls auf ein Büro bei der Polizei schließen. Eher auf das Wohnzimmer einer Frau.

Er grinste. Die Anspannung fiel allmählich von ihm ab.

Als dann auch noch die Tür aufging und eine blonde Frau eintrat, wie sie schöner nicht sein konnte, war für ihn der Tag gerettet. Er ahnte, dass diese Befragung tatsächlich kein Verhör werden würde, sondern einfach das, als was sie angekündigt worden war: ein Gespräch.

»Ich bin Dr. Silvia Tenner!« Mit diesen Worten trat die blonde Schönheit auf Nils zu und reichte ihm die Hand.

Es hatte ihm die Sprache verschlagen. Er versank in ihren meerblauen Augen. »Und Sie sind Nils Amann. Richtig?« Ein Lächeln überzog ihr Gesicht, das es noch schöner machte.

Er nickte nur und kam sich dabei total dämlich vor, weil er sich nicht in der Lage fühlte, ihr wie ein richtiger Mann zu begegnen. Stattdessen himmelte er sie an wie ein Pennäler, der zum ersten Mal in seinem Leben eine echte Frau sah.

»Ich möchte mit Ihnen über die Morde an Ihren Jugendfreunden sprechen.« Mit großen Augen schaute Silvia ihr Gegenüber an.

Nils raufte sich die Haare und meinte stockend: »Das ist echt heftig! Die Jungs kenne ich, seit ich denken kann. Plötzlich werden sie einfach so abgeknallt.«

»Haben Sie eine Vorstellung, warum es gerade diese drei erwischt hat?«

»Nein! Es hätte wohl jeden von uns treffen können.«

»Haben Sie Angst, der Nächste zu sein?«

Nils schaute auf. Die Frage irritierte ihn. So weit hatte er noch nicht gedacht. Keine Sekunde. Einen Augenblick versank er wieder in den blauen Augen der Blondine – einen Augenblick zu lang, wie er bemerkte, als aus ihrem neugierigen Blick ein Lächeln wurde.

»Ich glaube nicht, dass es mich mal erwischt«, sagte er dann.

»Was macht Sie da so sicher?«

Nils zuckte mit den Schultern und sagte: »Keine Ahnung! Es ist einfach nur so ein Gefühl.«

»Das Gefühl der Unsterblichkeit?«

Nils lachte. »Schön sagen Sie das!« Er überlegte eine Weile, ehe er zögerlich bemerkte: »Das sind ungewöhnliche Fragen für ein Verhör!«

»Was wir hier tun, ist kein Verhör«, erklärte Silvia. »Ich weiß nicht, ob Sie meinen Doktortitel wahrgenommen haben, als ich mich Ihnen vorgestellt habe.«

Überrascht schüttelte Nils den Kopf.

»Ich bin Kriminalpsychologin.«

»Heißt das, ich werde gegen meinen Willen therapiert?«

»Nein! Das heißt nur, dass wir ein Gespräch auf freiwilliger Basis führen – und kein Verhör.«

»Also bin ich nicht verdächtig?«

»Ich verdächtige niemanden.« Silvia lachte. »Ich führe nur Gespräche.«

Nils spürte, dass ihn diese Art der Befragung irritierte. Dabei sollte es ihn doch eigentlich beruhigen, dass er nicht als Verdächtiger in drei Mordfällen hier saß. Schweiß trat ihm auf die Oberlippe. Salziger Geschmack machte sich in seinem Mund breit.

»Wir waren an dem Punkt stehengeblieben, dass Sie keine Angst haben, das nächste Opfer des Todesschützen von Buweiler zu sein«, erinnerte Silvia.

»Stimmt!«

»Also? Was macht Sie so sicher?«

Nils lachte verlegen und antwortete: »Wissen Sie, ich habe meinen Afghanistan-Einsatz überlebt. Und da ging es manchmal ganz schön gefährlich zu. Deshalb glaube ich einfach nicht, dass ich in meinem Heimatdorf abgeknallt werde wie ein Hund.«

»Haben Sie große Gefahrensituationen überstehen müssen?«

»Oh ja!«

»Erzählen Sie mal!«

»Was soll ich da erzählen?«

»Wie es Ihnen dort ergangen ist.«

Eine Weile herrschte Stille in dem gemütlichen Zimmer. Nils schaute sich um, bis sein Blick wieder auf die Psychologin traf. Langsam begann er zu sprechen: »Wir waren mit einem Konvoi in Richtung Feyzabad unterwegs, um die Gegend zu erkunden.«

Stille.

»In welcher Funktion waren Sie dabei?«

»Ich war Fernspäher der infanteristischen Aufklärungstruppe des Heeres«, erklärte Nils mit hörbarem Stolz in der Stimme.

»Das ist eine verantwortungsvolle Aufgabe«, stellte Silvia fest.

»Und wie! Wir sind für die Sicherheit der Truppe zuständig.« Nils glaubte, so etwas wie Bewunderung in den Augen dieser schönen Frau zu erkennen.

»Das bedeutet, dass Sie vorausfahren und dafür sorgen, dass die Strecke für die Kameraden sicher ist?«

»Genau das!«

»Sie waren also auf dem Weg nach Feyzabad?«

Eine Weile zögerte Nils. Er glaubte zu spüren, wie diese Frau ganz tief in ihn eindrang. Tiefer, als er bereit war, das zuzulassen. Er räusperte sich, schaute zuerst in alle Ecken, nahm alle Dekorationen dieses heimeligen Zimmers wahr und erzählte dann:

»Feyzabad liegt in einem Talkessel – müssen Sie wissen. Die Stadt wird lediglich von mächtigen, schneeverhangenen Bergketten eingerahmt. Sonst nichts. Die reinste Mausefalle. Von allen Seiten nur Erhebungen, über die man den einzigen Zugangsweg zur Stadt problemlos überschauen kann. Und dieser Weg ist verdammt schmal. Wer dort mit seinem Auto liegenbleibt, blockiert alles. Rückzugsmöglichkeiten oder Fluchtwege gibt es dann nicht mehr.«

»Klingt beunruhigend.«

»Das war es auch.«

»Was ist auf der Straße passiert?«

»Ein großes Gebäude stand auf halbem Weg zum Dorf. Ganz allein, ungeschützt und stockdunkel.« Nils stockte.

Die Psychologin nickte ihm aufmunternd zu.

»Kaum war ich mit dem ersten Wagen des Konvois dort angekommen, gerieten wir unter Beschuss. Wir haben das sofort an die anderen Fahrzeuge gemeldet, sind aus dem Wagen gesprungen und haben uns dahinter verschanzt. Es war dunkel, also haben wir auch die Scheinwerfer ausgeschaltet.«

Wieder entstand eine Pause. In Silvias Miene konnte Nils nicht die geringste Spur von Ungeduld erkennen. Also sprach er schließlich von alleine weiter: »Es fielen keine weiteren Schüsse, weshalb wir nicht wussten, wie gefährlich unsere Situation war. Wir haben auf die anderen Fahrzeuge unseres Konvois gewartet, damit die uns Unterstützung geben. Aber die kamen nicht.«

»Sie kamen nicht?«

»Nein!«

»Einfach so?«

»Wir hatten sie per Funk über die Situation verständigt. Aber sie kamen nicht«, wiederholte Nils.

»Sie erzählen mir also, dass Ihre Kameraden Sie in einem Kriegsgebiet im Stich gelassen haben?«

Nils nickte.

»Dadurch wurde Ihre Überlebenschance noch geringer?«

Nils schaute die Frau an und staunte wieder einmal über die

Tiefe des Meeres, in das er zu blicken glaubte. Ein langsames Kopfnicken war seine Antwort.

»Warum haben Ihre Kameraden Sie im Stich gelassen?«

*

Ohne den geringsten Laut von sich zu geben, verteilten sich die schwarz gekleideten Beamten des Sondereinsatzkommandos um das Gebäude der Polizeiinspektion in Wadern. Die Waffen im Anschlag und mit höchster Konzentration warteten sie auf ein Zeichen ihres Leiters.

Regen fiel vom Himmel, als seien dort oben Schleusen geöffnet worden. Wassermassen liefen von den Anhöhen herunter und ließen den Parkplatz, der das große Gebäude einrahmte, wie einen großen See schimmern. Das Rauschen vermittelte den Eindruck eines Wasserfalls ganz in der Nähe.

Lukas und Theo hielten sich hinter den Sondereinsatzbeamten. Sie mussten abwarten, bis die Lage gesichert war und Entwarnung gegeben wurde.

Leise brummelte Lukas: »Ob dieses Großaufgebot wirklich nötig ist?«

»Klappe!«

Alle Augen der Sondereinsatzbeamten waren auf deren Chef gerichtet. Der spähte von einer geschützten Position aus mit dem Fernglas durch die Fensterscheiben.

Lange Zeit geschah nichts. Das Warten machte Lukas und Theo nervös. Sie wollten unbedingt dabei sein, also mussten sie sich mucksmäuschenstill verhalten, um die Aktion nicht zu gefährden.

»Mir läuft der Regen schon in den Kragen«, flüsterte Lukas.

»Und mir platzt gleich der Kragen, wenn du nicht bald ruhig bist.«

Mürrisch richtete Lukas seinen Blick wieder auf den Einsatzleiter. Genau in diesem Augenblick gab der das Zeichen. Von allen Seiten gleichzeitig wurde das Polizeigebäude gestürmt. Von überallher ertönten Rufe gleichzeitig, sodass Lukas und Theo gar nichts verstehen konnten. Bis ein deutliches »Hände hoch! Waffe fallenlassen!« ertönte.

Lukas kroch aus seinem Versteck und streckte seine Beine aus. Theo tat es ihm gleich und meckerte: »Ich bin nass bis auf die Knochen!«

Ein Beamter trat vor die Tür und gab den beiden Polizeibeamten das Zeichen der Entwarnung. Sofort eilten Lukas und Theo in das warme Gebäude. Ein Gewehr lag auf dem Boden – lang, schön, unschuldig. Der Schaft aus gemasertem Holz, der lange Lauf aus glänzendem, schwarzem Stahl, die seitliche Schiebesicherung auf Entsichern gestellt, ein deutliches Zeichen dafür, dass diese Waffe bereit zum Abschuss war.

Daneben standen Gerhard Dinz, der zitterte wie Espenlaub, und Otto Stehle, der seinem Freund unablässig auf die Schulter klopfte. Hinter dem Schreibtisch saß Uwe Görndt, der seinen Kopf in beide Hände stützte und merkwürdige Töne ausstieß.

»Das gibt Ärger zum Ärger!«, stellte Lukas mit einem Blick auf die Waffe fest. »Das ist eine Mannlicher-Schönauer. Ich wüsste nicht, dass die registriert ist.«

*

Nils spürte, wie seine Kehle austrocknete. Nervös richtete er sich in seinem Stuhl auf und fragte: »Kann ich bitte etwas zu trinken bekommen?«

»Gerne! Kaffee oder Wasser?«

»Wie wär's mit Kaffee mit Schuss?« Nils lachte laut – zu laut, wie er selbst bemerkte. Er wurde immer nervöser. Die Eindringlichkeit der ihm gestellten Fragen, die Nähe und gleichzeitige Distanz zu dieser aufregenden Frau – das alles setzte ihn unter Strom. Er fühlte sich innerlich gespalten – wie zerrissen zwischen dem Wunsch, seine Seele vor ihr auszubreiten, und dem Wissen, dass er besser total cool blieb, wenn er sie beeindrucken wollte.

Er kannte diese Art von Frauen. Sie wollten erobert werden. Nach außen hin taten sie souverän und stark, aber innerlich warteten sie alle auf ihren Helden, ihren Traumprinzen. Nils hatte schon viele Freundinnen gehabt. Als Soldat war er begehrt. Nur, warum saß er jetzt vor der schönen Silvia und wagte nicht, seine übliche Anmachmasche zu fahren? Warum zweifelte er?

»Brauchen Sie den Alkohol?«

Nils spürte, wie sein Gesicht heiß wurde. Diese Frau sah aber auch alles. Hoffentlich konnte sie nicht auch noch Gedanken lesen, sonst wusste sie schon lange, was er über sie dachte.

Er wand sich in seinem Stuhl, spürte, dass sie ihm nicht glauben würde, wenn er die Frage verneinte. Sie hatte ihn durchschaut – innerhalb dieser kurzen Zeit. Das faszinierte und ängstigte ihn gleichzeitig. Er entschloss sich, auf eine Antwort zu verzichten. Dafür erntete er ein Lächeln – ein wissendes Lächeln.

Scheiße, dachte er bei sich. Diese Frau wäre jede Sünde wert. Doch er saß vor ihr wie ein Idiot. Da konnte er sich keine Chancen mehr ausrechnen.

Kurze Zeit später tauchte eine Tasse mit dampfendem Kaffee vor seiner Nase auf.

»Okay! Wollen wir weitermachen?«, drang Silvias Frage an sein Ohr.

»Klar!«

»Sie waren an der Stelle stehengeblieben, als Sie das einsame Haus gesichert hatten und die Kameraden nicht kamen«, erinnerte Silvia.

»Ich weiß!«

»Wie ging es weiter?«

»Wir sind um das Haus herumgegangen. Es war niemand mehr dort.«

»Das Haus war also verlassen?«

Nils nickte.

»Und weiter?«

»Dann haben wir gewartet.«

»Gewartet?«

»Ja! Dass die anderen kommen und wir unseren Weg gemeinsam fortsetzen konnten.«

»Aber die kamen nicht.«

»Nein!«

»Ihre Kameraden haben Sie einfach im Stich gelassen?«, wiederholte Silvia.

Nils nickte. »Und das, obwohl alle mit dem Wissen losgefahren sind, welche Aufgaben und Pflichten für Sie bestehen, wenn Sie sich mit Kameraden in ein Kriegsgebiet begeben?«

Wieder nickte Nils. Seine Unsicherheit wuchs.

»Kennen Sie Paragraph 12 des Soldatengesetzes?«

Nils antwortete nicht.

»Ich sage Ihnen den Wortlaut dieses Paragraphen: *Der Zusammenhalt der Bundeswehr beruht auf Kameradschaft. Sie verpflichtet alle Soldaten, die Würde, die Ehre und die Rechte des Kameraden zu achten und ihm in Not und Gefahr beizustehen. Das schließt gegenseitige Anerkennung, Rücksicht und Achtung fremder Anschauungen ein.*«

Nun trat ein langes, quälendes Schweigen ein. Plötzlich sah Nils Feuerwerke vor seinen Augen. Die Lichtblitze wurden immer heller. Dann hörte er lautes Knallen und Donnern. Sein Adrenalin stieg an. Er begann zu zittern, versuchte sich im Stuhl ganz klein zu machen.

»Hallo!«

Diese zarte Stimme passte nicht in das Szenario von Mündungsblitzen und Detonationen. Erschrocken riss er die Augen auf und versank in einem blauen Meer. Es vergingen einige Sekunden, bis er erkannte, dass das Meer die Augen der Psychologin waren – in einem ebenmäßigen Gesicht, dessen Züge sich zu einem Lächeln verzogen.

»Geht es Ihnen gut?«

Nils nickte, richtete sich peinlich berührt im Stuhl wieder auf und trank von seinem Kaffee.

»Können Sie sich wieder erinnern, was danach passiert ist?«

Nils antwortete, ohne dass er das eigentlich wollte: »Wir hatten das alleinstehende Haus von allen Seiten gecheckt, hatten auch durch die unteren Fenster ins Innere gesehen und sahen keine Gefahr von hier ausgehen. Also kehrten wir an unser Fahrzeug zurück. Ich gab über Funk den Kameraden Entwarnung durch. Daraufhin setzte sich der Konvoi, der in der Dunkelheit mit großem Abstand hinter uns geblieben war, wieder in Bewegung.«

Nils trank hastig einen weiteren Schluck von seinem Kaffee.

»Und plötzlich ging der erste Wagen in Flammen auf.« Nils' Augen wurden glasig. »Gleichzeitig erfolgte ein Beschuss auf den Konvoi, von allen Seiten. Wir wollten helfen, doch wir gerieten ebenfalls unter Beschuss – wurden von den anderen Kameraden getrennt.« Er schnaufte. »In dem dunklen, verlassenen Haus hatten sich Taliban versteckt. Wir hatten sie nicht gesehen.«

Abrupt endete Nils.

Silvia wartete eine Weile. Aber er sprach kein Wort mehr.

15

Der Sonntag begann mit Wolkenbrüchen und starken Windböen. Lukas wollte sich am liebsten noch einmal im warmen Bett umdrehen und Susannes Nähe spüren, doch der Wecker war offensichtlich anderer Meinung. Mit hektischer Stimme kündigte der Radiosprecher an, dass vermutlich an diesem Sonntag sämtliche Fußballspiele im Saarland ausfallen müssten, weil die Spielplätze von Wassermassen überflutet waren.

Ein Blick aus dem Fenster bestätigte das, was es Lukas noch schwerer machte, sich aus den warmen Federn zu quälen. Plötzlich meldete sich sein Handy. »Release me« von Agnes schallte laut und aufdringlich durch das Schlafzimmer.

Eine Bewegung neben ihm machte ihm deutlich, dass nun auch Susanne wach geworden war. Ob es an dem Radiosprecher oder an seinem Handy lag, wusste Lukas nicht. Er spürte nur, dass der besondere Zauber, den die schlafende Susanne in sein Schlafzimmer gebracht hatte, damit beendet war. Mit zotteligen Haaren und einem mürrischen »Geh doch endlich ran!« wurde Lukas in die Realität zurückgerufen. Kaum hatte er sich gemeldet, hörte er bereits die ungeduldige Stimme seines Freundes und Kollegen: »Wann kommst du endlich?«

»Immer sachte mit den jungen Pferden«, gab Lukas brummend zurück.

»Du meinst wohl mit den *alten* Pferden ... so wie du dich anhörst.« Theo lachte laut schallend.

»Verdammt noch mal! Es ist Sonntag!«

»Die Einwohner in Buweiler gehen uns bald aus, wenn wir den Todesschützen nicht bald finden«, hielt Theo dagegen.

Lukas warf die Bettdecke zurück und fühlte sich von der eisigen Kälte in dem Zimmer schlagartig hellwach. »Aber ich dusche vorher noch.«

»Na gut! Hilft mir vielleicht, es in deiner Nähe besser auszuhalten«, gab Theo zurück. »Also sei es dir gegönnt.«

Lukas legte kommentarlos auf und erhob sich endlich.

Hinter sich hörte er ein: »War Theo am Apparat?«

Er nickte und wollte ins Badezimmer gehen, als er Susannes Hand an seinem Bein spürte. »Musst du wirklich schon wieder arbeiten?«

»Ja, leider!«, bestätigte er.

»So langsam werde ich auf Theo eifersüchtig.«

Lukas erschrak und ließ sich wieder auf die Matratze fallen. »Was willst du damit sagen?«, fragte er verblüfft.

»Dass du mehr Zeit mit Theo als mit mir verbringst.«

»Rufst du deshalb schon auf Theos Handy an, wenn du mit mir sprechen willst?«

Susanne lachte über Lukas' zerknautschtes Gesicht und meinte: »Wenn ich dich über dein eigenes Handy nicht erreiche, ist es doch naheliegend, dass ich bei ihm anrufe. Ihr hängt doch immer zusammen.«

»Wir hängen nicht zusammen, wir arbeiten zusammen.«

Susanne hielt einige Sekunden inne, ehe sie fragte: »Was ist los mit dir?«

Lukas holte tief Luft und überlegte, bevor er gestand: »Ich mag es nicht, wenn du Theo anrufst und eigentlich mich sprechen willst.«

»Jetzt bist du eifersüchtig.« Susanne lachte.

Lukas fühlte sich so ertappt, dass er wortlos aufstand und ins Badezimmer flüchtete.

*

Peter und Paul pfiffen fröhlich zur Begrüßung, als Lukas und Theo das Großraumbüro betraten. »Wenigstens die beiden freuen sich darüber, dass wir am Sonntag arbeiten müssen«, bemerkte Lukas, ging zum Schreibtisch und holte das Vogelfutter heraus. Schlagartig wurde das Gezwitscher noch lauter, bis die Futternäpfe für beide gefüllt waren und sie sich mit dem Aufpicken der Körner beschäftigen konnten.

»Wer jetzt noch nicht wach ist, ist taub.« Mit diesen Worten watschelte Allensbacher auf die beiden Kommissare zu und warf ihnen die Sonntagsausgabe der Tageszeitung auf den Schreibtisch.

»*Der Todesschütze von Buweiler hat wieder zugeschlagen*«, lautete die Headline.

Lukas und Theo schauten sich erstaunt über diese Geste ihres Vorgesetzten an. Doch lange mussten sie nicht rätseln, da sprach Allensbacher bereits aus, was ihn beschäftigte: »Seit wir diesen Fall bearbeiten, bekomme ich jeden Ihrer Fehltritte deutlich zu spüren. Sie haben sich einfach nach Buweiler zu Ihrer Tante verzogen und vor Ort Ermittlungen durchgeführt, während einer nach dem anderen in Ihrer unmittelbaren Nähe erschossen worden ist. Das ist kein Ergebnis, das wir vorzeigen können. Im Gegenteil: Sie haben mit Ihren Arbeitsmethoden den ganzen Polizeiapparat lächerlich gemacht. Und wer muss sich die Tiraden des Kriminalrats anhören? Ich! Und warum? Weil die eigentlichen Verantwortlichen mal wieder in Buweiler bei der Tante sitzen und sich bekochen lassen anstatt zu arbeiten.«

Allensbacher schnappte nach Luft, eine Gelegenheit, die Theo sofort ausnutzte, um zu widersprechen: »Wir haben täglich unsere Berichte abgegeben, haben alle Befragungen durchgeführt und sind allen Hinweisen nachgegangen. Wer behauptet, dass sich die Polizei lächerlich macht?«

»Würden Sie Zeitung lesen, wüssten Sie es«, brummte Allensbacher und watschelte davon.

Neugierig geworden schlug Lukas endlich das Blatt auf und las laut vor:

»Direkt vor den Augen der Kriminalpolizisten Lukas Baccus und Theo Borg aus Saarbrücken wird ein weiterer Einwohner des Dorfes Buweiler erschossen. Und vom Todesschützen gibt es weiterhin keine Spur. Wie ist es möglich, dass die Polizei, die mit einem Equipment ausgestattet ist, das schon an Hightech grenzt und an amerikanische Serien wie CSI erinnert, einen gefährlichen Serienmörder in einem kleinen überschaubaren Dorf mit

gerade mal 450 Einwohnern nicht fassen kann? In den Abendstunden des 17. Dezember hörten nicht nur die Ermittler Lukas Baccus und Theo Borg vor Ort, sondern auch alle Einwohner von Buweiler einen Schuss. Doch erst in den Morgenstunden des 18. Dezember ist ein weiteres Todesopfer gefunden worden. Das bedeutet, dass die Tat im Beisein der beiden Polizeibeamten begangen worden ist, eine Tatsache, die die Bewohner dieses Dorfes beunruhigt. Die Frage, wer das nächste Opfer dieses gefährlichen Serienmörders sein könnte, kursiert hinter den weihnachtlich geschmückten Fassaden der Häuser von Buweiler. Denn dieser Mörder kann allen neuen Ermittlungsmethoden der Polizei trotzen – wie er mit dieser dreisten Tat bewiesen hat. Das zeigt einmal mehr, dass nicht nur die Polizei im Begriff ist, sich zu verbessern und dazuzulernen. Nein! Das Beängstigende ist, dass die Verbrecher ebenso in der Lage sind, dazuzulernen. Der Todesschütze von Buweiler wurde bisher von der Polizei völlig unterschätzt, ein Versehen mit bösen Folgen. Die ständige Präsenz der Kriminalpolizei sollte den Menschen Sicherheit geben. Doch inzwischen hegen die Bewohner Buweilers daran ihre Zweifel. Wie lange soll das Töten weitergehen? Wann ist die Polizei endlich in der Lage, den Wahnsinnigen zu stoppen?«

»Wie kommt Bauer dazu, so etwas über uns zu schreiben?«, fragte Lukas fassungslos.

»Ich habe dich gewarnt«, entgegnete Theo. »Deine offen zur Schau getragene Aversion gegen den Reporter konnte nicht gut ausgehen. Jetzt haben wir den Salat.«

»Alles Blödsinn! Von Anfang an war klar, dass dieser Typ nichts taugt.«

»Du hast doch nur etwas gegen ihn, weil er sehr auf sein Äußeres achtet, intelligent ist und vor allem, weil er täglich mit deiner Susanne im gleichen Büro arbeitet.«

»Verdammt! Das hat mit Susanne nichts zu tun!«, herrschte Lukas seinen Freund an.

Einen Moment lang herrschte eisiges Schweigen zwischen den beiden, ehe Lukas grollend bemerkte: »Dieser Scheißklatschreporter besitzt die Frechheit, den Mörder von drei jungen Männern öffentlich zu bewundern, und du verteidigst ihn noch.«

»Mir gefällt dieser Artikel auch nicht. Aber um so was künftig zu vermeiden, sollten wir uns hier nicht streiten, sondern unsere weitere Vorgehensweise besser absprechen. Sonst spielen wir dem Kerl nur in die Hände.«

»Das ist das erste vernünftige Wort, das du heute Morgen sagst.«

Die Tür zu Allensbachers Büro ging auf und ein wohltuender Kaffeeduft strömte ihnen entgegen. Neugierig schauten sie sich um und glaubten nicht, was sie sahen: Josefa Kleinert trat mit einem Tablett voller dampfender Kaffeetassen auf die beiden zu.

»Wer am Sonntag arbeiten muss, hat sich einen Kaffee verdient«, erklärte die kleine Frau auf die erstaunten Gesichter hin. Dabei schaute sie so streng, als wollte sie Lukas und Theo tadeln. Aber nichts dergleichen geschah. Sie stellte ihnen die Tassen auf den Schreibtisch und stolzierte mit dem leeren Tablett wieder davon.

»Das ist das Netteste, was Josefa zu uns gesagt hat, seit wir hier arbeiten«, stellte Lukas fest und griff nach seiner Tasse.

»Trotzdem bleibt die Frage, warum wir am heiligen Sonntag hier sind«, sagte Theo, »und was wir jetzt eigentlich tun sollen.«

Auf eine Antwort musste er nicht lange warten, schon stand der Dienststellenleiter vor ihnen und sagte: »Hier habe ich den Bericht über das Gespräch unserer Kriminalpsychologin mit Nils Amann.« Er überreichte Lukas das Papier. »Ich will, dass Sie den Bericht lesen und mit den Daten abgleichen, die Sie vom Kompaniechef in Lebach bekommen haben.«

Eine Weile war nur das leise Picken der Vögel zu hören.

»Das deckt sich bis zu einem gewissen Punkt mit dem Bericht des Kompaniechefs«, bestätigte Lukas, nachdem er alles gelesen hatte. Er reichte die Zettel Theo, damit auch er nachlesen konnte.

»Dann hat er unserer Kriminalpsychologin nicht alles gesagt oder was heißt *bis zu einem gewissen Punkt?*«, hakte der Dienststellenleiter nach.

»Vermutlich kann er sich an den Ausgang dieses Taliban-Überfalls nicht mehr erinnern.«

Draußen tobte der Sturm unvermindert weiter. Immer wieder schlugen Windböen mit lautem Donnern gegen die Wände des Polizeigebäudes, die unter der Wucht vibrierten. Wie von Wasserwerfern wurde der Regen gegen die Scheiben geschleudert, wodurch keine Sicht nach draußen möglich war.

»Sie haben doch mit Hauptmann Weller, Nils Amanns Kompaniechef in Lebach, gesprochen?«, meinte Allensbacher und richtete seinen Blick wieder auf die beiden Beamten.

»Ja!«, bestätigte Lukas.

»Nun lassen Sie sich doch nicht jedes Wort einzeln aus der Nase ziehen, sondern sagen Sie mir endlich, wie dieser Einsatz ausgegangen ist!«, brüllte Allensbacher plötzlich los. »Ich stehe hier nicht am Sonntagmorgen im Büro herum, um mich von Ihnen an der Nase herumführen zu lassen.«

Die Tür zu seinem Büro ging auf und Josefa warf einen besorgten Blick auf ihren Chef. Doch Allensbacher schüttelte so energisch den Kopf, dass Schweißtropfen durch die Gegend flogen. Die Sekretärin verschwand wieder in ihrem Büro, während Lukas und Theo in Deckung gingen.

»Also los. Erzählen Sie endlich!«

»Nils Amann wurde angeschossen und fiel unter seinen Wagen«, begann Lukas und kletterte auf seinen Schreibtischstuhl zurück. »Diese Position hat ihm vermutlich das Leben gerettet, denn dort hat ihn keine weitere Kugel mehr getroffen. Hinzu kommt, dass er bewusstlos war. Deshalb haben die Angreifer ihn wohl für tot gehalten.«

»Ist er der Einzige, der überlebt hat?«

»Ja!«

Abermals trat ein kurzes Schweigen ein. Nur der Wind und der Regen hinterließen ihre Geräusche im Großraumbüro.

»Am nächsten Morgen kam zunächst Luftunterstützung durch ein Kampfflugzeug der Amis. Es flog über das gesamte Gelände und stellte fest, dass keine Bedrohung mehr bestand. Danach traf die Verstärkung der deutschen Soldaten ein«, berichtete nun Theo weiter. »Sie fanden Nils Amann, der immer noch unter dem Auto lag. Seine Verletzungen waren verhältnismäßig gering – ein Durchschuss am Oberarm. Er wurde vor Ort ärztlich behandelt und flog dann nach Hause. Aber nicht, weil er verletzt war, sondern weil sein Einsatz ohnehin beendet war.«

»Ist niemandem aufgefallen, dass er womöglich eine Posttraumatische Belastungsstörung erlitten hatte?«

»Der Verdacht bestand. Nils Amann wurde auch zur psychologischen Behandlung im Bundeswehrkrankenhaus in Koblenz angemeldet. Doch dort war kein Platz frei – wie in allen Bundeswehrkrankenhäusern, weil sehr viele Soldaten mit psychischen Problemen von ihrem Einsatz in Afghanistan nach Hause kommen. Nils befindet sich sozusagen in einer Warteschleife.«

»Deshalb *krank zuhause*«, kommentierte Allensbacher. »Langsam fügt sich alles zu einem Bild.«

*

Monika Blech betrat das Büro und hinterließ mit jedem ihrer Schritte eine hässliche, braune Pfütze auf dem Fußboden. Mit mürrischem Gesicht zog sie ihr Regencape aus und hängte es an die Garderobe, wo sich ebenfalls eine Pfütze bildete.

»Das ist ja ein Mistwetter«, schimpfte sie. »Da war mir der Schnee lieber.«

»Dir auch einen guten Morgen«, grüßte Lukas.

Erst jetzt schaute sie auf und sah, dass neben den beiden Kollegen auch der Dienststellenleiter stand und sie beobachtete. Hastig stieß sie einen Gruß aus.

»Gibt es neue Ergebnisse von Dr. Stemm und von der Gerichtsmedizin?«, fragte Allensbacher.

»Dr. Stemm obduziert Dinz erst morgen früh«, antwortete Monika. »Die Ballistiker habe ich auch nicht erreichen können, es ist ja Sonntag, da ist nur eine Notbesetzung vor Ort. Aber von der Spurensicherung gibt es ein Ergebnis.«

»Und wo ist Ihre Partnerin?«, fragte Allensbacher weiter.

Verunsichert schaute Monika auf die Tür, als müsste Andrea dort jeden Augenblick hereinkommen. Aber das tat sie nicht.

»Vielleicht ist sie baden gegangen«, murmelte Lukas.

»Wunschdenken«, gab ihm Theo leise zurück.

»Ich kann euch verstehen«, bemerkte Monika. »Wenn ihr leise sein wollt, hört man euch noch besser.«

»Die Frau hat Ohren wie ein Luchs«, griente Lukas.

»Du verwechselst den Luchs gerade mit dem Esel«, zischte Theo. »Wieder mal deine Auslegung der Sprüche, tz ...!«

»Es genügt jetzt«, funkte Allensbacher dazwischen. »Also sagen Sie uns jetzt, welche neuen Ergebnisse wir von der Spurensicherung haben.«

Plötzlich polterte es an der Tür so laut, dass alle erschrocken zusammenzuckten. Andrea Peperding betrat beladen mit Aktentasche und Regenschirm das Großraumbüro, wobei sie mit dem großen Schirm alles umstieß, was ihr im Weg stand.

»Kaum redet man vom Teufel«, stöhnte Lukas.

»Ich nenne das vom Regen in die Traufe kommen«, gab Andrea unfreundlich zurück.

»Was sind wir heute wieder wohl gelaunt!«, spottete Lukas. »Wieder mal einen Miesmacher gefrühstückt?«

»Nein! Ich war bei der Drogenabteilung«, gab Andrea mit hochrotem Gesicht zurück, »und kann euch sagen, dass ich jetzt die Bibel auswendig kenne.«

»Wurde auch mal Zeit!«, sagte Lukas.

»Sagt gerade der Richtige!«

»Wie oft muss ich euch Streithähne eigentlich auseinanderbringen?«, fragte Allensbacher in einem Tonfall, der alle erschrocken zusammenzucken ließ. »Wir sind hier kein Kindergarten. Also benehmen Sie sich wie erwachsene Menschen und machen Sie die Arbeit, für die Sie bezahlt werden!«

Andrea berichtete nun, was sie von dem religiösen Kollegen erfahren hatte: »Also, Reste der Drogen Speed und Rohypnol sind massenweise in der Hütte gefunden worden. Und zwar in den Wichsflecken und Kotzplacken.«

»Danke für die detaillierten Ausführungen!« Allensbacher rümpfte die Nase. »Das wussten wir bereits.«

»Volker Dinz war der Hauptabnehmer des Speed«, zischte Andrea. »Wussten Sie das auch schon?«

»Mäßigen Sie sich!«, gab Allensbacher schnaufend zurück. »Sie vergessen wohl, mit wem Sie hier sprechen.«

»Volker Dinz hat das Speed über einen bosnischen Drogendealer in Mannheim bezogen, weshalb unser Prediger nicht sofort auf diese Verbindung gestoßen ist.«

»Sprechen Sie von Ferhad Boganovic?«, hakte Allensbacher nach. Andrea nickte.

»Da war Uwe Görndt bereits dran«, erinnerte sich Allensbacher und warf einen tadelnden Blick auf Lukas und Theo. »Aber Sie beide haben diesen Hinweis in den Wind geschlagen.«

»Wir sind nicht von der Drogenfahndung«, wehrte sich Lukas hastig. »Das ist die Aufgabe von Bischof Marx.«

Allensbacher nickte und richtete seine nächste Frage wieder an Andrea: »Und das Rohypnol? Wo kommt das her?«

»Von Philipp Genser, der die Krankenhausvorräte geplündert hat.«

»Stimmt, ja«, murmelte der Dicke. »Wenn ich mich richtig erinnere, ist Rohypnol eine Vergewaltigungsdroge – sie macht die Frauen willenlos. Aber wie passt Speed in diesen Cocktail?«

»Speed macht die Männer potenter«, erklärte Andrea mit einem frechen Grinsen in Richtung von Lukas und Theo.

Allensbacher verzog angeekelt sein Gesicht: »Und was genau ist nun in der Hütte passiert?«

»Ich weiß nicht, ob die Orgien, die dort stattfanden, mit unserem Fall zusammenhängen«, mischte sich Monika in das Gespräch ein. Sie setzte sich auf ihren Bürostuhl und sprach weiter: »Meine Ergebnisse helfen uns auf jeden Fall weiter.«

»Tu doch nicht so wichtig!«, schnaubte Andrea wütend. »Ich kann auch nur die Resultate vortragen, die ich bekomme.«

Monika wollte etwas entgegnen, aber Allensbacher kam ihr zuvor: »Wollen Sie den Herren Baccus und Borg nacheifern, indem sie sich vor meinen Augen zanken?«

»Niemals«, versicherten die beiden Polizistinnen wie aus einem Mund.

»Dann sagen Sie uns endlich, was Sie herausgefunden haben!«

Monika nickte, während sich hektische Flecken in ihrem Gesicht bildeten. Schnell las sie aus dem Bericht vor, den sie in Händen hielt: »Das parfümierte Schmierfett, das in der Holzkiste gefunden wurde, enthält Spuren von Glycerin, Sodium Sulfat und Parfüm.«

»Da klingelt was bei mir.« Allensbachers Augen leuchteten auf.

»Creme oder Hautcreme«, präzisierte Monika. »Und zwar dieselben Substanzen, die wir an der Hülse gefunden haben, die an dem mutmaßlichen Tatort lag, von dem aus angeblich auf den Reporter geschossen wurde.«

»Wusste ich es doch«, rief Allensbacher.

»Und der Faden, der an dieser Substanz klebte, ist ein Seidenfaden und haargenau identisch mit demjenigen, den wir ebenfalls an diesem Projektil gefunden haben.«

»Also sind der Schütze, der auf Daniel Bauer gezielt hat, und derjenige, der diese Holzkiste als Waffenlager genutzt hat, ein- und dieselbe Person«, resümierte Allensbacher. »Aber: Ist das auch der Täter?«

»Wir haben Zweifel an der Geschichte, die Bauer uns aufgetischt hat«, gab Lukas zu bedenken. »Wir glauben nicht, dass auf ihn geschossen wurde.«

»Dass Sie den Reporter nicht mögen, ist ein offenes Geheimnis«, tadelte der Dienststellenleiter.

»Wollen Sie nun unsere Theorie hören oder nicht?«, fragte Lukas grimmig.

»Na gut – berichten Sie!«

»Wir glauben, dass dort zwar ein Schuss gefallen ist, dass dieser Schuss aber nicht dem Reporter galt. Denn nachdem die Spurensicherung diese zweite Hülse gefunden hat, ist ja wohl sonnenklar, dass an der Aussage von Daniel Bauer etwas nicht stimmen kann.«

»Und wie erklären Sie das Auffinden der Hülse, die zu unserer Waffe passt?«

Lukas überlegte eine Weile, ehe er sagte: »Ich kann nur spekulieren.«

»Dann tun Sie das!«, forderte der Vorgesetzte ihn auf.

»Ich sehe nur, dass dieser Reporter sich einen Sonderbonus bei Kriminalrat Ehrling erschlichen hat. Und den nutzt er aus, um an Insiderinformationen heranzukommen – mit dem Ergebnis, dass er die Polizei in seiner Zeitung öffentlich verhöhnen kann.«

»Wie sollte er sich den Sonderbonus erschlichen haben?«

»Indem er die richtige Hülse selbst an den Platz legt und behauptet, dort verdächtige Bewegungen gesehen zu haben«, mutmaßte Lukas weiter.

»Und wo sollte er diese Hülse her haben?«, fragte Monika.

»Es wurde so oft geschossen«, erwiderte Lukas, »so viele Hülsen hat die Spusi gar nicht finden können. Da er ständig in der Gegend herumschleicht, ist er vielleicht zufällig auf eine gestoßen.«

»Das ist alles sehr hypothetisch«, zweifelte Allensbacher. »Hinzu kommt, dass wirklich ein Schuss gefallen ist. Das wurde uns von mehreren Seiten bestätigt.«

»Klar! Das könnte ein Jäger gewesen sein, der keine Ahnung davon hatte, was in Buweiler los ist. Daniel Bauer hat diesen Schuss zu seinen Gunsten genutzt.«

»Und die Spuren, die dort gefunden wurden?« Allensbacher wischte sich mit seinem Taschentuch durch das Gesicht. »Nicht zu vergessen, dass die Tatortgruppe dort beobachtet worden ist. Und das alles hat vor den Augen mehrerer Beamter stattgefunden.«

Eine Weile verharrten alle in Stille, die schließlich Monika unterbrach: »Der Seidenfaden würde zu Daniel passen. Bisher bin ich nicht dahintergekommen, wie ein Schütze in einem eiskalten und verschneiten Wald mit Seide in Berührung kommen kann. Aber dieser Reporter trägt immer Klamotten aus feinstem Stoff.«

16

»Wer geht heute zur Leichenöffnung von Volker Dinz?«, erschien ein Post-it vor Lukas' Augen – begleitet von einem ohrenbetäubenden Lärm, den Peter und Paul veranstalteten. Erst einmal gähnte Lukas herzhaft, bevor er verstand, was diese Zeilen zu bedeuten hatten, die Monika ihm vor die Nase hielt. Und den Krach der beiden Vögel deutete er als Hunger, weshalb er Peter und Paul gleich mit Futter versorgte. Augenblicklich wurde es ruhig.

Der restliche Sonntag nach dem Verlassen der Dienststelle hatte ihm nicht gerade dazu verholfen, neue Energie zu tanken: Susanne verfügte über eine Energie, die ihn immer wieder erstaunen ließ. Vermutlich war der Altersunterschied daran schuld, überlegte er, während er versuchte, sich auf seinem Stuhl niederzulassen, ohne ihn dabei zu verfehlen. Dabei war er doch gerade mal vierzig. Begann in diesem Alter schon der körperliche Zerfall? Oder die Midlife-Crisis? Oder die Demenz?

»Bist du schon hier bei uns oder ist das nur deine körperliche Hülle?«, fragte Monika gereizt.

»Letzteres.« Wieder gähnte Lukas.

»Mach die Augen auf und versuche, dich auf die Arbeit zu konzentrieren.«

»Ein Kaffee würde mir vielleicht helfen, wach zu werden«, erwiderte Lukas schelmisch.

»Dann hol dir doch einen.«

»Ich dachte, du wärst heute ausnahmsweise mal so nett.«

»Warum sollte ich das sein?«

»Weil Weihnachten vor der Tür steht. In der Zeit sind die Leute immer besonders nett zueinander.«

Monika schüttelte den Kopf und ging davon.

Lukas' Kopf sank auf den Schreibtisch. Doch als ihm kurz darauf ein verlockender Kaffeeduft in die Nase stieg, schaute er überrascht auf und in Monikas lächelndes Gesicht. Eine zarte Röte überzog ihre Wangen. Ihre dunklen Haare hatte sie zu einem Pferdeschwanz zurückgebunden, wodurch ihr Gesicht jünger wirkte.

Dankend nahm er die Tasse an, richtete sich auf und las erneut, was Monika auf den Zettel geschrieben hatte.

»Ich dachte, das sei eure Aufgabe«, meinte er. »Ich hoffe nämlich, dass dieser Kelch an Theo und mir vorüberzieht.«

»Ewig könnt ihr euch nicht vor Dr. Stemm verstecken.«

»Aber hoffentlich noch ein kleines Weilchen.«

Die Tür zum Großraumbüro wurde aufgerissen. Beide zuckten wie ertappt zusammen. Doch als Theo mit nassen Haaren und griesgrämigem Gesicht eintrat, mussten sie herzhaft lachen.

»Ich würde mich auch totlachen, wenn ich dich so durchnässt sehen könnte«, sagte Theo übellaunig.

»Wo warst du heute Morgen?«, fragte Lukas. »Ich habe wie immer auf der Brücke geparkt und mir tausend Hupkonzerte und wüste Beschimpfungen gefallen lassen, während ich vergeblich auf dich gewartet habe.«

»Ich war in der Werkstatt, um nach meinem Auto zu sehen«, antwortete Theo. »Irgendwann will ich ja mal wieder meinen eigenen fahrbaren Untersatz haben.«

»Und?«

Theo schnaufte laut, während er sich auf seinem Platz niederließ und antwortete: »Einer der Mechaniker hat mir einen guten Preis für den Wagen geboten. Er nimmt ihn zum Ausschlachten.«

»Das tut mir leid.«

»Tut es nicht.«

»Tut es wohl«, wehrte sich Lukas. »Immerhin fahre ich auch so ein altes Auto, an dem mein Herz hängt. Deshalb weiß ich, wie du dich fühlst.«

Theo stand auf und steuerte den Kaffeeautomaten an.

Als er zurückkehrte, traf er mit Karl dem Großen zusammen.

»Den wirst du aber im Eiltempo trinken müssen«, meinte der Hüne mit einem hämischen Grinsen.

»Warum?«

»Weil wir jetzt nach Buweiler fahren.«

»Wohl kaum«, widersprach Theo. »Die Fahrten nach Buweiler sind für uns gestrichen. Stattdessen sollen die Befragungen in unserem Büro hier stattfinden.«

»Du hast das entscheidende Wort falsch wiedergegeben.« Karl lachte. »Die *Essensfahrten* nach Buweiler sind gestrichen. Aber das hier wird eine Dienstfahrt.«

»Sprich bitte Klartext!«

»Eine Hausdurchsuchung beim alten Dinz«, erklärte Karl und winkte mit dem Durchsuchungsbeschluss in seiner Hand. »Volker Dinz war nach den neuesten Ermittlungen von Dieter Marx der Hauptabnehmer der Droge Speed. Und der Alte hat den Polizeibeamten Görndt mit einer Waffe bedroht, die nicht gemeldet war. Wer weiß, was der dort noch so alles bunkert.«

Mit einem frechen Grinsen in Monikas Richtung bemerkte Lukas: »Damit ist deine Frage wohl beantwortet, wer zu Dr. Stemm in die Gerichtsmedizin fährt.«

*

Die Küche war überhitzt. Der gusseiserne Ofen wummerte in der Ecke. Gerhard Dinz saß davor und warf weitere Holzscheite nach. Ein Schweißfilm hatte sich auf seinem Gesicht gebildet, das so eingefallen aussah, wie die Kommissare es noch nicht gesehen hatten.

»Wir haben einen Durchsuchungsbeschluss für Ihr Haus«, brüllte Lukas dem alten Mann ins Ohr. Aber Gerhard reagierte nicht.

Lukas versuchte es noch lauter und hielt ihm gleichzeitig den Beschluss mit dem amtlichen Siegel vor die Nase. Immer noch keine Reaktion.

»Was tun Sie hier?«, hörten die Beamten plötzlich eine Männerstimme aus einer ganz anderen Ecke. Sie drehten sich um und sahen Otto Stehle in der Tür stehen.

»Wir durchsuchen das Haus, weil Ihr Freund eine Waffe hatte, die nicht gemeldet war«, erklärte Lukas.

»Das habe ich dem Clown auf der Wache in Wadern doch schon alles erklärt«, schimpfte Otto ungehalten.

»Der Clown ist immer noch ein Polizeikommissar«, korrigierte ihn Lukas schnell, ohne zu übersehen, dass sich auf Theos Gesicht ein hämisches Grinsen ausbreitete. »Und die Wache heißt Polizeiinspektion.«

»Ja und? Das ändert nichts daran, dass diese Waffe ein Geschenk von mir an einen Freund war«, beharrte Otto. »Genau das habe ich auch Uwe gesagt. Gerhard wollte immer eine Waffenbesitzkarte dafür beantragen, hat es aber wohl vergessen, wie es aussieht.«

»Bei Ihnen war die Waffe auch nicht gemeldet«, sagte Lukas.

»Nein!«

»Warum nicht?«

»Würden Sie sich mit Recht und Gesetz auskennen, wüssten Sie das«, entgegnete der Alte. »Nach dem Krieg wurde die totale Entwaffnung der Bevölkerung angeordnet. Doch 1950 ist dieses Gesetz gelockert worden. Vor allem Polizei, Grenzschutz und Jäger durften sportliche Langwaffen ohne besondere Genehmigung mit sich führen. Und genau in dieser Zeit habe ich die Mannlicher-Schönauer erstanden, ohne dass ein Eintrag erforderlich war.«

»Diese Waffe hätte trotzdem in der Zwischenzeit registriert werden müssen«, beharrte Lukas, »was aber nicht geschehen ist. Weder bei Ihnen noch bei Gerhard Dinz. Und deshalb sind wir hier und durchsuchen das Haus Ihres Freundes.«

Karl Groß hatte das Gespräch vom Nachbarzimmer aus mitgehört. Er trat hinzu, wodurch der Raum augenblicklich zu einer Miniaturküche zu schrumpfen drohte, weil alles in unmittelbarer Nähe des riesigen Beamten winzig wirkte.

»Ich werde die Gesetzeslage prüfen müssen«, gab Karl zu. »Ich kenne die genaue Entwicklung der Waffengesetze nicht. Trotzdem müssen Sie damit rechnen, dass wir auch Ihr Haus nach nicht gemeldeten Waffen durchsuchen werden. Der Antrag liegt schon beim Richter, wir warten nur noch auf sein Okay. Also rate ich Ihnen, uns lieber vorher zu erzählen, welche Waffen Sie oder einer Ihrer Freunde noch aus dieser Zeit bei sich zuhause bunkern.«

Ottos Gesicht lief hochrot an. »Was soll das?«, brüllte er. »Glauben Sie etwa, wir würden unsere Enkel selbst erschießen?«

»Wir tun nur unsere Arbeit«, entgegnete Karl gelassen. »Würden Sie uns immer offen und ehrlich antworten, wären solche Maßnahmen nicht nötig. Aber die Tatsache, dass Waffen wie diese Mannlicher-Schönauer plötzlich wie aus dem Nichts auftauchen – und das, wo wir wissen, dass die Tatwaffe eindeutig ein Relikt aus dem Zweiten Weltkrieg ist -, zwingt uns dazu.«

Otto Stehle zuckte erschrocken zusammen. Lukas und Theo beobachteten den Disput und staunten wie so oft über das Talent ihres hünenhaften Kollegen, die Menschen mit einfachen Argumenten zu überzeugen.

»Und wann erfahren Sie, ob diesem Durchsuchungsbeschluss stattgegeben wird?«, fragte Stehle kleinlaut.

»Jeden Augenblick.« Karl grinste und ergänzte: »Sie werden keine Gelegenheit mehr bekommen, noch schnell irgendwas zu verstecken. Die Kollegen sind schon vor Ort.«

»Ich habe nichts zu verbergen«, brummte der Alte. »Diesen Aufwand könnt ihr euch sparen. Verhaftet lieber unseren Dorfpolizisten. Jeder hier weiß, dass nur er für die Morde in Frage kommt.«

Karl verließ den Raum ohne einen weiteren Kommentar.

Lukas durchsuchte nun die Küche mit ihren vielen versteckten Winkeln. Er trat auf den bunt bemalten Bauernschrank zu und öffnete die Tür. Doch dort fielen ihm nur angebrochene Schnapsflaschen ins Auge. Weiter durchwühlte er sämtliche Küchenschränke und Regale. Es dauerte nicht lange, bis er auf eine Packung voller blauer Pillen stieß. Die packte er ein, um sie später von den Kollegen der Drogenfahndung untersuchen zu lassen. Mehr fand er nicht.

*

Sein anfänglicher Plan, diesen Rachefeldzug streng nach selbst gesteckten Regeln durchzuziehen, verschwand immer mehr im Hintergrund. In den Vordergrund trat stattdessen die wachsende Begeisterung, die er dabei empfand, die Eigendynamik der Aktionen zu beobachten, die seine Opfer direkt vor seinen Augen an den Tag legten. Es war ein berauschendes Gefühl, unsichtbar zu sein und doch alle genau so zu manipulieren, dass sie das taten, was er wollte. Und sogar noch mehr. In Eigeninitiative spielten sie ihre Rollen mit einer Hingabe, als bemühten sie sich um seine Gunst. Dabei wusste niemand von ihnen, was sie erwartete. Alle hofften, in diesem Spiel zu gewinnen. Oder wenigstens unbeschadet davonzukommen.

Aber er wusste es besser, denn er wusste, dass es in diesem Spiel nur Verlierer geben würde.

Er war allwissend, allmächtig, göttlich!

Alle gaben sich willenlos in seine Hände – bis auf Baccus und Borg!

Sie waren die Variable in seinem Spiel.

Da war es wieder: sein Mantra »Baccus Borg«.

Diese beiden fügten sich nicht in ihre Rollen. Aber das machte ja ihren besonderen Reiz aus. Sie stellten einen Unsicherheitsfaktor in seinem geregelten Gefüge dar – stellten ihn vor eine Herausforderung, die ihn zu Höchstleistungen antrieb. Dabei spürte er eine innere Erregung wie selten zuvor. Der Nervenkitzel beflügelte seine Fantasie. Adrenalin schoss durch seinen Körper.

Inzwischen hatte er erkannt, wie leicht es war, über andere zu richten, wenn die Justiz versagt hatte. Und das, ohne selbst dafür gerichtet zu werden.

Und alles vor den Augen der Polizei.

Das gab ihm das sichere Gefühl, unbesiegbar zu sein.

Nichts und niemand konnte ihn aufhalten.

Schon gar nicht Baccus und Borg. Im Gegenteil! Diese beiden Möchtegern-Helden sollten sein Sahnehäubchen sein. An ihnen würde er ein Exempel statuieren, damit sie endlich verstanden, wo ihr Platz war.

*

»Scheiße Mann! Was soll das, mich wie einen Schwerverbrecher nach Saarbrücken zu zerren, als hätte ich etwas mit diesen Morden zu tun?«, brüllte Arno Stehle so laut, dass es durch sämtliche Flure der Kriminalpolizeidirektion schallte. »Volker, Philipp und Oskar waren meine Freunde. Also wäre ich doch der Letzte, der einen Grund hätte, sie zu jagen und zu töten.«

»*Der Herr ist langmütig und reich an Huld, der Schuld und Frevel wegnimmt, der aber den Sünder nicht ungestraft lässt, der die Schuld der Väter an den Söhnen verfolgt, an der dritten und vierten Generation.* Kapitel 14, Vers 18 aus dem vierten Buch Mose«, sprach Dieter Marx so salbungsvoll, dass Arno große Augen bekam und nichts darauf zu erwidern wusste.

»Wir müssen Ihnen ein paar Fragen zu den Drogen stellen, die Sie Volker Dinz abgekauft haben«, kam der Polizeibeamte endlich zum Thema.

»Scheiße! Ich habe Volker keine Drogen abgekauft«, widersprach Arno. »Ich denke, Sie suchen einen dreifachen Mörder. Einen Wahnsinnigen, der meine Freunde umgebracht hat.«

»Sie sind hier, weil wir in diesen Morden einen Zusammenhang zur Drogenkriminalität sehen«, erklärte Marx, wobei er ebenfalls seine Stimme anheben musste, um von Arno gehört zu werden.

»Alles Blödsinn! Das hat überhaupt nichts mit Drogen zu tun.« Arno lachte freudlos. »Sie verplempern hier nur Ihre Zeit.«

Marx war da ganz anderer Meinung. Mit seiner Entdeckung in Otto Stehles Küchenschrank hatte Lukas die Drogenfahndung aufgesucht und dort Marx angetroffen.

Der gottesfürchtige Ermittler hatte die Pillen begutachtet und gesagt: »Bittet, so wird euch gegeben; suchet, so werdet ihr finden; klopfet an, so wird euch aufgetan.«

»Was heißt das auf Deutsch?«, hatte Lukas darauf hin nur erwidert.

»Dass ihr Speed in großen Mengen gefunden habt.«

»Und was ist das?«, hatte Lukas weiter gefragt und auf etwas gezeigt, das weiß zwischen den blauen Pillen hindurch schimmerte.

Dieter Marx hatte vorsichtig die Packung geöffnet und hineingegriffen. Zum Vorschein gekommen war ein Blatt Papier, auf dem handschriftlich Namen und Zahlen notiert waren.

»Danket dem Herrn! Denn er ist freundlich und seine Güte währet ewiglich«, hatte Marx daraufhin begeistert ausgestoßen.

»Geht das auch genauer?«, hatte Lukas wissen wollen.

»Das ist eine akribische Buchführung darüber, wer welche Drogen von Volker abgekauft hat und wie viel.«

»Irret euch nicht! Gott lässt sich nicht spotten. Denn was der Mensch sät, das wird er ernten«, predigte Marx nun auf Arno Stehle ein, der noch immer nicht zu ahnen schien, weshalb er hier war. Marx registrierte das verdatterte Gesicht seines Gegenübers und sagte: »Sie werden sich mit unseren Arbeitsmethoden arrangieren müssen, weil wir wissen, was wir tun.«

Arno hatte es die Sprache verschlagen. Stumm saß er da und starrte auf den Polizeibeamten, als säße er dem Leibhaftigen gegenüber.

Plötzlich ging die Tür zum Vernehmungszimmer auf und Monika Blech trat ein. Sie setzte sich neben Dieter Marx, als sei es abgesprochen, dass sie der Vernehmung beiwohnte.

»Bis hierher sollst du kommen und nicht weiter«, salbaderte Marx vorwurfsvoll.

Doch Monika ließ sich nicht einschüchtern. Sie sprach die Uhrzeit und ihren Namen auf das Band und richtete sich zuerst an ihren Kollegen: »Ich habe Anweisung von Kriminalrat Ehrling bekommen.«

Marx rollte die Augen, protestierte aber nicht.

Monika blätterte in den Unterlagen, bevor sie begann, Arno ihre Fragen zu stellen: »Wir haben bei Volker Dinz eine Liste gefunden, auf der genau notiert war, dass Sie am 7. Dezember 2010 Speed bei ihm gekauft haben. Was haben Sie dazu zu sagen?«

»Deshalb bin ich hier?«

»Ja! Es besteht der Verdacht, dass Drogenmissbrauch das Motiv für den Todesschützen ist.«

»Deshalb bin ich ein Mörder?«, plärrte Arno so schrill, dass sich seine Stimme überschlug. »Scheiße! Nur weil ich mich für den Afghanistan-Einsatz gemeldet habe?«

»Wer spricht denn hier von Ihrem Kriegseinsatz?«

»Weil der Gottlose Übermut treibt, muss der Elende leiden!«, warf Dieter Marx ein.

Arno schaute entsetzt auf den Mann, der mit starrem Blick diese für ihn völlig sinnentleerten Worte ausstieß. Doch Monika unterbrach ihren Kollegen und wiederholte ihre Frage.

»Unser Dorfpolizist spricht ständig davon«, antwortete Arno. »Immer wieder löchert er mich mit Fragen, will von mir wissen, wie viele ich am Hindukusch getötet habe und ob mir das Töten Spaß gemacht hätte.«

»Damit hat er Sie aber nicht beschuldigt, der Todesschütze von Buweiler zu sein.«

»Natürlich tut er das. Er sagte doch tatsächlich, ich könnte mich bei ihm aussprechen, wenn ich mit meinen Schuldgefühlen nicht klarkommen würde.«

»Welchen Schuldgefühlen?«

»Das ist es ja«, rief Arno. »Ich habe keine, weil ich mir keiner Schuld bewusst bin. Aber Uwe hat nicht lockergelassen.«

»Was hat er gemacht?«

»Er hat mich verfolgt.« Arno schnaubte verächtlich. »Der meinte wohl, ich würde das nicht bemerken. Aber ein Soldat, der am Hindukusch war, bemerkt jeden Verfolger. Wir haben dort gelernt, unsere Sinne zu schärfen, sonst wären wir jetzt alle tot.«

»Wann hat er Sie verfolgt?«, fragte Monika mit großen Augen nach.

Arnos Gesicht wirkte plötzlich wie abwesend, seine Wangen liefen rot an, ohne jeden Zusammenhang brabbelte er vor sich hin: »Verfolgt! Verfolgt! Ja! Wir sind verfolgt worden!«

Monika und Marx schauten sich verblüfft an. Arno Stehle bemerkte diese Blicke nicht und sprach ohne Unterbrechung weiter: »Unsere Aufklärungs- und Verbindungspatrouille war auf dem Rückweg von Feyzabad nach Kunduz. Die Sonne tauchte das Land in ein tiefes Orange. Dann verschwand sie hinter den hohen Bergrücken. Das hieß für uns, dass wir unser Ziel nicht mehr vor Einbruch der Dunkelheit erreichen würden. Hinzu kam die Sperrstunde. Also erkundeten wir die Umgebung auf der Suche nach einem sicheren Platz zum Übernachten. Geschlafen wurde nur stundenweise, weil wir uns mit den Wachen ablösen sollten. Plötzlich sahen wir vier Gestalten, die sich lautlos unserem Lager näherten. Sie sahen aus wie afghanische Bauern. Wir wollten uns schon zu erkennen geben, als mein Kamerad durch das Nachtsichtgerät Sturmgewehre und Panzerfäuste unter ihren langen Gewändern ausmachen konnte. Was sollten wir tun? Waren diese Männer nun Taliban, afghanische Polizisten oder bewaffnete Zivilisten?«

Monika lauschte gebannt und verwirrt zugleich.

»Während mein Kamerad die Unbekannten beobachtete, alarmierte ich den Rest der Patrouille. Wir sahen, wie die Gestalten hinter einer Bergkette verschwanden, und dachten, die Gefahr sei vorüber. Doch schon Sekunden später kam ein Lichtblitz aus der Richtung, in der sie verschwunden waren, und alles leuchtete taghell. Das war das Feuer einer russischen Panzerfaust. Ein Inferno brach über der Stelle am Berghang los, an der wir den Abschuss gesehen hatten. Leuchtspurgeschosse flogen uns um die Ohren. Wir mussten Deckungsfeuer geben, uns immer wieder vor den Einschlägen der Panzerfäuste in Deckung bringen. Währenddessen versuchten einige Kameraden, mit ihren Funkgeräten Luftunterstützung anzufordern. Doch so plötzlich, wie der Überfall begonnen hatte, war er auch wieder vorbei. Ein Abschlussblitz, eine Detonation verdammt nah und wir schossen zurück ... Aber es kam keine Gegenwehr mehr. Den Rest der Nacht verbrachten wir in Erwartung weiterer Angriffe, die aber nicht kamen. Dann traf die Verstärkung aus der Luft ein. Wir konnten Entwarnung geben. Alle hatten diesen Überfall unverletzt überstanden.«

Stille trat ein. Dann räusperte sich Dieter Marx und ließ wieder einen religiösen Spruch los: »Siehe, wie fein und lieblich es ist, dass Brüder einträchtig beieinander wohnen!«

Monika ignorierte das und räumte ein: »Ich glaube Ihnen ja, dass Ihr Einsatz nicht einfach war. Nur, warum erzählen Sie mir das?«

»Ich will Ihnen damit sagen, dass wir keine Mörder sind, die aus Spaß am Töten auf Zivilisten schießen. In diesem Augenblick haben wir zurückgeschossen, ohne zu wissen, auf wen. Die Zustände in Afghanistan werden immer gefährlicher – egal, was unsere Politiker behaupten. Wir fahren durch das Land, um Aufbauhilfe zu leisten, und werden dabei beschossen. Da tut man das Einzige, was jeder Mensch tun würde: Man schießt zurück, um zu überleben. Das ist kein Mord, das ist Krieg.«

»Aber Uwe Görndt hat Ihnen vorgeworfen, ein Mörder zu sein?«, versuchte Monika, die Befragung wieder in die richtige Richtung zu steuern.

»Genau! Und wer in Afghanistan tötet, tut das auch zuhause.«

*

»Der Vogel ist ausgeflogen«, stöhnte Theo, als er das leere Büro der Polizeiinspektion in Wadern betrat.

»Kann ich Ihnen helfen?«, ertönte plötzlich eine unbekannte Stimme hinter ihm.

Theo drehte sich um und sah einen Polizeibeamten in Uniform, der mit großen Schritten aus den hinteren Räumen nach vorne geeilt kam.

»Ja! Wir suchen *Wachtmeister* …«

»Baccus und Borg von der Landespolizeidirektion Saarbrücken«, funkte Lukas hastig dazwischen. »Wir möchten mit dem Kollegen Uwe Görndt sprechen.«

»Uwe ist nicht da.«

»Wo ist er?«

»Er hat seinen alljährlichen Weihnachtsurlaub.«

»Alljährlich?«, wiederholte Theo begriffsstutzig.

»Ja! Er macht jedes Jahr vor den Weihnachtsfeiertagen frei,

damit seine Kollegen dann zwischen den Tagen Urlaub nehmen können.«

Lukas und Theo bedankten sich und traten hinaus in das nasse und kalte Wetter.

»Und jetzt?«, fragte Lukas.

»Wir fahren zu ihm nach Hause. Wir haben die klare Anweisung, ihn nach Saarbrücken zu bringen und zu den Vorwürfen zu befragen. Also werden wir auch genau das tun.«

Während Theo den Wagen steuerte, versuchte Lukas, den Kollegen Groß anzurufen, doch sein Handy fiel immer wieder aus.

»Scheißtechnik«, schimpfte er.

»Wie lange hast du das Gerät schon?«, fragte Theo.

»Zwei Jahre.«

»Dann gib es besser im Museum ab und hol dir ein neues.« Er zog sein eigenes Mobiltelefon aus der Tasche und gab es seinem Freund. Damit gelang es Lukas, den Kollegen von der Bereitschaftspolizei zu erreichen und ihn zusammen mit seiner Mannschaft zu Görndts Haus zu bestellen.

»Danke, dass du mir vorhin ins Wort gefallen bist«, meinte Theo, während er krampfhaft das Lenkrad festhielt. Immer wieder trafen Windböen mit großer Wucht auf den Wagen und rüttelten bedrohlich daran. Die Wassermassen auf den Straßen taten das ihrige, um diese kurze Fahrt zu einem Abenteuer werden zu lassen.

»Wie meinst du das?«, fragte Lukas verunsichert.

»Ich meine das ausnahmsweise mal ernst. Es wäre nicht so toll gewesen, wenn ich meinen Spott über *Wachtmeister Uwe* schon wieder vor einem Kollegen abgelassen hätte.«

»Du schaffst es immer wieder, mich zu überraschen«, gab Lukas zu.

Theo lachte und sagte nur: »Yep!«

Sie bogen in die Dorfstraße ab. Zu ihrer Linken stand das Haus des Polizeibeamten direkt am Rand eines großen Feldes. Schon von weitem konnten sie ein Großaufgebot von Kollegen dort erkennen. Und den alles überragenden Karl Groß mittendrin, der mit den Händen wild herumfuchtelte.

»Karl der Große in Höchstform!« Theo grinste und stellte den Dienstwagen ab. Kaum waren die beiden ausgestiegen, stürmte der Hüne schon auf sie zu.

»Es macht niemand auf«, rief er mit seiner lauten Stimme. »Die Nachbarin hat einen Schlüssel, will ihn uns aber nicht geben. Was sollen wir tun?«

»Im Notfall die Tür mit Gewalt öffnen«, antwortete Theo. »Es besteht Gefahr im Verzug.«

Eine ältere Dame mit Lockenwicklern in den Haaren, die sie mit einer Nylonfolie vor dem Regen schützte, trat aus der Menge hervor und erklärte: »Ich kann Ihnen versichern, dass keine Gefahr im Verzug ist.«

»Wie das?«

»Uwe hat seine Mutter heute Morgen ins Hochwald-Krankenhaus gebracht, weil er selbst die Feiertage bei einem Freund verbringen will.«

»Gib mir dein Handy«, flüsterte Lukas seinem Kollegen zu. »Ich rufe Renske an und frage ihn, ob wir das Haus durchsuchen sollen.«

Theo gab ihm das kleine Telefon und fragte die Nachbarin: »Wie heißt dieser Freund und wo wohnt er?«

»Das weiß ich nicht.«

»Wieso wissen Sie das nicht?« Theo schüttelte ungehalten den Kopf. »Sie haben einen Schlüssel zu diesem Haus. Sie wissen, dass Uwe Görndt seine Mutter ins Krankenhaus gebracht hat und in welches. Und dann wollen Sie mir weismachen, dass Sie nicht wissen, wer dieser Freund ist?«

Die alte Dame rümpfte demonstrativ ihre Nase und sagte kein Wort mehr.

»Alles klar«, rief Lukas. »Der Durchsuchungsbeschluss für Görndts Haus ist auf dem Weg hierher. Also werden wir reingehen – egal wie.«

*

»Kommen wir wieder auf unser anfängliches Thema zurück, die Drogen«, sagte Monika und behielt Arno Stehle dabei genau im Auge.

Der Mann nickte nur mit seinem Wuschelkopf, ein Zeichen, dass er sich fügen wollte.

»Wir haben eine Liste gefunden, auf der steht, dass Sie Speed bei Volker Dinz gekauft haben.«

Arno fuhr sich mit einem Seufzer über seine Haare, sodass die noch wilder vom Kopf abstanden. Bei diesem Anblick hatte Monika Mühe, nicht zu schmunzeln.

»Ich war halt mies drauf«, murmelte er nach einer Weile.

»Also geben Sie zu, dass Sie bei ihrem Freund Drogen gekauft haben?«

»Ja!«

»Gibt es noch andere Dealer, bei denen Sie sich das Zeug beschafft haben?«

»Nein!« Arnos Augen funkelten böse. »Ich bin nicht süchtig. Nur ab und zu mal einen Kick. Das ist alles.«

»Volkers Liste spricht eine andere Sprache«, hielt Monika dagegen.

»Volker hat auch schon mal für andere Kumpel Stoff besorgt«, gab Arno zu.

»Und was haben Sie mit der Vergewaltigungsdroge Rohypnol gemacht?«

»Davon weiß ich nichts«, rief Arno erschrocken.

»Tatsächlich nicht?« Monika zweifelte. »Frauen sind dadurch leichter zu haben.«

»Wir haben gerne mal in der Gartenlaube vor dem Haus der alten Borg gefeiert. Aber die Mädels, die wir mitgenommen haben, haben freiwillig mitgemacht. Vergewaltigen mussten wir keine Einzige.«

Monika verschluckte sich fast vor Überraschung. »Wie bitte? Sie haben in der Gartenlaube gefeiert, die vor Katharina Borgs

Haus steht?«

»Ja! Das waren die geilsten Feten überhaupt. Hat sich im ganzen Hochwald rumgesprochen.«

»Und was hat Frau Borg dazu gesagt?«

»Nichts! Die wusste ja nichts davon.«

»Wie geht das? Sie wohnt gerade mal zehn Meter davon entfernt.«

»Wir haben immer gewartet, bis die Alte ins Schlafzimmer gegangen ist. Das liegt genau auf der anderen Seite des Hauses. Erst dann haben wir richtig losgelegt. Das war unser Kick! Aber doch keine Gewalt gegen Mädels ...«

Monika schüttelte verständnislos den Kopf und brauchte einige Zeit, ehe sie mit der Befragung fortfahren konnte: »Wer hat dort mitgefeiert?«

»Wir alle! Volker, Philipp, Oskar ...« Arno rieb sich die Augen und murmelte: »Scheiße, Mann! Ich kann es einfach nicht glauben.«

»Wer noch?«

»Nils und ich! Aber seit wir von Afghanistan zurück sind, ist da nichts mehr gelaufen.«

»Warum nicht? Waren Ihre Freunde mit Ihrem Einsatz in Afghanistan nicht einverstanden?«

»Oskar hat schon ein bisschen am Rad gedreht«, bestätigte Arno. »Hat sich wie ein Richter aufgeführt, wir wären Mörder und so – und es wäre besser gewesen, wir hätten in Buweiler für ein Staatsbegräbnis gesorgt. Dann wär wenigstens der Verteidigungsminister mal hergekommen.«

»Das wage ich zu bezweifeln«, wandte Monika ein. »Trotzdem sind das harte Worte.«

»Ja! Philipp hat sich dagegen als Samariter aufgespielt und wollte Seelen retten.« Arno schnaubte, was wohl ein Lachen sein sollte. »Und Volker hätte es am liebsten gesehen, wenn ich meinen Einsatz auf Video aufgenommen hätte, so kriegsgeil war der.«

»Also sind keine Feste mehr in dieser Gartenlaube durchgeführt worden, seit Sie im Einsatz waren?«

»Keine Ahnung, was die Jungs gemacht haben, während wir weg waren.«

»Und was das ist, wissen Sie auch nicht?« Monika legte ein Foto vor ihn auf den Tisch, auf dem die Holzkiste abgebildet war, die in der Hütte unterhalb des Bodens gefunden worden war.

Arno Stehle riss die Augen vor Entsetzen weit auf.

*

Sie traten durch einen düsteren, schmalen Flur. Die Decke hing tief, das Licht war spärlich, die Luft schlecht. Es roch süßlich penetrant, ein Geruch, der in Lukas und Theo die Alarmglocken schrillen ließ.

»Und Sie sagen, die Mutter hat noch gelebt, als sie das Haus verließ?«, fragte Theo die neugierige Nachbarin, die ihnen auf Schritt und Tritt folgte.

»Ja! Aber es geht ihr so schlecht, dass sie das Krankenhaus wohl nicht mehr lebend verlassen wird.«

»Was hat sie?«

»Multiple Sklerose – schon seit Jahren. Heute Morgen bekam sie wieder einen Schub. Dieses Mal war es besonders heftig.«

»Sie wissen so gut über die Mutter Bescheid«, meinte Theo, während er weiter durch die kleinen, niedrigen Zimmer ging, »wie kann es da sein, dass sie nicht wissen wollen, wie dieser Freund heißt, zu dem Uwe Görndt fahren wollte, und wo der wohnt? «

»Ich weiß es wirklich nicht«, beteuerte die Alte, die jetzt immerhin wieder mit den Polizisten sprach. »Ich habe mich wirklich nur um Uwes Mutter gekümmert. Ich habe sie gepflegt.«

Lukas kam aus dem Krankenzimmer und sagte: »Hier finden wir höchstens Windeln für Erwachsene. Aber keinen Hinweis.«

»Vielleicht gerade dort«, meinte Karl, der gebückt durch dieses Haus gehen musste. »Das sind oft die raffiniertesten Verstecke.«

»Dann will ich dich nicht aufhalten«, entgegnete Lukas grinsend.

Karl zog eine Grimasse, wusste jedoch Rat: Er gab die Anweisung an einen jungen Mitarbeiter weiter, der ein leises Stöhnen nicht unterdrücken konnte.

»Schau mal hier«, rief Lukas, nachdem er den Schreibtisch im Wohnzimmer inspiziert hatte. Theo eilte zu ihm und sah, dass Lukas auf eine Unfallakte zeigte.

»Was hat das zu bedeuten?«

Lukas hob sie hoch und blätterte darin. »Das ist die Akte über einen Autounfall, der sich am 6. Dezember 2009 in Buweiler ereignet hat«, erklärte er. »Und zwar genau auf unserer Todesstrecke.«

Theo zuckte mit den Schultern und fragte: »Und was hat das mit unserem Fall zu tun?«

»Keine Ahnung«, räumte Lukas ein. »Es ist nur merkwürdig, dass *Wachtmeister Uwe* solche Dokumente bei sich zuhause aufbewahrt, wo sie gar nicht sein dürften.«

»Dann nehmen wir sie sicherheitshalber mal mit«, sagte Theo.

*

»Ihre Reaktion zeigt mir, dass Sie diese Holzkiste kennen«, folgerte Monika. Sie warf einen Blick zu ihrer linken Seite, um sich zu vergewissern, dass Dieter Marx noch dort saß. Seit dem kurzen Geplänkel zu Beginn der Befragung hatte er kein einziges Wort mehr gesagt. Und vor allem keine Bibelverse mehr zitiert. Doch er war anwesend und erweckte den Eindruck, als wollte er Arno keine Sekunde aus den Augen lassen.

»Ja natürlich«, gab Arno zu.

»Das geben Sie einfach so zu? Also wussten Sie von Anfang an, woher die Tatwaffe stammte! Und Sie wussten auch von Anfang an, wer sie benutzt und damit auf Ihre Kameraden geschossen hat!«

»Nein!« Arno schüttelte seinen Lockenkopf energisch. »Wir

alle wissen von diesem Ding. Aber dass es ausgerechnet dieses Gewehr gewesen sein soll, mit dem meine Freunde getötet wurden, das wusste ich nicht. Woher auch?«

»Es stand doch groß und breit in der Zeitung.«

»Dort stand nur etwas von einer Waffe aus dem Zweiten Weltkrieg.«

»Und wie viele Waffen aus dem Zweiten Weltkrieg werden bei Ihnen in Buweiler gebunkert?«, hakte Monika nach.

»Ich weiß nur von dieser einen.«

»Was war das für ein Modell und Baujahr?«

»So ein altes Teil eben ...« Arno überlegte eine Weile, bis es ihm wieder einfiel: »Ein Karabiner 98.«

»Falsch.«

Wieder überlegte Arno und sagte: »Dann war es eine G43, der direkte Nachfolger.«

»Volltreffer.« Monikas Augen funkelten böse. Sie brauchte einige Sekunden, bis sie die nächste Frage stellen konnte: »Wissen Sie, wer diese Waffe gepflegt haben könnte? Denn sie muss gepflegt und es muss regelmäßig mit ihr geschossen worden sein, sonst würde sie heute nicht mehr funktionieren.«

»Da fällt mir nur Nils ein.«

»Nils Amann?«

»Ja! Wer denn sonst?«

»Warum er?«

»Nils war schon immer ein Waffennarr. Schon als Junge. Damals hat er damit herumgespielt und sich vor uns wichtig gemacht.« Arno riss plötzlich die Augen auf und fragte: »Sie werden aber doch jetzt nicht Nils verdächtigen, seine Freunde gekillt zu haben?«

*

»Hast du eigentlich inzwischen herausgefunden, wer dieser Andreas Leche ist, der den enthüllenden Bericht über Uwe Görndt in die Zeitung gesetzt hat?«, fragte Theo, während sie durch das stürmische und nasse Wetter nach Hause fuhren.

»Nein!«

»Wie geht das? Susanne arbeitet doch dort.«

»Ja! Aber sie hat den Namen noch nie gehört.«

Theo stutzte.

»Ich habe da eine Theorie«, sagte Lukas geheimnisvoll.

»Lass hören.«

»Daniel Bauer selbst ist dieser Andreas Leche. Er hat sich eine zweite Identität zugelegt, mit der er den Dreck aufwühlen kann, während er unter seinem richtigen Namen weiterhin als Strahlemann glänzt.«

»Du hast eine *Daniel-Bauer-Phobie*«, grunzte Theo.

»Und du eine *Wachtmeister-Uwe-Phobie*«, hielt Lukas dagegen.

»In meinem Fall ist das keine Phobie, sondern Instinkt«, belehrte Theo seinen Freund. »Sein plötzliches Verschwinden macht ihn ja nun endgültig verdächtig.«

»Stimmt auch wieder!«

Sie lauschten dem Regen, der von der Seite gegen das Auto schlug, und dem Wind, der immer stärker an ihm rüttelte.

»Wenn ich mir dieses Wetter ansehe, kann ich nur sagen, dass mir der Schnee lieber war«, bemerkte Lukas.

»Mir auch. Gerade mit diesem Auto«, bestätigte Theo. »Mit Allrad ist das Fahren über verschneite Straßen ein Kinderspiel. Aber bei diesen Wassermassen fühle ich mich nicht wohl.«

Lukas schaute sich um und bestätigte seufzend: »Ich auch nicht – aber aus einem anderen Grund: Genau hier hat alles angefangen.«

»Richtig. Diese Strecke als Todesstrecke zu bezeichnen, bestätigt sich immer öfter.«

»Warum immer öfter?«, fragte Lukas erstaunt. »Seit Volker Dinz hat es keinen weiteren Toten gegeben. Oder habe ich da was verpasst?«

»Nein! Ich denke an diese junge Frau, die hier verunglückt ist.«

»Du meinst die Unfallakte, die wir in *Wachtmeister Uwes* Haus gefunden haben?«

»Ja!«

»Ist die Frau denn tot?«

»Die Nachbarin hat mir bestätigt, dass sie an den Unfallfolgen gestorben ist«, sagte Theo.

»Übel!«

»Es kommt noch schlimmer!«

»Was ist noch schlimmer als sterben?«

»Aline Konrad hat ein Jahr lang im Koma gelegen, bis sie gestorben ist.«

»Echt übel«, wiederholte Lukas. »Aber, ist dieser Unfall relevant für uns oder erinnert er dich nur an deine Klassenkameradin, die nach der Vergewaltigung im Koma lag?«

Theo schüttelte den Kopf, als wollte er unangenehme Gedanken verscheuchen: »Ich sehe nur, was in der Akte steht.«

»Nämlich?«

»Dass Aline Konrad unter Drogen und Alkoholeinfluss stand, als sie von der Straße abgekommen ist.«

»Ist nicht wirklich eine Überraschung. So was passiert häufiger.«

»Ja! Aber die einzige Droge, die bei ihr gefunden wurde, war Rohypnol«, sagte Theo. »Und zwar im Urin, der überaschenderweise gleich bei ihrer Einlieferung untersucht worden ist.«

17

Alle waren anwesend. Die Aussicht auf ein neues Profil der Kriminalpsychologin weckte wie jedes Mal große Neugier. Aufgeregtes Gemurmel ging durch den Raum. Amtsleiter Hugo Ehrling, Markus Schaller, Teamchef der Spurensicherung, Gerichtsmediziner Dr. Stemm und sogar der Leiter der Bereitschaftspolizei, Karl Groß, saßen bereits am Tisch und warteten auf die noch fehlenden Kollegen. Sie alle wollten wissen, ob die beiden Hauptverdächtigen -Uwe Görndt und Nils Amann – auch im Visier der Profilerin waren. Görndt konnte man nicht befragen, er war spurlos verschwunden. Und Nils Amann war wieder zuhause bei seiner Großmutter. Nach dem Gespräch mit Silvia Tenner hatte er sich innerlich so weit zurückgezogen, dass er überhaupt nicht mehr ansprechbar war. Ein Triumphgefühl konnte sich angesichts dieser Lage bei den Ermittlern wahrlich nicht einstellen.

Bei jedem Geräusch verstummten alle augenblicklich und schauten gespannt zur Tür. Aber von der attraktiven Psychologin gab es noch immer keine Spur. Die Anspannung wuchs mit jeder Minute.

»Silvia weiß, wie man Aufmerksamkeit erregt«, stellte Lukas frustriert fest. Seine Fühler gingen schon lange in eine andere Richtung. Seit er den Zeitungsartikel an diesem Morgen gelesen hatte, fühlte er sich in seiner Ansicht noch mehr bestätigt als je zuvor: Dieser Reporter war mit Vorsicht zu genießen. Seine größte Erwartung galt allerdings der Reaktion des Amtsleiters auf diesen bislang letzten Artikel von Daniel Bauer, denn Kriminalrat Ehrling selbst hatte ja so sehr auf die Zusammenarbeit von Presse und Polizei vertraut.

»*Während die Polizei bei Kaffee und Kuchen in aller Ruhe berät, löst ein zweiundneunzigjähriger Mann den Fall auf seine Weise*«, hieß es in der Einleitung, was allein schon eine Beleidigung darstellte. Aber der Text ging nicht minder provokant weiter: »*Der dritte*

Tote wurde in den frühen Morgenstunden am Samstag, dem 18. Dezember im Wald bei Buweiler gefunden. Dieses Mal geradezu hingerichtet durch einen Schuss aus nächster Nähe. Der Großvater des Opfers hat bewaffnet die Polizeiwache in Wadern gestürmt, um Rache für seinen Enkel und die Enkel seiner besten Freunde zu nehmen. Doch er konnte gestoppt werden. Die Polizei, dein Freund und Helfer, war rechtzeitig zur Stelle, um einen Fall von Selbstjustiz, der aufgrund ihrer eigenen Nachlässigkeit fast ein weiteres Opfer gefordert hätte, zu verhindern. Nur stellt sich hier die Frage, wem die Ordnungshüter in Wirklichkeit helfen. Dem Menschen, den es zu beschützen gilt? Oder dem Täter? Die perfekt ausgerüstete Spurensicherung hat unbestreitbare Spuren an den Tatorten gefunden. Und all diese Spuren deuten auf einen Polizeibeamten hin, was wohl die zögerliche Haltung der Behörden bei der Aufklärung dieses Falles erklärt. Ist in unserem Staat also Schuld nicht immer gleich Schuld?«

Theo rümpfte die Nase und meinte dazu: »Das wird jetzt ein Präzedenzfall!«

»Wie meinst du das?«, fragte Lukas überrascht nach.

»Dass wir damit den ersten Fall haben, den der Reporter aufklärt.«

»Drehst du jetzt völlig am Rad?«, fragte Lukas ungehalten. »Lies den Artikel doch mal richtig.«

»Und?«

»Dann fällt dir vielleicht auf, dass Daniel Bauer händeringend nach Verdächtigen sucht, was gar nicht seine Aufgabe ist.«

»Spekulieren tun diese Typen doch alle«, hielt Theo dagegen.

»Von wegen *spekulieren*. Auf falsche Fährten lenken, was ihm sogar bei unserem Chef gelungen ist.«

»Dass *Wachtmeister Uwe* ein Verdächtiger ist, ist eine Tatsache, der wir schon viel früher hätten auf den Grund gehen müssen. Davon hat uns Ehrling abgehalten. Das hat nichts mit Spekulation zu tun.«

»*Wachtmeister Uwe* passt nur dir gut in den Kram. Dabei übersiehst du, dass dieser Klatschreporter nicht zum ersten Mal unsere Ermittlungen beeinflusst. Ich sage dir, was er damit bezweckt.«

»Und was?«, wollte Theo wissen.

»Er will den Verdacht von sich selbst ablenken«, erklärte Lukas mit wilder Entschlossenheit.

»Das sagst du nur, weil dir dieser Daniel Bauer als Verdächtiger gut in den Kram passt! Nur sag mir, welches Motiv sollte er haben? Er lebt in Saarbrücken, hat in Dortmund studiert – es gibt nicht den geringsten Bezug zu Buweiler. Uwe Görndt ist unser Mann.«

Ein deutliches Räuspern unterbrach die beiden Streithähne. Sie schauten erschrocken auf. Direkt vor ihnen stand Amtsleiter Hugo Ehrling.

»Ich habe Ihnen nicht aufgetragen, mit der Presse zusammenzuarbeiten, um eine Auflösung des Falls nach Ihren Wünschen anzusteuern«, sagte er in einem Tonfall, der alle Anwesenden zu Eis erstarren ließ. »Sie haben sich von persönlichen Gefühlen hinreißen lassen, und das vor dem Reporter. *Das* nennt man Manipulation.«

»Wir haben nichts dergleichen getan«, wehrte sich Theo.

Unbeeindruckt von diesem Versuch einer Selbstverteidigung stand der große, schlanke Mann vor Lukas und Theo, die eine Hand in der Hosentasche, die andere mit erhobenem Zeigefinger aufgerichtet, und erklärte: »Sie beide haben bereits mehrfach bewiesen, dass Ihnen jegliche Fähigkeit fehlt, mit der Presse zusammenzuarbeiten. Deshalb werden Sie aus diesem Eklat Ihre Konsequenzen ziehen.«

»Werden wir gerade in der Endphase von diesem Fall abgezogen?«, fragte Lukas erschrocken nach.

»Nein! Diesen Fall werden Sie noch abschließen. Danach werde ich Maßnahmen treffen.«

*

Silvia Tenner betrat, begleitet von Allensbacher und Staatsanwalt Renske, das Büro. Alle starrten sie erwartungsvoll an. Die Psychologin setzte sich an das Kopfende des langen Tisches und wartete.

Hugo Ehrling erhob sich von seinem Platz, begrüßte Silvia mit formvollendeter Höflichkeit und bat sie, mit ihrem Vortrag zu beginnen.

»Ich werde Ihnen mein Täterprofil so weit vortragen, wie ich es nach dem neusten Stand der Dinge ausgearbeitet habe.«

Stille.

»Ich habe ein langes und ausführliches Gespräch mit Nils Amann geführt, das mich zu neuen Erkenntnissen gebracht hat. Und damit will ich heute beginnen.« Sie blätterte in ihren Unterlagen und fuhr fort: »Wir haben es im Fall Nils Amann tatsächlich mit einer Posttraumatischen Belastungsstörung zu tun.«

»Hat er uns deshalb verschwiegen, was in Afghanistan wirklich passiert ist?«, fragte Theo.

»Nein! Er hat es nicht absichtlich verschwiegen, er hat es nicht mehr gewusst.«

»Wie bitte?« Theo staunte. »So lange liegt dieser Überfall doch gar nicht zurück.«

»Warum er euch nichts davon gesagt hat, erkläre ich jetzt.« Silvia lächelte Theo an. »Dafür bin ich schließlich hier.«

Theo nickte.

»Nils Amann ist im Afghanistan-Einsatz einem Extremstress ausgesetzt gewesen, wie ich durch mein Gespräch mit ihm herausgefunden habe. Extremstress führt zu einer gesteigerten Bildung von Stresshormonen, was nicht nur zu funktionellen, sondern auch zu strukturellen Veränderungen im Gehirn führt. Dazu will ich Ihnen etwas über die Funktionen im menschlichen Gehirn allgemein sagen: Die Amygdala spielt anatomisch und funktionell eine große Rolle bei der Emotionsentstehung und bei Störungen der Emotionen im Gehirn. Sie hat eine direkte Verbindung zum assoziativen Großhirn. Ihre Informationen erhält sie vor allem vom Hippocampus – das ist unser sogenannter Datenspeicher – und vom Thalamus, der zuständig für die Verarbeitung der Daten ist, die ihm vom Hippocampus zugeführt werden. Damit fungiert der Thalamus auch als Filter und entscheidet, welche Informationen für den Organismus im Moment besonders wichtig sind.«

»Jetzt wird es kompliziert«, warf Lukas mürrisch ein. »Ich verstehe nur noch Bahnhof.«

Silvia überging diesen Kommentar und sprach unbeirrt weiter: »Bei einer Extrembelastung gehen von der Amygdala Signale aus, die zur erhöhten Bildung von Stresshormonen führen. Der Thalamus ist durch die Überschüttung dieses Hormons nicht mehr in der Lage, die richtigen Informationen für den Organismus herauszufiltern. Das hat eine Anpassungsstörung bei besonderen Belastungen zur Folge. Der Betroffene fühlt sich überfordert. In diesem Augenblick geschieht eine Einengung seiner Wahrnehmung und damit verbunden eine kurzfristige Abspaltung seiner Gedächtnisfähigkeit. Für Sie alle besser bekannt als Blackout.«

»Was heißt das in unserem Fall?«, warf Helmut Renske ein.

»Dass Nils Amann den Auslöser für seine PTBS verdrängt hat – also, dass er sich wirklich nicht mehr daran erinnern konnte.«

»Und wie hilft uns das jetzt weiter?«, fragte Kriminalrat Ehrling.

»Ganz einfach: Auch wenn Nils Amann dieses Ereignis aus seinem Bewusstsein verdrängt hat, so steckt es dennoch in seinem Unbewussten. Und nun komme ich wieder auf mein erstes Profil zurück, nämlich den Affekt.«

Wieder brach Unruhe aus, die Ehrling unterbinden musste, damit Silvia weitersprechen konnte: »Ich habe beim ersten Mal bereits erklärt, dass der kriminelle Konflikt aus einer prägnanten lebensgeschichtlichen Konstellation heraus entstanden sein kann. Und zwar begünstigt durch eine Krise, eine negative Erfahrung oder ein prägendes Ereignis, das die Persönlichkeit des Täters berührt. Diese negative Erfahrung ist für Nils Amann der Überfall auf seine Truppe während seiner Fahrt nach Feyzabad. Durch sein Schweigen hat sich ein emotionaler Stau gebildet. Er saß sozusagen auf einem Pulverfass. Damit meine ich, dass ein nachfolgendes Ereignis, das nach außen hin total harmlos oder nichtssagend erscheint, für ihn zu einer Lebensbedrohung oder zu einer unhaltbaren Situation wurde.«

»Wenn wir jetzt noch wissen, was diesen Affekt ausgelöst hat und wer, haben wir den Fall gelöst«, stellte der Staatsanwalt ironisch fest.

»Ich sage ja nicht, wer der Täter ist. Nur, wo ihr ihn suchen sollt«, gab Silvia spitz zurück.

»Und wo?«, hakte Renske noch einmal nach.

»Die Kollegen haben doch vor Ort ermittelt«, meinte Silvia. »Und in meinen Akten steht, dass alle drei Opfer zuletzt bei Nils Amann gesehen wurden.«

»Meine Güte!«, stieß Lukas aus.

»Denkst du dasselbe wie ich?«, fragte Monika den Kollegen mit weit aufgerissenen Augen.

»Was ist los?«, fragte der Amtsleiter. »Wir spielen hier kein Rätselraten.«

»Oskar Lohse war ein Gegner der Bundeswehr«, erklärte Lukas. »Arno Stehle sagte, Oskar habe seinen Afghanistan-Einsatz aufs Schärfste verurteilt. Er hätte ihm die Schuld daran gegeben, dass so viele Zivilisten und vor allem Kinder dort sterben müssen.«

»Dabei hätte er sich aufgeführt wie ein Richter«, ergänzte Monika.

Silvia hakte nach: »Nach euren Ermittlungen wollte Oskar Lohse am Tag seiner Ermordung Nils Amann einen Besuch abstatten.«

»Genau!« Lukas nickte. »Aber angeblich ist er nie dort angekommen.«

»Das ist es«, rief Silvia. »Nils Amanns Auslöser für seine PTBS sind seine Schuldgefühle gegenüber seinen Kameraden. Er hat ihnen durch das Funkgerät grünes Licht gegeben und sie damit ins offene Gewehrfeuer fahren lassen.«

Aufregung machte sich unter den Kollegen breit.

»Sollte Oskar ihn tatsächlich mit Schuldgefühlen konfrontiert haben, hat das in Nils womöglich eine sogenannte Retraumatisierung ausgelöst.«

»Soll heißen?«, fragte Ehrling.

»Er hat im Affekt gehandelt, hat so lange darauf hingearbeitet, bis er sein Ziel erreicht hatte, nämlich Oskar zu töten. Aber hinterher wusste er nichts mehr von dieser Tat.«

»Er erschießt drei seiner Freunde und vergisst das gleich wieder?«, wandte der Staatsanwalt ungläubig ein.

»Ich habe doch den Blackout erklärt. So etwas bedeutet, dass im Falle eines Flashbacks der Betroffene nicht in der Lage ist, seine Gefühle zu kontrollieren. Die eben erwähnte kurzzeitige Abspaltung von seiner Gedächtnisfähigkeit ist eine Schutzfunktion des Gehirns, was aber auf Dauer eher nachteilig sein kann – sollte es wirklich so sein, dass Nils Amann seinen Freund aus diesem Grund getötet hat.«

»Rechtfertigt das, ihn nach seinem Geständnis einfach wieder laufen zu lassen?«, fragte Theo.

»Nils Amann hat nicht gestanden«, stellte Ehrling daraufhin sofort klar. »Er hat lediglich mit Dr. Tenner ein Gespräch geführt und wurde aufgefordert, sich zu unserer Verfügung zu halten. Sein Geständnis soll im Zustand geistiger Zurechnungsfähigkeit und in Gegenwart von Polizeibeamten abgelegt werden, sonst könnte er uns durch einen findigen Rechtsanwalt entkommen.«

»Warum wird Nils Amann nicht ärztlich behandelt?«, fragte Monika. »Eine Posttraumatische Belastungsstörung heilt doch bestimmt nicht von alleine.«

Silvia stimmte der Kommissarin zu und sagte: »Die Kameraden haben bei Nils erst lange Zeit später festgestellt, dass er vermutlich traumatisiert ist. Daraufhin haben sie ihn sofort in einem Bundeswehrkrankenhaus für Traumatherapie angemeldet. Doch es sind in ganz Deutschland keine Plätze frei.«

»Das ist ja unglaublich«, sagte Monika.

»Durch die Kriegseinsätze in fremden Ländern hat diese PTBS unter den Soldaten rasant zugenommen. Die Bundeswehrärzte sind gnadenlos überfordert.«

»Dann lassen sie einen Mann wie Amann einfach weitermachen, als wäre nichts passiert?« Monika konnte es nicht glauben. »Und die Zivilisten sind dadurch einer großen Gefahr ausgesetzt.«

»Leider!«, bestätigte Silvia seufzend.

»Entschuldigt ein Trauma drei Morde?«, wollte Theo wissen.

»Nils kann nicht für alle drei Morde verantwortlich gemacht werden. Das ist der nächste Punkt, auf den ich jetzt zu sprechen komme«, erwiderte Silvia. Wieder hatte sie die volle Aufmerksamkeit aller Anwesenden auf sich gezogen. Niemand im Raum nahm wahr, dass vor den Fenstern aus den Regentropfen nach und nach Schneeflocken wurden, die sich auf den kahlen Ästen der Bäume in glitzernde Kristalle verwandelten.

»Ich habe mir die Akten über die drei Morde noch mal durchgesehen«, begann Silvia. »Doch bevor ich mir ganz sicher bin, brauche ich eine bestimmte Information von Dr. Stemm.«

Der große, massige Mann richtete sich auf und fragte laut: »Was wollen Sie wissen?«

»Ich muss die genaue Todesursache von Volker Dinz wissen. In der Akte steht, es war ein Schuss aus nächster Nähe. Aber der gerichtsmedizinische Befund fehlt noch.«

»Den habe ich erst gestern Abend diktiert und heute mitgebracht«, donnerte die Stimme des Gerichtsmediziners durch den Raum.

»Und was steht in Ihrem Bericht?«

Dr. Stemm schien unter Silvias Blick dahinzuschmelzen. Seine Stimme wurde leiser, seine Gesichtszüge freundlicher und seine Haltung entspannter, als er antwortete: »Volker Dinz wurde durch einen aufgesetzten Schuss getötet.«

»Das heißt, der Lauf der Waffe kam mit dem Opfer in Berührung, als geschossen wurde?«, hakte Silvia nach.

»Genau! In diesem Fall wurde die Waffe direkt an die Stirn des Opfers gehalten«, bestätigte der Pathologe. »Bei Schüssen im Bereich des Schädels, wo die Haut dicht auf dem Knochen liegt, kommt es durch die Expansion der Pulvergase bei einem aufgesetzten Schuss häufig zu einem sternenförmigen Aufreißen der Haut. Aber das Besondere in diesem Fall ist, dass die Pulvergase und die Vorwölbung der Haut dazu geführt haben, dass gewisse Konstruktionsmerkmale der Waffe – wie zum Beispiel das Korn – Abdrücke in der Haut hinterlassen haben. Dadurch war es mir möglich, die genaue Waffenhaltung des Täters bei der Abgabe des Schusses zu rekonstruieren.«

»Sagt diese Untersuchung etwas über den Täter aus?«, fragte Amtsleiter Ehrling.

»Ja! Wir konnten den Winkel berechnen, in dem die Waffe an den Kopf gehalten wurde. Der Täter war um einiges größer als sein Opfer, weil der Winkel bei zwanzig Grad liegt. Wir haben eine Berechnung mit der Länge der Waffe und der Größe des Opfers angestellt und sind zu dem Ergebnis gekommen, dass der Täter in diesem Fall zwischen einsfünfundachtzig und einsneunzig groß sein muss.«

Automatisch richteten sich alle Augen auf den Kollegen der Bereitschaftspolizei, auf Karl den Großen. Doch der wehrte lachend ab: »Ich bin einssiebenundneunzig. Also scheide ich als Verdächtiger aus.«

»Ich glaube, Frau Dr. Tenner war mit ihrem psychologischen Profil noch nicht fertig«, beendete Ehrling das laute Gelächter.

»Mein erstes Profil habe ich nach dem zweiten Mord erstellt«, erklärte Silvia. »Das war vielleicht etwas verfrüht, denn nach zwei Morden ist nicht immer ein eindeutiges Tatmuster festzustellen, da sich bestimmte Merkmale auch zufällig wiederholen oder genauso zufällig wegfallen können. Nach dem dritten Mord – und nach dem Ergebnis der gerichtsmedizinischen Untersuchung – komme ich zu einem anderen Ergebnis als vor fünf Tagen ...«

»Heißt das, dass unsere bisherigen Ermittlungen auf fehlerhaften Vermutungen basieren?«, fragte Staatsanwalt Renske, dessen Gesicht plötzlich eine Spur blasser geworden war.

»Nein! Würden Sie mich ausreden lassen, wäre Ihnen auch

der Rest meines neuen Profils bekannt.«

Renske schluckte und sank ein wenig in sich zusammen. Lukas bemerkte das und vermutete, dass zwischen den beiden irgendwas vorgefallen sein musste. Aber vielleicht täuschte er sich ja auch.

»Also: Inzwischen ist ein dritter Mord hinzugekommen, der eine eindeutige Parallele zu dem Mord an Philipp Genser aufweist. Beide Taten wurden mit Konzentration und mit Präzision ausgeführt. Damit will ich sagen, dass der Täter bei Philipp Genser drei Schüsse abgefeuert und dreimal getroffen hat. Einmal das Auto, um es lahmzulegen. Dann die Schulter des Opfers, wobei sich das Opfer vermutlich bewegt hat, weshalb dieser Schuss nicht sofort tödlich war. Und dann der Schuss in die Stirn. Das spricht eindeutig für Zielstrebigkeit, Entschlossenheit und Planung.«

Alle nickten. Sie kannten diese Angaben.

»Kommen wir nun zu Volker Dinz. Er wurde mit einem großen Kaliber nicht nur aus nächster Nähe erschossen, sondern sogar mit einem aufgesetzten Schuss. Eine Tat, die für außerordentliche Brutalität spricht. In diesem Fall können wir von der gleichen Entschlossenheit und Zielstrebigkeit ausgehen wie bei Philipp Genser.«

»Wir vermuten, dass Dinz seinen Täter gekannt hat«, schaltete sich Allensbacher ein.

»Warum?«

»Weil der so nah an ihn herangekommen ist.«

»Das ist möglich«, bestätigte Silvia. »Sogar sehr wahrscheinlich. Der Täter arbeitet zielstrebig. Vielleicht hat er sich in das Vertrauen seiner Opfer geschlichen, um sich das Töten damit zu erleichtern.«

»Oder er kannte alle Opfer«, wandte Theo ein.

»Das ist auch möglich«, räumte die Psychologin ein. »Vielleicht ist er ein Einwohner aus Buweiler, dem die jungen Männer vertraut haben.«

»Aber warum hat er die anderen dann aus großer Entfernung

erschossen?«, fragte Lukas.

»Dazu kann ich nur spekulieren und meine Überlegung geht dahin, dass sich der Täter einen Plan zurechtgelegt hat, der immer besser funktionierte«, entgegnete Silvia.

»Stimmt!« Staatsanwalt Renske nickte. »Im ersten Fall waren es Unmengen von Patronen, die er verfeuert hat. Im zweiten nur noch drei und im dritten eine einzige.«

»Dem muss ich leider widersprechen«, konterte die Kriminalpsychologin. »Nach meinen Erkenntnissen haben wir es mit zwei verschiedenen Tätern zu tun.«

Nun brach ein regelrechter Aufstand im Besprechungsraum aus. Alle redeten durcheinander. Sogar Amtsleiter Ehrling wollte es nicht mehr gelingen, seine Mitarbeiter zu beruhigen. Silvia Tenner lehnte sich mit einem amüsierten Grinsen zurück und nippte an ihrem Kaffee. Nach und nach wurde es leiser, bis endlich absolute Stille herrschte.

In diese Stille hinein rief Dienststellenleiter Allensbacher mit gequälter Stimme aus: »Jetzt ist es Ihnen endgültig gelungen, uns alle neugierig zu machen. Nach der Mittagspause können Sie uns den Rest Ihres Profils erläutern.«

Die Polizeibeamten klopften auf die Tische, um ihrem Chef Beifall zu zollen. Im Nu war das Besprechungszimmer leer.

*

Die Kantine war groß und schmucklos. Harte, unbequeme Plastikstühle vor eintönig grauen Tischen sorgten für ein kaltes Klima, sodass niemand auf die Idee kam, die Mittagspause unnötig in die Länge zu ziehen. Die gläserne Selbstbedienungstheke lockte immerhin mit interessanten Süßigkeiten und Kaltspeisen. Warme Gerichte wurden auf einer großen Tafel angepriesen und auf Wunsch zubereitet.

Lukas entschied sich für Lasagne und Theo für Schnitzel mit Soße. Ihre vollgeladenen Teller balancierten sie an einen der Tische direkt am großen Fenster zum Hof. Der Neuschnee schaffte es inzwischen, die Regenpfützen zuzudecken und alles wieder in Weiß einzuhüllen. Die sinkenden Temperaturen ließen die Scheiben der großen Fenster anlaufen, sodass die Schneeflocken nur noch wie durch dichten Nebel zu erkennen waren.

»Guten Appetit!«, hörten sie plötzlich eine Stimme neben ihnen.

Als sie aufsahen, war gerade der Staatsanwalt dabei, sich mit einem vollgeladenen Tablett an ihrem Tisch niederzulassen. Er hatte sich für Schweinshaxe auf Sauerkraut mit Knödeln entschieden, dazu eine Nachspeise, bestehend aus Mousse au Chocolat mit reichlich Sahne.

»Manometer! Du sorgst dafür, gut durch den Winter zu kommen«, stellte Theo staunend fest.

»Schau mal raus! Das ist bei dem Wetter auch nötig«, antwortete Renske grinsend und begann zu essen.

Eine Weile war nur das Klappern von Besteck auf Tellern zu hören, bis der Staatsanwalt fragte: »Habt ihr denn irgendwas Interessantes in Görndts Haus gefunden?«

»Das schon«, antwortete Theo. »Nur wissen wir nicht, ob es für uns interessant ist.«

Er kramte in seiner Aktentasche und fischte die Unfallakte über Aline Konrad heraus, die er auf den Tisch legte. Renske las darin und meinte: »Das hilft uns nicht weiter. Ich brauche etwas, womit ich einen Haftbefehl beim Richter beantragen kann.«

»Es muss doch einen Grund geben, dass *Wachtmeister Uwe* diese Akte bei sich zuhause aufbewahrt«, spekulierte Theo.

»Ist er verwandt mit der jungen Frau?«

Zerknirscht schüttelte Theo den Kopf. »Wir suchen selbst schon händeringend nach einem Zusammenhang, können aber nichts finden. Das Einzige, was uns aufgefallen ist, ist die Menge an Rohypnol, die im Urin der damals Schwerverletzten festgestellt wurde. Das ist eine der Drogen, die wir auch bei Volker Dinz gefunden haben.«

»Das stellt höchstens einen Zusammenhang zwischen dem Dealer und Aline her«, entgegnete Renske, während er sich bereits über seine Nachspeise hermachte.

Theo stocherte resigniert in seinem Essen, als der Staatsanwalt plötzlich laut auffuhr: »Verdammt noch mal! Wenn dieser Reporter dahintergekommen ist, dass etwas Uwe Görndt mit den Morden in Zusammenhang bringt, dann müsst ihr das doch auch rausfinden können. Oder ist der Kerl schlauer als ihr beide zusammen?«

Lukas schob seine Lasagne beiseite und sagte: »Jetzt hast du mir den Appetit endgültig verdorben. Daniel Bauer ist nicht schlauer als wir, sondern gerissener. Mit seinem Scheißartikel ist es ihm gelungen, dass Ehrling nach dem Fall disziplinarische Schritte gegen uns einleiten will.«

Renske vergaß zu kauen. Verdutzt schaute er auf Lukas und Theo, woraufhin die beiden Kommissare dem Staatsanwalt das Gespräch wiedergaben, das sie mit dem Amtsleiter vor der Besprechung geführt hatten.

»Das wollen wir doch mal sehen«, murmelte der kräftige Mann und wischte sich den Schokoladenpudding aus dem Bart. »Da habe ich schließlich auch ein Wörtchen mitzureden.«

»Du? Als Staatsanwalt?«, hakte Theo ungläubig nach.

Renske nickte und lachte: »Ihr werdet schon sehen!«

*

Die Versammlung ging weiter. Der oberste Chef knüpfte an die letzte Behauptung der Kriminalpsychologin an und fragte: »Vor der Mittagspause sagten Sie uns, dass wir es mit zwei Tätern zu tun haben. Wie kommen Sie darauf? Und was unterscheidet diese Taten voneinander?«

»Über den Mord an Oskar Lohse wissen wir ausnahmsweise mehr als sonst üblich, weil Lukas und Theo sozusagen direkte Zeugen der Tat waren ...«

Die beiden Angesprochenen grinsten freudlos.

»... wenn auch unfreiwillig«, korrigierte sich Silvia schnell und fuhr fort. »Auf jeden Fall können wir von dieser Tat eine genaue Charakterisierung erstellen, was sonst nicht möglich ist. Wir haben es im Mordfall Lohse mit einer unorganisierten Tat zu tun, während die Fälle Philipp Genser und Volker Dinz der Kategorie einer organisierten Tat zugeordnet werden können.«

»Was ist der Unterschied?«, fragte Ehrling nach.

»Um das zu erklären, komme ich wieder auf das Strukturmodell aus der psychoanalytischen Perspektive zu sprechen, das unsere Persönlichkeit in drei Stufen einteilt: *Es*, *Ich* und Über-Ich.«

Ein lautes Stöhnen ging durch die Runde.

»Diese drei Stufen umfassen bewusste, vorbewusste und unbewusste Prozesse. In unserem ersten Mordfall spreche ich vom Prozess des *Es*, denn der Täter war unorganisiert, hat unbewusst und irrational aus einem primitiven Trieb heraus gehandelt.«

»Mit primitiv meinen Sie, dass es dem ersten Täter nur ums Überleben ging?«, hakte Renske nach.

»Richtig!« Silvia nickte. »Der zweite und der dritte Mord sind von einem organisierten Täter begangen worden. Das heißt, die Taten wurden akribisch geplant und ausgeführt.«

»Und welches Motiv hatte der zweite Täter?«, fragte der Staatsanwalt.

»Da kann ich nur vermuten. Die Zielstrebigkeit und die Vorbereitung lassen darauf schließen, dass auch hier eine größere, seelische Verletzung vorausgegangen ist. Die beiden Opfer haben vermutlich im Leben des Täters eine Rolle gespielt, die unangenehm war. Damit haben sie die Wut und Rachsucht des Täters auf sich gezogen.«

»Also haben die Mordfälle Philipp Genser und Volker Dinz nichts mit einer möglichen Kriegserfahrung zu tun?«, mutmaßte Ehrling.

»Das ist nicht auszuschließen«, wiegelte Silvia vorsichtig ab. »Aus der Tötungsart könnte man in diesen Fällen auch darauf schließen.«

»Dann würde nur Arno Stehle als Verdächtiger bleiben. Er war ebenfalls in Afghanistan.«

»Arno ist bereits vorgeladen«, merkte Monika an. »Er sitzt im

Vernehmungsraum und wartet auf uns.«

»Sehr gut!«, lobte Ehrling.

»Es kann aber auch sein, dass sich der zweite Täter durch die erste Tat inspiriert gefühlt hat, den Modus Operandi zu imitieren«, wandte Silvia ein. »Organisierte Täter besitzen meist eine höhere Bildung, weshalb Arno Stehle so etwas durchaus zuzutrauen wäre.«

»Und wie passt der Schuss in dein Profil, der den Wagen des Reporters Daniel Bauer nur knapp verfehlt hat?«, fragte Lukas.

Silvia überlegte eine Weile – so lange, bis die Beamten schon unruhig wurden. Endlich sagte sie: »Ehrlich gesagt passt dieser Schuss überhaupt nicht in mein Profil.«

»Wie bitte?«

»Dieser einzelne Schuss wurde zwar von einigen Leuten im Dorf gehört, hatte aber kein wirkliches Ziel«, erklärte Silvia. »Denn hätte der Täter tatsächlich an der besagten Stelle am Waldrand gesessen und darauf gelauert, jemanden zu erschießen, dann hätte er das auch getan.«

»Also gehört dieser Schuss nicht in unsere Ermittlungen – oder wie soll ich das verstehen?«, hakte Lukas nach. Auf Silvias Nicken hin rief er laut: »Ich habe es gleich gewusst. Daniel Bauer hat uns reingelegt.«

»Nicht so voreilig!«, ermahnte ihn der Kriminalrat streng.

»Aber wie kam die Hülse, die haargenau mit unserem Kaliber identisch ist, dann an diesen Ort?«, fragte Allensbacher.

»Sie wurde dort platziert«, antwortete Markus Schaller. Als sich ihm alle Köpfe zuwandten, wirkte sein Grinsen plötzlich unsicher. Seine Wangen färbten sich rot, während er die Hand, die er erhoben hatte, langsam wieder sinken ließ.

»Ist das das Ergebnis Ihrer Spurensuche?«, fragte Ehrling.

»Wir haben einen Seidenfaden und Fettrückstände daran gefunden. An der Hülse einer gerade abgefeuerten Patrone wären solche Spuren nicht zu finden, da die ausgeworfene Hülse zunächst verdammt heiß ist. Diese Rückstände wären verschmort.«

»Seide passt zu Daniel Bauer. Und eine Handcreme auch. Er

trägt immer Jacken aus feinstem Stoff. Und seine Hände sind auch bei eisiger Kälte immer geschmeidig«, fügte Monika hinzu.

»Aber warum sollte er eine solche Scharade durchziehen?«, fragte Renske.

»Um sich das Vertrauen der Polizei zu erschleichen«, spekulierte Lukas.

»Kommissar Baccus! Es reicht!«, rief Ehrling, woraufhin Lukas schlagartig verstummte.

»Das Versteck, das wir gefunden haben, war für jeden frei zugänglich«, erklärte Markus Schaller. »Jeder konnte davon gewusst haben.«

»Jeder? Höchstens doch die Bewohner von Buweiler«, wandte Theo ein. »Diese Hütte liegt so versteckt, dass ein Außenstehender sie kaum sehen kann.«

Ehrling wandte sich wieder an die Kriminalpsychologin: »Haben Sie den Zeitungsartikel von heute Morgen gelesen?«

Silvia nickte.

»Passt Polizeikommissar Uwe Görndt in Ihr Profil?«

Die blonde Frau überlegte eine Weile, bis sie zugab: »Auf den Polizeibeamten treffen mehrere Aspekte zu: Er lebt in Buweiler, weshalb er alle Opfer gekannt hat. Er kann auch von dem Versteck gewusst haben. Und sein Motiv könnte mit Ereignissen aus dem Zweiten Weltkrieg im Zusammenhang stehen.«

»Er hat auf eine Anzeige gegen Gerhard Dinz verzichtet. Wie passt dieses Verhalten ins Bild?«, fragte Ehrling weiter.

Silvia lachte und antwortete: »Das ist eine gute Frage. Es wäre möglich, dass dieser Racheakt das gewünschte Ergebnis seiner Arbeit war. Als organisierter Täter würde er von spontanen Reaktionen eher absehen.«

Ehrling nickte zustimmend. Die nächste Frage richtete er an Dieter Marx: »Wir haben von dem Kollegen Görndt einen Namen aus der Drogenszene genannt bekommen. Haben Sie über den Mann etwas in Erfahrung bringen können?«

»Die Gläubigen behütet der Herr und vergilt reichlich dem, der Hochmut übt«, begann Marx zu salbadern, bevor er antwortete: »Der bekannte Name aus der Drogenszene ist Ferhad Boganovic. Der Mann ist Bosnier und wird seit Monaten von den Kollegen in Mannheim überwacht.«

Ehrling rieb sich verdutzt über die Augen.

»Es gibt nicht den geringsten Hinweis, dass er seinen illegalen Drogenhandel bis ins Saarland ausgedehnt hat.«

»Hat die Durchsuchung von Uwe Görndts Haus etwas Verdächtiges ergeben?«

Theo hob die Unfallakte an und erklärte: »Diese Akte haben wir dort gefunden. Es geht um den Autounfall einer jungen Frau namens Aline Konrad.«

»Dieser Autounfall kam hier schon mal zur Sprache«, erinnerte sich Hugo Ehrling. »Was wissen wir darüber?«

»Wir wissen, dass diese Frau vollgepumpt mit Drogen in den Graben gefahren ist. Sie wurde erst am nächsten Morgen gefunden und mit dem Hubschrauber ins Krankenhaus nach Saarbrücken gebracht, was ihr aber auch nicht mehr das Leben retten konnte. Vielleicht gehörte sie zu den jungen Leuten, die in Katharinas Gartenlaube gefeiert haben.«

»Und was hat das mit unserem Kollegen Uwe Görndt zu tun?«, erkundigte sich Allensbacher.

»Bis jetzt haben wir noch keinen Zusammenhang gefunden, der erklären würde, warum diese Akte ausgerechnet in seinem Haus lag.«

»Frau Blech und Frau Peperding, Sie vernehmen jetzt Arno Stehle. Anschließend kümmern Sie sich um diese Unfallakte und klären, ob die Angaben darin vollständig sind und wie sie uns in unserem Fall weiterhelfen«, bestimmte Ehrling. An Lukas und Theo gewandt sprach der Amtsleiter weiter: »Und Sie treiben Uwe Görndt auf. Ich will mit ihm sprechen.«

»Aber ...«

»Kein *Aber*«, funkte Ehrling dazwischen. »Sie haben es verschuldet, dass Uwe Görndt sich genötigt sah, in die Defensive zu gehen. Jetzt treiben Sie ihn auf, damit wir den Sachverhalt klären können.«

*

Arno Stehle trommelte mit den Fingern auf der Tischplatte, als Monika und Andrea das Vernehmungszimmer betraten.

»Was ist denn schon wieder passiert?«, fragte er zu Monika gewandt, die daraufhin nur erwiderte: »Wir hatten Sie zusammen mit Nils Amann herbestellt. Warum haben Sie Ihren Kameraden nicht mitgebracht?«

»Ich habe an seiner Haustür geklingelt und geklopft, habe versucht, ihn über Handy und über Festnetz zu erreichen. Nichts. Was hätte ich denn noch machen sollen? Bei ihm einbrechen?«

»Bloß nicht«, lenkte Monika ein, woraufhin sich Arno wieder entspannte und auf seinem Stuhl zurücklehnte.

»Also fangen wir an«, entschied Monika. »Wir wollen von Ihnen etwas über die Partys erfahren, die in Katharina Borgs Gartenlaube gefeiert wurden.«

Arno zog überrascht beide Augenbrauen hoch.

»Wer hat diese Partys organisiert?«

»Eigentlich wir alle. Jeder hat was dazu beigetragen.«

»Wir alle, das sind Nils, Volker, Philipp, Oskar und Sie?«

Arno nickte.

»Erzählen Sie uns mal ein paar Einzelheiten: wer eingeladen wurde, wer auch ohne Einladung kam, ob dort Drogen konsumiert wurden!«, forderte Monika ihn auf.

Arno fuhr sich durch seine wuscheligen Haare und antwortete mit einem verlegenen Lachen: »Wir hatten dort immer reichlich Stoff. Damit meine ich Alkohol. Das hatte sich herumgesprochen, weshalb schon einiges los war bei diesen Partys.«

»Und welche Drogen waren im Spiel?«

»Keine Ahnung. Als ich dort war, wurde nur gesoffen.«

»Hat Aline Konrad auch mit euch gefeiert?«

Arno schaute die Kommissarin überrascht an und bestätigte: »Ja! Sie war eigentlich immer dabei.«

»Fanden Sex-Orgien mit Aline in der Hütte statt?«

»Nein!« Arno riss die Augen weit auf. »Aline hat keinen von

uns an sich rangelassen.«

»Warum nicht? War sie vergeben?«

»Ja! Zumindest hat sie immer von einem Typen erzählt, der sie irgendwann aus dem langweiligen Dorf holen und mit ihr irgendwo ein besseres Leben beginnen wollte.«

Andrea stöhnte und brummte: »Wie alt war Aline?«

»Etwa in unserem Alter. Mitte zwanzig.«

»Und dann hat sie so einen Mist erzählt?«

»Und Sie wissen nicht, von wem Sie gesprochen hat?«, griff Monika schnell ein, um ihre Kollegin an weiteren Tiraden zu hindern.

»Nein! Sie erzählte nur, dass er studieren und sie hier wegholen würde, sobald er einen tollen Job hätte.«

»Das klingt schon so, als hätte es tatsächlich jemanden in ihrem Leben gegeben.«

Arno nickte. »Aline war keine Traumtänzerin. Aber der Typ ist nie in Buweiler aufgetaucht.«

Monika und Andrea schauten sich überrascht an, woraufhin Arno fragte: »Warum stellen Sie solche Fragen. Was hat Aline mit den Morden zu tun?«

»Das versuchen wir herauszufinden«, stellte Andrea klar und setzte die Befragung fort: »Sie wissen, dass Aline unter Drogeneinfluss mit dem Auto verunglückt ist?«

»Ja!« Arno schüttelte traurig den Kopf und sagte: »Als ich gehört habe, was mit ihr passiert ist, während ich in Afghanistan war, war ich ganz schön geschockt.«

»War Aline bekannt für Leichtfertigkeit?«

»Auf keinen Fall! Ich habe sie nie Drogen nehmen sehen. Bier hat sie gern getrunken. Aber sonst nichts.«

»Also hat ihr jemand dieses verdammte Zeug untergemischt, um hinterher mit ihr machen zu können, was er wollte«, mutmaßte Andrea mit hörbarer Wut in der Stimme.

»Scheiße! Aber doch keiner von meinen Kumpels ...«

»Wir haben Sperma in der Gartenlaube gefunden, dessen DNA inzwischen zugeordnet werden konnte.«

Arno riss die Augen entsetzt auf und stammelte: »Und von wem ist es?«

»Wir stellen hier die Fragen«, stellte Andrea auf ihre schroffe Art und Weise klar. »Und jetzt schreiben Sie uns die Namen auf, wer alles zu diesen Partys gekommen ist!«

Sie reichte Arno einen Block und einen Stift.

Es dauerte eine Weile, bis einige Namen zusammenkamen.

»Der Dorfpolizist Uwe Görndt war nicht dabei?«, fragte Monika, als sie sich die Namen durchlas.

»Nein!« Arno lachte. »Wir waren garantiert nicht besonders scharf darauf, die Bullen dorthin einzuladen.«

»Kannte unser Kollege Aline?«

»Nur insoweit, als hier jeder jeden kennt. Mehr weiß ich nicht.«

»Gab es kein Verwandtschaftsverhältnis? Oder war sie vielleicht die Tochter seiner Ex-Freundin oder so was?«, bohrte Monika weiter.

Arno zuckte mit den Schultern und sagte: »Alines Mutter war ein Pflegefall. Ich kannte diese Frau nur krank. Ich glaube nicht, dass unser Dorfpolizist was mit der hatte. Aber warum fragen Sie ihn nicht selbst?«

»Das reiben wir Ihnen gerade unter die Nase«, brummte Andrea.

Monika stöhnte leise. Der Versuch, dem Polizeibeamten ein Mordmotiv nachzuweisen und damit den Kollegen Theo und Lukas aus der Bredouille zu helfen, war mit jeder Antwort Stehles stärker zum Scheitern verurteilt.

Eine Weile sprach niemand, bis Arno die Stille durchbrach: »Sind wir fertig?«

Monika nickte: »Ihrem Großvater können Sie ausrichten, dass er seine Waffen wieder abholen darf. Wir haben in seinem Haus nichts gefunden, was der Tatwaffe ähnelt.«

»Dafür dieser Aufwand!« Arno seufzte. »Das Haus sieht aus, als hätte eine Bombe eingeschlagen.«

18

Es war stockfinster, ein heftiger Wind pfiff und es schneite. Die Autoscheinwerfer schafften es nur, wenige Meter der Straße vor ihnen zu beleuchten, bis der Schnee einen undurchdringlichen, weißen Schleier bildete. Im Radio hieß es, dass dieses Jahr mit weißen Weihnachten zu rechnen sei – eine Nachricht, die die Moderatoren regelrecht zu begeistern schien.

Lukas saß am Steuer, konzentrierte sich auf die Fahrt nach Buweiler und brummte: »Die Fröhlichkeit dieser Sprecher geht mir auf die Nerven!«

»Dann schalte das Radio aus«, schlug Theo vor, der sich krampfhaft am Haltegriff über der Beifahrertür festhielt. Die Fingerknöchel schimmerten schon weiß.

Lukas befolgte den Rat. Nun hörten sie nur noch den Wind, der am Wagen rüttelte, und die Schneeflocken, die wie kleine Körner gegen die Scheibe prasselten. Die Meldung, dass Bewegungen in Uwe Görndts Haus beobachtet worden waren, hatte die beiden bei diesen schlechten Wetterbedingungen und zu dieser unchristlichen Stunde auf den Weg nach Buweiler getrieben. Die Aussicht, den Fall noch vor Weihnachten abschließen zu können, trieb alle zu Höchstleistungen an. Niemand wollte riskieren, auch an den Feiertagen arbeiten zu müssen, weil sie den Todesschützen von Buweiler noch immer nicht gefasst hatten.

Plötzlich ertönte wieder die Mundharmonika – »Spiel mir das Lied vom Tod« kündigte einen Anruf auf Theos Handy an. Theo lockerte den Griff von der Halterung über der Tür und zog das Gerät aus der Jackentasche. An dem Namen auf dem Display erkannte er, dass der Anruf vermutlich nicht für ihn war, und reichte das Gerät kommentarlos weiter.

»Was soll das? Ich sitze am Steuer, falls du das noch nicht bemerkt haben solltest«, schimpfte Lukas.

»Und wie ich das merke! Vor Angst sind meine Hände schon schweißnass«, konterte Theo. »Das Gespräch ist für dich, deshalb gehe ich nicht dran.«

Lukas meldete sich.

»Hallo Schatz!«, rief Susanne froh gelaunt. »Ich habe herausgefunden, wer Andreas Leche ist.«

»Susanne?«, fragte Lukas. »Das glaub ich jetzt nicht. Wieso rufst du bei Theo an und nennst ihn Schatz?«

»Aber ...«, stotterte Susanne. »Du hast dich doch gemeldet.«

»Warum rufst du auf einmal nur noch bei Theo an? Habe ich kein Handy mehr?«

»Ich habe es auf deinem versucht, aber da ging niemand ran. Deshalb habe ich auf deiner Dienststelle angerufen und die haben mir gesagt, dass du zusammen mit Theo unterwegs seist«, erklärte Susanne.

»Tolle Ausrede!«, nuschelte Lukas ärgerlich.

»Willst du jetzt wissen, was ich herausgefunden habe, oder nicht?«

»Was interessiert mich irgend ein Andreas Leche? Wir haben ganz andere Sorgen.«

Klick! Leitung tot.

»Bist du total durchgeknallt?«, fragte Theo entsetzt, der alles zwangsläufig mit anhören musste. »Andreas Leche ist dieser Reporter, der den Enthüllungsbericht über *Wachtmeister Uwes* Verfehlung bei der Drogenermittlung geschrieben hat.«

»Ich glaube, ich erlebe gerade ein Déjà-vu«, gab Lukas wütend zurück. »Da läuft doch was zwischen dir und Susanne. Ich bin doch nicht blöd.« Ohne es zu wollen, trat er heftiger aufs Gaspedal.

»Jetzt mach mal einen Punkt!«, schrie ihn Theo an. »Du hast wohl vergessen, dass dein Handy ständig ausfällt. Deshalb hat Susanne meine Nummer gewählt. Und die Sache mit Marianne musst du mir nicht ständig auftischen. Ich dachte, darüber hätten wir uns ausgesprochen.«

»Dachte ich auch. Aber es war wohl ein Fehler, dir noch mal zu vertrauen.« Das Auto geriet leicht ins Schlingern.

»Zuerst erzählst du mir so einen Mist, von wegen dass Susanne so intensiv auf dich wartet, dass es dir schon wieder zu viel wird. Und dann spielst du dich auf wie Othello persönlich. Entscheide dich mal!«

»Das muss ich mir von dir nicht sagen lassen«, brummte Lukas.

Plötzlich knallte ein Schuss! Lukas erschrak so heftig, dass er das Lenkrad verriss und auf den Graben zusteuerte.

»Verdammt! Brems ab!«, schrie Theo.

Hastig stieg Lukas in die Pedale, doch damit machte er alles nur noch schlimmer. Der Wagen rutschte in hohem Tempo weiter. Sie sahen, wie der Straßenrand näher und näher kam. Dahinter tauchte eine mit Hecken zugewachsene Böschung auf. Dort rutschten sie hinein und wurden von den starken Ästen sanft abgebremst. Der Kühlergrill kam mit einem leichten Rums auf dem Boden auf und brachte damit den Wagen zum Stillstand.

Stille! Nur der Wind rüttelte am Auto und peitschte die Schneeflocken auf die Scheiben.

»Heute ist wohl der Tag der Déjà-vus«, grummelte Lukas.

»Was machen wir jetzt?«, fragte Theo. »Uns gegenseitig zerfleischen? Dann hat sich der Todesschütze zwei Kugeln gespart.«

»Ich schlage vor, dass wir zuerst mal Verstärkung rufen.«

»Gute Idee!« Theo bediente das Funkgerät, das im Wagen angebracht war, und gab durch, was gerade passiert war.

»Okay! Wir schicken die Kollegen«, lautete die Antwort.

Lukas öffnete die Fahrertür, die sich problemlos aufdrücken ließ. In der gleichen Sekunde flogen ihm die kleinen Schneeflocken ins Gesicht, die sich wie Pfeilspitzen anfühlten.

»Wo willst du hin?«, fragte Theo.

»Raus! Mich in Sicherheit bringen.«

»Ich glaube, hier drin sind wir sicherer als draußen.«

»Das glaube ich nicht«, widersprach Lukas. »Hier im Auto geben wir für den Wahnsinnigen doch eine ideale Zielscheibe ab.«

»Okay!«, stöhnte Theo und kletterte ebenfalls aus dem Wagen. Vorsichtig stiegen sie den Hang hinauf. Oben angekommen, wurden sie plötzlich von einem grellen Licht angeleuchtet, das ihre Augen blendete.

*

Die Kirchturmuhr schlug achtmal. Uwe Görndt hatte mitgezählt. Aber glauben konnte er es nicht. Es war stockfinster. Hinzu kam, dass es wieder stark schneite. Ihm konnte die schlechte Sicht an diesem Morgen nur zum Vorteil gereichen. Er durfte nicht gesehen werden, bevor er sein Ziel erreicht hatte. Lukas Baccus und Theo Borg hatten seine Pläne übel durchkreuzt. Er hatte sie auf die falsche Fährte locken wollen, um dann mit dem gefassten Täter nach Saarbrücken zu fahren und alle zu überraschen. Stattdessen musste er sich nun schon seit zwei Tagen vor den Kollegen verstecken, die den Auftrag bekommen hatten, sein Haus zu observieren – für den Fall, dass er zurückkam.

Auf seinem Handy und seinem Anrufbeantworter waren etliche Nachrichten gespeichert, die besagten, dass er sich unverzüglich auf der Landespolizeidirektion melden sollte, um einige noch offene Fragen zu klären.

Genau das hatte Uwe vor. Aber mit dem Todesschützen von Buweiler im Schlepptau.

Wie gut, dass er den Polizeifunk immer noch abhören konnte. So wusste er, dass die Kollegen in Saarbrücken den Täter wieder auf freien Fuß gesetzt hatten. Damit gaben sie Uwe die Chance, auf die er schon so lange hingearbeitet hatte. Mit neu erwachtem Ehrgeiz steuerte er das alte Fachwerkhaus in der Löstertalstraße an und klingelte.

Niemand öffnete. Das fing nicht so gut an, wie er sich das vorgestellt hatte. Einige Autos fuhren langsam über die Straße, die immer weißer wurde. Fußgänger passierten das Gebäude, vor dem er stand, ohne ihn wahrzunehmen. Ein streunender Hund hob sein Bein und pinkelte an die Hausecke, bevor er mit geducktem Kopf die Straße überquerte.

Uwe klingelte noch mal. Wieder nichts. Das passte ihm nicht. Er hatte alles genau geplant. Es musste jetzt und hier funktionieren, weil er sich nicht ewig vor den Kollegen verstecken konnte.

Er warf einen Blick auf die linke Seite des Hauses, wo ein zwei Meter breiter Spalt bis zum benachbarten Haus klaffte. Dieser Spalt war mit Hecken zugewachsen. Doch in seiner Verzweiflung nahm er das in Kauf. Mühsam kletterte er durch das dornige Gestrüpp. Aber auch auf der Rückseite lag alles in totaler Finsternis. Die Stille wurde nur durch gelegentliche Windstöße unterbrochen.

Er zog seine Taschenlampe aus der Jackentasche und schaltete sie ein. Zunächst einmal sah er nur weiße Striche. Der Schnee fiel so dicht, dass er jegliche Sicht versperrte. Vorsichtig setzte er einen Fuß vor den anderen, damit er nicht stolperte. Er umrundete einen halb zerfallenen Anbau, um in den Hinterhof zu gelangen. Ständig ertönte Ächzen, Quietschen oder Stöhnen – Geräusche, die an seinen Nerven zerrten.

Nun leuchtete er die rückwärtige Hauswand ab. Nirgends gab es eine Tür, durch die er hätte eindringen können, nur Fenster, die für ihn zu hoch lagen. Er leuchtete den Anbau ab. Dort lagerten hinter einer alten, löchrigen Mauer alte Möbel, rostige Eisengestelle und hohe Spanplatten. Das sah auch nicht nach einem Eingang aus. In der Hoffnung, einen Kellereingang zu finden, suchte er den Boden ab.

Plötzlich hörte er ein Krachen. Dieses Geräusch hatte niemals der Wind verursacht! Erschrocken schaltete er die Taschenlampe aus. Eine Weile verharrte er reglos, konnte aber nur ein monotones Pfeifen vernehmen. Vermutlich hatte ihn ein Tier erschreckt. Der streunende Hund war vielleicht zurückgekommen. Erleichtert schaltete er die Taschenlampe wieder ein, um weiter die Hauswand abzuleuchten.

Da nahm er eine Bewegung im rechten Gesichtsfeld wahr. Der Schatten war für einen Hund viel zu groß.

Erschrocken richtete er die Taschenlampe darauf.

Außer den Schneeflocken, die ihm die Sicht auf den Anbau verschleierten, konnte er jedoch nichts erkennen.

Er schüttelte den Kopf über sich selbst. Sicherlich hatte er sich alles nur eingebildet!

Als er sich mit langsamen Schritten auf den Anbau zubewegte, drang ein verdächtiges Scheppern an sein Ohr. Er riss seine Waffe aus dem Holster, richtete gleichzeitig die Taschenlampe auf und rief: »Nils! Verdammt noch mal! Hör auf mit deinen Spielchen! Ich weiß, dass du der Mörder bist. Es ist besser für dich, wenn du dich stellst.«

Keine Antwort. Keine Bewegung. Kein Laut. Nichts.

Panik stieg in Uwe auf. Drei Todesopfer hatte es schon gegeben. Er hatte es also mit einem sehr gefährlichen Gegner zu tun.

»Nils! Komm da raus und stell dich! Das ist für dich die einzige Lösung.«

Immer noch nichts.

»Du bist doch Soldat! Also weißt du, was in deiner Situation zu tun ist.«

Endlich vernahm er etwas. Es hörte sich an wie ein Schleifen. Mit hektischen Blicken versuchte der Polizist, etwas in dem diffusen Licht zu erkennen. Doch das Einzige, was er ausmachen konnte, waren gespenstische Schatten, die wie verzerrte Bilder auf ihn wirkten.

»Hör auf mit dem Scheiß und komm da raus«, rief er erneut und passierte vorsichtig den Anbau. Als er am Ende der Mauer angekommen war, herrschte für einen Augenblick Totenstille. Der Wind ließ nach. Das Quietschen und Schaben verstummte. Das Rascheln und Rauschen ebenso.

Uwe verharrte und lauschte. Dann vernahm er ein leises Hauchen. Es klang ganz nah. Und gespenstisch. Unheilvoll. Gänsehaut überzog seinen ganzen Körper. Was ging hier vor sich? Er wollte den Schein seiner Taschenlampe hochrichten, da spürte er einen heftigen Schlag auf seine Hände. Erschrocken ließ er alles fallen. Langsam rollte die Taschenlampe über den Boden. Mit schmerzverzerrtem Gesicht schaute Uwe auf und blickte direkt in den Lauf eines Gewehres.

*

»Scheiße, Mann!«, brüllte Lukas. »Wie könnt ihr uns nur so erschrecken?«

»Hey! Ihr habt die Verstärkung doch selbst gerufen«, erwiderte Karl Groß verwundert.

»Ich dachte, es würde noch ein bisschen dauern, weil Buweiler nicht gerade um die Ecke liegt.«

»Du bist noch nicht richtig wach, was?«, stellte Karl amüsiert fest. »Wir sind doch schon seit Tagen hier, weil wir Görndts Haus observieren.«

»Hatte ich vergessen.«

»Die ganze Gegend hier ist abgesichert«, ergänzte Karl. »Dieses Mal entkommt uns der Todesschütze nicht.«

»Und was war jetzt in *Wachtmeister Uwes* Haus?«, fragte Theo, während er sich den Schnee von der Hose abklopfte.

»Einbrecher.«

»Einbrecher?«, fragten Lukas und Theo wie aus einem Mund.

»Ja! Ganz simpel!«

»War *Wachtmeister Uwe* nicht da?«

Karl schüttelte den Kopf.

»Und wer bricht bei dem ein?«, fragte Theo weiter. »Dort gibt es doch nichts zu holen – außer Windeln für Erwachsene.«

»Das war der Enkel der Nachbarin. Er hat den Haustürschlüssel von der Oma geklaut und ist mit zwei Kumpeln in das Haus eingestiegen.«

»Schön doof, genau dann einzubrechen, wenn die Polizei das Haus observiert«, meinte Theo lakonisch.

»Gut für uns, dass nicht alle Verbrecher schlau sind«, gab Karl lachend zurück. »Und jetzt wird uns der Todesschütze ins Netz gehen. Er hat den Fehler gemacht zu schießen, während wir in der Nähe sind. Wir durchstöbern den Wald von allen Seiten. Hier gibt es keinen Winkel, der vor uns sicher ist. Er kann uns nicht entkommen.«

»Das klingt gut!« Theo nickte. »Nur, was machen wir jetzt? Müssen wir hier warten, bis der Abschleppwagen kommt?«

»Nein! Nehmt einen von unseren«, schlug Karl vor und überreichte Theo seine Autoschlüssel. »Ich kann hier auf den Abschleppwagen warten.«

»Danke, Kumpel! Wir fahren jetzt weiter zu Nils Amann und nehmen ihn mit nach Saarbrücken. Er war gestern vorgeladen und ist nicht gekommen.«

Theo steuerte das blinkende Fahrzeug an und kletterte auf den Fahrersitz. Schweigend fuhren sie das letzte Stück bis zum Dorf. Dort bogen sie rechts ab in die Straße, in der Nils Amann wohnte. Sie stellten das Fahrzeug ab und betrachteten die verwahrloste Vorderfront des alten Fachwerkhauses. Kein Fenster war erleuchtet – alles lag in Dunkelheit.

»Das gefällt mir nicht«, meinte Theo und besah sich die benachbarten Häuser, in denen überall Licht brannte. »Wissen wir, ob Silvia recht hat und Nils wirklich nur für einen der Morde verantwortlich ist?«

»Nein, wissen wir natürlich nicht! Das ist nur ein Profil, keine gesicherte Erkenntnis«, antwortete Lukas, dem es ebenfalls mulmig zumute war.

Langsam näherten sich die beiden dem Haus, in dem immer noch keine Bewegung auszumachen war. Sie stellten sich rechts und links von der Haustür auf, bevor Theo klingelte.

Nichts geschah. Er drückte wieder auf den Klingelknopf. Immer noch nichts.

»Was jetzt?«

Plötzlich tauchte eine Nachbarin vor ihnen auf. »Was will die Polizei schon wieder hier?«, fragte sie mit schriller Stimme.

Lukas und Theo belehrten die Frau darüber, dass sie sich besser in Sicherheit bringen sollte. Doch darauf reagierte die nur mit einem Lachen und entgegnete: »Ich kann Ihnen versichern, dass von diesen Leuten keine Gefahr ausgeht.«

»Sie sollten sich vielleicht bei uns als Fachfrau für Kriminelle bewerben«, gab Lukas schlecht gelaunt zurück.

»Wir müssen mit Nils Amann sprechen«, griff Theo ein. »Es ist wichtig. Kann es sein, dass Sie einen Schlüssel zu dem Haus haben?«

»Ja, ich habe einen Schlüssel. Aber glauben Sie bloß nicht, dass ich den gerade Ihnen aushändige!«

»Das ist Behinderung der Justiz. Sie könnten Ärger bekommen, wenn Sie sich weigern.«

»Jetzt werden Sie mal nicht unverschämt.«

»Es besteht Gefahr im Verzug.« Theos Tonfall wurde schärfer. »Oder haben Sie den Schuss eben nicht gehört?«

Die alte Dame wich erschrocken zurück, überlegte einige Sekunden, bis sie nachgab und Theo den Schlüssel überreichte.

»Bitte halten Sie Abstand«, befahl er.

Doch die Nachbarin war noch immer nicht überzeugt. Mit einem verächtlichen Lachen sagte sie: »Sie glauben doch nicht ernsthaft, dass Nils geschossen hat?«

Theo antwortete nicht, sondern ging auf die Haustür zu. Lukas blieb dicht hinter ihm. Abermals nahmen sie ihre gesicherten Positionen rechts und links von der Tür ein, bevor Theo den Schlüssel ins Schloss steckte und die Tür öffnete.

Mit einem leisen Quietschen fiel sie ins Innere des Hauses.

Vorsichtig spähten sie hinein. Sie sahen nur den langen, dunklen Flur und rechts eine alte, hölzerne Treppe, die in den ersten Stock führte. Nun entsicherten sie die Waffen und betraten nacheinander das Haus. Ein seltsamer Geruch nach verschmortem Fleisch schlug ihnen entgegen. Fragend schauten sich die beiden Beamten an. Mit einem Nicken gab Lukas zu verstehen, dass sie weitergehen sollten. Theo trat tiefer ins Haus hinein, während Lukas ihm Deckung gab. Dann wechselten sie die Positionen, Lukas ging vor und Theo übernahm die Sicherung. Am Ende des Flurs lag der Eingang zur Küche. Dort wurde der Geruch stärker. Als sie sich an der Tür in sichere Positionen brachten, hörten sie ein »Peng«.

Erschrocken wichen sie zurück.

Dann wieder »Peng«, »Buff«, »Bäng« und schließlich ein lautes, schrilles Lachen.

»Kommt nur rein, Ihr Feiglinge!«

Das war eindeutig Nils Amanns Stimme. Er klang angetrunken.

Mit vorgehaltenen Waffen stürmten sie hinein. In dem kleinen, stinkenden Raum sahen sie Nils mit einer Schnapsflache am Tisch sitzen, während seine Oma lachend am Küchenherd hantierte, auf dem Gasflammen brannten. Einige Töpfe standen zwischen den Flammen, aus denen dunkler Rauch aufstieg. Dieser Anblick war so grotesk, dass es den beiden Polizisten die Sprache verschlug. Schnell verstauten sie ihre Waffen wieder in den Holstern. Lukas stürmte entschlossen zum Herd und stellte die Gasflammen aus.

»Norbert! Mein Schatz! Da bist du ja! Ich habe immer gewusst, dass du wieder nach Hause kommst. Mein Liebster!«, rief die alte Frau und fiel ihm um den Hals.

»So glücklich hat noch keiner meine Oma gemacht«, stellte Nils fest. Sein Lachen ging in ein hysterisches Kreischen über.

»Sie kommen jetzt mit nach Saarbrücken«, stellte Theo klar. »Dort werden Sie zuerst mal nüchtern und dann machen Sie Ihre Aussage.«

»Welche Aussage?«, fragte Nils mit lauter Stimme. »Mit dem Schuss heute Morgen habe ich nichts zu tun.«

»Das klären wir auf der KPI in Saarbrücken.«

»Und was machen wir mit ihr?«, fragte Lukas hilflos. Nils' Großmutter schmiegte sich an ihn, schlang ihre Arme um seinen Hals und fuhr ihm mit ihren langen, knochigen Fingern durchs Haar.

»Keine Ahnung!« Theo hatte Mühe, ein Lachen zu unterdrücken. »Die alte Dame gehört in ein Heim.«

»Das wird nicht nötig sein«, ertönte plötzlich die Stimme der Nachbarin vom Flur aus. Sie war den beiden Polizisten gefolgt. »Ich werde mich um sie kümmern.«

19

Vor ihnen lag Uwe Görndt – zwischen zerbrochenen Spanplatten, verrosteten Bettgestellen, verbogenen Metallteilen, nackten Gerippen von Sesseln, zerrissenen Sofas und dreibeinigen Stühlen. Der Anblick war grotesk. Der Tote lag auf der Seite. Die Augen weit aufgerissen. Ebenso sein Mund, in dem der Lauf einer Langwaffe steckte. Mit den Händen hielt er immer noch den Abzug der Waffe fest umklammert. Seine Beine waren angezogen wie bei einem Fötus.

Lukas und Theo folgten vorsichtig dem Weg, den die Spurensicherung durch das Chaos gebahnt hatte, um an den Toten zu gelangen. Mit starken Strahlern wurde das Innere des Anbaus hinter Nils Amanns Haus ausgeleuchtet.

Wenigstens hatte es aufgehört zu schneien. Blauer Himmel lugte vereinzelt zwischen den Wolken hervor und ließ die Sonne gelegentlich den Tag in gleißendes Licht tauchen.

Der Gerichtsmediziner Dr. Stemm war gleichzeitig mit den beiden Kriminalkommissaren eingetroffen.

»Der Mann ist schon seit 24 Stunden tot«, lautete die erste Feststellung, nachdem er die Lebertemperatur gemessen hatte.

»Können Sie schon Genaueres über den Tathergang sagen? Wäre auch Selbstmord vorstellbar?«, fragte Theo weiter.

»Nein, das kann ich erst nach der Autopsie mit hundertprozentiger Sicherheit sagen. Aber auf den ersten Blick sieht alles danach aus. Niemand würde gegen seinen Willen eine Langwaffe so an sich nehmen. Nur eine Sache muss ich genauer nachprüfen, bevor ich mich festlege.«

»Und das wäre?«, fragte Theo neugierig nach.

»Der Winkel, wie er die Waffe hält. Daran stört mich irgendetwas!«

Theo beugte sich über den Toten und musterte die Waffe.

»Sie sehen richtig«, hörte er Dr. Stemm sagen. »Das ist eindeutig eine G43. Könnte die gesuchte Tatwaffe sein.«

»Jetzt wissen wir, warum uns gestern der Täter nicht ins Netz gegangen ist«, meinte Theo zu Lukas. »Hier hat Karl bestimmt nicht nach ihm suchen lassen.«

Sie verließen die Ruine. Im Hinterhof erblickten sie Nils' Nachbarin, die den Toten gefunden hatte.

»Wie konnten Sie ihn sehen?«, erkundigte sich Theo erstaunt. »Der Anbau ist überfüllt mit sperrigem Müll.«

»Ich hatte gerade Nils' Großmutter ins Bett gebracht und mich anschließend ans Schlafzimmerfenster gestellt.« Sie zeigte auf ein Fenster hoch oben an der rückwärtigen Wand des Hauses. »Die Sonne kam genau in dem Augenblick hinter den Wolken hervor und strahlte in den Anbau. Dadurch konnte ich erkennen, dass dort etwas nicht stimmte, und habe sofort bei der Polizei angerufen.«

*

Nils' rote Haare bildeten den einzigen Farbtupfer in dem schmucklosen Vernehmungszimmer. Als Monika zusammen mit Staatsanwalt Renske eintrat, schaute er neugierig auf. Die letzte Nacht hatte er in der Ausnüchterungszelle verbracht, was ihm auch deutlich anzusehen war. Seine Haare waren ungekämmt, das Gesicht bleich, die Augen glasig.

Hastig richtete er sich auf und strich mit fahrigen Bewegungen durch seine Haare, als könnte er seine zerzauste Frisur so wieder richten.

»Wer sind Sie?«, fragte der junge Mann.

Helmut Renske übernahm es, sie beide vorzustellen.

Beruhigt ließ sich Nils auf seinem Stuhl zurücksinken und sagte: »Bisher hatte ich immer mit Baccus und Borg zu tun. Wo sind die denn?«

»In Buweiler«, antwortete Monika.

»Immer noch?« Nils lachte, was jedoch eher wie ein nervöses Krächzen klang.

»Schon wieder. Aber damit ist unser Small Talk beendet. Jetzt beginnen wir mit der Vernehmung«, stellte Monika klar.

Nils nickte.

Nachdem alle Formalitäten auf Band gesprochen waren, begann Monika mit ihren Fragen: »Sie wissen, warum Sie hier sind?«

»Ja! Nach meinem Gespräch mit der hübschen Psychologin weiß ich wieder alles.«

»Alles?«

Nils nickte, rieb sich über die Augen und fügte hinzu: »Ich begreife es selbst nicht, aber ich konnte mich wirklich nicht mehr daran erinnern, was damals passiert ist.«

»Dann erzählen Sie uns doch mal, was Sie vom Sonntagnachmittag des 12. Dezember wissen!«, forderte Renske ihn auf, um das Gespräch endlich auf den Punkt zu bringen.

Eine Weile blieb es totenstill in dem kleinen, spartanisch eingerichteten Vernehmungsraum. Das Fenster bestand aus Milchglas und war zudem von außen vergittert. Die rückwärtige Wand zierte ein Einwegspiegel, auf dessen anderer Seite Polizeikollegen standen, um das Verhör zu verfolgen. Die Neugier hatte alle gepackt. Die Gelegenheit, den »Todesschützen von Buweiler« beim Geständnis zu beobachten, wollte niemand sich entgehen lassen.

»Am Nachmittag hat es an der Haustür geklingelt«, begann Nils endlich. »Oskar stand vor der Tür und erzählte mir, dass er einen tollen Job hätte, der richtig Kohle bringen würde. Er wollte, dass ich mit ihm fahre. Aber ich hatte keine Lust, bei dem Wetter das Haus zu verlassen.« Nils atmete tief durch. Seine Stimme klang immer dünner, als er weitersprach: »Er meinte, das bisschen Schnee könnte einem echten Soldaten doch nichts ausmachen. Daraufhin haben wir uns heftig gestritten. Er warf mir vor, ein Feigling zu sein, der einen guten Grund hatte, sich im Haus einer alten, verwirrten Frau zu verstecken. Auf mich seien bestimmt viele sauer, weil ich den Tod von Unschuldigen in Afghanistan verschuldet hätte.«

Renske sog tief Luft ein. Auch Monika stockte für einen Moment der Atem.

»Da habe ich rotgesehen. Ich bin in mein Auto eingestiegen und zu dem Gartenhäuschen der alten Borg gefahren. Die Waffe, die dort versteckt war, hatte ich schon vor über zwanzig Jahren gefunden. Ich habe sie all die Jahre gepflegt und schießtauglich gehalten, habe immer die besten und teuersten Materialien gekauft, damit sie nicht rostet oder von schädlichen Stoffen angegriffen wird. Und an diesem Tag ist mir das gute Stück wieder eingefallen. Dick eingepackt in säurefreies Ölpapier, wie sie war, zweifelte ich nicht, dass sie funktionieren würde.«

»Wo hatten Sie die Munition her?«, fragte Renske.

»Es lagen damals Patronen bei der Waffe. Die hatte ich ebenfalls gut gelagert, sodass sie noch schusstauglich waren.«

»Woher wussten Sie, über welche Straße Oskar Lohse fahren würde?«

»Er hatte mir gesagt, dass er nach Saarbrücken wollte.«

»Trotz Schnee?«

»Ja! Das wäre der Job seines Lebens. Den würde er für ein paar Schneeflocken nicht sausen lassen.«

»Wussten Sie, was er damit meinte?«, hakte der Staatsanwalt ungeduldig nach.

»Nein!« Nils schüttelte den Kopf. »Ich habe gesehen, dass er mit dem Auto nicht gut weg kam. Dieser neue Mazda ist eine Angeberkiste – aber nichts bei diesen Straßenverhältnissen. Das war meine Chance, denn ich wusste, wo ich ihm auflauern könnte. Das hab ich auch getan. Mit meiner alten Schleuder kam ich besser durch den Schnee. Damit kann ich jeden anderen Autofahrer bei solchen Straßenverhältnissen alt aussehen lassen.«

»Und dann brachten Sie sich in Position«, merkte Renske an.

Nils nickte.

»Und schossen wild drauflos?«

»Ich war so erregt, dass ich die Waffe nicht ruhig halten konnte«, gab Nils zu. »Ich schoss schon aus großer Entfernung auf seinen Wagen. Der verschwand aus meinem Sichtfeld. Ich dachte, ich hätte getroffen, und wollte mich der Stelle nähern, als dieser verdammte Wagen plötzlich wieder auftauchte. Also schoss ich erneut wie ein Wilder drauflos, um zu verhindern, dass ich das Auto noch mal verfehle. Wieder war der Wagen verschwunden. Ich bin hinterher. Und dann sah ich ihn endlich.« Nils legte eine kurze Pause ein, ehe er fortfuhr. »Oskar lief über das verschneite Feld und gab eine perfekte Zielscheibe ab. Ich zielte auf ihn. Ständig entkam er mir. Auch die Sicht wurde immer schlechter. Aber ich war besessen von dem Gedanken, ihn zu erwischen. Also verfolgte ich ihn verbissen, bis ich ihn in der Tür zur Hütte stehen sah. Da habe ich dann gezielt, abgedrückt und getroffen.«

Eine Weile herrschte Stille, bis Nils von allein weitersprach: »Als ich sah, wie die Kugel in seinem Rücken einschlug und vorne wieder herauskam und er dann tot umfiel ... Erst da habe ich kapiert, was ich getan hatte. Die Tür der Hütte fiel von allein zu. Ich wusste, dass das immer passiert, wenn man sie nicht arretiert. Deshalb dachte ich mir, das war ein Wink des Schicksals. Ich verriegelte sie von außen, so, wie es die Wanderfreunde auch immer gemacht haben, und hoffte, dass es lange genug dauert, bis sich bei dem Wetter wieder jemand hierher verirrt.«

»Ihnen ist gar nicht aufgefallen, dass der zweite Wagen, auf den Sie geschossen haben, ein ganz anderer war?«

Erschrocken schaute Nils auf und starrte dem Staatsanwalt mit weit aufgerissenen Augen ins Gesicht. »Wie meinen Sie das?«

»Das meine ich so, wie ich es gesagt habe.«

Nils' Augen wurden immer größer. Verständnislos schüttelte er den Kopf.

»Sie haben die Autos auf die große Entfernung vermutlich verwechselt«, erklärte Renske. »Oskar fuhr einen Mazda 6. Der andere Wagen, auf den Sie geschossen haben, war ein Toyota Corolla. Beide waren dunkelblau.«

»Hat es noch jemand erwischt? Davon stand gar nichts in der Zeitung.« Nils starrte die beiden fassungslos an.

»Nein! Die anderen beiden Männer sind zwar in Ihren Kugelhagel geraten, aber nicht getroffen worden.«

»Wer waren sie?«

»Lukas Baccus und Theo Borg.«

Nun sackte der Todesschütze endgültig in sich zusammen. Lange Zeit geschah nichts. In aller Stille saßen sie sich gegenüber, bis Nils endlich seine Stimme wiederfand: »Und warum haben Sie mich nicht sofort festgenommen?«

»Weil die beiden Kollegen nicht gesehen haben, wer auf sie geschossen hat. Sie hatten genug damit zu tun, den Kugeln auszuweichen.«

Nils' schlaksige Gestalt wirkte immer kleiner.

»Was haben Sie danach gemacht«, fragte Renske weiter, »nachdem Sie Oskar Lohse eliminiert hatten?«

»Ich habe die Waffe wieder an ihren Platz zurückgebracht.«

»In die Gartenlaube?«

»Ja! Dort hatte sie schon immer gelegen und daran wollte ich nichts ändern.« Plötzlich schrak Nils auf. Er starrte Renske mit weit aufgerissenen Augen an und sagte: »Ich hatte das Gefühl, ich wäre nicht allein an der Hütte. Es war, als würde mich jemand beobachten.«

»Wie kommen Sie darauf?«

»Der Schnee macht Geräusche, wenn man drüber geht. Und genau so ein Geräusch habe ich gehört. Waren das Ihre Kollegen?«

»Nein! Die waren zusammen mit dem Toten in der Hütte eingesperrt.«

Nils schüttelte sich vor Entsetzen.

»Wo waren Sie am Dienstagnachmittag?«

»Das wissen Sie doch«, murrte Nils. »In der Kaserne.«

»Und am Freitagabend?«

»Da war ich in Katharinas Gartenhaus, weil ich plötzlich eine Ahnung hatte«, gab Nils zu.

»Und?«

»Die Waffe war weg!«

»Hatten Sie eine Vorstellung, wer das Gewehr an sich genommen haben könnte?«

»Mir fiel wieder ein, dass ich mich am Sonntag an der Hütte verfolgt gefühlt hatte. Als ich die leere Kiste sah, war das für mich die Bestätigung dafür. Ich habe aber keine Ahnung, wer das gewesen sein könnte.«

»Warum haben Sie so lange gewartet, um sich zu überzeugen?«

»Weil ich erst an dem Tag kapiert habe, dass die polizeilichen Ermittlungen sehr merkwürdig laufen. Der Dorfpolizist Görndt hat ständig Fragen gestellt und kurze Zeit später kamen Baccus und Borg und haben mich dasselbe noch mal gefragt. Da bin ich stutzig geworden.«

*

Theo ließ sich auf den Bürostuhl sinken, der früher Uwe Görndt gehört hatte. Er fühlte sich mitgenommen. Das Bild, das der tote Polizeikommissar geboten hatte, spukte vor seinen Augen. Dieser Selbstmord übertraf seine schlimmsten Vorstellungen. Auch wenn er von Görndts Schuld überzeugt war, wäre ihm nie in den Sinn gekommen, dass sich der Kollege so in die Enge gedrängt fühlen könnte.

»Hat Ehrling recht, wenn er sagt, dass ich durch meine Verdächtigung *Wachtmeister Uwe* in den Freitod getrieben habe?«, fragte er resigniert.

»Auf keinen Fall«, widersprach Lukas vehement. »Wenn jeder, den wir im Laufe unserer Ermittlungen schon verdächtigt haben, sich umgebracht hätte, wäre das Saarland schon ausgestorben.«

»Schön, wie du das sagst!« Theo lachte müde. »Das baut mich auf.«

»Schau mal hier!«, rief Lukas, der im Begriff war, den Schreibtisch des Toten zu durchwühlen. In den Händen hielt er Fotos, die er aus einer der Schubladen gekramt hatte.

Theo schaute sie sich an und staunte. Zu sehen war Katharinas Gartenlaube. Einige Fotos waren schon älter, was die Schatten vor der Hütte verrieten. Sie mussten in irgendeinem

Sommer gemacht worden sein: zu erkennen waren junge, leicht bekleidete Menschen, die lachten und Bierflaschen in den Händen hielten. Die Bildqualität war schlecht, als hätte der Fotograf zwischen dichten Hecken gesessen und fotografiert.

Dann veränderten sie sich. Sie wurden schärfer. Schnee war deutlich zu erkennen. Außerdem waren diese Aufnahmen in der Dunkelheit und mit Blitzlicht geschossen worden. Deutlich konnten Lukas und Theo den in den Boden eingelassenen Holzkasten erkennen. Er war verschlossen. Auf einem weiteren Bild sahen sie Nils Amann, der sich der Gartenlaube näherte.

»Ich fahre den Computer hoch«, sagte Theo, der endlich aus seiner Lethargie erwacht war. »Vielleicht können wir dort herausfinden, wann diese Fotos gemacht wurden.«

»Okay! Und ich wühle weiter im Schreibtisch.«

Nach wenigen Minuten wurden beide fündig. »Die Fotos, die Nils Amann vor der Hütte zeigen, sind in der letzten Woche hier gespeichert worden«, rief Theo. »*Wachtmeister Uwe* hat uns tatsächlich belogen, als er uns ständig was von einem Drogenkrieg weismachen wollte. Ich lag mit meinem Verdacht also richtig.«

Lukas kroch hinter dem Schreibtisch hervor und stöhnte: »Ganz ruhig, Brauner.«

»Wenn schon *Rappe*«, korrigierte Theo, »du Fuchs!«

»Einverstanden, Rappe!«

»Er hat Nils bei seiner Tat beobachtet und kam dadurch auf die Idee, sich dranzuhängen!«, spekulierte Theo, während er weiter auf die Fotos starrte. »*Wachtmeister Uwe* ist der organisierte Täter, von dem Silvia gesprochen hat. Durch seine Beobachtungen stieß er auf Nils und die Waffe. Darin sah er seine Chance, die anderen zu töten und die Morde einem anderen anzuhängen.«

Lukas nickte. »Sein Ziel war wahrscheinlich, mit Nils als Täter im Schlepptau bei uns hereinzuspazieren und die Lorbeeren für die Aufklärung des Falls einzuheimsen.«

»Damit hätte er alle Fliegen mit einer Klappe geschlagen.«

Lukas zeigte seinem Kollegen nun ein Dokument, das er gefunden hatte. Es war das Protokoll der Aussage eines Jägers, der zugab, am Mittwoch, dem 15. Dezember einen Schuss auf einen kapitalen Hirsch abgefeuert zu haben, ohne das Tier zu treffen.

»Das bedeutet, dass an diesem Tag gar nicht auf Daniel Bauer geschossen wurde«, schlussfolgerte Theo.

»Das erklärt auch die Positionen, in denen die Hülsen aufgefunden wurden«, bemerkte Lukas. »Also hat uns Daniel Bauer zum Narren gehalten. Nur warum?«

»Um sich das Vertrauen unseres Amtsleiters zu erschleichen«, antwortete Theo. »Was ihm damit ja auch gelungen ist. Wer weiß, welche Beförderung ihn durch die polizeibegleitende Berichterstattung erwartet.«

Lukas nickte und brummte: »Hoffentlich wird er schnell von hier weggelobt.«

Theo klopfte ihm auf die Schulter: »Ich sehe das genauso. Wenn du gut gelaunt bist, gefällst du mir nämlich viel besser.«

»Für uns gibt es hier nichts mehr zu tun«, stellte Lukas fest. »Karl hat zusammen mit den Kollegen der Bereitschaftspolizei Görndts Haus durchsucht, während wir uns das Büro vorgenommen haben. Eigentlich sind wir fertig.«

»Der Fall ist abgeschlossen.«

»Und du hattest recht«, gestand Lukas seinem Kollegen ein.

»Aber triumphieren kann ich nicht«, räumte Theo ein. »So, wie der da zwischen Schutt und Geröll lag ... mit dem Gewehr im Mund ...«

*

Monika spürte mit wachsender Unruhe, dass sich die übliche Hochstimmung nach einem gelösten Mordfall nicht einstellen wollte. Karl Groß war immer noch nicht von der Hausdurchsuchung zurückgekommen. Monika wusste selbst nicht, was sie sich davon versprach, aber sie wollte unbedingt auf den Kollegen von der Bereitschaft warten.

Die Zeit überbrückte sie damit, die Unterlagen zu studieren, die sie über Aline Konrads Unfall zusammengestellt hatte – eine Aufgabe, die sie noch zusätzlich deprimierte. Die Frau war gerade mal vierundzwanzig Jahre alt geworden. In ihrem Leben hatte es nicht viel Aufregendes gegeben. Zuhause lag ihre pflegebedürftige Mutter. Sie selbst hatte als Notarfachangestellte in Wadern gearbeitet. Das einzige Highlight waren anscheinend die jährlichen Schulungen in Dortmund gewesen.

Wegen Alines Arbeitgeber war Monika auf den Gedanken gekommen, nach einem Testament zu forschen, doch bislang hatte sie keine Antwort erhalten. Einerseits rechnete sie auch nicht damit, dass eine junge Frau ein Testament machte – andererseits war Aline durch ihre kranke Mutter schon sehr früh mit dem drohenden Tod konfrontiert worden. Deshalb hatte sich Monika trotzdem die Mühe gemacht, nachzufragen.

Die Krankenhausberichte waren schon wesentlich aufschlussreicher. Danach stand, dass Aline Sex gehabt hatte, kurz bevor sie ins Krankenhaus eingeliefert worden war. Diese Notiz überraschte die junge Kommissarin. Sie hatte bisher nicht gewusst, wie genau ein Unfallopfer im Krankenhaus untersucht wurde.

Sofort griff sie zum Telefon und rief im Krankenhaus an. Sie wollte DNA-verwertbares Material der Unfalltoten anfordern. In ihrer Erinnerung spukte die Aussage von Markus Schaller, dass DNA-Spuren von drei Männern und einer Frau in der Hütte gefunden worden waren. Die Bilder, die sich dazu in Monikas Kopf entwickelten, ließen sie würgen vor Ekel.

Sie erreichte eine Krankenschwester in der Unfall-Abteilung. Nach langen Diskussionen erfuhr Monika, dass sie neben einigen persönlichen Kleinigkeiten auch Aline Konrads Haarbürste aufgehoben hatte. Ihren Beweggrund für diese ungewöhnliche Handlung wollte die Krankenschwester nicht verraten. Aber Monika glaubte es an ihrer Stimme zu erahnen. Die Traurigkeit, die mitschwang, während sie über Aline Konrad sprach, nahm sogar Monika mit, obwohl sie die Patientin nie gekannt hatte. Sie bat, die Bürste an das Labor der Kriminalpolizei zu schicken, damit sie dort untersucht werden konnte.

Kaum hatte Monika aufgelegt und beschlossen, nun doch in den Feierabend zu gehen, da landete ein Brief direkt vor ihrer Nase. Sie schaute erstaunt auf. Vor ihr stand Andrea und grinste sie hämisch an.

»*Fleißiges Lieschen* sollte man dich nennen«, zischte die Kollegin. »Oder einsame Seele, die vermutlich sogar an Weihnachten nichts Besseres zu tun hat, als zu arbeiten.«

Monika überhörte die Spitzen ihrer Kollegin. Sie war es inzwischen gewohnt, ständig von ihr gehänselt zu werden. Die Adresse des Absenders hingegen war wesentlich interessanter. Es war ein Schreiben vom Notariat Willer in Wadern. Neugierig öffnete sie den Brief und fand bestätigt, was sie selbst nicht hatte glauben wollen: Aline Konrad hatte ein Testament hinterlegt. Der Name des Begünstigten überraschte die Beamtin allerdings noch weit mehr. Denn der war beileibe kein Unbekannter.

*

Er hielt den Brief des Notars in Händen und konnte nicht glauben, was er dort las. Die Polizei hatte sich tatsächlich nach Alines Testament erkundigt.

Wie kamen diese Idioten Baccus und Borg dazu? Welchen Fehler hatte er gemacht? Alles war nach Plan gelaufen. Und jetzt – am Tag des großen Finales – trudelte dieser Brief bei ihm ein.

Notar Willer wollte von einer Testamentseröffnung zunächst absehen, da er erst überprüfen musste, ob der eingetragene Begünstigte auch wirklich erbberechtigt war. Die Tatsache, dass sich die Kriminalpolizei bei einem Autounfall mit Todesfolge einschaltete, mahnte den Juristen zur Vorsicht. Erst sollte zweifelsfrei geklärt werden, dass den Begünstigten keine Schuld am Tod der Erblasserin traf.

Wütend zerknüllte er den Brief und warf ihn in die Ecke.

»Baccus Borg« – wieder schallte das Mantra durch seinen Kopf.

Diese zwei Möchtegerne, die sich immer aufführten wie Starsky und Hutch.

Denen würde das Lachen noch vergehen. Niemals würde er sich von diesen Clowns aufhalten lassen.

Er hatte seinen Sieg schon vor Augen – auch wenn es ein Sieg ohne Triumphgefühl für ihn war.

Er drehte sich um und ließ seinen Blick über die Waffe wandern, die startbereit auf seinem Tisch lag.

Eine Selbstladebüchse Sauer 303.

Ein edles Stück.

Elegant und gefährlich.

Schnell und präzise.

Als Rückstoßlader mit einem Fünf-Schuss-Magazin garantierte diese Waffe eine rasante Schussfolge. In ihrem Handling war diese Waffe der G43 sehr ähnlich, was ihm das Bedienen erleichterte.

Und wann die richtige Gelegenheit dafür war, sie einzusetzen, wusste er auch schon.

Sein Sahnehäubchen würden Baccus und Borg sein.

Auch wenn er jetzt improvisieren musste – das änderte *aber nichts an seinem Plan.*

Baccus und Borg wollte er sich ohnehin bis zum Schluss aufheben – sozusagen als Weihnachtsgeschenk.

20

»*Pünktlich zum Weihnachtsfest sind die Todesschützen von Buweiler gefasst*«, lautete die Überschrift auf der Titelseite der Tageszeitung.

»*Jetzt steht dem* Heiligen Abend *und dem* Fest der Liebe *nichts mehr im Weg. Die Morde in den nordsaarländischen Wäldern sind restlos aufgeklärt. Überraschenderweise waren nicht nur ein Täter am Werk, sondern zwei. Das hat die Ermittlungen der Polizei deutlich erschwert. Der junge Mann, der sich zum Mord an dem ersten Opfer bekannt hat, befindet sich in Untersuchungshaft, wo er auf seine Gerichtsverhandlung wartet. Die anderen beiden Morde gehen auf das Konto eines Polizeibeamten, dessen Motive die Polizei leider nicht mehr zweifelsfrei herausfinden kann, weil er sich selbst mit der Tatwaffe gerichtet hat. So können ein weiterer Fall erfolgreich abgeschlossen werden und die Menschen sich wieder sicherer fühlen. Frohe Weihnachten!*«

Nachdem Theo den Bericht vorgelesen hatte, herrschte eine Weile Schweigen in dem Großraumbüro. Der Tannenbaum leuchtete in den schönsten Farben. Die Dekorationen glitzerten an den Fensterscheiben im sich darin spiegelnden Licht. Lukas fütterte die beiden Kanarienvögel. Ein Auto fuhr über den Parkplatz. Daraus ertönte *Last Christmas* von *Wham!* so laut, dass es deutlich bis ins Büro zu hören war.

»So, wie Daniel schreibt, klingt das wie ein Märchen«, brummte Lukas nach einer Weile. »Fehlt nur noch der Zusatz: *Und wenn sie nicht gestorben sind, ermitteln sie noch heute.*«

»Dafür, dass er sozusagen als Polizeireporter tätig war, schreibt er viel Mist«, ergänzte Theo bestätigend. »Die Aussage, dass wir das Motiv von Uwe Görndt nicht mehr herausfinden werden, ist voll daneben. Wir wissen doch, was ihn angetrieben hat.«

Lukas schaute Theo an und fragte: »Wissen wir das wirklich?«

»Jetzt fang du nicht auch noch an«, schimpfte Theo und warf die Zeitung auf den benachbarten Schreibtisch.

Dabei traf er den Dienststellenleiter, der gerade an ihren Tisch treten wollte. Verdutzt schaute der dicke Mann auf die Zeitung, die an seinem Bauch abprallte und sich in losen Blättern auf dem Fußboden verteilte. Dann richtete er seinen Blick auf Theo. Der sprang hastig auf, entschuldigte sich und sammelte die Einzelteile wieder ein.

»Was ist denn in Sie gefahren?«, schimpfte Allensbacher. »Gerade Sie sollten sich zurückhalten.«

Fragend schauten Lukas und Theo den ewig schwitzenden Vorgesetzten an. Der ließ sie nicht lange zappeln: »Sie sind ab sofort freigestellt.«

»Freigestellt?«, riefen die beiden wie aus einem Mund.

»Ja! Anweisung vom obersten Chef. Kriminalrat Ehrling wird erst nach den Feiertagen darüber entscheiden, welche Maßnahmen er gegen Sie ergreifen will.«

»Aber der Fall ist doch noch nicht komplett abgeschlossen«, wandte Theo mit leichenblassem Gesicht ein.

»Darüber brauchen Sie sich keine Sorgen mehr zu machen«, gab Allensbacher mürrisch zurück. »Ich habe die Kolleginnen Blech und Peperding zur Gerichtsmedizin geschickt.«

Lukas und Theo schauten sich bedröppelt an.

»Sehen Sie doch einen Vorteil darin!«, forderte Allensbacher sie auf. Doch seiner Stimme fehlte selbst jede Überzeugung. »Wir haben Heiligabend und die Weihnachtsfeiertage. Besser könnte der Zeitpunkt für eine Freistellung nicht fallen.« Mit diesen Worten ließ er sie allein im Großraumbüro zurück.

Frustriert verließen die beiden ihren Arbeitsplatz. Auf dem Behördenparkplatz schlugen ihnen Schneeflocken und kalter Wind entgegen. Ratlos standen sie da und schauten sich an.

»Scheiße«, murrte Lukas. »Ich hatte gehofft, Ehrling hätte das vergessen.«

»Da war wohl der Wunsch der Vater des Gedankens«, bemerkte Theo. »Trotzdem, wenn wir noch lange hier stehenbleiben, sind wir eingeschneit.«

Nur schemenhaft konnten sie die Autos im dichten Schneefall voneinander unterscheiden. Sie stiegen in Lukas' alten BMW ein.

»Und was machst du jetzt?«, fragte Theo.

»Auf dem Rücksitz steht ein Weihnachtsgeschenk für deine Tante. Ich begleite dich.«

»Bist du überhaupt eingeladen?«

Lukas lachte und meinte: »Klar! Was denkst du denn?«

»Und was ist mit Susanne?«

Lukas winkte ab und gestand: »Wir haben uns gezofft wie noch nie.«

Theo schüttelte den Kopf, sagte aber nichts.

Lukas startete den Wagen und fuhr los.

*

»Hat der Chef zur Feier des Tages den beiden Damen den Höhepunkt des Falls überlassen?«, lautete die Begrüßung des Gerichtsmediziners, als Monika und Andrea in ihren grünen Kitteln den Sezierraum betraten. Sein Lachen schallte einsam durch den gekachelten Raum.

»Klar! Die Routinefälle bekommen wir. Die spektakulären Fälle, die Ruhm und Ehre versprechen, sind immer für unsere beiden Superhelden reserviert«, gab Andrea giftig zurück.

»Immer ein Scherz auf den Lippen«, entgegnete Dr. Stemm.

Widerwillig näherten sie sich dem Stahltisch in der Mitte des Raums. Auf den ersten Blick konnten sie keine Besonderheiten feststellen. Doch als der Mediziner den Oberkörper des Toten anhob, sahen sie ein großes Loch am Hinterkopf mit Einrissen der Haut.

»Das Blut und das Hirngewebe, die aus diesem Ausschussloch gedrungen sind, habe ich bereits entfernt.«

»Zu nett«, merkte Andrea an.

»Die Todesursache ist eindeutig«, sprach Dr. Stemm weiter. »Nur wollen wir uns das vorher noch etwas genauer ansehen.« Er begann, die Brust des Toten aufzuschneiden und die Organe zu entnehmen. Das Einzige, was er dort feststellte, war eine Fettleber.

»Gesund ernährt hat er sich nicht«, kommentierte er.

Nun nahm er die Kreissäge und ließ sie einige Sekunden laufen, was ausreichte, um die beiden Frauen aus dem Sezierraum zu jagen. Nach einer Weile rief er sie wieder zurück und sagte: »Da hätten Lukas und Theo auch kommen können. Unsere beiden Helden haben bisher noch jede Autopsie vom Vorraum aus beobachtet.«

Monika schluckte, und Andrea murmelte: »Sie können offensichtlich mit Toten besser als mit Lebenden.«

Anstatt sich darüber zu ärgern, lachte Dr. Stemm und erwiderte: »Sie glauben nicht, wie klug meine Berufswahl war. Die Toten sagen nämlich immer die Wahrheit. Sie beschönigen nichts. Sie lügen mir nichts vor. Sie streiten auch nicht mit mir. Und sie kotzen mir nicht die Bude voll.«

»Dafür verbreiten sie Gestank«, konterte Andrea.

»So ist nun mal der menschliche Körper. Wir stinken doch schon zu Lebzeiten. Glauben Sie, das wird besser, wenn wir tot sind?« Wieder lachte er so herzhaft, dass Andrea ihre Bemühungen, diesem Mann Paroli zu bieten, aufgab.

Inzwischen lag der Schädel in mehreren Teilen auf dem Tisch. Der Mediziner untersuchte die einzelnen Knochen, bis er sich räusperte und die beiden Kommissarinnen nachdenklich ansah. »Das sieht nicht gut aus«, stellte er fest. Jeglicher Hohn war aus seiner Stimme gewichen.

Neugierig näherten sich Monika und Andrea dem Stahltisch. Dr. Stemm entnahm aus dem Knochenpuzzle den Oberkieferknochen, der mit mehreren Gesichtsknochen verbunden war. Der Anblick der Nasenbeine und der unteren Augenhöhlen machten es Monika schwer, genauer hinzusehen. Mit großer Überwindung folgte sie dem Finger des Gerichtsmediziners, der in blutverschmiertem Latex steckte und auf eine Stelle zeigte, die weit hinter der Zahnreihe lag und undefinierbar aussah.

»Was glauben Sie, was das ist?«, fragte er.

Beide zuckten mit den Schultern.

»Das ist ein zertrümmertes Gaumenbein.«

»Ist das nicht normal bei dieser Selbsttötungsart?«, fragte Monika.

»Ich hatte schon am Tatort festgestellt, dass der Winkel, wie der Tote die Waffe hielt, merkwürdig ist. Denn es ist genau so, wie Sie sagen«, erklärte Dr. Stemm. »Normalerweise wäre nicht nur das Gaumenbein, sondern der gesamte vordere Knochenbereich beschädigt und das Hirn nach vorne ausgetreten. Doch hier ist es anders. Da ich jedoch keine vorschnellen Urteile abgebe, habe ich mich am Tatort noch nicht festgelegt.«

Andrea fragte: »Und was heißt das jetzt für uns?«

»Dass wir es vermutlich nicht mit einem Selbstmord zu tun haben.«

Für eine Weile schien die Zeit in dem gekachelten Raum stillzustehen. Niemand sagte etwas, niemand tat etwas, niemand bewegte sich.

»Heißt das, dass ihm die Waffe mit Gewalt in den Mund gestoßen wurde?«, fragte Monika schließlich.

»Ja. Das erklärt auch den seltsamen Winkel, in dem wir den Toten und die Waffe vorgefunden haben!« Dr. Stemm nickte. »Wer würde sich schon so verrenken und in dieser unbequemen Haltung zuerst selbst den Gaumen einschlagen, bevor er abdrückt?«

»Ein Masochist«, schlug Andrea vor.

»Touché!«, stimmte Dr. Stemm zu. »Aber wenn Sie ganz sicher sein wollen, rate ich Ihnen, die Ergebnisse im Labor abzuholen. Dort habe ich Blutproben abgegeben. Sollte er high gewesen sein, kann er sich diese Verletzung tatsächlich selbst zugefügt haben.«

*

»Baccus Borg – Baccus Borg – Baccus Borg«.

Dieses Mantra würde bald keine Bedeutung mehr haben, denn dann würde es diese beiden Clowns nicht mehr geben.

Es kam, wie es kommen musste. Auch hier gelang es ihm, die Eigenbewegungen seiner beiden letzten Figuren im Spiel aufzugreifen und genau in seine Richtung zu steuern.

Besser ging es nicht.

Baccus und Borg begaben sich gemeinsam in eine Todesfalle. Sie fuhren zu dieser alten Dame, die in einem Haus lebte, das von den Nachbarn nicht richtig eingesehen werden konnte.

Es war Heiligabend – ein Tag, der Menschen gefühlsduselig werden lässt. Hinzu kam der Schnee, der vom Himmel fiel, als wollte ihm der Himmel zum Abschluss noch einmal seine Unterstützung anbieten.

Er ahnte es schon – sah es deutlich vor Augen: Baccus und Borg würden dort bald eingeschneit sein.

Aus seinem Grinsen wurde ein lautes Lachen.

Die beiden fuhren tatsächlich bei diesem Wetter mit dem Oldtimer nach Buweiler. Ein Wagen, der ihnen bei Schnee und Eis nichts nützen würde. An Flucht wäre so nicht zu denken.

Seine Anspannung ließ merklich nach. Seine Siegesgewissheit kehrte zurück, denn Baccus und Borg würden bald tote Helden sein.

Endlich verstand er den Sinn dieses Festes. Heiligabend war der perfekte Zeitpunkt, sein Leben zu reinigen – es von Ballast zu befreien.

*

Monika winkte Andrea nach, die es eilig hatte, das Büro zu verlassen. Sie konnte ihre Kollegin gut verstehen. Heiligabend war nicht wirklich der Tag, um am Arbeitsplatz zu sitzen. Da half auch der schöne Baum nichts, den sie selbst aufgestellt hatte. Weder Allensbacher noch den Amtsleiter hatte sie telefonisch erreichen können. Und so saß sie jetzt allein in dem großen Raum.

Die Ergebnisse, die Markus ihr aus dem Labor mitgegeben hatte, waren so niederschmetternd, dass Monika nur mit Mühe ihre Tränen unterdrücken konnte. Er hatte die DNA-Proben aus der Haarbürste mit dem Sekret verglichen, das in der Gartenlaube sichergestellt worden war. Es stammte eindeutig von Aline Konrad.

Nun sprachen die Spuren in der Hütte eine deutliche Sprache: Aline war von den drei Männern mit Flunitrazepam betäubt worden. Danach hatten sie sich an ihr vergangen und sie hinterher in ihr eigenes Auto gesetzt. Als sie später dort aufgewacht war, war sie vermutlich desorientiert losgefahren, ohne die Gefahr zu erkennen, in der sie sich in ihrem Zustand befand.

Monika rieb sich über die Augen und ging alle Fakten noch einmal durch. Uwe Görndt hatte diese Akte in seinem Büro und eine Kopie bei sich zuhause aufbewahrt. Die drei Männer, die Aline vergewaltigt hatten, waren tot. Der Begünstigte im Testament ...

Die Tür ging auf.

Monika schaute erschrocken hoch. In diesem Augenblick war der Anblick von Dieter Marx die reinste Freude, weil sie sich durch seine Anwesenheit nicht mehr ganz so allein fühlte.

»Wir wollen dem Herrn danken, denn er ist freundlich und seine Güte währt ewiglich«, begann er.

»Was hast du herausgefunden?«

»Ich habe Kriminalrat Ehrling erreicht und ihm mitgeteilt, was die Gerichtsmedizin festgestellt hat. Er ist auf dem Weg hierher.«

»Gott sei Dank!«

»Außerdem habe ich einen Anruf von Susanne Kleber bekommen.«

Monika horchte auf. »Susanne Kleber?«, fragte sie. »Ist das nicht Lukas' Freundin?«

»Ja! Sie hat mir erzählt, wer sich hinter dem Namen Andreas Leche verbirgt.«

Monika verstand gar nichts mehr. »Hat das etwas mit unserem Fall zu tun?«

»Oh ja! Andreas Leche hat den Enthüllungsbericht über Uwe Görndts gescheiterte Aktion in der Drogensache in die Zeitung gesetzt. Deshalb sind uns damals die Hintermänner entkommen. Aber ich vergebe ihm, denn selig sind die Sanftmütigen; sie werden das ganze Erdreich besitzen.«

»Und wer steckt hinter dem Namen?«

»Daniel Bauer!«

»Scheiße!«, stieß Monika aus. »Warum habe ich das nicht gleich kapiert?«

»Was?«

»Daniel Bauer ist der Begünstigte in Aline Konrads Testament.«

Marx schaute verdutzt drein, er verstand in diesem Moment gar nichts mehr.

»Er war auch der Einzige, der Aline fast täglich im Krankenhaus besucht hat ... Und Aline wurde in der Gartenlaube von Oskar Lohse, Philipp Genser und Volker Dinz unter Drogen gesetzt und vergewaltigt.«

»Oh Gott! Rüste mich mit Kraft, um diesen Frevel zu überstehen.«

»Weißt du, was das heißt?«

»Kann es noch schlimmer kommen?«

»Ja! Lukas und Theo wissen nichts davon.«

*

Als sie vor Tante Katharinas Haus standen, glaubten Lukas und Theo, in eine andere Welt einzutauchen.

Alles leuchtete weiß. Die Zypresse sah aus wie ein Weihnachtsbaum auf einer Postkarte. Eine Lichterkette hing daran und leuchtete in bunten Farben. Das alte Haus wirkte klein und geduckt unter den Schneemassen. Eine Rauchfahne stieg aus dem Schornstein. Weitere Lichter leuchteten hinter den Fensterscheiben. Der Anblick war so traumhaft, dass die beiden Ankömmlinge fasziniert stehen blieben. Bis Theos Tante die Haustür öffnete und fragte: »Wollt ihr draußen feiern?«

Im Haus duftete es betörend. Wie magisch angezogen steuerten die Besucher die Küche an. Als Lukas die Backofentür öffnen wollte, stand Katharina dicht hinter ihm und warnte ihn: »Versuch das erst gar nicht.«

»Ich denke, heute ist das Fest der Liebe.«

»Das ändert nichts an den Gesetzen in meiner Küche.«

Sofort ließ er den Griff los und setzte sich zu Theo auf die Eckbank.

»Ist das eine Weihnachtsgans?«, wagte er zu fragen.

Statt einer Antwort lachte Katharina nur kurz auf.

»Wow! Ich glaube, ich habe in meinem ganzen Leben noch keine Weihnachtsgans gegessen.«

»Dann wurde es ja mal Zeit.«

Leise Musik lief im Hintergrund. Eine angenehme Wärme umgab sie, während draußen die Fensterläden vom Wind gerüttelt wurden und laut klapperten.

Lukas schaute Katharina zu, wie sie am Ofen hantierte. Nach einer Weile fragte er: »Wie geht es eigentlich Gerhard Dinz?«

Katharina hielt in der Arbeit inne, drehte sich um und sagte traurig: »Er hat sich nach der Beerdigung seines Enkels freiwillig im Altenheim angemeldet.«

»Freiwillig?«

»Ja! Er meinte, er will nicht allein in dem großen Haus bleiben.«

»Sehr vernünftig«, bestätigte Theo.

Katharina nickte. »Stimmt! Gerade die Weihnachtszeit macht einsame Gemüter schwer. Aber wir wollen jetzt nicht Trübsal blasen.« Sie zog dicke Küchenhandschuhe an, öffnete den Backofen und hob balancierend und schwankend die schwere Weihnachtsgans heraus. Lukas' und Theos Augen begannen mit der Weihnachtsdekoration um die Wette zu leuchten.

*

Wieder öffnete sich die Tür zum Großraumbüro. Amtsleiter Hugo Ehrling trat in Begleitung von Staatsanwalt Helmut Renske ein und ging direkt auf Monikas Schreibtisch zu. »Was haben Sie inzwischen veranlasst?«, fragte er.

»Nichts!«, gab Monika erschrocken zu. »Ich kann Theo nicht auf dem Handy erreichen.«

»Versuchen Sie es auf der Festnetznummer der alten Dame, die sie besuchen!«

»Dort geht niemand ans Telefon.«

Der große, schlanke Mann ging mit hektischen Schritten im Büro auf und ab, bevor er sich umdrehte und fragte: »Haben Sie versucht, Daniel Bauer zu erreichen?«

Monika spürte, wie ihr Kopf hochrot anlief. Das hatte sie vergessen. Eine Antwort war nicht nötig, denn schon insistierte Ehrling: »Dann tun Sie das jetzt!«

Sofort wählte Monika die Nummer des Reporters. Aber auch da meldete sich nur die Mailbox.

»Die Tatwaffe ist sichergestellt«, berichtete Renske im Hintergrund. »Auf Daniel Bauer ist keine Waffe eingetragen. Was soll er also tun? Mit Schneebällen auf die beiden werfen?«

Ratlos verharrten alle in Stille, die durch das Hereinpoltern des riesengroßen Kollegen Karl unterbrochen wurde.

»Was machst du denn hier?«, fragte Monika überrascht. »Warst du nicht schon längst zuhause unterm Tannenbaum?«

»Doch!« Der Gesichtsausdruck von Karl ließ alle aufhorchen.

»Aber?«

»Mich lässt ein Gedanke einfach nicht los.«

»Welcher Gedanke?«, fragte Ehrling.

»Ich habe in Uwe Göndts Haus keine Waffe gefunden.«

Niemand reagierte, weil niemand wusste, worauf Karl hinauswollte.

»Erst vorhin fiel mir ein, dass der Kollege neben der Repetierbüchse Mauser noch eine Selbstladebüchse angemeldet hat.«

Die drei Zuhörer verstanden noch immer nicht, was der Bereitschaftspolizist ihnen sagen wollte.

»Ich war der Annahme, diese Selbstladebüchse wäre am Freitagabend sichergestellt worden, als Volker Dinz getötet wurde.«

»Ist sie das denn nicht?«, fragte Monika.

»Nein! Ich habe bei der Ballistik angerufen und die haben mir bestätigt, dass bei ihnen keine Selbstladebüchse Sauer 303 liegt.«

»Von wegen Schneebälle werfen«, murmelte Renske, dessen Gesicht schlagartig kreidebleich geworden war. »Dann hat unser Verdächtiger womöglich eine äußerst gefährliche Waffe in den Händen!«

*

Die Dunkelheit brach rasend schnell herein. Daniel rieb sich die behandschuhten Hände und freute sich darüber. Denn die Finsternis war seine Verbündete. In Katharina Borgs Haus brannte in fast jedem Zimmer Licht. Und Läden gab es nur an vereinzelten Fenstern. Die Helden waren so ideale Zielscheiben.

Er suchte sich einen sicheren Platz, von dem aus er sehen, aber nicht gesehen werden konnte. Die Bedingungen waren optimal. Das Haus war umgeben von heckenüberwucherten Böschungen, wodurch Daniel bequem in jedes Fenster schauen konnte, egal in welcher Höhe es lag.

Die Kirchturmuhr schlug in der Ferne sechsmal. Er schaute sich um. Es schneite immer noch ohne Unterbrechung. In der Stille, die ihn umgab, konnte er leise die Geräusche aus dem Haus hören.

Er zog den Kragen seiner Jacke höher und schlang die Arme um seinen Oberkörper. Der Anblick der ausgelassenen Menschen hinter den Scheiben brachte sein Hochgefühl ein wenig ins Schwanken. Plötzlich spürte er Schwermut. Das Gefühl der Einsamkeit traf ihn wie ein Hammerschlag.

Er versuchte, an etwas anderes zu denken. An seine Mission. An sein Genie, daran, wie er bisher die Fäden in den Händen gehalten hatte – und das immer noch tat. Zu seinem Unglück trat nun aber das Bild von Aline vor seine Augen. Wie sie leblos an den vielen Schläuchen und Drähten hing. Ein ganzes Jahr lang. Jeden Tag, der ihm möglich war, hatte er an ihrem Bett gesessen und ihr die tollsten Geschichten erzählt. Die Ärzte hatten ihm dazu geraten, waren davon überzeugt, dass eine vertraute Stimme die junge Frau wieder ins Leben zurückrufen könnte. Und Daniel war der einzige Mensch in Alines Leben gewesen. Ihre Mutter, selbst ein Pflegefall, war nach dem Unfall der Tochter umgehend in ein Pflegeheim eingeliefert worden und noch vor der Tochter gestorben. Von diesem Augenblick an wurde Daniel wie ein Angehöriger von Aline behandelt und bekam alle Auskünfte über ihren Gesundheitszustand. Doch je länger das Koma dauerte, umso ungewisser wurde ihre Zukunft. Bis sie am 5. Dezember starb.

Daniel spürte, dass es kalt wurde in seinem Gesicht. Tränen liefen ihm über die Wangen. Zu genau erinnerte er sich an die bedauernden Mienen der Krankenschwestern – jedes Mal, wenn sie sich im Flur begegnet waren. Daniel hatte immer geglaubt, das Bedauern läge daran, dass Aline im Koma lag. Erst nach ihrem Tod hatte er die wirkliche Erklärung dafür bekommen, als ihre Habseligkeiten an ihn ausgehändigt wurden. Die Kleider hatten noch nach einem Jahr verräterisch gestunken – nach Männern und nach Sex. Auch ihr Handy hatten sie ihm gegeben. Er kannte die PIN-Nummer seiner Freundin, weshalb er das kleine Mobiltelefon aktivieren konnte. So hatte er schließlich auch die Videoaufnahmen entdeckt. Ahnungslos war er darauf gestoßen.

Er schüttelte die Gedanken von sich ab und konzentrierte sich wieder auf Baccus und Borg. Warum hatte Nils Amann die beiden nicht erschossen, als er herumgeballert hatte wie ein Irrer? Daniel schüttelte den Kopf. Wie viel Glück konnte ein Mensch haben? Keine einzige Kugel hatte die beiden auch nur gestreift.

Deshalb saß er hier und musste die Geschichte zu Ende bringen. Seit er den Brief des Notars gelesen hatte, war ihm klar, dass die Ermittlungen hinter seinem Rücken weitergelaufen waren, während er angenommen hatte, über alles informiert zu sein. Das hatte er garantiert diesem Rotfuchs zu verdanken.

Dieser Mistkerl hatte Daniel von Beginn an misstraut, während Theo sich zunächst auf den Dorfbullen konzentriert hatte, ganz so, wie Daniel es geplant hatte. Dieser dämliche Dorfsheriff hatte ihm wunderbar in die Hände gespielt. Vom Ehrgeiz getrieben, den Fall selbst zu lösen – wozu Görndt niemals in der Lage gewesen wäre –, hatte er sich selbst ins Visier der Ermittlungen manövriert. Daniel musste nur noch hier und da ein paar falsche Spuren platzieren, die auf ihn hinwiesen. Er war extra mit Bundeswehrstiefeln in Größe 46 herumgelaufen, nur um die Polizei abzulenken. Und durch seine Verbindung zur Kriminalpolizei in Saarbrücken wusste er genau, ab wann der Dorfpolizist zwangsläufig seine alten Stiefel wieder tragen musste. Bis zum Schluss hatte alles gepasst.

Doch dann hatte er den Fehler begangen und seinem letzten Opfer den Lauf zu fest in den Mund gerammt. Sofort hatte Daniel geahnt, dass der Gerichtsmediziner diesen vorgetäuschten Selbstmord erkennen würde.

Und dann eben dieser vermaledeite Brief des Notars! Aus dem Spiel war Ernst geworden. Baccus und Borg zu töten würde nun sein Sahnehäubchen sein. Nur diese beiden waren ihm ständig dicht auf den Fersen gewesen und hatten gegen seine Regeln verstoßen, ihn enttarnt.

Plötzlich gingen alle Lichter aus. Daniel erschrak. Von seinem Standort aus konnte er nur das obere Ende der Straßenlampen erkennen, an dem sich die Leuchten befanden. Die waren ausnahmslos erloschen. Ebenso die Weihnachtslichterkette des Nachbarhauses und der Zypresse. Das sah nach Stromausfall aus. Das gefiel ihm.

Nach und nach tauchten wieder Schemen hinter den Fensterscheiben im Haus auf. Baccus und Borg zündeten Kerzen an. Wie romantisch.

Daniel hätte am liebsten gekotzt vor Wut. Er nahm das Gewehr aus der Waffentasche, steckte das Magazin ein und drückte den Spannkopf des Handspanners. Die Waffe war schussbereit.

Zum Glück kannte er sich mit Waffen bestens aus. Sein einziges Hobby während der Studentenzeit war das Schießen gewesen. Fast jeden Abend hatte er im Schützenverein in Dortmund verbracht. Wie durch ein Wunder hatte er dort auch Aline kennengelernt. Nach ihrer langweiligen Schulung hatte sie Abwechslung beim Schießen gesucht und dabei die große Liebe gefunden.

*

Zum wiederholten Mal versuchte Monika ihre Kollegen auf dem Handy zu erreichen, während Marx die Festnetznummer von Katharina Borg wählte. Als der Amtsleiter ins Großraumbüro zurückkehrte, erkannten die beiden schon an seiner Miene, dass etwas nicht in Ordnung war.

»Selig sind die, die Leid tragen, denn sie sollen getröstet werden«, predigte Marx schon los, bevor der Kriminalrat etwas sagen konnte.

»Wir können in Buweiler nichts mehr ausrichten«, sprach der Chef mit Leichenmiene. »Im ganzen nördlichen Saarland ist der Strom ausgefallen.«

»Komplett ausgefallen?«, fragte Monika begriffsstutzig.

»Ja! Wir haben im Saarland die schwersten Schneefälle seit über vierzig Jahren«, bestätigte Ehrling. »Der Schnee hat den Verkehr auf den Autobahnen blockiert. Autos stauen sich überall. Dazu kommen quer liegende Fahrzeuge. Und von der Last umgestürzte Bäume und Strommasten machen ein Durchkommen unmöglich.«

»Was heißt das für Lukas und Theo?«

Ehrling zog seine Stirn in Falten, bevor er fragte: »Haben Sie die Polizeiinspektion in Wadern versucht zu erreichen?«

Schon wieder lief Monika rot an. Wo hatte sie nur ihre Gedanken? Ohne ein Wort nahm sie den Hörer und wählte die Nummer. Sie lauschte eine Weile und legte dann resigniert auf. »Mist! Dort meldet sich nur das Band mit der Ansprache, dass man weiterverbunden wird. Aber dann ertönt das Besetztzeichen.«

»Dann können wir Baccus und Borg weder warnen noch ihnen Hilfe schicken.« Ehrling stieß seinen angehaltenen Atem aus.

Mit Leichenmienen starrten sich die Kollegen an, bis Renske in die Stille hinein sagte: »Versuchen Sie es weiter auf dem Handy, so oft es geht. Das ist die einzige Verbindungmöglichkeit, die wir haben.«

*

Von der Dunkelheit überrascht, saßen Lukas, Theo und seine Tante erst mal eine Weile nur da, bis sie endlich verstanden, was passiert war. Auch die Musik war verstummt. Der Duft des guten Essens stieg ihnen weiterhin betörend in die Nasen, nur konnten sie dummerweise nichts mehr erkennen.

Plötzlich lachte Katharina los und rief: »Wie schön! Stromausfall! So habe ich endlich einen Grund, meine Kerzen auszupacken.«

»Brauchst du dafür einen Grund?«, fragte Theo.

»Ja! Otto hat mir verboten, den Tannenbaum mit Kerzen zu schmücken. Er hat wohl Angst um mich, ich könnte in Flammen aufgehen.«

»Wo ist Otto eigentlich?«, fragte Lukas.

»Zuhause!«, antwortete Katharina. »Er will den Heiligen Abend mit seinem Enkel verbringen, was ich auch gut verstehen kann. Die beiden haben bestimmt schon lange nicht mehr Weihnachten zusammen gefeiert.«

Theo nahm seine Taschenlampe aus der Manteltasche. In dem Lichtkegel fand er nach langem Suchen endlich die Kerzen, von denen seine Tante gesprochen hatte, stellte sie auf den Küchentisch und zündete sie an. Die Stimmung war heimelig. Warmes Kerzenlicht, dazu gutes Essen und der Anblick der herabfallenden Schneeflocken vor dem Fenster. Wind rüttelte an den Läden. Das Besteck klirrte leise. Der rote Wein funkelte in den Gläsern. Alles passte.

»So was habe ich noch nie erlebt«, gab Lukas zu.

»Ich auch nicht«, bestätigte Theo »Mein schönstes Weihnachten!«

Plötzlich peitschten Schüsse durch die Küche, prallten am Ofen ab, zerschmetterten das Geschirr auf dem Tisch und ließen Essensreste durch den ganzen Raum fliegen.

»Runter!«, brüllte Theo, packte seine Tante und zog sie vom Stuhl auf den Boden.

»Was soll das?«, rief die alte Dame. »Was ist denn hier los?«

»Keine Ahnung! Wir werden beschossen«, rief Theo nervös.

»Aber ihr habt den Fall doch gelöst!«

Theo schaute auf und sah Lukas mit seiner Dienstwaffe in der Hand an die Wand angelehnt.

»Du hast deine Waffe dabei?«, fragte er.

Lukas grinste schief und entgegnete: »Seit diesem verhängnisvollen Sonntag nehme ich das Ding sogar mit aufs Klo.«

Theo hob seinen Pullover an, öffnete das Holster und zog seine eigene heraus mit den Worten: »Geht mir nicht anders.«

Katharina bekam ganz große Augen, als sie sah, wie ihr Neffe die SIG Sauer P6 9mm Para entsicherte.

Schneeflocken prasselten weiterhin gegen die zerborstene Scheibe und landeten in der Küche. Kälte drang in den kleinen Raum.

»Ich kann nicht auf dem Boden sitzen bleiben«, murrte Katharina. »Das macht mein Kreuz nicht mit.«

»Ich schließe die Läden«, erklärte Lukas.

Doch kaum hatte er sich erhoben, prasselte bereits die nächste Salve an Schüssen los. Hastig ließ er sich auf den Boden zurückfallen.

»Meine Tante muss hier raus«, sagte Theo, erhob sich und hielt Ausschau nach einem Platz, der sicher war. Wieder peitschten Schüsse. Plötzlich spürte der Polizist ein Brennen am Oberarm. Verdutzt schaute er an sich herunter und sah, wie sich der Stoff des Pullovers an dieser Stelle dunkel färbte. Zur Vorsicht hob er seinen Arm, das ging noch.

»Bist du getroffen?«, fragte Lukas erschrocken.

»Nein!«, log Theo.

»Aber du blutest doch«, stellte Katharina mit leichenblasser Miene fest.

»Nur ein Streifschuss!«, wiegelte Theo ab. »Jetzt müssen wir zusehen, dass du erst mal in einen Raum kommst, in dem du geschützt bist.«

»Der Vorratsraum hat keine Fenster«, erklärte Katharina. »Aber der liegt am Ende des Flurs.«

Lukas und Theo schauten sich ratlos an, bis Lukas fragte: »Hast du mal auf deinem Handy nachgesehen, ob du ein Netz hast?«

»Ja! Schon längst versucht! Aber es klappt nicht.«

»Auch keine Möglichkeit, einen Notruf loszulassen?«

»Nein! Absolut nichts!«, versicherte Theo.

*

Daniel lachte über die Bemühungen der beiden Bullen, die alte Dame zu beschützen. Das konnten sie sich sparen. Ihr würde er garantiert nichts tun. Für Katharina Borg hatte er eine andere Überraschung parat. Sie sollte zusehen, wie ihr Neffe von einer Kugel getroffen starb. Damit weiterzuleben war sicher kein Honigschlecken für sie. Aber die Alte hatte es zugelassen, dass die jungen Leute von Buweiler in ihrer Hütte perverse Orgien feierten. Sie hatte einfach die Augen davor verschlossen, was dort wirklich geschah. Auch sie war eine Mörderin, die bestraft werden musste!

Die Erinnerung an das Video auf Alines Handy ließ seine Wut von neuem aufkochen. Betäubt hatte seine Freundin auf dem Sofa gelegen, keine Regung von sich gegeben, nackt und hilflos den anderen ausgeliefert. Die drei Typen hatten ihre perversen Spiele mit ihr getrieben und dabei immer wieder hämisch in die Handy-Kamera gelacht, während Aline von alledem nichts mitbekam. Die Kamera hatten sie extra nah an jede

Schweinerei herangehalten, mit dem Spruch: »Damit du nicht behauptest, wir hätten nie was miteinander gehabt! Dein geheimnisvoller Lover wird sich freuen!«

In diesem Augenblick sah Daniel, wie Theo mit seiner Tante das Zimmer verließ. Das konnte er haben, dachte er sich. Er verließ seinen Posten und schlich auf die Rückseite des Hauses, von der aus er klare Sicht auf den Flur, das Schlafzimmer und das Wohnzimmer der alten Frau hatte.

Er setzte an. Das Nachtsichtgerät, das zu dem Zielfernrohr dieser Waffe gehörte, funktionierte bestens. Uwe Görndt hatte wirklich an alles gedacht.

Wieder feuerte er eine ganze Salve ab.

*

Plötzlich schlugen die Kugeln auf allen Seiten des schmalen Flurs ein. Theo blieb keine andere Wahl, als seine Tante abermals auf den Boden zu drücken. Auf allen Vieren gelang es ihr, in die Kammer zu kriechen, in der sie geschützt war.

Lukas suchte in geduckter Haltung die Umgebung ab. Es war stockdunkel und es hatte aufgehört zu schneien. Auch der Wind ließ nach. Eine Weile herrschte unheimliche Stille.

»Stille Nacht«, sagte Lukas bitter. »Ich sehe nichts – ist viel zu dunkel. Wie kann dieser Wahnsinnige uns da sehen?«

»Vielleicht hat er ein Nachtsichtgerät«, meinte Theo.

»Stimmt! Jäger haben so was. Das ist verdammt heimtückisch.«

»So ein Gerät würde ich im Moment aber auch nicht verschmähen. Hast du eine Ahnung, wer hier auf uns ballert?«, fragte Theo.

»Nein! Ich weiß so viel wie du«, antwortete Lukas.

»Eigentlich bleibt nur Daniel Bauer übrig.«

»Meine Rede.«

»Dann muss er eine Verbindung nach Buweiler haben, auf die wir bislang nicht gekommen sind.«

Lukas nickte und versuchte, in gebückter Haltung den Flur

zu verlassen. Wieder krachte es laut. Dieses Mal wurde Lukas umgerissen. Mit einem brennenden Schmerz im Arm fiel er auf den Boden. Die Waffe flog aus seiner Hand und landete vor einer kleinen Kommode.

*

Monika saß ganz allein in dem großen Büro und fühlte sich so hilflos wie noch nie in ihrem Leben. Zwischen dem Wählen der verschiedenen Telefonnummern hackte sie wie wild auf dem PC herum und suchte sämtliche Daten nach Daniel Bauer durch. Sie staunte, wie viele Hinweise sie fand, die auf ihn als Täter hindeuteten. Doch dieser Reporter war niemals unter Verdacht geraten, weshalb auch niemand auf ihn geachtet hatte. Außer Lukas, den aber keiner ernst genommen hatte.

Jetzt erst las sie, dass er im Schützenverein aktiv war. Das erklärte die Zielgenauigkeit, mit der er seine Morde begangen hatte. Und das machte ihn für Lukas und Theo noch gefährlicher.

Wieder wählte sie die Nummer – wieder hörte sie nur »Der Teilnehmer ist vorübergehend nicht zu erreichen.«

Sie warf einen Blick auf den Tannenbaum. Er funkelte bunt und schön. Leise Musik lief im Hintergrund. Sie hatte das Radio eingeschaltet, nachdem der Amtsleiter und der Staatsanwalt das Büro verlassen hatten. Die Weihnachtlieder stimmten sie jedoch nur noch schwermütiger. Zum Glück pfiffen Peter und Paul immer wieder völlig unmelodisch dazwischen. Diese Kakofonie der Töne brachte Monika zum Lachen. Die beiden Kanarienvögel waren eine schöne Abwechslung. Vielleicht sollte sie sich selbst auch so etwas zulegen. Sie war es satt, immer allein zu sein. An Tagen wie diesen wurde ihr das jedes Mal in vollem Ausmaß bewusst. Da war es ihr sogar ganz recht, dass ausgerechnet an Heiligabend ein Notfall eingetreten war. Ein Gedanke, für den sie sich gleich wieder schämte, kaum dass sie ihn gedacht hatte.

Sie blätterte in den Akten und legte die Fotos heraus, die

an den Tatorten angefertigt worden waren. Auf allen war auch der Reporter zu sehen, als hätte er jedes Mal die Tatortgruppe höchstpersönlich begleitet. Meine Güte! Er hatte immer verdammt früh von den Morden gewusst. Monika wurde schwindelig vor Schreck. Wie blind waren sie alle gewesen? Und deshalb hatten sich Lukas und Theo ahnungslos in eine tödliche Falle begeben. Niemand hatte geahnt, dass der Fall eine derartige Wende nehmen könnte.

Das Telefon klingelte. Monika zuckte zusammen vor Schreck. Hastig meldete sie sich. Es war Amtsleiter Ehrling, der zuhause auf Bereitschaft blieb. Er sicherte ihr zu, sie könne ihn jederzeit anrufen, damit er im Notfall die richtigen Anweisungen erteilen konnte.

Nach dem Gespräch wählte sie wieder Theos Handynummer. Als sie diesmal ein Freizeichen hörte, fühlte sie sich schlagartig wie elektrisiert.

*

»Was ist mit dir?«, fragte Theo erschrocken.

Lukas richtete sich wieder auf, zeigte auf seinen rechten Arm und meinte: »Nichts! Der Treffer hat mehr von meiner Jacke erwischt als von meinem Arm.«

Weiter peitschten Schüsse. Lukas versteckte sich unterhalb des Fensters und hielt die Waffe nach oben, peilte in die Richtung, aus der er die Schüsse gehört hatte und ballerte ohne etwas zu sehen drauflos.

Plötzlich ertönte wieder einmal die Melodie von »Spiel mir das Lied vom Tod«. Der schrille Ton der Mundharmonika fuhr ihnen unmittelbar ins Nervenzentrum. Lukas ließ vor Schreck die Waffe fallen.

»Scheiße. Musste es denn unbedingt diese verdammte Melodie sein, die du ausgewählt hast?«

Endlich erwachte Theo aus seiner Erstarrung und zog hastig sein Handy aus der Hemdtasche. Laut brüllte er seinen Namen. »Endlich erreiche ich dich«, hörte er Monikas Stimme am anderen Ende. »Ihr kennt die neueste Entwicklung noch nicht. Uwe Görndt steckt nicht hinter den anderen Morden, sondern Daniel Bauer.«

»Du wirst es nicht glauben, aber das haben wir schon bemerkt.«

»Heißt das ...«

»... genau das: Wir werden beschossen! Schick uns Hilfe rüber!«

»Wo seid ihr?«, fragte Monika.

»In Katharinas Haus.«

»Okay! Ehrling wartet schon auf meinen Anruf. Er wird alles veranlassen. Aber leider sind die Straßenverhältnisse total beschissen ...«

»Und was ist mit der Polizeiinspektion in Wadern?«

»Dort erreiche ich nur das Band, das mir sagt, dass ich weiterverbunden werde. Aber dann passiert nichts.«

»Dann sag unseren Leuten, sie sollen Gas geben! Der Wahnsinnige ballert, als wäre der Krieg ausgebrochen, und uns geht die Munition aus.«

»Ich tu' mein Bestes. Aber leider sind die Straßen durch viele Unfälle verstopft.«

»Am Heiligen Abend?«

»Ja! Ich wollte euch warnen, habe euch aber nicht erreicht«, erklärte Monika. »Daniel Bauer hat nicht nur die beiden anderen getötet, sondern auch Uwe Görndt. Es war kein Selbstmord, sagt Dr. Stemm.«

»Ich würde mich hüten, das Urteil des Gerichtsmediziners anzuzweifeln ...«

Klick! Leitung tot.

*

Auf einmal wurde es schlagartig wieder hell. Erschrocken blickte sich Daniel um. Was war jetzt los? Mist! Der Strom lief wieder.

Ein Lichtstrahl fiel haargenau auf sein Gesicht. Erschrocken wich er zurück, doch im gleichen Augenblick sah er Lukas und Theo am Fenster. Sie hatten ihn entdeckt. Ohne zu zögern richtete er die Waffe auf sie und drückte ab. Nach dieser Salve schaute er wieder zum Fenster. Das Glas war komplett herausgeschossen worden und von Lukas und Theo nichts mehr zu sehen.

Hatte er sie endlich erwischt?

*

»Tatsächlich Daniel«, zischte Lukas. »Ich habe ihn erkannt.«

»Ich auch!«

In der Küche hörten sie plötzlich leise Musik spielen.

Überrascht schauten sie sich um. Der Weihnachtsbaum im Wohnzimmer funkelte in bunten Lichtern. Sie selbst saßen im hell erleuchteten Flur. Da begriffen sie: Der Strom war wieder eingeschaltet.

Auf allen Vieren kroch Theo zum Schalter, um das Licht zu löschen. Als er sich umdrehte, sah er, wie Lukas sich der Seitentür näherte, die zur Scheune führte.

»Was hast du vor?«

»Ich werde dem Dreckskerl das Handwerk legen.«

»Was soll das?«, brüllte Theo. »Willst du hier den Helden spielen?«

Aber er sah nur noch, wie Lukas in der finsteren Scheune verschwand.

»Denk dran, Daniel ist besser ausgerüstet als wir«, flüsterte er, während er seinem Kollegen folgte.

»Ich habe Daniel so satt«, zischte Lukas, während sie durch die dunkle Scheune auf den Hinterausgang zugingen. »Von Anfang an war mir klar, dass mit dem aalglatten Typ irgendwas nicht stimmt. Aber du hast mich mit deinen Gegenargumenten immer verunsichert und ich wusste ja selbst nicht so richtig, welches Motiv er haben könnte. Und das weiß ich immer noch nicht.«

»Dafür war mir dein Motiv von Anfang an klar. Du warst eifersüchtig.«

Lukas verzog das Gesicht und grummelte: »Der Zeitpunkt, über Susanne zu sprechen, ist denkbar schlecht.«

»Ich hatte auch gar nicht vor, über sie zu sprechen.«

Wieder hörten sie Schüsse. Dieses Mal lauter und aus mehreren Richtungen gleichzeitig.

»Der ballert hier nicht allein!«, stellte Theo leise fest.

»Das hört sich tatsächlich an wie Krieg«, krächzte Lukas. »Hat der Kerl etwa Verstärkung mitgebracht?«

*

Musik ertönte. Stille Nacht, heilige Nacht. Welche Ironie! Schritte knirschten über den Schnee. Atemgeräusche und diese Musik. Sonst war nichts zu hören, nichts zu sehen.

Er schaute nach links! Gab Zeichen. Auf der anderen Seite signalisierte man ihm, dass die Verständigung funktionierte. Der Schnee war verräterisch. Unter seinen Füßen knirschte es.

In weiser Voraussicht hatte er eine weiße Jacke und eine weiße Hose angezogen. Die beste Tarnung im Schnee. Das Haus war hell erleuchtet. Alle Fensterläden offen. Er konnte darin keine Bewegung ausmachen. Doch was war das? Ein Schatten huschte an der rechten Hauswand vorbei.

*

Stille Nacht, heilige Nacht. Daniel hätte am liebsten laut losgelacht, als diese Melodie erklang.

Schon seit einiger Zeit konnte er weder Lukas noch Theo sehen. Vermutlich hatte er sie getroffen.

Er musste sich jedoch absichern. Notfalls legte er noch ein paar Salven nach. Trotz aller Bedenken verließ er sein Versteck und stapfte mühsam durch den Schnee, der sich an der Seite des Hauses über einen Meter hoch türmte. Aber das war die einzige

Möglichkeit für ihn, zur Vorderseite des Gebäudes zu gelangen.

Es gefiel ihm nicht, dass der Strom wieder lief. Von dieser Seite wurde alles durch Lichterketten erleuchtet, die am Nachbarhaus angebracht waren. Dadurch verlor er den Schutz der Dunkelheit und musste sein Nachtsichtgerät ausschalten. Auch störte ihn, dass es plötzlich windstill geworden war. Alle Geräusche, die er verursachte, während er sich durch die Schneemassen kämpfte, waren viel zu laut zu hören.

Kaum war er um die Hausecke gebogen, donnerte ein Schuss und die Kugel schlug einen Meter vor ihm in die Hauswand.

Was hatte das zu bedeuten? Lebten Baccus und Borg doch noch? Er ließ sich in den hohen Schnee fallen und versank regelrecht darin.

Alles blieb still. Er wartete, bis er sich ganz steif anfühlte vor Kälte. Er hörte immer noch nichts.

Er wusste, dass weder Baccus noch Borg diese Ausdauer besaßen, weil sie viel zu voreilig handelten. Also war die Gefahr wohl vorüber.

Daniel richtete sich auf, um die Lage zu peilen, da blickte er direkt in den Lauf einer Waffe.

*

»Ich knall dich ab, du hinterhältiger Scheißkerl«, hörten Lukas und Theo laut und deutlich die Stimme von Otto Stehle. Sie öffneten das Scheunentor einen kleinen Spalt und traten hinaus in die kalte Nacht. An der Hausecke sahen sie den alten Mann mit einem Gewehr im Anschlag. Hinter der Hauswand entdeckten sie Arno, ebenfalls mit einem Gewehr im Anschlag.

Beide richteten ihre Waffen auf einen dunklen Fleck auf dem Boden. Erst als Lukas und Theo näher herantraten, sahen sie, dass Daniel Bauer im Schnee lag. Neben ihm lag ein Gewehr mit Zielfernrohr und Nachtsichtgerät.

»Nicht schießen!«, rief Theo. »Die Schwierigkeiten, die ihr dann bekommt, ist der Scheißkerl nicht wert.«

Arno blieb in seiner Haltung wie erstarrt. Nur Otto richtete seinen Blick kurz auf Theo, ohne die Position seiner Waffe zu verändern. Diese kurze Unaufmerksamkeit nutzte Daniel aus, packte sein Gewehr und zielte auf Theo. Mehrere Schüsse krachten auf ihn ein, bis er zusammensank.

Die Schüsse erstarben. Alles versank in einer unheimlichen Stille.

*

»Das war's dann wohl«, meinte Theo nach ein paar Schrecksekunden. »Jetzt erfahren wir nie, warum Daniel uns abknallen wollte.«

Da hörten sie ein leises Stöhnen. Es drang aus dem Berg von Schnee, hinter dem der Reporter lag.

Überrascht schaute Theo nach und staunte nicht schlecht, als er sah, dass Daniel Bauer noch lebte. Otto Stehle hatte ihn nicht erschossen, sondern auf seinen rechten Arm gezielt. Damit war Daniel unfähig, noch einmal zur Waffe zu greifen.

»Hut ab!«, meinte Theo. »Das war gute Arbeit.«

Otto grinste stolz und erklärte: »Mein Enkel und ich haben die Schüsse gehört und sind sofort gekommen, um euch Deckung zu geben.«

»Das war verdammt gefährlich!«, bemerkte Lukas, der ebenfalls noch kreidebleich war.

»Ich sehe doch nicht zu, wie so ein Dreckskerl meine Katharina in Gefahr bringt.«

Theo grinste bei dieser Gefühlsbekundung. Es gefiel ihm, dass seine alte Tante nicht allein war.

»Außerdem sind wir beide kriegserfahren.«

»Das hat man gemerkt!« Theo salutierte, als sei er Soldat in einem Krieg.

Otto erwiderte den militärischen Gruß.

*

Polizeisirenen ertönten. Blaulicht flackerte und kam immer näher. Mühsam fuhren die Polizeiwagen den letzten Berg bis zu Katharinas Haus hinauf. Markus stieg zusammen mit seinen Kollegen aus dem Wagen und lief mit ihnen zum Haus. Monika war mit einem zivilen Dienstfahrzeug gefolgt. Sie steuerte auf Lukas und Theo zu, um sich davon zu überzeugen, dass ihre Kollegen in Ordnung waren.

Plötzlich war der ganze Platz vor Katharina Borgs Haus überfüllt mit Autos und Menschen. Schaulustige hatten sich hastig ihre dicken Jacken übergestreift und waren hergekommen um zu sehen, was passiert war. Ein Polizeiwagen arbeitete sich schlingernd den Berg hinauf. Ein uniformierter Polizist stieg aus und erklärte, dass er von der Polizeiwache Wadern käme. Kriminalrat Ehrling habe ihn persönlich angerufen und mitgeteilt, was hier passiert sei.

»Warum erst jetzt?«, fragte Lukas mürrisch.

»Ich war selbst in einem Einsatz«, erklärte der Beamte. »Bei dem Wetter sehen die Leute überall Gespenster.«

»Gab es keine Telefonumleitung?«

»Doch! Es sollte auf mein Handy weitergeleitet werden. Aber leider war die Verbindung durch den Sturm zu schlecht.«

Das laute Aufheulen eines Motors lenkte die Aufmerksamkeit der Polizeibeamten auf sich. Ein Krankenwagen mühte sich den Berg hinauf und kam dicht vor ihnen zum Stehen. Mehrere Sanitäter stiegen aus.

Während sich Theo und Lukas ihre Wunden behandeln ließen, wurde Daniel Bauer auf eine Trage gelegt, die in den hinteren Teil des Krankenwagens zurückgeschoben wurde. Doch bevor der Krankenwagen losfuhr, trat Lukas auf den Mörder zu und sagte: »Dass Sie nicht sauber sind, wusste ich von Anfang an. Nur, eines verstehe ich nicht: Warum haben Sie diese Männer erschossen?«

»Ich glaube, ich kann dir eine Erklärung dafür geben«, mischte sich Monika ein und hielt Lukas etwas vor die Nase. »Wir haben Laborergebnisse, die uns genau das bestätigen, was ihr hier sehen könnt.«

»Was ist das?«

»Ein Handy, das ich in Daniels Jackentasche gefunden habe.«

»Das dürfen Sie nicht!«, schrie der Verwundete. »Das gehört mir.«

Neugierig nahm Lukas das Gerät. Er sah einen Film auf dem kleinen Display laufen. Zunächst dachte er an einen Pornofilm, doch dann erkannte er die Gesichter der Männer. Es waren die drei Opfer.

»Diese Frau ...«, setzte er an, sprach aber nicht weiter, weil er es ahnte.

»Das ist Aline!« Daniels Stimme klang brüchig. »Meine Aline!«

»Ihre Aline?« Lukas staunte. »Woher kannten Sie Aline?«

»Sie hatte als Notarfachangestellte einmal jährlich eine Schulung machen müssen. Und diese Schulungen fanden immer in Dortmund statt. Ihre Abende hat sie am Schützenstand unseres Vereins verbracht. Dort habe ich sie kennengelernt. Es war Liebe auf den ersten Blick.« Daniels Augen füllten sich mit Tränen.

»Sie waren im Schützenverein?« Lukas begriff schlagartig, dass er einen Fehler begangen hatte. Außer haltlose Verdächtigungen auszusprechen, hatte er nichts wirklich unternommen, um Daniel zu überprüfen. Mit seinem Instinkt hatte er richtig gelegen, aber als Kriminalbeamter hatte er versagt. »Und wie sind Sie an Alines Handy gekommen?«

»Als Alines Mutter starb, hatte sie sonst keine Angehörigen mehr. Da hat das Krankenhauspersonal mir alle persönlichen Sachen ausgehändigt, als sie endlich eingeschlafen war«, erklärte Daniel.

»Wann war das?«

»Am 5. Dezember!« Daniel schnaubte. »Früher verbrachte man den 5. Dezember mit großer Vorfreude, welche Überraschung der Nikolaus für einen parat haben würde. Dieses Mal war es der Sensenmann mit einer Schreckensnachricht, nämlich diesem Video auf dem Handy. Darauf sieht man alles, bis ins kleinste Detail. Diese Dreckskerle haben ihr heimtückisch Beruhigungsmittel ins Bier getan und sie dann vergewaltigt.«

»Die haben sich an ihr vergnügt und sie nachher einfach vollgepumpt mit Drogen in ihren Wagen gesetzt. Allein!«, bemerkte Theo grimmig, der sich das Video inzwischen ebenfalls angeschaut hatte.

»Keiner hat etwas unternommen, als sie verunglückt ist«, sagte Daniel. »Keiner! Dieser faule Polizeikommissar von Wadern hat den Fall einfach als Unfall erklärt und geschlossen. Aber das war kein Unfall. Das war Mord.«

»Deshalb also!« Theo kratzte sich nachdenklich am Kopf.

»Ja, deshalb!« Daniel spie die Worte nur so aus. »Keiner von diesen Dreckschweinen hat sich die Mühe gemacht, Aline mal im Krankenhaus zu besuchen. Immerhin hat sie noch ein ganzes Jahr gelebt. Und als sie gestorben ist, hat sich auch niemand dafür interessiert. Die haben sie benutzt und weggeworfen.«

»Was für eine Scheiße«, sagte Lukas, der in diesem Moment keinen Groll gegen den Reporter hegte.

»Die Mörder haben ihr Leben weitergeführt, als wäre nichts gewesen.« Daniels Augen funkelten böse, als er weitersprach: »Und alles nur, weil dieser Volltrottel von Dorfpolizist seinen faulen Arsch nicht in Bewegung setzen wollte.«

»Was wollten Sie mit ihrem Enthüllungsbericht über Uwe Görndt erreichen?«, fragte Monika. »Ihm eins auswischen?«

»Das wäre viel zu viel der Ehre gewesen für diesen Penner! Nein! Ich wollte ihn mit diesem Artikel aufscheuchen, damit er endlich etwas gegen diese Schweine unternimmt. Es waren ja auch ausgerechnet die drei, die in Drogengeschäfte verwickelt waren. Ich war mir sicher, dass jetzt endlich etwas passiert.«

»Aber das ist nicht gelungen.«

»Nein!« Daniel lachte freudlos. »Und ausgerechnet am Sonntag geschah etwas, was meine kühnsten Erwartungen übertroffen hatte. Genau an diesem Sonntag bin ich mit dem Entschluss nach Buweiler gefahren, die Sache selbst in die Hand zu nehmen. Ich hatte mit Oskar einen Termin ausgemacht, hatte ihm viel Geld versprochen. Deshalb wusste ich, welchen Weg er nehmen würde. Also saß ich mit der Waffe im Anschlag schon in Position ...«

»Welcher Waffe?«, unterbrach Lukas.

»Durch einen Informanten bin ich an ein gestohlenes Gewehr rangekommen.«

»Wo ist das jetzt?«

»Ich habe es auf dem Schwarzmarkt verkauft.«

Lukas stöhnte und forderte sein Gegenüber auf, weiter zu berichten.

»Überraschenderweise sah ich, wie Nils hinter Oskar hergejagt ist. Neugierig bin ich ihm gefolgt. Er hat ihn tatsächlich abgeknallt wie einen Hund. Einfach so. Genau vor meinen Augen. Ich musste nur abwarten, bis er fertig war, und ihm folgen. Und es wurde immer besser, denn ich konnte beobachten, wo er die Waffe versteckte. Schon war mein Plan gefasst. Da brauchte ich meine Waffe nicht mehr, die mir sowieso viel zu heiß war.« Er schaute Lukas und Theo an und fügte bissig hinzu: »Sie beide habe ich auch gesehen. Hinter dem Baum haben Sie gestanden, wie zwei Armleuchter. Ich hatte Sie voll im Visier.«

Plötzlich glaubte Lukas, wieder die Baumrinde in seinem Gesicht zu spüren, und fuhr sich mit seiner unverletzten Hand fahrig über die Wangen.

»Es steckte aber ein Projektil der G43 im Baum«, meinte Theo, der Lukas' Gedanken erriet.

»Ja! Alles geschah wie von Zauberhand. Ohne dass ich selbst den Abzug drücken musste, knallte es und der Kerl fiel um wie getroffen. Nur schade, dass er Sie nicht getroffen hat.« Mit einem Blick auf Theo fügte er hinzu: »Und Sie leider auch nicht! Sie waren ständig in seiner Schusslinie. Aber das Glück ist ja bekanntlich mit den Doofen.«

»Wow! Und Sie sind einer von den ganz Schlauen«, gab Theo bissig zurück. »Was Sie getan haben, spricht wirklich für eine außerordentliche Intelligenz. Einen bleihaltigen Krieg in dieser Einöde anzetteln, nur um Selbstjustiz zu üben, gehört wirklich zu den perfekt ausgeklügelten Schachzügen, auf die nur eine wahre Intelligenzbestie kommen kann.«

»Was hätte ich denn tun sollen?«, stieß Daniel fast flehend aus. »Zusehen, wie diese Schweine einfach so weiterleben? Dieser verdammte Bulle hat doch nichts getan.«

»Polizeikommissar Görndt war für solche Fälle auch gar nicht zuständig. Sondern wir. Wir kommen von der Abteilung Tötungs- und Sexualdelikte«, erklärte Theo. »Und glauben Sie mir, so ein Fall lässt Lukas und mich nicht kalt! Wir hätten dafür gesorgt, dass diese Typen drankommen. Aber Sie haben sich ja für schlauer gehalten.«

Nun drängten sich die Sanitäter dazwischen. Sie schlossen die hinteren Wagentüren und fuhren mit Blaulicht davon.

Markus trat vor die Tür und sprach einige Worte mit Katharina.

Verwundert schauten Theo und Lukas auf den Teamchef der Spurensicherung, der erklärte: »Wir haben gerade die Fenster notdürftig mit Holzplatten zugenagelt. Es lag ja genügend Material in der alten Scheune.«

»Meine Güte!«, staunte Theo. »Du bist so gut zu meiner Tante.«

»Sie ist eine so nette alte Dame. Und ihr habt sie mit eurer Gedankenlosigkeit in große Gefahr gebracht.«

»Mea culpa – mea maxima culpa«, konterte Theo spöttisch.

»Willst du jetzt auch noch mit deinen Lateinkenntnissen prahlen?«

»Klar! Immerhin habe ich das kleine Latrinum.«

»Fürs große hat es wohl nicht gereicht«, gab Markus spitzfindig zurück.

»Das ist für mich viel zu groß. Da könnte ich während der Sitzung durchplumpsen.«

Markus lachte.

»Aber, glaubst du ernsthaft, wir wären zu meiner Tante gefahren, wenn wir gewusst hätten, dass uns ein Wahnsinniger folgt?«, fragte Theo nun mit ernster Miene nach.

»Wohl eher nicht! Jedenfalls haben wir zahlreiche Projektile und Hülsen in dem Haus gefunden. Das wird eine Menge Arbeit für uns, diesen Fall zu rekonstruieren.«

»Nicht nötig«, widersprach Theo. »Wir können dir genau sagen, was passiert ist.«

»Sehr witzig.« Markus setzte sein obligatorisches Grinsen auf, salutierte zum Abschied und fuhr mit dem Team der Spurensicherung davon.

Nach und nach entfernten sich auch die Schaulustigen. Zurück blieben Monika, die beiden angeschlagenen Kommissare und Katharina. »Was machen wir jetzt mit dem angebrochenen Abend?«, fragte Lukas.

»Weitermachen!«, antwortete Theo. »Wir haben noch reichlich von der Weihnachtsgans übrig.«

»Wie könnt ihr nach dieser Aufregung noch ans Essen denken?«, wunderte sich Katharina.

»Für deine Weihnachtsgans könnte ich einen Mord begehen«, gestand Lukas im Brustton der Überzeugung.

»Ich auch«, bestätigte Theo.

»Und ich erst, ich habe nämlich noch gar nichts gegessen«, gestand Monika.

»Das habt ihr ja um ein Haar auch gemacht«, meinte Theos Tante lachend. »Aber zum Glück ist niemand zu Schaden gekommen. Also wärme ich die Gans wieder auf.«

»Worauf warten wir dann noch?«, drängelte Lukas.

ENDE